LE RÈGNE DE LA COLÈRE

SAUVAGES IMPITOYABLES #3

EVA ASHWOOD

Copyright © 2022 par Eva Ashwood

Il s'agit d'une œuvre de fiction. Les noms, les personnages, les organisations, les lieux, les évènements et les incidents sont le fruit de l'imagination de l'auteur ou sont utilisés dans un but fictionnel. Toute ressemblance avec des personnes réelles, vivantes ou mortes, serait purement fortuite.
Tous droits réservés.

Inscrivez-vous à ma newsletter !

1

RIVER

Il y a une pression bizarre dans ma tête.

C'est comme être sous l'eau, tout est étouffé et en sourdine. Engourdi.

Je suis consciente des sons vagues autour de moi qui entrent dans mes oreilles, mais s'estompent aussitôt. Des cris au loin, des sirènes. Des voix aiguës et des lumières clignotantes.

C'est le chaos à l'extérieur de ma petite bulle, mais c'est comme si rien ne pouvait m'atteindre. Je n'enregistre pas vraiment quoi que ce soit. Tout pourrait arriver. L'église où Pax et Nathalie étaient censés se marier pourrait être en feu ou il pourrait y avoir une guerre des gangs dans la rue : ce serait le même écho lointain.

Tout ce que je peux voir, tout ce sur quoi je peux me concentrer, c'est le visage de ma sœur. Vide et sans vie. Alors que mon esprit essaie de comprendre qu'elle n'ouvrira plus jamais les yeux, le choc résonne en moi.

Les traits d'Anna sont si semblables aux miens. Nous

avons le même nez qui est un peu retroussé au bout. La même bouche, même si Anna a toujours eu une fossette sur le côté droit qui se creusait quand elle souriait. Quand ses yeux étaient ouverts, ils étaient du même bleu foncé que les miens. Les taches de rousseur répandues sur son nez et ses joues contrastent avec la pâleur de son visage et je déglutis, essayant de retenir le... *quelque chose* qui veut s'échapper de ma gorge.

Peut-être que c'est un autre cri.

Peut-être que c'est de la bile.

Je ne sais pas et je ne suis pas prête à le découvrir.

Le visage d'Anna était si plein de vie. Il s'illuminait de ses sourires et de ses rires, de sa détermination inébranlable.

Ses cheveux sont châtain clair, presque blond sableux, au lieu d'être argent comme mes cheveux, mais même ceux-ci semblent fades maintenant.

Comme le reste de son corps.

Son visage est détendu et il n'y a plus rien. Pas de lumière, pas de vie. Rien.

Elle est partie.

La douleur me brûle rien que d'y penser. C'est chaud et intense, comme être brûlée vivante. Elle traverse mes os, mon âme, comme si elle voulait consumer chaque partie de mon corps et je sais que j'ai perdu ma sœur pour de bon cette fois. Il n'y a rien que je puisse faire pour la faire revenir.

Je continue à la regarder, comme si j'attendais que quelque chose change. Je suis paralysée, tandis que le choc, la colère et la douleur me maintiennent en place.

Je ne sais même pas si je pleure. Je ne peux pas dire si mon visage est mouillé par la sueur de la course ou s'il pleut.

Des mains me saisissent, essayant de m'éloigner, et je me dégage instinctivement de leur emprise. J'ouvre la bouche pour crier un « *non* » ferme et furieux, mais aucun son ne sort. Du moins, je ne pense pas que ce soit le cas. Je ne veux pas laisser ma sœur. Je ne peux pas la laisser morte au milieu d'une allée, comme si elle était juste un corps de plus à jeter. Je ne le ferai pas.

Des voix tentent de m'atteindre à travers la brume, mais je les bloque.

Une nouvelle main se referme sur mon bras, grosse et chaude, et je m'en éloigne d'un coup sec. D'autres mains s'abattent sur moi pour essayer de m'attraper, et je me défends en griffant et en donnant des coups de pied aux personnes qui essaient de m'éloigner de ma sœur.

Les voix deviennent de plus en plus insistantes, mais elles ne font aucun sens. Elles pourraient tout aussi bien ne pas être là.

Les mains parviennent à me faire lever et je me débats pour m'éloigner. Maintenant que je suis debout, le corps d'Anna semble trop loin, et la panique me frappe. La réalisation terrifiante que si je l'abandonne maintenant, je ne la reverrai jamais.

C'est juste trop à supporter.

Des bras m'enveloppent, me plaquant contre un torse large et chaud. Mes bras sont coincés sur les côtés et il est difficile de me débattre.

Mais ça ne m'arrête pas vraiment. Je tire toujours sur

la prise pour essayer de m'échapper. Mon cœur s'emballe et je peux entendre ma propre respiration difficile se répercuter dans mes oreilles.

Je ne quitte pas Anna des yeux. Je veux juste retourner auprès d'elle. Je veux juste la tenir. J'en ai besoin. J'ai besoin...

Un visage se dessine devant moi et je dois cligner des yeux plusieurs fois pour reconnaître Ash. Il a l'air sinistre. Il a des traces de saleté, de crasse et de sang sur le visage. Ses lunettes sont un peu de travers, une raie traverse un verre, et ses cheveux châtain semblent aussi négligés que le reste de son corps.

Je vois bien qu'il est épuisé et il tend la main vers moi, la posant sur mon épaule. Sa bouche bouge, mais je n'entends pas ce qu'il dit au début. Je peux presque lire sur ses lèvres, distinguer la forme de ce qu'il dit.

Mon nom.

« River. »

Cela me surprend et je secoue la tête, pour essayer de m'éclaircir les idées. La petite bulle de choc et d'insensibilité au monde extérieur menace d'éclater à chaque seconde qui passe, faisant bourdonner mes oreilles et me serrant le cœur.

« On doit y aller », dit Ash. « River, écoute-moi. S'il te plait. Elle est partie. Il n'y a rien que l'on puisse faire. Les flics sont en chemin et on doit bouger. »

Ses mots font éclater la bulle un peu plus, me permettant de réaliser ce qui se passe. Le bruit des sirènes s'amplifie au loin et je peux entendre le crissement des pneus des autres invités à ce mariage terrible qui sortent du parking de l'église.

J'entends toujours ma propre respiration qui est bruyante et laborieuse, mais tout le reste est bien plus clair maintenant. Les coups de feu ont cessé et l'église semble presque étrangement calme après le chaos à l'intérieur.

Julian s'est échappé depuis longtemps avec Cody. Nathalie s'est probablement enfuie avec lui. Certains des invités sont morts ou blessés, mais plusieurs d'entre eux se sont probablement échappés aussi.

Une voix grave gronde en moi, venant de l'homme qui m'entoure de ses bras et m'immobilise. Je reconnais la voix et ensuite les bras de Pax rapidement.

« Ouais », dit-il sinistrement. « On doit y aller, putain. On a tué plusieurs de ces enculés du cartel et on ne veut pas que les flics remontent jusqu'à nous. »

Même avec tout ce qui se passe et le tumulte dans ma tête et mon cœur, je reconnais qu'il a raison. Les quatre hommes qui m'entourent ne sont pas des étrangers ou des ennemis qui essaient de m'arracher à ma sœur pour me blesser ou me punir et c'est dangereux de rester ici.

J'arrête de me débattre et je respire profondément.

« C'est bien », j'entends et je sens que Gale n'est pas loin non plus. Pax me soulève pratiquement et me porte jusqu'à la voiture, celle qu'on allait utiliser pour s'enfuir quand le plan comptait encore.

J'ai l'impression que ça fait des lustres.

Une autre putain de vie.

Ils m'assoient au milieu du siège arrière et montent de

chaque côté de moi. Une fois la voiture démarrée, nous nous éloignons de l'église et du chaos qui y règne.

« Eh bien, c'était un spectacle de merde », grogne Ash à côté de moi en soupirant et en s'affaissant sur son siège. Il appuie sa tête sur l'appui-tête et fait une grimace en retirant ses lunettes et en essayant de nettoyer les verres sales.

Son ton est désinvolte, comme d'habitude, mais je peux y déceler de la tension.

« C'est peu dire », répond Preacher. Je ne peux pas le voir vu qu'il est assis sur le siège passager avant, mais il y a cette même tension et cette même colère dans sa voix aussi. « Je ne pense pas que ça aurait pu être pire. »

Gale le regarde et Preacher acquiesce à un non-dit qui passe entre eux. À un autre moment, j'aurais essayé de comprendre ce qu'ils se disaient avec ce regard, mais maintenant je ne m'en soucie même pas.

« Vous croyez qu'on les a tous eus ? » demande Ash. « J'ai éliminé quelques-uns de ces enfoirés, mais ils étaient nombreux. »

« C'est impossible de le savoir », répond Gale et je sais qu'il grince des dents en conduisant. Il jette un coup d'œil dans le rétroviseur et ses yeux verts brillent de fureur. Ses traits semblent encore plus durs et tranchants que d'habitude. « C'était le chaos. Il pourrait y en avoir d'autres qui ne se sont pas pointés à l'église ou qui se sont enfuis. On ne le saura pas jusqu'à... »

Il cesse de parler et personne n'a vraiment besoin qu'il termine cette phrase.

Jusqu'à ce qu'ils essayent à nouveau ou qu'ils ne le fassent pas.

« Qu'ils essaient, putain », dit Pax en faisant craquer ses articulations. « S'ils s'en prennent à nous une deuxième fois, ils regretteront de ne pas être restés dans le trou d'où ils sont sortis. »

« Nous devons être plus vigilants », répond Gale. « Nous n'avons aucun moyen de savoir ce qu'ils vont faire et nous n'avons pas vu venir leur première attaque. C'était une erreur qu'on ne peut pas se permettre de répéter. On ne peut pas baisser notre putain de garde à nouveau. »

Cela fait monter encore plus la tension dans la voiture. Preacher expire lentement et ça semble bruyant dans ce calme soudain.

J'entends tout ce qu'ils disent et je suis consciente du danger, de la tension et de l'énervement qu'ils ressentent à l'idée que cela se soit produit. Mais je ne peux *ressentir* aucune de ces émotions avec eux.

C'est comme si mon corps tout entier était engourdi et l'histoire avec le cartel pourrait aussi bien être arrivée à quelqu'un d'autre. Je regarde fixement devant moi, la ville de Détroit qui défile à travers le pare-brise, mais je ne vois pas grand-chose. Les bâtiments, les phares et les panneaux de sortie sont tous flous, et je ne sais pas si nous mettons quinze minutes ou quinze jours pour retourner chez les gars. Le temps passe lentement et ça ne fait aucune différence.

Quelqu'un touche mon bras à un moment donné, glissant une main chaude de mon épaule à mon biceps, et je le sens à peine jusqu'à ce que la douleur explose soudainement à travers la brume dans laquelle je flotte. Je grimace en jurant à voix basse.

Ash fronce les sourcils et retire ma veste suffisamment pour exposer mon bras. Le sang a imprégné la manche et je ne l'ai même pas remarqué. Je n'avais même pas mal avant qu'Ash ne me touche, mais maintenant il y a une douleur sourde et lancinante, qui n'est cependant pas aussi vive qu'elle devrait l'être.

« Que s'est-il passé ? » demande-t-il en fronçant les sourcils.

Je secoue la tête. Je ne sais pas. Je ne me souviens pas. Il se passait tellement de choses dans l'église et avant qu'Anna...

Tout ce qui s'est passé avant la ruelle est flou.

« Merde », murmure Ash. Il appuie doucement sur les bords de la blessure. « On t'a juste frôlé, je pense. Mais tu perds trop de sang. »

C'est peut-être pour ça que je me sens si confuse. Peut-être que c'est dû à la perte de sang et non à la prise de conscience du fait que les choses ont mal tourné.

Ash appuie sur la plaie pour essayer d'empêcher qu'elle ne saigne davantage, mais je ne le sens pas vraiment non plus.

Gale appuie sur l'accélérateur, se faufilant dans la circulation pour nous ramener à la maison. Personne ne fait de commentaires sur sa conduite dangereuse et nous arrivons dans l'allée en un temps record.

« À l'intérieur », dit Gale et les quatre se déplacent comme une machine bien huilée. Ash et Pax me couvrent, me flanquant de chaque côté. Je réalise vaguement qu'ils s'assurent que si quelqu'un attend pour bondir hors des buissons et me descendre, il devra d'abord s'en prendre à eux.

Gale et Preacher arrivent à la porte avant nous et la déverrouillent. Nous entrons tous sans incident. Je les laisse me guider. Leurs mains sont chaudes, réconfortantes et sûres, et ils m'emmènent en haut vers ma chambre.

Sans eux, je serais probablement encore debout dehors, le regard perdu dans le vide, sans savoir quoi faire.

Mais les quatre s'activent pour que je n'aie même pas à y penser.

Des mains commencent à me déshabiller, m'aidant à enlever ma tenue de mariage. Je les laisse faire, levant les bras quand ils me le demandent avant d'enlever mes chaussures et mon pantalon. Ils me touchent comme si j'étais quelque chose de précieux, passant leurs doigts sur mon visage et le long de mon bras non blessé.

Ils ont tous l'air fatigués. Gale, Pax et Preacher sont couverts de sang comme Ash. Leurs costumes sont sales et froissés, et ils n'ont plus la même assurance qu'avant le mariage.

Quelqu'un met sa main dans le bas de mon dos et je vais là où il me guide.

On finit par s'entasser tous les cinq dans la salle de bain. Je peux entendre les gars se parler à voix basse, mais je n'arrive pas à me concentrer sur ce qu'ils disent.

« Hé. » Le grondement profond de la voix de Pax

perce la brume juste un peu. « Assois-toi ici, d'accord ? Laisse-moi regarder ton bras. »

Il abaisse le couvercle des toilettes et je m'assois dessus docilement. Je ne peux pas vraiment sentir le sang sur mon bras, mais je peux le voir où il coule le long de mon bras jusqu'au sol. Il est d'un rouge vif qui contraste avec ma peau et avec le blanc du carrelage de la salle de bains.

Pax fait des gestes d'une façon précise qui semble toujours si surprenante pour quelqu'un de sa taille. Il nettoie le sang et désinfecte la plaie. Ses mains sont adroites et efficaces. Une partie de mon cerveau pense à se préparer à la piqûre de l'antiseptique, mais je la sens à peine, alors je ne bronche pas.

Je sens à peine l'aiguille lorsque Pax l'enfile à travers ma peau pour recoudre la plaie sur mon bras. Il y a plus de sang sur le sol et sur mon bras, et je le regarde sans vraiment le sentir. C'est presque comme s'il appartenait à quelqu'un d'autre.

« River. »

J'entends à nouveau mon nom et je cligne des yeux, essayant de trouver lequel d'entre eux m'appelle. Ash se penche et s'accroupit devant moi.

« Es-tu là ? » demande-t-il.

C'est une bonne question. Je ne le sais même pas vraiment.

« Tu vas bien ? » il essaie encore.

J'ouvre la bouche, mais au début, rien ne sort. J'ai la gorge sèche et serrée, et les mots semblent enfermés au plus profond, dans un endroit où je ne peux pas y accéder. Je déglutis et réessaie.

« Je vais bien. »

C'est probablement pas du tout convaincant, mais c'est tout ce que je peux dire.

Je serre les dents et je prends une grande inspiration, puis une autre, en essayant de repousser la brume dans mon cerveau. Je ne peux pas laisser cette situation m'anéantir. Toute ma vie, j'ai été capable de repousser la douleur et le désespoir et de continuer à avancer, à force de volonté.

Je ne veux pas penser à cette ruelle et à ce qui s'est passé.

Je ne veux pas que ce soit réel.

Si je cède à ces sentiments, si je les laisse me consumer, alors je ne pourrai plus m'en cacher. Je devrai y faire face.

« Je vais bien », je répète, plus fort cette fois.

Ash a toujours l'air inquiet. Il passe une main dans mes cheveux argentés, sans déranger Pax qui me recoud.

Les autres sont toujours là, adossés au mur et se tenant dans l'embrasure de la porte. Personne ne semble savoir quoi dire. Ou peut-être qu'il n'y a rien à dire en cet instant.

« C'est bon », murmure Pax après quelques secondes et sa voix est plus douce que je ne l'ai jamais entendue auparavant. Il tire sur le dernier point de suture et, à part le tiraillement de ma peau, je suis à peine consciente qu'il a terminé son travail.

Il recule, me regarde et l'absence de sourire révèle son

inquiétude. Ses iris marron foncé semblent presque noirs alors qu'il plisse les yeux, sans jamais ciller.

J'ai l'impression que je dois faire quelque chose pour les rassurer sur le fait que je vais bien et qu'ils n'ont pas besoin de s'inquiéter. Je me lève donc en m'appuyant un peu sur l'évier pour m'aider à trouver mon équilibre.

Ça ne sert à rien.

Dès que je suis debout, ma tête tourne et ma vision se trouble. Je ne vois que des taches sombres et avant de pouvoir essayer de les faire disparaître, elles grandissent jusqu'à ce que l'obscurité me consume.

Puis elle prend le dessus et je perds connaissance.

2

PREACHER

« Merde », grogne Pax alors que les jambes de River flanchent.

C'est une putain de bonne chose qu'il soit juste à côté d'elle, parce qu'il parvient à la rattraper avant qu'elle ne tombe au sol.

Ou se cogne la tête sur l'évier.

Il la soulève dans ses bras comme une mariée et elle a l'air si petite. Elle ne porte plus que ses sous-vêtements depuis qu'on l'a déshabillée et sa peau est pâle. Peut-être à cause de la perte de sang, peut-être à cause de... tout le reste.

Ses cheveux argentés tombent en une cascade chatoyante et ses membres pendent. Si sa poitrine ne se soulevait pas et ne s'abaissait pas tandis qu'elle respire, il serait facile de penser qu'elle est...

Non.

Je secoue la tête, ne voulant même pas envisager cette possibilité.

Elle a l'air si petite et si vulnérable comme ça. Comme un oiseau qui s'est écrasé contre une fenêtre, meurtri et blessé. Il y a encore du sang séché sur elle, et la même crasse, la même saleté et la même sueur qui nous recouvrent tous après le combat dans l'église.

Pax la porte et je sais qu'il se battrait si quelqu'un essayait de la lui enlever, mais il a l'air perdu, comme s'il ne savait pas quoi faire dans cette situation. Je ne peux pas lui en vouloir pour ça. Il se tourne vers nous pour qu'on l'aide et Gale prend le relais.

« Mets-la sur le lit », dit-il, la voix tendue.

Pax acquiesce et la transporte dans sa chambre pour l'allonger sur le lit. Il la traite comme si elle était quelque chose de précieux, quelque chose qui pourrait se briser s'il la manipule trop durement, ce qui est différent de la façon dont il est habituellement avec elle.

Il est inquiet.

Nous le sommes tous.

Il regarde son bras, vérifie les points de suture, et Gale s'approche pour l'aider à l'examiner.

« Nous ne sommes pas passés à côté d'autre chose, n'est-ce pas ? » demande Pax en se frottant le cou. Il a perdu sa veste de costume quelque part en chemin et il a retroussé ses manches sur ses avant-bras, révélant les tatouages qui recouvrent sa peau.

Mais il n'y a rien. Aucune blessure cachée et terrible que nous n'avons pas remarquée lors de notre première vérification. Rien qui explique pourquoi elle s'est évanouie si soudainement comme ça. À part le choc et la perte de sang, mais c'est plus difficile à soigner.

Elle va plutôt bien physiquement, à part la blessure par balle et quelques éraflures et coupures ici et là dues au combat.

Gale laisse échapper un soupir de soulagement et Ash s'appuie lourdement contre le mur. Le fait qu'elle aille bien physiquement est une bonne chose, car cela signifie que nous n'avons pas à la précipiter quelque part pour des soins médicaux plus avancés que quelques points de suture, mais cela ne signifie pas grand-chose à long terme.

Je le sais mieux que quiconque.

Il y a des cicatrices et des blessures qui ne se verront jamais, qui ne laissent aucune trace physique, mais ces blessures de l'âme peuvent être tout aussi débilitantes qu'un coup de couteau ou une balle.

« Qu'est-ce qu'on fait ? » demande Pax.

Il baisse les yeux sur la forme endormie de River en repliant ses mains dans un mouvement que je reconnais comme étant celui d'un homme qui veut quelque chose pour distraire son inquiétude pour elle. Il veut frapper quelque chose ou détruire quelqu'un, mais il n'y a rien à frapper pour le moment.

« On devrait la laisser dormir », répond Ash avant que Gale ne puisse parler. « Elle est probablement épuisée. »

Nous acquiesçons tous et sortons de sa chambre en fermant doucement la porte derrière nous.

Selon un accord tacite, nous descendons et nous nous rassemblons dans la cuisine.

C'est le soir et l'heure du dîner approche, mais je n'ai

pas d'appétit. Personne d'autre ne fait le moindre geste pour trouver quelque chose à manger non plus, même si le dernier repas que nous avons pris était le déjeuner et que cela semble remonter à plusieurs jours maintenant.

Pax s'assoit à la table de la cuisine en continuant à plier ses doigts dans ce qui est probablement un mouvement apaisant pour lui. Il regarde au loin pendant un moment, puis appuie sa paume sur la table.

« Eh bien, putain », dit-il. « C'est parti en vrille, n'est-ce pas ? »

Ses mots sont presque désinvoltes, le ton habituel qu'il prend quand il s'agit de choses sérieuses. Mais il y a une lueur dans ses yeux et une tension dans ses épaules qui me disent qu'il est sérieux. Notre plan n'a pas fonctionné et Pax sait à quel point c'est grave.

« Merde », dit Gale en faisant les cent pas dans la cuisine. « C'était un putain de bordel du début à la fin. Nous aurions dû savoir. On aurait dû prévoir ça. »

« Prévoir que le plan ne fonctionnerait pas ? » demande Ash en levant un sourcil alors que ses yeux ambrés brillent derrière ses lunettes. Il a l'air fatigué, mais aussi agité. Il tient une pièce de monnaie dans sa main, la tournant encore et encore entre ses doigts comme s'il ne pouvait pas rester tranquille.

Je peux sentir la même agitation que je vois chez Pax et Ash dans mon propre corps.

La colère, la *fureur* que quelqu'un ait blessé River.

« Ça doit être le cartel qui a envoyé l'enculé qui a essayé de tirer sur River l'autre jour aussi », j'ajoute en secouant la tête. « Leur assassin n'a pas réussi à la tuer, alors ils ont choisi un autre endroit et lui ont tendu une embuscade. Ils nous ont tendu une embuscade. »

« Merde. » Gale jure à nouveau, la cicatrice sur sa lèvre se recourbant alors qu'il se renfrogne.

« On ne pouvait pas prendre le cartel en compte », dit Ash. « On n'y a même pas pensé. »

« Ils étaient dans notre angle mort », répond Pax en passant une main dans ses cheveux noirs ébouriffés.

Il a raison. J'étais là avec River après qu'elle a accidentellement éliminé le chef du cartel, Diego. J'ai tué les trois membres de leur rang qui l'ont menacée après qu'ils l'ont poursuivie. J'aurais dû me souvenir qu'ils seraient une menace.

Mais il y avait trop de choses à faire. Trop d'autres choses sur lesquelles se concentrer.

On ne l'a pas vu venir et ça nous a presque tous tués.

« Est-ce que ça pourrait être le cartel qui a exposé le corps d'Ivan ? » Je lance, en me demandant si tout est lié d'une manière ou d'une autre, et si on a manqué autre chose.

Gale y réfléchit, puis secoue la tête. « J'en doute. Ça n'a pas assez de sens. C'était un geste subtil de placer le corps d'Ivan découpé sur cette œuvre d'art au gala. Ça a envoyé un message, mais ça ne correspond pas à la façon dont le cartel est entré dans l'église armé jusqu'aux dents. Ils voulaient quelque chose de grand, fort et voyant. »

Je serre le poing. Je me sens... à bout. Comme si le contrôle que j'ai habituellement à la pelle me glissait entre les doigts.

« Je n'avais pas réalisé que le cartel avait réussi à relier

River à la mort de Diego », je leur dis. « Mais ils l'ont clairement fait. »

« Ouais », acquiesce Gale. Il se frotte le visage et arrête enfin de faire les cent pas. « Je lui demanderais bien si d'autres connards du cartel l'ont vue après l'incident où elle a essayé de tuer Ivan, mais... »

Il fait un geste impuissant d'une main et nous savons tous ce qu'il veut dire.

Pour l'instant, River a de plus gros problèmes que le cartel. Ils veulent sa mort, mais elle se bat pour survivre. Elle se bat pour garder espoir.

« Je déteste la voir comme ça », murmure Ash. « Si perturbée et dans les vapes. C'est comme si elle savait à peine qui nous étions. »

« Elle a compris », répond Pax. « Elle a arrêté de se battre quand elle a réalisé que c'était nous. »

« Mais ensuite elle était juste vide. Elle ne répondait pas. J'ai dû dire son nom plusieurs fois avant qu'elle ne réalise que je lui parlais. »

« Ouais. »

Pax fixe la table, ses narines se dilatent et sa mâchoire se serre. Ça doit être dur pour lui de savoir qu'il ne peut pas tuer ou mutiler quelqu'un pour tout faire disparaitre pour elle. Aucun d'entre nous n'est très doué pour gérer les émotions. Nous ne savons pas quoi dire ou comment agir pour améliorer les choses, et compte tenu de ce qui vient d'arriver à River, ça pourrait prendre un certain temps avant qu'elle puisse surmonter toute cette douleur.

Ash me regarde et il y a quelque chose d'hésitant

dans son regard au début. Puis il prend une inspiration, décidant clairement de se lancer.

« Comment as-tu survécu ? » demande-t-il. « Après Jade. »

Mon estomac se serre immédiatement. Normalement, les autres Rois du Chaos ne parlent pas de Jade en ma présence. Nous avons un accord tacite pour qu'ils n'évoquent pas cette merde ou ne remuent pas les vieilles blessures. Nous le faisons tous les uns pour les autres. Nous ne ressassons pas les conneries du passé qui ne peuvent que faire mal quand on y pense maintenant.

Mais je sais pourquoi Ash pose des questions sur elle maintenant.

Je réfléchis à la façon de lui répondre et je réalise que je ne suis pas vraiment sûr. Jade était la seule femme que j'ai aimée et la voir être brûlée à vif par un gang vicieux pour me donner une leçon m'a arraché une partie de mon âme.

C'était une période sombre pour moi et il y a eu tant de fois où j'ai presque glissé dans cette obscurité, me perdant dans la douleur. Cela semblait vraiment plus facile parfois, plus facile de m'y abandonner que de continuer à me battre.

Je n'ai plus aucun souvenir de l'époque. C'est le néant dans lequel Jade se trouvait.

Rien qu'en y pensant maintenant, les bords déchirés de cette blessure me font mal. Elle a un peu cicatrisé, suffisamment pour ne pas être toujours fraîche et béante, palpitante de traumatisme et de douleur comme elle l'était constamment, mais je sais que ça fera toujours mal.

Elle ne sera jamais complètement guérie.

Ce sera probablement la même chose pour River. Elle avait pour mission de tuer les six hommes de sa liste à cause de ce qu'ils leur avaient fait, à sa sœur et à elle. Même des années après les faits, elle voulait toujours se venger, car la douleur était toujours là.

Maintenant, il y a cette nouvelle blessure par-dessus tout ça et ça va juste aggraver le tout.

Quelque chose en moi souffre pour elle, et j'essaie de penser à une réponse à la question d'Ash, car je sais que nous devrons avoir un plan pour aider River dans les jours à venir. Nous devons faire quelque chose pour ne pas la perdre dans son chagrin.

Tout en me ressaisissant, j'ouvre la partie morte et fermée de mon cœur, me permettant de ressentir cette vieille douleur comme si elle était nouvelle.

Tandis que je le fais, je me souviens de la sensation écrasante. Je me souviens combien il était difficile de voir autre chose. Ça bloquait ma vision, mes souvenirs heureux, de sorte que tout ce que je pouvais ressentir était cette perte. Et chaque fois que j'étais seul, sans rien d'autre à faire et sans exutoire pour mon énergie, la douleur s'insinuait un peu plus, essayant de m'emporter avec elle.

Je m'en souviens très bien.

Il y avait toujours quelque chose qui me tirait loin du gouffre, cependant. Quelque chose d'autre sur lequel je pouvais me concentrer, quelque chose qui me donnait la motivation dont j'avais besoin pour continuer d'avancer.

Et quand j'y pense maintenant, je réalise ce que c'était.

Je *les* avais.

Mes frères.

Après la mort de Jade, Pax était à mes côtés. C'est lui qui m'a aidé à prendre ma revanche sur les hommes qui l'avaient tuée. Et peu de temps après, nous avons rencontré Ash et Gale.

Si je n'avais pas eu les autres Rois dans ma vie, je n'aurais pas réussi à chasser les ténèbres. J'en suis convaincu.

« C'était toi », dis-je à Ash en le regardant. « Vous tous. »

Ash fronce les sourcils, l'air confus. « Mais on n'a pas vraiment fait grand-chose. Gale et moi, en tout cas. »

« Vous n'aviez rien à faire », lui dis-je. « Vous étiez juste... là. » Je les regarde tous à tour de rôle. « Vous étiez là pour moi et je savais que vous le seriez toujours. C'était suffisant pour m'empêcher de me perdre complètement. C'est ce que nous devons faire pour River. Les paroles creuses et essayer de tout régler pour elle ne l'aideront pas. Elle a mal et c'est une sorte de douleur que nous ne pouvons même pas toucher. On doit juste s'assurer qu'elle sait qu'on est là pour elle. Quoi qu'il arrive. »

Ils acquiescent tous et c'est clair que mes paroles les ont rassurés un peu. Au moins assez pour qu'ils puissent continuer d'avancer.

Ash a l'air déterminé, comme s'il n'allait pas laisser River connaître ce qu'est la vraie solitude.

Gale a l'air furieux, comme s'il voulait trouver les

membres du cartel, Julian et tous ceux qui l'ont touchée et leur faire regretter d'être nés.

Pax a ce regard sur son visage, comme s'il passait mentalement en revue sa liste de *jouets* et planifiait comment les utiliser sur quiconque voudrait blesser River.

C'est encourageant de les voir tous si protecteurs. Je peux sentir la même envie de prendre soin d'elle brûler en moi. Je ne permettrai pas qu'elle souffre comme Jade a souffert et savoir que mes frères me soutiendront dans ce but m'apaise.

Je me sens toujours mal à l'aise, cependant. Je suis toujours sur les nerfs et je ne sais pas quoi faire.

River est juste à l'étage, mais elle semble très loin. Le fait que je ne puisse pas la voir ne fait qu'augmenter mon agitation et le sentiment d'inquiétude qui se propage dans mes membres.

La maison est sécurisée, et quiconque s'y introduirait pour essayer de la blesser nous rencontrerait, mais quand même.

Je veux être près d'elle.

Je dois voir qu'elle va bien.

Alors je me glisse hors de la cuisine pendant que les autres parlent et je remonte à l'étage.

Sa chambre s'assombrit alors que la nuit tombe, et elle est là où nous l'avons laissée, dans son lit. Elle a bougé un peu dans son sommeil. Elle est maintenant recroquevillée sur un côté, en petite boule.

Je peux seulement imaginer à quel point elle doit être fatiguée après tout ce qui s'est passé aujourd'hui. Ce plain était censé être un triomphe. Ça devait se terminer avec sa sœur et son petit garçon libérés de Julian.

Au lieu de cela, il y a juste la mort qui plane sur tout comme une ombre et les morceaux du cœur brisés de River à reconstituer.

Je la regarde pendant un petit moment, observant ses cheveux emmêlés et la façon dont la lumière des lampadaires dehors projette des ombres sur sa peau, faisant ressembler ses tatouages à des blessures dans l'obscurité.

Elle expire un petit souffle et je traverse finalement la pièce jusqu'au lit. J'enlève mes chaussures et je m'allonge avec elle, et quelque chose en moi se calme un peu, rien qu'en étant près d'elle.

River a besoin de se reposer, donc je ne la dérangerai pas. Mais j'espère qu'elle pourra sentir qu'elle n'est pas seule, qu'elle est en sécurité et que je suis là pour elle, quoi qu'il arrive.

Nous sommes tous là pour elle.

3

RIVER

Julian se tient à l'entrée de la ruelle devant l'église l'air à la fois furieux et frustré. Son expression brutale et sévère tord ses traits en un masque qui lui donne un air encore plus méchant que je ne le pense déjà.

Les bruits du combat dans l'église sont forts, mais ils semblent très éloignés. Comme s'ils venaient de loin et arrivaient faibles et déformés à mes oreilles.

Tout m'apparaît clairement. La lumière du soleil est vive, même si la ruelle est un peu ombragée par les bâtiments qui la bordent. La respiration d'Anna est forte dans mon oreille, et je peux la sentir haleter à cause de la course folle hors de l'église.

Je vois bien que c'est un rêve.

Un cauchemar.

Certains rêves sont moins clairs, recouverts de brouillard, mais celui-ci n'a rien à voir avec ça. C'est comme si j'étais de retour dans cette ruelle, regardant tout se dérouler devant mes yeux, comme la première fois.

Je me tiens là avec Anna et son fils derrière moi, et je dis à Julian qu'Anna est ma sœur. Je peux m'impliquer dans ses affaires, peu importe ce qu'il en pense.

Il veut me tirer dessus.

Je le remarque encore mieux dans ce cauchemar que lorsque c'est arrivé dans la vraie vie. Cette rage, cette haine. Il aurait aimé m'avoir tiré dessus quand j'étais dans son sous-sol pour éviter toute cette histoire. Mais c'est encore pire maintenant parce qu'il pensait qu'il allait obtenir quelque chose de notre marché — un lien avec les Rois du Chaos par alliance — et je suis là à essayer de lui enlever tout ça.

Julian appuie sur la gâchette.

Le temps semble ralentir.

Je regarde l'arme tirer, le recul faisant légèrement bouger son bras en arrière. C'est un bon tir. La balle vole dans l'air, se dirigeant droit vers moi, droit vers mon cœur.

Mais je sens Anna bouger. Elle plonge devant moi, interceptant la balle avant qu'elle n'atteigne sa cible.

La balle la frappe de plein fouet et elle tombe, le sang imprégnant déjà le tissu de sa robe et tâchant le trottoir où elle atterrit.

Julian se met à jurer immédiatement.

Je me mets à genoux aux côtés d'Anna, ignorant Julian quand il s'élance pour attraper Cody et l'emmener loin d'ici. Ce n'est pas la partie qui m'intéresse.

Je me soucie de la douleur sur le visage d'Anna, de l'obscurité de la lumière dans ses yeux. La façon dont elle tremble en se vidant de son sang.

Ce n'est qu'un cauchemar, mais il semble si réel, et la

douleur de la perdre me transperce le cœur comme un coup de poignard.

Il y a du sang sur moi, du sang dans ses cheveux sableux, et ses yeux bleu foncé commencent à perdre un peu de leur éclat et de leur couleur, comme si elle s'écoulait d'elle avec tout le reste.

Je vois Anna essayer de m'atteindre. Sa main tremble et perd son élan à mi-chemin, toute la force de son corps ayant disparu.

Non.

Cette pensée me frappe de plein fouet.

Non. Pas cette fois.

Si c'est un rêve, alors ça se passe dans ma tête. Et si c'est dans ma tête, alors je peux y faire quelque chose. Je peux tout changer. Je peux réécrire les règles.

Je ferme les yeux et prends une profonde inspiration, essayant de respirer malgré la perte et le chagrin en moi.

« Non », je murmure, presque comme si j'utilisais ma volonté pour remonter le temps et changer les choses. « Pas comme ça. S'il te plaît, pas comme ça. «

Le poids du corps d'Anna disparaît de mes genoux, et quand j'ouvre les yeux, les choses ont changé. C'est comme si j'étais dans mon corps, mais aussi à l'extérieur de celui-ci, regardant Anna, Cody et moi-même courir dans l'allée.

Mes poumons brûlent comme si je courais aussi, mais le fait d'être en dehors de moi-même me permet de tirer plus de ficelles. J'attrape la main d'Anna, la tirant plus fermement derrière moi cette fois.

Julian la voit toujours et la fureur se lit sur son visage comme un masque vicieux, tout comme avant. Il sort toujours son arme et la pointe sur moi.

Mon esprit s'emballe. S'il me tire dessus et qu'Anna ne s'interpose pas, que se passera-t-il alors ? Je donnerais ma vie pour ma sœur sans hésiter, alors je ne bronche même pas quand Julian tire cette fois.

Je resserre juste ma prise sur le bras d'Anna pour essayer de la maintenir en place.

Mais ça ne marche pas. Elle me pousse brutalement et je trébuche, lâchant sa main pendant une fraction de seconde. C'est tout le temps qu'il lui faut pour se faire tirer à nouveau dessus, tombant au sol comme avant.

« Non ! » Je crie. « Non. Ce n'est pas bien. »

« Tu aurais dû rester en dehors de ça ! » crie Julian. Il court et attrape Cody. Il ne regarde pas Anna en s'échappant de la ruelle.

Ma poitrine se serre alors que je reste plantée là, à regarder Anna mourir pour la troisième fois.

Non, bon sang.

Il doit y avoir un moyen.

Il doit y avoir quelque chose que je peux faire pour empêcher que ça arrive.

Une fois de plus, je force le temps à reculer, cette fois un peu plus loin. Avant qu'on sorte en trombe de l'église. L'allée est vide et je réalise que je ne sais pas ce que Julian faisait avant qu'on arrive ici.

Est-ce qu'il nous attendait ? Essayait-il de s'échapper par ses propres moyens ?

Je n'en sais rien, alors dès qu'on arrive dans la ruelle,

Julian apparaît à l'entrée. Il nous voit, et il a l'air furieux, comme toutes les autres fois.

On se dispute et il tire.

J'essaie de faire reculer Anna quand elle court vers l'avant, mais cette fois, elle tourne sur elle-même et s'accroche à moi, dos à Julian, alors que la balle la touche entre les omoplates.

Celle-ci est encore pire, parce que je peux la sentir quand elle se secoue. Je peux entendre le bruit de sa respiration et voir la douleur et l'angoisse dans ses yeux avant qu'elle ne s'effondre sur le sol.

Quelque chose de chaud et d'humide roule sur ma joue, et je réalise que je pleure.

Voir ça à maintes reprises m'arrache le cœur, mais je ne peux pas m'arrêter. Je ne pense qu'à la possibilité d'empêcher que cela se produise ou d'améliorer la situation, et je ne peux pas accepter que cela ne fonctionne pas.

Je force le temps à revenir en arrière, encore et encore.

Je continue à pousser, à essayer, mais ça ne sert à rien.

J'essaie d'attaquer Julian, de le faire reculer avant qu'il n'ait la possibilité de me tirer dessus, mais la balle passe à côté et finit quand même par toucher Anna.

J'essaie de mettre Cody devant, pensant que Julian ne tirera pas si son fils est dans sa ligne de mire. Mais Anna saute devant son fils et Julian tire quand même.

Je pousse Anna hors du chemin, la jetant à terre avant que le coup ne parte, mais elle se retrouve quand même dans le chemin.

Trois, quatre, cinq, six, sept fois. Sept fois, je regarde ma sœur se vider de son sang dans la ruelle. Je regarde son sang se vider sous son corps. J'entends cette promesse chuchotée que nous nous sommes faits il y a des années.

« Je tuerais et mourrais pour toi. »

C'est comme la première fois à chaque fois, mais avec une nouvelle couche d'agonie, parce que je ne comprends pas pourquoi ça ne marche pas.

Pourquoi je ne peux pas la sauver.

Rien ne marche, et chaque fois que je la regarde tomber, c'est encore plus dur. Je me sens dans tous mes états. Je pleure de manière incontrôlable et j'essaie de respirer profondément par la bouche, même si cela ne fait qu'accentuer la douleur lancinante dans ma poitrine.

« *Anna. S'il te plaît.* » *Je murmure les mots d'une voix rauque. Ils ne font aucune différence.*

Son corps est froid.

Son âme est partie.

Il n'y a plus rien d'elle ici.

Mes yeux s'ouvrent brusquement et je jette un coup d'œil dans la pièce sombre rapidement. Je suis réveillée, sortie du cauchemar...

Mais ce n'est pas vrai, n'est-ce pas ?

Je *vis* toujours ce cauchemar, parce que ce qui s'est passé dans mon rêve est vrai. Anna est morte et il n'y a rien que je puisse faire pour la ramener.

Je me sens si engourdie. Morte à l'intérieur.

Mon cœur bat toujours et je respire toujours, mais je pourrais aussi bien être morte dans cette allée avec ma sœur.

Je ne me souviens pas de m'être allongée pour dormir,

et je porte toujours mes sous-vêtements, comme lorsque les gars m'ont déshabillée plus tôt. Tout ce qui suit est un peu flou et ça me donne mal à la tête si j'essaie d'y penser trop fort.

Alors j'arrête.

Quelqu'un se déplace dans le lit derrière moi et je me retourne pour réaliser que Preacher dort avec moi. Son visage est plus détendu que d'habitude tandis qu'il dort, et il fut un temps où j'aurais voulu me blottir contre lui et essayer de me réconforter de sa présence et sa chaleur.

Mais maintenant, je suis à peine consciente de lui. Si je ne l'avais pas senti bouger, je n'aurais peut-être même pas réalisé qu'il était là. La connexion entre nous est petite et silencieuse, comme tout le reste.

Je reste là, à regarder le plafond pendant des minutes ou des heures. Le temps n'a même pas d'importance.

Finalement, l'engourdissement se transforme en une agitation que je ne peux ignorer. J'ai l'impression que quelque chose fait pression sur moi et que j'ai du mal à respirer. J'ai l'impression que je vais sortir de ma peau, et ça ressemble au sentiment que j'ai eu après avoir tué Ivan et que la douleur n'a pas disparu.

Être allongée ici dans le noir me semble étrange.

J'ai l'impression que je ne devrais pas être ici.

Comme si je ne pouvais pas être là.

Je ne peux pas faire ça.

Je sais que si j'essaie de me rendormir, je verrai Anna mourir encore une fois, et cette pensée me fait froid dans le dos. Je ne peux pas refaire ça. Je n'en ai pas envie.

Mais je ne peux pas non plus rester allongée ici. J'ai

l'impression que je vais perdre la tête si j'essaie de le faire. Alors je me lève sans faire de bruit, en faisant attention à ne pas réveiller Preacher. Il a besoin de dormir et je ne veux pas qu'il essaie de m'en empêcher.

Je me dirige vers ma commode et j'attrape les premiers vêtements que je trouve, sans me soucier de ce qu'ils sont.

Une jupe, un chandail et des chaussures.

N'importe quoi qui me couvre assez pour pouvoir partir.

Il est très tard, mais je ne sais pas exactement quelle heure il est. C'est silencieux et sombre dans la maison, et je suppose que tout le monde est endormi. Même le chien ne bouge pas quand je descends les escaliers et que je me glisse dans le salon.

C'est trop silencieux, trop sombre, tout comme mes pensées.

Chien lève les yeux quand je passe devant l'endroit où il est recroquevillé sur le canapé il gémit.

« Chut », je chuchote en secouant la tête.

Il se recouche, mais je sens ses yeux sur moi alors que je me dirige vers la porte d'entrée.

Je me glisse dehors et commence à marcher sur le trottoir. C'est comme si j'étais encore dans un rêve. Comme si le monde qui m'entoure était brumeux et déformé, et que rien de tout cela n'était réel.

Je ne sens rien.

Les arbres bruissent, mais je ne sens pas la brise sur ma peau. Elle soulève un peu mes cheveux, mais je ne la sens pas non plus. Je marche dans la rue, passant devant les maisons de luxe du quartier, mais je ne les vois pas vraiment.

Pendant si longtemps, je me surnommais Fantôme, mais maintenant je me sens vraiment comme tel. Comme si je dérivais entre la vie et la mort, condamnée à errer pour toujours parce que je n'ai pas accompli la seule chose que j'avais promis de faire.

Je ne sais même pas où je vais et je m'en fiche un peu. Je continue à marcher, laissant mes pieds me porter hors du quartier des gars et sur la route.

Les rues sont pour la plupart vides à cette heure de la nuit et c'est silencieux à l'exception du passage occasionnel d'une voiture ou du bruissement des feuilles dans les arbres.

Cela commence à changer un peu quand mon environnement change. Je marche jusqu'à ce que j'arrive dans un quartier plus merdique de la ville et il y a bien plus d'action ici.

C'est logique que toutes les personnes respectables soient endormies, tandis que les criminels et les voyous sont tous debout.

« Hé. »

Une voix rauque perce le brouillard de mes pensées, et je tourne la tête pour voir un homme aux vêtements déchirés et sales s'approcher de moi. Je pense qu'il a une barbe, mais je ne peux pas vraiment me concentrer sur lui.

Il me demande : « T'as des pièces, meuf ? » Je fouille dans la poche de ma jupe, j'en sors quelques pièces et je les lui donne sans même y penser.

Deux femmes marchent dans la rue en talons hauts et l'une d'elles rit de ce que dit l'autre.

Pour une raison ou une autre, cela me rappelle un souvenir de la façon dont Anna avait l'habitude de rire. Elle était plus calme que moi la plupart du temps, mais son rire était toujours fort et joyeux. J'avais l'habitude de penser qu'elle riait de tout son être, en débordant de joie parce qu'elle ne pouvait être contenue.

Je pense à la façon dont elle disséquait soigneusement ses sandwiches et les mangeait en morceaux. Couche par couche : pain, viande, fromage et pain. J'avais l'habitude de la taquiner parce qu'elle mangeait comme une vieille dame difficile et elle m'engueulait, me traitant d'être un animal pour manger tous les ingrédients en même temps.

Je pense à sa façon de se brosser les cheveux et à la façon dont elle les tressait le soir, en espérant qu'au lendemain matin, lorsqu'elle enlèverait les tresses, il y aurait de belles vagues dans ses cheveux châtains, comme les femmes qu'on voyait à la télé. Ça fonctionnait pendant environ une heure avant que ses cheveux raides ne retrouvent leur état naturel.

Je me souviens lui avoir dit que la moitié des filles que nous connaissions avec des cheveux bouclés auraient souhaité avoir des cheveux aussi raides que les siens, et elle m'a reproché d'essayer de lui faire un de ces discours à la con. Au final, ça l'a fait sourire et c'est tout ce qui comptait.

Je me souviens de la première fois qu'elle a essayé de préparer le dîner. Elle a mis le feu à une serviette et nous l'avons jetée dans l'évier, puis enterrée dans le jardin minuscule que nous avions alors pour nous assurer que notre père ne le découvrirait jamais.

Même si la cuisine sentait encore le brûlé quand il est rentré, il n'a rien dit.

J'ai tellement de souvenirs. De quand nous étions plus jeunes, que nous grandissions ensemble, inséparables, jusqu'au moment où nous avons été enlevées par ces hommes et utilisées pour expier la stupidité de notre père. Je vois le visage d'Anna dans mon esprit encore et encore, heureux et triste, en colère et effrayé. Je la revois prendre ma défense quand un gamin à l'école m'a traitée de salope et je la revois pleurer quand un idiot lui a brisé le cœur.

Je veux ressentir quelque chose alors que ces souvenirs défilent dans mon esprit. La joie de me souvenir des bons moments ou même la tristesse de ne plus jamais la voir détruire un sandwich.

N'importe quoi.

Mais il n'y a rien. C'est comme si je regardais un diaporama de la vie de quelqu'un d'autre, derrière un mur de verre, et que je regardais tout se dérouler.

Je suis brisée.

Je me suis toujours demandé si j'étais brisée avant, mais j'avais des trucs à faire et pas le temps d'y penser. Mais maintenant je sais. Maintenant, je le suis vraiment. Je ne sais plus comment vivre, et honnêtement, je ne suis même pas sûre de le vouloir.

Anna est... était... ma raison d'être.

Même quand je pensais qu'elle était morte la première fois, j'ai continué parce que je voulais la venger.

La perdre à nouveau après l'avoir retrouvée ? Je ne sais pas comment survivre ça. Je ne sais pas comment m'empêcher de me noyer dans l'obscurité et le silence. Il est difficile de trouver une raison pour laquelle je devrais essayer.

Une enseigne au néon attire mon attention, brisant la boucle des souvenirs alors que je passe devant un bar miteux.

Il y a quelques personnes qui traînent dehors, appuyées contre le mur du bâtiment fumant des cigarettes.

Ils me regardent quand j'entre, mais je ne leur prête pas attention, je me contente d'entrer et d'aller au bar, me sentant encore toute engourdie.

« Vous voulez quelque chose ? » demande le barman. Il est grand et large, mais c'est à peu près tout ce que je remarque avant de ne plus m'en soucier.

« Whisky », j'arrive à lui dire. Ma langue est lourde dans ma bouche. Le mot est bizarre, comme si parler était devenu trop difficile.

Il acquiesce et prend une bouteille sur l'étagère derrière lui, en verse une bonne dose dans un verre avant de le pousser vers moi.

Je l'entoure de mes mains et je bois d'un seul trait. Ça brûle à peine en descendant, juste une légère chaleur qui s'installe dans mon estomac quand j'ai fini.

Si le barman pense qu'il y a un problème, il ne le

demande pas. Il soulève juste la bouteille et lève un sourcil.

Je hoche la tête et il verse à nouveau.

Je bois le deuxième verre aussi vite, sans même le goûter. Je ne sais pas si c'est un bon whisky ou un truc de débouchage et je m'en fous.

Quelqu'un d'autre entre dans le bar, attirant l'attention du barman pendant une seconde, et quand il se retourne vers moi, je pousse le verre vers lui et croise son regard.

« Un autre. »

4

GALE

Mes yeux s'ouvrent brusquement et je me redresse, ressentant un sentiment d'urgence soudain.

Il fait sombre dans ma chambre et la maison est silencieuse, mais mon corps est tendu, comme si tous mes muscles étaient prêts à réagir immédiatement.

Je ne sais pas ce qui m'a réveillé, puisqu'il n'y a aucun son dans ma chambre, à part les bruits habituels de la maison et les grillons dehors. La maison est silencieuse derrière ma porte aussi, donc tout le monde est probablement endormi. Je ne me souviens pas si j'étais en train de rêver ou non, mais je suis bien réveillé maintenant, comme si quelque chose m'avait tiré de mon sommeil.

Avec un soupir, je passe ma main sur mon visage et m'assois dans le lit, laissant les couvertures s'enrouler autour de ma taille. Mon paquet de cigarettes est sur la table de nuit, j'en prends une et l'allume d'un seul geste.

Je pose mes avant-bras sur mes cuisses et j'inhale la fumée, la laissant s'attarder un peu dans ma bouche et ma gorge avant de tout souffler d'un coup.

C'est un rituel apaisant qui consiste à inspirer et expirer, et je le laisse me calmer après mon réveil brutal.

Il est tard et je sais que je n'ai pas dormi plus de quelques heures depuis que je me suis couché. Mais je suis bien réveillé maintenant.

Je pense immédiatement à la dernière chose à laquelle j'ai pensé avant de m'endormir, et sans surprise, c'est River. C'est comme ça depuis un bon moment maintenant, je dois l'avouer. C'est difficile de ne pas penser à elle et à l'impact qu'elle a eu sur nos vies, et surtout maintenant.

Je suis très inquiet pour elle.

Je ne l'ai jamais vue comme elle était quand on est rentrés de l'église. Comme si elle n'avait plus de combativité et d'élan, et que son côté rebelle était mort quand sa sœur est décédée.

Je ne la connais pas depuis si longtemps que ça, ce qui est étrange étant donné à quel point j'ai l'impression de la connaître maintenant. Elle s'est fait une place dans notre maison, dans notre petite famille, et elle s'y intègre parfaitement.

Elle est dans un sale état, c'est sûr. Personne ne peut lui en vouloir pour ça. Retrouver sa sœur pour se la faire enlever le jour même où elle était censée être libre est un foutu coup du sort et je n'ai aucune idée de la manière dont je peux l'aider.

Preacher m'a dit d'être là et de m'assurer qu'elle sache

qu'elle n'est pas seule, alors je suppose que c'est ce que nous devrons faire. J'ai l'impression qu'il devrait y avoir quelque chose d'autre, quelque chose de plus que je pourrais faire pour améliorer les choses, mais je sais que ça ne marche pas comme ça.

Peu importe à quel point j'aimerais que ce soit le cas.

Il y a un cendrier sur ma table de nuit, j'y écrase les restes de ma cigarette, puis je sors du lit. Mon t-shirt est en tas sur le sol et mon pantalon de jogging glisse sur mes hanches lorsque je me dirige vers le hall.

La chambre de River est juste quelques portes plus loin et je marche sans faire de bruit, ne voulant pas réveiller les autres juste parce que je ne peux pas dormir.

Je sais que Preacher est dans la chambre de River, mais je veux être près d'elle aussi, presque comme si la voir dormir, un peu paisiblement, je l'espère, m'aiderait à dormir également. Et si elle a du mal à dormir, alors peut-être que ma présence l'aidera. Pour qu'elle sache qu'elle n'est pas seule dans le noir.

Sa porte est entrouverte. Je la pousse et regarde dans la pièce. Le lit n'est pas fait, et il y a assez de lumière dans la pièce, grâce à la lune et aux lampadaires, pour voir qu'il n'y a qu'une seule forme endormie sur le lit.

Vu qu'elle est grande et large, je sais que ce n'est pas River.

Ma poitrine se serre.

C'est quoi ce bordel ?

« Preacher. »

Je dis son nom à voix haute et fort. Preacher se réveille immédiatement et s'assoit sur le lit. Ses yeux bleus habituellement clairs sont assombris par l'obscurité de la pièce, et les mèches plus longues de ses cheveux blonds sont ébouriffées par son sommeil. Il a des plis sur la joue à cause de l'oreiller et il porte toujours ses vêtements de tout à l'heure.

« Où est River ? » Je lui demande en espérant qu'il va me répondre.

Preacher regarde l'endroit où nous avons allongé River quand elle s'est évanouie, puis lève les yeux vers moi. Vu l'air qu'il a, il n'en sait rien, et mon cœur se serre.

Une vague de peur ou d'inquiétude me submerge.
Peut-être un mélange des deux.
Elle n'est pas là.

« Putain », murmure Preacher en se passant une main sur le visage.

Puis il se lève d'un bond, contourne le lit et me dépasse pour aller dans le couloir. Je vais avec lui et, sans rien dire, nous commençons tous les deux à fouiller la maison en commençant par les chambres.

Preacher va jeter un coup d'œil dans la chambre de Pax pour voir si elle n'est pas allée se blottir contre l'homme tatoué si elle n'arrivait pas à dormir ou quelque chose comme ça, et j'ouvre la porte d'Ash pour vérifier la même chose.

Je n'essaie pas vraiment d'être silencieux à ce stade, poussé par l'inquiétude qui bouillonne dans mes tripes. Je suis plus préoccupé par le fait de m'assurer que River est ici dans la maison et qu'elle va bien que de m'assurer que mes frères ne se réveillent pas.

Ils me le pardonneront, et si River va bien, on pourra tous se rendormir tranquillement.

Ash est seul dans son lit, il bâille et se frotte les yeux quand le bruit de mon entrée le réveille. Il a le sommeil léger et il se redresse, louchant dans l'obscurité sans ses lunettes.

« Qu'est-ce qui se passe ? » marmonne-t-il en tâtonnant en direction de la table de nuit à côté du lit pour trouver ses lunettes. « Bon sang, Gale. Les gens aiment généralement dormir à cette heure de la nuit. »

« River a disparu », lui dis-je en ignorant son insolence et en allant droit au but.

« Elle a... *merde*. »

Ash jure et sort du lit en mettant ses lunettes.

Dans le hall, Preacher a manifestement eu une conversation similaire avec Pax, car il se tient là aussi, ses sourcils noirs froncés et les bras croisés.

« Qu'est-ce que tu veux dire, elle est *partie* ? » demande-t-il en regardant Preacher comme si cela allait faire apparaître des réponses par magie.

Preacher lui lance un regard neutre. « Nous devons fouiller le reste de la maison. »

Même si sa voix est stable, comme d'habitude, je peux sentir l'agitation, l'inquiétude qu'elle ne soit pas là. Que quelque chose lui soit arrivé pendant que nous dormions tous.

C'est généralement à moi de garder la tête froide quand il s'agit de ce genre de choses. Bien que nous fonctionnions en équipe, je joue souvent le rôle de leader de notre groupe, alors je prends une grande respiration et j'essaie de chasser mon inquiétude jusqu'à ce que je sois sûr qu'il y a quelque chose à craindre.

Je dois garder la tête froide et paniquer ne m'aidera pas.

« Séparons-nous et continuons à chercher. On couvrira plus de terrain comme ça », dis-je sèchement.

Personne ne répond ou même ne hoche la tête. Ils le font simplement, marchant dans différentes directions pour fouiller la maison en appelant le nom de River. Pax se dirige vers le sous-sol pour vérifier et Ash regarde même dans tous les placards, juste pour être sûr.

Mais quand on se retrouve en bas, personne n'a rien de bon à rapporter.

« On est sûrs qu'elle est juste... partie ? » demande Ash. Il se tient au milieu du couloir en bas, passant une main dans ses cheveux.

Preacher lui lance un regard. Ses émotions soigneusement contrôlées sont manifestement sur le point de craquer. J'interviens avant qu'il puisse s'en prendre à Ash.

« Quelle est l'alternative ? » Je demande. « Que quelqu'un l'ait kidnappée ? »

« Non », dit Preacher sèchement. « Non. Nous nous serions réveillés si quelqu'un s'était introduit ici. Le chien serait devenu dingue. Ce n'est pas arrivé. »

On dirait qu'il essaie de se convaincre lui-même autant qu'il essaie de nous convaincre.

Je ressens une poussée de rage possessive à l'idée que quelqu'un puisse s'être introduit par effraction pour l'enlever, mais Preacher a raison. Il n'y a aucune chance qu'ils soient entrés et sortis avec River sans que l'un de nous ne le sache.

« On continue à chercher », je leur dis. « Personne ne l'a enlevée. »

Elle n'est pas dans le salon, la cuisine, la salle de piano ou la bibliothèque.

Chaque fois que j'ouvre une porte ou que j'entre dans une des pièces et que je la trouve vide, quelque chose se resserre dans ma poitrine. J'espère toujours voir River, recroquevillée dans un coin dans une couverture. Endormie ou non, en colère ou non, au moins elle serait là.

Mais ce n'est pas le cas, et mon cœur bat de plus en plus fort au fur et à mesure que nous vérifions les endroits où elle n'est pas présente.

L'inquiétude et le besoin de l'avoir de nouveau avec nous planent dans la maison.

Nous le ressentons tous et je me promets que lorsque nous la trouverons, je ne la laisserai plus partir.

Elle nous appartient.

Sa place est avec nous, peu importe ce qu'elle ressent en ce moment.

Pax revient du sous-sol alors que nous nous regroupons dans le salon, et pendant un moment, la pièce est totalement silencieuse.

« *Merde !* » jure Pax, coupant court au silence. « Où est-elle ? Et si elle est blessée ? »

« Ne dis pas ça, putain », répond Ash. « Elle va *bien*. Il faut qu'elle aille bien. Merde. »

Pax ne lui répond même pas. Il grince des dents, puis,

lorsque la colère devient trop forte pour être retenue, il s'élance et donne un coup de poing dans le mur du salon, y laissant un trou.

Ash n'arrête pas de marmonner et de jurer comme si ça allait l'aider. Peut-être que ça l'aide, puisque ses mains sont vides et qu'il n'a rien à tripoter pendant que nous essayons de comprendre ce qu'il se passe.

Preacher a l'air perturbé. Il est immobile comme une statue et ne fait pas vraiment attention au reste d'entre nous. Ses yeux sont remplis de colère et de douleur, et son expression est sévère. Pour une fois, il ne fait aucun effort pour se contrôler, démontrant sa douleur.

Ça doit être dur pour lui en ce moment. Nous avons parlé de Jade plus tôt et maintenant River a disparu. Je peux imaginer à quoi il pense en s'inquiétant pour River et ayant le sentiment de la laisser tomber.

J'arrive à peine à contrôler ma rage. Je veux frapper quelque chose, mais ça ne m'aidera pas vraiment. Je ne suis même pas en colère contre River d'être partie.

Non, cette rage est contre le monde qui l'a blessée.

Le monde qui lui fera *toujours* du mal s'il en a l'occasion.

C'est une vraie guerrière, et je le crois toujours, même si elle souffre en ce moment. Mais c'est aussi vrai qu'elle est dans un état vulnérable et qu'elle ne pense pas clairement. Elle n'a probablement pas d'armes et elle se sent perdue, où qu'elle soit.

Ce serait facile pour quelqu'un de la blesser comme ça. Facile qu'il arrive n'importe quoi et je ne veux pas prendre ce risque.

« On va la trouver », je leur dis. « On va la trouver. »

Je ne vais pas m'asseoir et attendre qu'elle revienne s'il y a un risque qu'elle ne revienne pas.

« Pax, viens avec moi. Ash, Preacher, vous deux restez ici au cas où elle reviendrait. »

Les deux autres n'argument pas qu'ils devraient venir aussi. Ils savent qu'il est plus important qu'ils soient là au cas où River reviendrait d'elle-même.

Ash acquiesce et avale difficilement, comme s'il essayait de se ressaisir. « Ouais. Ok. »

« Ramenez-la », râle Preacher. Sa voix est serrée et étouffée, comme s'il retenait un raz-de-marée d'émotions par la seule force de sa volonté. Comme s'il ne tenait qu'à un fil.

Je hoche la tête. Je veux lui promettre que je vais le faire, que nous ne reviendrons pas sans elle, mais nous savons tous qu'il n'y a aucune garantie que je puisse tenir ce genre de promesse.

Parce que n'importe quoi peut arriver. La vie est cruelle, dure et injuste, et nous connaissons tous les quatre cette vérité mieux que la plupart des gens.

Tout ce que nous pouvons faire est d'espérer le meilleur, ce qui n'est pas du tout réconfortant.

Pax se dirige déjà vers la porte d'entrée, s'arrêtant pour mettre ses chaussures, puis laisse la porte ouverte en sortant dans l'allée.

Je le suis et je ferme la porte derrière nous.

« Elle n'a pas pris sa voiture », murmure-t-il, attirant mon attention.

« Quoi ? »

Il fait un signe de tête vers le tas de ferraille que River insiste à conduire, toujours garé dans l'allée derrière la voiture d'Ash.

Merde. Je ne sais pas si ça me fait me sentir mieux ou pire.

Au moins à pied, il y a une chance qu'elle ne soit pas allée trop loin, mais ça veut dire qu'elle marche seule durant la nuit à Détroit. Je parierais sur elle dans un combat neuf fois sur dix, mais c'est quand elle est dans son état normal et concentrée. Maintenant, elle est épuisée et en deuil, et il y a trop de salauds dans cette ville qui aimeraient en profiter.

« On doit y aller », dis-je à Pax et il hoche la tête.

Nous montons tous les deux dans ma voiture, je sors de l'allée et je descends notre rue à toute vitesse. Pax la cherche des yeux alors que nous sortons du quartier, mais il n'y a rien.

« Droite ou gauche ? » Je lui demande en m'arrêtant à un stop.

À gauche, ça nous mènera vers l'autoroute et dans le quartier plus riche de la ville, où se trouvent tous les restaurants et les boutiques de luxe.

À droite, ça nous mènera à des quartiers plus douteux de Détroit, et avant même que Pax ne réponde, je sais qu'on ne tournera pas à gauche.

« Tu penses qu'elle est peut-être retournée chez elle ? » demande Pax. « Son appartement ? »

C'est difficile à dire. Je ne pense pas qu'elle soit vraiment attachée à cet endroit, et d'après ce que River a dit sur son passé, elle n'y vivait pas avec Anna ou qui que ce soit.

« Non. » Je secoue la tête en me mordillant la lèvre. « Mais on ne peut pas non plus continuer à deviner. Et on ne peut pas couvrir assez de terrain assez vite pour la trouver. Appelle Harry. Peut-être qu'il peut vérifier les caméras de sécurité dans le coin et nous aider à la trouver. »

Harry Magellan est l'un de nos contacts. C'est un pirate informatique que nous contactons quand nous avons besoin d'avoir accès aux systèmes de sécurité ou aux comptes bancaires des gens. C'est un type étrange, calme et presque timide, mais il s'y connaît.

« Bonne idée. »

Pax l'appelle en tapant du pied avec irritation car Harry ne répond pas du premier coup.

Finalement, il le fait, et je peux entendre le son étouffé de sa voix du siège du conducteur.

« Hé », aboie Pax. « Nous avons besoin d'une faveur. »

Il y a des murmures au bout du fil et Pax le laisse à peine terminer une phrase avant de lui couper la parole.

« Je m'en fiche. C'est une urgence, alors fais-le ou je vais débarquer pour te forcer. »

D'habitude, je dirais à Pax qu'être désagréable avec nos contacts est mauvais pour les affaires, mais je me tais. Plus on n'attend, plus il y a de chances que quelque chose de mal arrive à River.

Nous pouvons arranger les choses avec Harry plus

tard si nécessaire, mais il n'y aura pas de retour en arrière si quelque chose arrive à River.

Pax transmet les informations que nous avons en disant à Harry de vérifier les caméras de sécurité des rues autour de notre maison. Il décrit River, de ses cheveux à ses tatouages, et rien que de l'entendre parler d'elle me fait mal au cœur.

Putain, où es-tu, River ? Où est-ce que tu es allée ?

Harry grommelle quelque chose, mais ensuite j'entends le faible son des touches d'un clavier, donc il est clairement en train de le faire.

Je m'arrête à un feu rouge et Pax tape encore plus fort du pied. Je serre et desserre les mains sur le volant en essayant de me concentrer sur ma respiration et de ne pas laisser mon irritation prendre le dessus.

« Putain, qu'est-ce qui prend autant de temps ? » grogne Pax quand on se remet en route.

Cette fois, j'entends clairement Harry quand il dit : « C'est une foutue grande zone et j'essaie de ne pas la rater. Calme-toi. »

Apparemment, notre ami hacker, habituellement timide, est plus audacieux et plus agressif la nuit, probablement parce qu'il a été réveillé en pleine nuit. Pax serre les dents, retenant sa rage mieux qu'il ne le ferait normalement parce que nous avons besoin de l'aide de Harry.

Il met le portable sur haut-parleur et le pose sur la console centrale, et je me gare dans un parking vide pour attendre. Ça ne sert à rien de rouler sans but jusqu'à ce qu'on sache où aller. Plusieurs longues minutes s'écoulent et je jure que chaque seconde m'enlève une année de ma putain de vie.

Si ça ne marche pas, je ne sais pas ce qu'on fera.

Je ne sais pas comment on va la trouver.

« Je l'ai trouvée », dit enfin Harry. « Cheveux argentés, tatouages comme tu l'as décrit. Elle est juste... en train de marcher. Elle a quitté votre maison à pied et elle est passée devant une épicerie il y a environ une heure. »

Il dit le nom de deux rues transversales et c'est suffisant pour que je m'engage sur la route, dans la direction qu'il a indiquée.

« Est-elle restée sur cette route ? » demande Pax.

« On dirait bien. Elle a juste continué à marcher... marcher... marcher. Ah ! Là. Un bar minable appelé O'Malley's. Elle est entrée et... on dirait qu'elle n'est pas repartie. »

« Compris », dit Pax.

Il raccroche sans même dire merci et je fonce pendant qu'il cherche l'emplacement du bar sur son portable. Il est très tard maintenant et les chiffres de l'horloge dans la voiture se rapprochent de quatre heures du matin alors que Pax me dit où aller.

Nous nous arrêtons finalement devant un bar délabré. Je me gare un peu plus loin, on sort de la voiture et on entre.

Le bar est presque entièrement vide et une nouvelle vague d'inquiétude m'envahit alors que je scrute l'intérieur sombre en la cherchant.

Est-elle sortie par l'arrière ? Harry suivait-il la mauvaise fille avec ses extraits de vidéosurveillance ?

Mais alors je repère des cheveux argentés à l'arrière de la pièce.

Je donne un coup de coude à Pax et lève le menton vers elle, et nous nous avançons dans cette direction. Une fois que nous sommes assez proches, je peux voir que c'est vraiment River.

Elle est affalée sur une table dans une banquette à l'arrière et un homme aux cheveux gras et aux mains baladeuses est assis à côté d'elle, essayant de la tripoter.

Ça m'enrage. Pax et moi marchons vers River et l'enfoiré pervers qui est assis près d'elle.

Sa main est sur ses côtes, remontant lentement son t-shirt, comme s'il craignait qu'elle se réveille s'il bouge trop vite. Il est tellement absorbé par ce qu'il fait qu'il ne nous remarque même pas avant qu'il ne soit trop tard.

Je l'attrape et l'éloigne de River hors de la banquette. Il bafouille, essayant de dire quelque chose, et l'odeur de l'alcool me frappe de plein fouet. Avant qu'il puisse dire un seul mot, je le pousse vers Pax.

Pax lui fait un sourire vicieux qui ébranlerait même les personnes les plus fortes. Il saisit brutalement le visage de l'enculé et se rapproche de lui.

« On dirait que quelqu'un n'a pas appris la leçon de ne pas toucher les gens sans leur putain de permission », dit-il, la voix basse et menaçante. « Alors pourquoi ne viens-tu pas avec moi et on va avoir une petite discussion sur les bonnes manières. »

Le gars essaie de discuter, mais c'est impossible de se

libérer de la poigne de Pax qui traîne ce connard dehors par la porte de derrière.

« Hé », crie le barman, se penchant sur le bar pour me regarder alors que la porte se referme derrière Pax et sa proie. « Pas dans mon putain de bar. »

Je lui lance un regard froid pour lui montrer à quel point je ne suis pas impressionné par sa tentative de faire semblant de s'intéresser à lui.

« Tu sembles être sacrément doué pour ignorer ce qui se passe dans ton bar », lui dis-je avec un grognement dans la voix. « Donc tu peux ignorer tout ce qui est sur le point de se passer aussi. »

Je ne sais pas de quoi j'ai l'air en cet instant, mais mon visage doit probablement refléter la colère meurtrière que je ressens. Le barman me regarde fixement pendant une seconde et j'attends de voir s'il va insister sur la question.

Il ne le fait pas. Au lieu de cela, il recule derrière le bar et commence à l'essuyer sans me regarder dans les yeux.

Bien. Je peux me concentrer sur River.

Elle semble presque catatonique, les yeux fermés alors qu'elle est affalée sur la table. Je la touche doucement et elle n'essaie même pas de se débattre. C'est un signe certain qu'elle est dans les vapes. Elle a frappé des gens au visage pour moins que ça. Je la tire du siège et elle me suit en trébuchant.

Ses yeux s'ouvrent, mais ça ne fait guère de différence. C'est comme s'il n'y avait rien derrière eux. Elle regarde dans le vide, sans rien voir, et mon estomac se noue. Je ne sais pas si c'est l'alcool ou tout ce qui se passe en elle qui la rend ainsi, mais dans tous les cas, je n'aime pas ça.

« Viens », je lui murmure en l'entraînant.

Elle suit sans broncher, ce qui est aussi un mauvais signe. Je ne peux même pas compter sur le fait qu'elle sache que c'est moi, et tout ce à quoi je pense, c'est ce qui aurait pu se passer si quelqu'un d'autre avait essayé de l'emmener.

Serait-elle partie avec eux aussi facilement ? Et qu'auraient-ils fait d'elle ?

Je chasse cette pensée de ma tête, parce que ça ne sert à rien de s'attarder sur ce qui aurait pu se produire. Si j'y pense, je vais être tellement énervé que ça va éclipser tout le reste et River a besoin que je sois là avec elle en ce moment.

Alors, je la conduis à la place dans le couloir vers la salle de bain.

C'est une pièce pour un seul occupant, couverte de graffitis mais plus propre que ce à quoi je me serais attendu, étant donné l'endroit. Il y a assez de place pour que nous puissions tous les deux nous déplacer aisément et je traîne River jusqu'aux toilettes.

Elle gémit et je glisse ma main le long de son dos.

« Je sais », je lui murmure. « Je sais, bébé. Viens ici. »

Je l'aide à se pencher sur les toilettes en la tenant près de moi. Quand j'enfonce mes doigts dans sa bouche, elle ne résiste pas non plus, et je les enfonce dans sa gorge pour la faire vomir.

Ou j'essaie, en tout cas. Ce n'est pas facile, putain. Je

sais par expérience qu'elle n'a pas un grand réflexe nauséeux.

Comme rien ne se passe la première fois, j'enfonce mes doigts plus profondément, sans être vraiment doux avec elle. Je sens l'inquiétude me pousser, ne sachant pas combien elle a bu. Je veux sortir l'alcool de son système.

« Allez », je lui murmure, essayant de l'apaiser d'une main pendant que je continue à enfoncer mes doigts dans sa bouche. Elle est molle, elle me laisse faire, jusqu'à ce qu'elle finisse par s'étouffer et se pencher pour vomir.

Elle a des haut-le-cœur, vomissant surtout de la bile puisqu'elle n'a pas mangé depuis des heures. Je tire la chasse d'eau et lui frotte le dos pendant qu'elle vomit à nouveau et tremble.

La porte de la salle de bain s'ouvre, et je lève les yeux, prêt à donner une raclée à qui entre. Mais c'est juste Pax, alors je tire encore la chasse d'eau.

Il a un verre d'eau à la main et il me regarde d'un air sinistre. Je sais que cette expression signifie qu'il s'est occupé du type qui avait les mains sur River. Il y a des taches de sang sur son t-shirt et sur ses mains.

Cet enfoiré le méritait.

River gémit à nouveau en grimaçant et je me concentre sur elle, prenant l'eau de Pax.

« Tu vas bien », lui dis-je. « Tu peux boire un peu pour moi, bébé ? »

Elle me regarde et elle est toujours dans les vapes, mais c'est mieux qu'avant. Au moins, elle semble savoir qui je suis, même si elle ne répond pas.

River n'essaie pas de prendre le verre, mais quand je

le porte à sa bouche, elle ne me résiste pas. Elle sirote l'eau fraîche et avale.

« C'est bien. C'est bien. Encore un peu, d'accord ? »

Elle avale à nouveau, par petites gorgées, jusqu'à ce que je retire le verre.

Sa peau est pâle, et il y a de la bave et du vomi séché autour de sa bouche, alors nous l'amenons au lavabo. Ensemble, nous lui lavons le visage, éclaboussant sa peau d'eau froide pour essayer de la ramener à la réalité.

Nous l'aidons aussi à se rincer un peu la bouche, et quand nous l'essuyons, elle semble moins mal en point, à cause de l'alcool, en tout cas.

Elle est capable de se tenir debout toute seule, sans se balancer, ni trébucher comme avant, mais elle n'est toujours... pas là. Il n'y a rien derrière ses yeux. Rien de ce feu qui est habituellement là.

Elle est dans les vapes, comme si elle était engloutie par ses démons et qu'elle avait cessé de se battre.

Même quand on lui parle, son visage est terne et vide.

C'est si différent de ce qu'elle est d'habitude et c'est terrifiant. L'inquiétude grimpe en moi, chaude et intense, menaçant d'avaler tout le reste.

Preacher a dit que nous devions être là pour elle, mais il semble qu'elle a complètement disparu. Je ne peux pas rester là à la regarder disparaître, à la regarder refuser de se battre, et je serre sa mâchoire brutalement, la forçant à me regarder.

Il n'y a toujours pas de lumière dans ses yeux bleu foncé, et ses cernes ressemblent à des bleus, ce qui ajoute à son aspect pâle et maladif.

« River », dis-je d'un ton rude en essayant de l'atteindre, de faire en sorte qu'elle m'entende. « Écoute-moi. Te souviens-tu de ce que je t'ai demandé la nuit où tu as tué Ivan ? »

Ses sourcils se rapprochent un peu, mais le regard perdu ne quitte pas ses yeux.

« Es-tu ruinée ? » Je lui demande en répétant les mots que j'avais dit.

Ils ont toujours été suffisants pour la ramener du bord du précipice, pour qu'elle se souvienne de son combat et de sa détermination. Pour qu'elle se rappelle qu'elle est une guerrière qui ne peut pas être abattue.

Mais maintenant, elle se contente de me regarder en clignant des yeux. Ses beaux yeux bleu foncé sont troubles et sombres. Elle ouvre la bouche, mais rien ne sort au début. Puis elle se lèche les lèvres et essaie à nouveau en murmurant un mot. C'est la première chose qu'elle dit depuis qu'on l'a trouvée ici.

« O... oui. »

Ma poitrine se serre et j'ai l'impression que l'air est aspiré hors de la pièce. Mais je tiens bon. Je me ressaisis pour elle parce qu'elle en a besoin en ce moment. Je secoue la tête, ma mâchoire se serrant si fort que j'en ai mal aux joues.

« Mauvaise réponse. » Ma voix sort brutale et dure, et je n'essaie même pas de le cacher. « Tu as tout *faux* si tu penses ça. Tu n'es pas ruinée. Tu es forte. Tu es une reine avec quatre hommes qui se mettraient tous à genoux pour toi. On ne t'aimerait pas autant si tu n'étais pas dure comme l'acier, bébé. Tu n'es pas ruinée. »

Elle me fixe et je ne peux pas supporter le vide dans son expression une seconde de plus.

Alors j'utilise ma prise sur elle pour la rapprocher, puis je l'embrasse fort et rapidement. J'y déverse tous mes sentiments, pressant mes lèvres contre les siennes comme si j'essayais de lui redonner vie.

Pax se place derrière elle, m'aidant à la maintenir debout en soutenant une partie de son poids. Peut-être que la pression de son corps le long de son dos fera quelque chose pour l'ancrer aussi.

Mais il n'y a pas de réponse.

Rien.

Ses lèvres sont raides et froides contre les miennes, et elle ne m'empêche pas de l'embrasser, mais elle ne me rend pas la pareille non plus. D'habitude, elle fondrait au contact de Pax ou se cambrerait contre moi, mais elle reste plantée là, à nous laisser la toucher sans rien faire, comme une poupée brisée.

« River, *s'il te plaît.* »

Je murmure son nom comme une prière, comme si je suppliais une puissance supérieure de m'entendre, même si je n'ai jamais cru à cette merde. Mais je crois en *elle*. Je crois qu'elle est toujours là, quelque part. Je crois qu'elle est assez forte pour revenir de n'importe quel endroit merdique où elle se trouve.

« S'il te plaît, reviens-moi, bébé », je chuchote d'une voix rauque. « Ne fais pas ça. Ne laisse pas les ténèbres te prendre. Tu es plus forte que ça, je le sais. S'il te plaît. Reviens-nous. On a besoin de toi, putain. »

Si elle m'entend, elle ne le montre pas, et je serre mes

mains autour de ses bras, comme si elle allait disparaître si je la lâchais. Je la serre si fort que mes doigts s'enfoncent dans sa peau, je me penche et l'embrasse à nouveau, y déversant toute mon âme et tout ce que j'ai.

Pour essayer de la tirer des ténèbres avant qu'elle ne soit partie pour toujours.

5

RIVER

Tout me semble étrange.

Je suis toujours insensible, comme s'il y avait une épaisse vitre entre le reste du monde et moi, m'emprisonnant et empêchant tout le reste d'entrer.

Mais lentement, je commence à remarquer certaines choses.

Je peux entendre Gale.

Je peux sentir Pax.

Je peux sentir Gale m'embrasser. Il y a tant d'émotion dans ce baiser, tant de besoin. Plus que je n'ai jamais ressenti de lui auparavant.

Au début, je suis aussi insensible à ça. Je suis consciente de ce qui se passe, mais je ne ressens rien. C'est presque comme si toutes mes émotions et mes terminaisons nerveuses avaient été coupées.

Mais Gale n'arrête pas.

Il continue à m'embrasser de manière implacable et exigeante. Il ne renonce ni à moi ni à ça, et je peux le sentir à chaque fois que sa bouche se presse contre la mienne. Pax est derrière moi, grand, dur et chaud comme toujours. Il me maintient en place et au lieu de me sentir piégée, je me sens… en sécurité.

Ils me tiennent, tous les deux, et je commence à me réveiller.

Ça commence comme un picotement dans ma poitrine qui s'étend lentement vers l'extérieur et réchauffe mes membres. C'est comme si j'avais été plongée dans la glace, engourdie, et maintenant que je suis entourée de leur chaleur ardente, ça me décongèle.

J'enroule mes bras lentement autour du cou de Gale.

Il fait un bruit doux dans le baiser et me tire encore plus près, réduisant la distance déjà minuscule entre nous. Pax se rapproche également, se pressant le long de mon dos jusqu'à ce que je sois complètement prise entre eux.

Ma bouche se met à bouger avec celle de Gale, tandis que je l'embrasse en retour. Au début, c'est presque inconscient, je fais ce qu'il faut. Puis, il mord ma lèvre inférieure, faisant jaillir une pluie d'étincelles en moi, assez pour me pousser à l'embrasser avec plus de passion.

Ce qui le pousse à continuer.

Il n'y a aucune finesse, rien de particulièrement sexy ou chaud. C'est presque bestial une fois que je m'y mets vraiment. Comme si nous n'étions que deux personnes essayant de se lier plus étroitement que nos corps ne nous le permettent.

C'est comme si je pouvais sentir l'âme de Gale m'appeler pour me tirer du froid et de l'obscurité et essayer de me ramener à la réalité. Là où est ma place. C'est facile de lui rendre son énergie et de lui donner tout ce que j'ai.

Ses mains commencent à se promener dans mon dos, attrapant mes fesses et glissant sous mon t-shirt. Je laisse mes mains bouger aussi, glissant sur son torse musclé et descendant vers son ventre. C'est comme si mes mains réapprenaient à sentir et tout ce qu'elles veulent c'est toucher Gale.

Le baiser devient plus rude, nos dents mordant nos lèvres douces, et je goûte le sang. J'entends mon cœur battre dans ma tête, je sens mon pouls battre dans mon corps et je respire difficilement.

Je m'excite et la chaleur chasse encore plus l'obscurité, me faisant ressentir plus que je ne l'ai fait depuis l'agonie de cet après-midi. Il y a toujours une couche de brouillard entre le monde et moi, mais au moins en ce qui concerne Gale et Pax, je peux à nouveau ressentir.

« Tu n'es pas ruinée », murmure Gale dans le baiser. Il se retire suffisamment pour que je sente la chaleur de son souffle contre ma bouche. « Tu n'es pas brisée. Tu es une guerrière. Tu m'entends, bon sang ? Tu es assez forte pour surmonter ça. »

Il le dit avec tellement de conviction. Comme s'il y croyait sans aucun doute. Je ne sais pas si *je* le crois. Je suis encore insensible à tout, sauf à la sensation de Pax et de lui qui me coincent entre eux.

Mais la chaleur entre nous s'enflamme et c'est le seul point de lumière dans le vide noir qui menace de m'engloutir. Je l'embrasse plus fort, bloquant tout le reste. Je pousse mes hanches vers l'avant, me pressant contre sa bite dure que je peux sentir entre ses jambes.

Pax grogne derrière moi et je me presse contre lui aussi, remuant mes fesses pour sentir à quel point il est dur. Le besoin monte en nous trois et je peux le sentir battre en moi, faisant claquer mon cœur contre mes côtes.

Je suis toujours au bord du gouffre et c'est comme si je pouvais voir l'abîme, profond et sans fin. Qui attend de m'aspirer. Mais je veux m'échapper. Retourner vers la chaleur, la lumière et les hommes qui me soutiennent.

J'ai besoin de ça.

J'ai besoin *de plus* que ça.

Je laisse échapper un bruit de frustration, puis je grimpe pratiquement sur le corps de Gale. J'enroule mes jambes autour de sa taille et je pousse mes hanches vers l'avant, cherchant à obtenir plus de cette incroyable friction. Je le baise pratiquement en essayant de me frotter là où je le veux sur son érection.

Ma chatte palpite de besoin et il est clair qu'elle veut être remplie.

« Putain. » Gale jure dans le baiser en glissant sa langue sur mes lèvres. « Reste avec moi », murmure-t-il. « Ne me lâche pas, bébé. »

Je gémis doucement et cherche sa langue dans sa bouche.

Son goût est si familier qu'il est facile de se concentrer sur lui et sur les mains de Pax qui parcourent mon dos et descendent vers mes fesses.

C'est comme une flamme qui brûle assez fort pour percer l'obscurité et me ramener là où je suis censée être.

Avec eux.

Entre eux.

Entre eux *tous,* mais les deux autres ne sont pas là pour l'instant, alors je devrai m'en contenter.

Les mains de Pax glissent sous mon t-shirt et il joue avec mes mamelons percés. Le plus récent est encore un peu douloureux quand il le pince, mais je me laisse aller en cambrant ma poitrine contre ses grosses mains pour qu'il puisse en prendre plus s'il le veut.

Je sens son souffle sur mon oreille et il se frotte contre mon cul en jouant avec mes seins, me faisant sentir l'effet que j'ai sur lui.

« Pax », je gémis, disant son nom dans la bouche de Gale. S'il a un problème avec le fait que je prononce le nom de son ami pendant qu'il m'embrasse, il ne le montre pas. Au lieu de cela, il se balance contre moi, frottant sa bite toujours recouverte contre ma chatte brûlante.

« S'il te plaît », je halète. Je ne suis même pas sûre de ce que je veux à ce stade. J'en veux plus, je veux qu'ils continuent. Quelque chose comme ça.

Je ne veux pas qu'ils s'arrêtent. Le brouillard dans lequel j'étais est toujours là, menaçant de m'aspirer à nouveau, et je veux le devancer. Je veux me perdre dans ce plaisir.

Ça ne cesse de grandir entre nous, alors que nous sommes tous les trois guidés par l'instinct.

Pax tripote mes seins, faisant dégouliner ma chatte avec la façon rude et possessive dont il me malmène. La respiration de Gale est haletante et il fait glisser sa bouche le long de mon cou, laissant des morsures sur ma peau.

Je n'essaie pas de retenir mes cris et je leur en redemande toujours.

« Tu es ici avec nous », grogne Pax dans mon oreille, puis il fait glisser sa langue autour de cette dernière. « Nous allons te le rappeler. »

« S'il te plaît », je supplie. « Touche-moi. Fais quelque chose. *S'il te plaît.* »

J'ai l'impression d'être enflammée et c'est un mélange de plaisir et de douleur qui m'attire et me pousse à en redemander.

« Pax », grogne Gale. « Débarrasse-toi de sa culotte. »

Pax grogne comme un foutu animal et le son remonte le long de ma colonne vertébrale et me fait frissonner. Même si je ne peux pas le voir, j'entends le bruit du couteau à cran d'arrêt qu'il ouvre et c'est probablement le bon moment pour rester immobile.

Le métal froid du couteau effleure ma peau et Pax coupe ma culotte pour que je sois nue pour eux, ma chatte trempée et exposée.

Mes murs intérieurs se resserrent, voulant être touchés ou remplis, et Gale ne me fait pas attendre. Il tend une main entre nos deux corps et baisse son pantalon. Sa queue est dure et chaude, et il ne perd pas de temps pour l'enfoncer en moi.

C'est maladroit et presque frénétique, et j'éprouve une petite douleur à l'idée d'avoir sa bite épaisse en moi qui s'enfonce dans mon corps. Mais je ne crains pas la sensation. La douleur me prouve que je suis vivante, que je peux *ressentir*, et je crie quand il est complètement enfoncé. Ma chatte palpite autour de sa queue, comme si elle essayait de l'aspirer encore plus profondément, et je laisse les vagues de sensations me porter, m'y accrochant comme à une bouée de sauvetage.

« Gale », je gémis, prononçant son nom comme une supplique.

« Je te tiens », promet-il. « Je t'ai, putain. »

Et je sais que c'est vrai. Je sais qu'il ne me laissera pas partir et qu'il me donnera ce dont j'ai besoin.

Il retire sa bite et l'enfonce avec force, faisant basculer mon corps. Sans Pax derrière moi et mes jambes autour de la taille de Gale, mes genoux auraient déjà flanché à cause du plaisir intense qu'il me procure.

Son rythme est rapide et brutal. Il s'assure que je ressens chaque coup de sa bite longue et épaisse lorsqu'il me pénètre.

« Putain », je dis d'une voix rauque. Mes mains s'agrippent au t-shirt de Gale et je pousse mes hanches plus fort et plus vite. Je suis si pleine de sa bite et le frottement est incroyable, mais ce n'est pas assez.

C'est si bon que ma bouche est ouverte et que je lutte pour me rappeler comment respirer alors que le plaisir et la chaleur tourbillonnent dans mon corps, mais il m'en faut plus.

« S'il te plaît... Oh, merde. Putain, j'ai besoin... »

Mes mots bafouillés cessent alors que j'essaie d'attraper Pax derrière moi.

Soit il a compris l'allusion, soit il lutte contre son

propre besoin, car je le sens se déplacer derrière moi. Il baisse son pantalon et la tête de sa bite est juste là contre mon cul, chaude et lisse, et qui palpite pratiquement de désir.

J'aspire un souffle par surprise, mais je ne lui dis pas d'arrêter. J'ai besoin de ça. J'ai besoin de lui en moi, avec Gale. Qu'il me remplisse et chasse tout ce qui n'est pas eux deux.

« C'est une bonne chose que tu dégoulines déjà pour nous, petit renard », dit Pax d'une voix rauque.

Il baisse une main et touche ma chatte juste à l'endroit où je suis enfoncée sur la bite de Gale, recueillant la preuve de mon excitation sur sa main tandis que son frère continue de s'enfoncer en moi.

Je peux entendre les bruits humides de Pax qui utilise mon excitation pour lisser sa bite, puis il écarte mon cul d'une main, exposant mon trou.

Mon estomac se serre par anticipation. Je m'attends à ce qu'il s'enfonce en moi, mais il ne le fait pas.

Il y va doucement, ou doucement pour Pax, en tout cas, et c'est bien parce qu'il est vraiment gros. Rien que la tête percée de sa bite dans mon cul me fait aspirer une bouffée d'air et je m'accroche pratiquement aux épaules de Gale pour m'adapter à l'intrusion.

« Voilà », souffle Pax et il a l'air tendu, comme s'il avait besoin de ça autant que moi. « Tu te débrouilles si bien, tu prends nos bites comme si tu étais faite pour elles. On va y aller doucement avec toi, bébé. Ne t'inquiète pas. »

J'en ai besoin, parce que sa queue est si grosse que j'ai

l'impression qu'il pourrait me briser. Même si mon corps s'étire pour l'accueillir, je peux sentir à quel point il est épais, et il alterne entre sa bite et ses doigts, m'ouvrant avec une patience à peine contenue.

Et la sensation est intense quand il commence enfin à pousser en moi pour de bon. La douleur de l'étirement me tient en haleine et je siffle lorsque la bite de Pax glisse en moi petit à petit.

Pax expire comme si on lui avait coupé le souffle et sa main posée sur mes fesses se resserre suffisamment pour que je sois convaincue qu'il y laisse des marques de doigts quand il aura fini.

« Tu es tellement serrée », grogne-t-il. « Putain de merde. »

Mon corps réagit au fait d'être si remplie par eux, palpitant avec un mélange d'agonie et d'extase qui me monte à la tête. Chaque nerf de mon corps bourdonne et j'aime ce sentiment parce que c'est tellement mieux que l'engourdissement.

Pax étire mes fesses, en s'enfonçant lentement, et Gale commence à suivre son rythme. Les deux se déplacent en tandem à l'intérieur de moi, et j'ouvre la bouche pour pousser un long et faible gémissement.

C'est tellement bon. Le frottement, la chaleur et l'incroyable *sentiment d'être remplie*. Ça grandit en moi, brûlant dans ma chatte. Quand l'un d'eux se retire, l'autre pousse, et je suis prise entre eux, coincée et empalée, les prenant les deux comme s'il n'y avait rien d'autre qui compte.

J'entends ma propre voix qui résonne dans la salle de

bains, les gémissements et les plaintes de plaisir désespérés qui se mêlent à leur respiration et à leurs grognements.

« Merde », siffle Gale entre ses dents. « Merde, River. »

« Gale », je gémis en retour, et entendre son nom comme ça semble allumer quelque chose en lui. Il commence à me baiser plus fort, plus vite. Il me fait rebondir contre Pax, ce qui pousse l'homme tatoué à enfoncer sa bite encore plus profondément dans mon cul.

Mon corps palpite, mon cœur s'emballe et ma chatte palpite comme si elle voulait vider Gale de tout ce qu'il a. Je sais que je suis proche. Je peux sentir cette chaleur électrique grandir, me serrer de plus en plus fort jusqu'à ce que je sois sur le point de craquer.

« S'il te plaît », je gémis, presque en sanglotant, et je ne sais même pas ce que je demande. Ils sont tous les deux si profondément enfoncés en moi qu'il n'y a nulle part où aller, et ils s'enfoncent assez forts à tour de rôle pour que je me balance en rythme avec force.

Quand mon orgasme me frappe, c'est chaud et intense. Je dois me mordre la lèvre pour ne pas crier et Gale s'accroche encore plus à moi en jurant, tant ma chatte serre sa queue fort.

Mes jambes sont serrées autour de sa taille et je me balance contre lui, résistant aux vagues de plaisir qui menacent de m'entraîner.

C'est pareil pour Gale. Ses poussées deviennent erratiques et il me pénètre une dernière fois avant de jouir lui aussi, me remplissant de son sperme.

Ma poitrine se soulève alors que j'essaie de reprendre mon souffle, mais le fait que Pax soit toujours enfoui dans mon cul rend la tâche difficile. Le contrecoup de mon orgasme m'envahit et je gémis doucement quand Gale se retire de moi. Je suis assez sensible pour que ce simple mouvement fasse se contracter ma chatte.

« Bonne fille », il halète doucement. « Tu es tellement bonne, putain. »

Il commence à dérouler mes jambes autour de sa taille, et je le laisse me manœuvrer comme il le veut, trop abasourdie par l'orgasme intense pour faire grand-chose pour l'aider ou le gêner.

Ses yeux verts brûlent de désir même s'il vient de jouir, et Pax et lui me mettent debout, puis me penchent en avant sur l'évier.

Gale s'écarte du chemin, nous laissant tous les deux, comme ça, devant l'évier. Pax est toujours enfoncé dans mon cul et j'essaie toujours de reprendre mon souffle.

Mais Pax ne me laisse pas le temps. Il recommence à bouger, me baisant avec des coups longs et profonds que je peux sentir dans tout mon corps.

Ses grandes mains tiennent mes hanches, et vu sa taille, c'est une bonne chose qu'il m'agrippe. Je suis déjà sur la pointe des pieds, penchée sur l'évier, et chaque poussée me fait basculer encore plus fort. J'aurais certainement déjà perdu l'équilibre s'il ne me tenait pas.

« Regarde-toi », ordonne Gale à voix basse et je lève les yeux vers le miroir, obéissant à son ordre sans même réfléchir.

Je me vois dans le reflet. J'ai le teint pâle et les yeux

rouges, et Pax est derrière moi. Je vois aussi Gale, debout sur le côté, le regard rivé sur Pax et moi.

Le simple fait de savoir qu'il me regarde me donne une nouvelle bouffée de chaleur et les poussées de Pax sont d'autant plus intenses. Je croise le regard de Gale dans le miroir, me regardant me faire baiser durement.

« Oh mon Dieu », je halète, resserrant ma prise sur l'évier et m'y accrochant alors que Pax commence vraiment à s'y mettre, ses hanches frappant contre mes fesses si fort que ma chair tremble.

« Tu es parfaite », me dit Gale. « Tu es si bonne. Tu prends nos bites comme une putain de reine. Prenant Pax dans ton cul comme ça. Peux-tu le sentir ? Tout entier en toi ? »

« Oui », je sanglote presque. « Je peux le sentir. Il est si profond. Putain. »

« J'aimerais que tu puisses voir de quoi tu as l'air en ce moment », dit-il. « La façon dont tu le prends. Comment tu es ouverte. Tu es tellement bonne pour le laisser entrer comme ça. Il n'y a jamais eu personne d'aussi parfait que toi pour nous. »

Je tremble sous ses louanges et je pousse contre Pax, le forçant à entrer encore plus profondément, juste parce que je veux cette pointe de plaisir lorsqu'il atteint le fond en moi. Juste parce que je veux voir ce que Gale dira quand je le ferai.

Je ne suis pas du tout déçue.

« C'est ça, bébé », Gale ronronne presque, sa voix remplie de fierté. « Laisse-le t'avoir. Laisse-le te prendre. »

Je hoche frénétiquement la tête parce que c'est ce

que je veux. Je veux me perdre dans tout ça, dans les deux. Je veux qu'ils m'aient, me prennent et me fassent sentir bien.

Pax grogne derrière moi, et il lève une main et me gifle le cul, ce qui me fait pousser un autre gémissement de plaisir.

« S'il te plaît », dis-je. « Putain, Pax, s'il te plaît. »

« Ne t'inquiète pas. Je sais ce dont tu as besoin. »

Ses poussées ralentissent un peu et j'ai envie de lui dire que ce *n'est pas ce* dont j'ai besoin, mais j'entends alors le bruit du couteau qui s'ouvre à nouveau. Je ne sais pas ce que ça signifie, mais ce bruit envoie une vague d'excitation directement dans ma chatte, la faisant palpiter encore plus fort et devenir encore plus humide.

De sa main libre, Pax fait remonter mon t-shirt, exposant mon dos. Il continue à me baiser lentement, s'enfonçant jusqu'aux couilles à chaque poussée, et je sursaute presque quand je sens le métal froid de la lame toucher ma peau.

C'est suivi d'une ligne de douleur brûlante, puis d'une autre et d'une autre encore, alors que Pax taille dans mon dos pendant qu'il me baise. La douleur se mêle à tout le reste, le plaisir grimpant pendant que Gale nous regarde.

« Vas-tu jouir ? » demande Gale, attirant à nouveau mon attention.

Je hoche désespérément la tête et ses yeux verts s'illuminent. Ses traits sont d'une beauté crue dans la lumière tamisée de la salle de bains. « C'est ça, bébé. Jouis pour nous. Laisse-moi te voir étouffer la bite de Pax avec ton petit cul serré. »

Cela suffit à me faire basculer à nouveau, toutes les sensations atteignant leur paroxysme, impossible à ignorer ou à combattre. Je jouis en gémissant le nom de Pax alors que je m'effondre à nouveau.

Je tremble, Pax jette le couteau et continue, attrapant mes hanches et s'enfonçant en moi pour quelques coups supplémentaires. Puis il jouit aussi en jurant à voix basse.

Alors que les répliques du plaisir écrasant commencent à se calmer, je m'accroche au bord de l'évier, essayant de me rappeler comment respirer. Ma poitrine se soulève et j'inspire fort, mon corps tremblant encore de la tête aux pieds.

Un raz-de-marée d'émotions revient en force alors que l'orgasme s'estompe, faisant vaciller mes jambes déjà faibles alors qu'une foule de sentiments me frappent en même temps.

L'engourdissement a disparu au moins, emporté par l'assaut de sensations que je viens de vivre.

Il y a tellement de douleur dans ma poitrine, aiguë et douloureuse, s'enfonçant plus profondément chaque fois que je prends une respiration... mais ce n'est pas la seule chose que je ressens. Il y a le contentement que l'on ressent après avoir été bien baisé et la chaleur qui m'entoure dû au fait que Gale et Pax sont ici avec moi, leur présence remplissant la petite pièce.

Et au moins, je peux ressentir tout ça. Je n'ai plus l'impression d'être étouffée par un poids invisible.

Pax se retire de mon cul après un moment et je

grimace en ressentant le vide soudain et la douleur qu'il laisse derrière lui. Je peux me sentir dégouliner avec leur sperme et au moins c'est encore quelque chose d'autre que je peux sentir aussi.

Pax ouvre le robinet et prend quelques serviettes en papier dans le support sur le mur pour les mouiller. Il est presque doux lorsqu'il commence à me nettoyer, passant le papier humide sur mes fesses, puis entre mes jambes.

« Je t'ai mis dans un sale état », murmure-t-il, pour lui-même probablement, mais je peux entendre le sourire dans sa voix. Il adore ça, putain.

Il me donne un petit coup de coude, m'incitant à me retourner pour pouvoir mieux me nettoyer, et en le faisant, je vois ce qu'il a gravé dans mon dos avec son couteau. Ce n'étaient pas juste des coups aléatoires pour le plaisir.

Il y a un mot écrit là, les coupures en relief et enflées ressortent du reste de ma peau.

La nôtre.

Mon cœur bat un peu plus vite en voyant ça, à ce rappel. Je me souviens de bribes de ce que Gale m'a dit avant, quand j'étais dans les vapes, sur le fait qu'ils ont besoin de moi et ne pourront jamais me laisser partir.

Pax semble vouloir que ce sentiment soit marqué en permanence sur ma peau pour que je ne puisse pas l'oublier.

Gale s'avance et attrape à nouveau mon menton avec ses doigts, soulevant mon visage vers le sien. Ses yeux sont d'un vert vif comme l'herbe du printemps alors qu'il scrute mon visage et me regarde dans les yeux comme s'il essayait de tout lire. Essayant de s'assurer que je ne lui échappe pas à nouveau.

Je ne sais pas ce qu'il a vu avant, mais maintenant que je suis un peu plus lucide, je peux voir à quel point ils sont tendus tous les deux. Ils ont l'air un peu hantés par l'état second dans lequel j'étais et il y a quelque chose de presque désespéré dans la façon dont Gale me regarde maintenant, comme s'il ne voulait plus voir aucune trace de cet engourdissement.

Je maintiens son regard, le laissant tout voir : la douleur qui est là, me poignardant le cœur, et les bords déchirés qui pourraient ne jamais être aplanis. Mais c'est mieux que d'être vide, mieux que d'être un fantôme dans la vie, regardant tout à travers une couche de verre et de brouillard.

Quoi que Gale voie maintenant, ça doit être suffisant. Il acquiesce et fait glisser le bout de ses doigts le long de ma mâchoire.

« Je te l'ai dit, bébé. On ne peut pas te laisser partir. »

6

RIVER

Pax et Gale me conduisent hors de la salle de bains, l'un se tenant devant et l'autre derrière moi, comme s'ils voulaient s'assurer que personne ne puisse me regarder.

Gale fait un signe de tête au barman quand on passe devant lui, et j'ai un vague souvenir de m'être affalée sur ce bar, commandant verre après verre et sentant à peine la brûlure. Apparemment, j'étais vraiment dans les vapes.

Nous faisons une pause et Gale plisse les yeux, puis il fouille dans une poche intérieure de sa veste et en sort une liasse de billets. Il la glisse sur le bar vers le barman qui regarde l'argent, puis Gale comme s'il craignait presque que la liasse le morde s'il l'attrape. Ou que Gale le fasse.

« Tu ne le mérites pas », lui dit Gale et le venin dans sa voix est calme, mais quand même mortel. « Mais c'est pour que tu fermes ta gueule. Si tu ne dis rien sur ce qui s'est passé ici ce soir, alors tout ira bien. »

Il soutient le regard du barman et l'insinuation est évidente.

« Pas de problème », dit le barman en se précipitant pour prendre l'argent.

Gale acquiesce et nous sortons du bar.

L'air de la nuit est frais sur ma peau chaude et je réalise que l'aube doit être proche. Il y a de la rosée sur tout, et même si le ciel est encore sombre, il a cette qualité brumeuse qui signifie que les premiers rayons de soleil sont proches.

« Donc, j'ai besoin de la voiture », dit Pax en étirant ses bras au-dessus de sa tête et en faisant craquer quelque chose dans son dos. Il regarde Gale et Gale acquiesce à nouveau.

« On va prendre un taxi pour rentrer. Sois minutieux », dit-il.

Pax roule des yeux et attrape les clés quand Gale les lui lance.

Je jette un coup d'œil entre eux, ne comprenant pas ce qui se passe.

« Pourquoi as-tu besoin de la voiture ? » Je demande à Pax. Il est sûrement trop tard ou trop tôt pour aller au travail.

Pax penche mon visage vers le sien et m'embrasse, s'attardant un peu avant de se retirer. Une partie de ce regard hanté a disparu de son visage, mais pas complètement.

« Je dois enterrer un corps », dit-il. « Comme d'habitude. »

Le sourire en coin qui se dessine sur ses lèvres me fait

d'abord penser que c'est une blague, mais un souvenir de la soirée me revient en mémoire. Un connard qui me parlait au bar, se penchant trop près de moi et ne prenant pas mon silence pour le « non, va te faire foutre » qu'il aurait dû être. Je me souviens de l'odeur de l'alcool bon marché dans son haleine, mais ça m'affectait tellement j'étais insensible à tout ce qui m'entourait.

Puis je me souviens d'être sur la banquette, nageant dans la brume de l'alcool et de l'engourdissement et de toute l'obscurité qui essayait de me submerger. Ses mains étaient sur moi, j'en suis presque sûre, glissant sous mes vêtements, me touchant. Normalement, je lui aurais botté le cul, à la seconde où il a commencé à me toucher, mais j'étais dans les vapes à ce moment-là.

Ça doit être lui dont Pax parle.

Ils sont entrés et l'ont vu me toucher, et Pax l'a tué.

Ça me fait quelque chose de savoir ça. Ça confirme ce que Gale a dit plus tôt sur le fait qu'ils ne peuvent pas me laisser partir. Un rappel de tout ce que nous sommes devenus l'un pour l'autre.

Une nouvelle émotion grandit dans ma poitrine, éliminant la plus petite partie de la douleur brûlante qui s'y trouve encore. C'est chaud, mais pas brûlant. C'est juste indéniable et impossible à ignorer.

Je ne suis pas seule.

Ils sont venus et m'ont trouvée, m'ont traquée d'une manière ou d'une autre, alors qu'il aurait été plus facile de me laisser partir. Et maintenant Pax est parti enterrer un corps.

Pour moi.

C'est beaucoup à encaisser, mais ça me fait me sentir mieux.

Avec un dernier sourire, Pax disparaît et se dirige vers l'endroit où ils ont garé la voiture. Gale finit de taper quelque chose sur son portable, pour appeler le taxi, je suppose, et nous nous serrons l'un contre l'autre pour l'attendre.

C'est calme maintenant. Il est très tôt et tout le monde a abandonné la nuit et est rentré chez lui pour dormir un peu avant de retourner à sa vie de merde. Gale enroule son bras autour de moi, me rapprochant de lui, et même s'il ne fait pas si froid dehors, c'est agréable de se blottir contre lui et d'appuyer ma tête sur son épaule.

Je n'ai pas besoin de me soutenir parce qu'il me tient, et c'est bon.

Le taxi arrive rapidement et Gale me dirige vers lui. Il ouvre la porte et me laisse me glisser sur la banquette puis monte après moi.

Le chauffeur de taxi me regarde dans le rétroviseur d'un air curieux, mais c'est tué dans l'œuf quand Gale lui lance un regard noir et me tire plus près. C'est un avertissement silencieux et l'homme ne me regarde plus.

Notre chauffeur garde les yeux fixés sur la route pendant que nous retournons à la maison, et quand nous arrivons et descendons, il lève à peine les yeux de son volant quand Gale le paie.

La porte d'entrée s'ouvre avant même que nous la franchissons et Ash se tient là, l'air soulagé. Il est encore en pyjama, mais ça ne l'empêche pas de sortir sur le perron et de me prendre dans ses bras dès que je suis assez proche.

Il sent comme Ash, chaud et un peu épicé, et je fonds dans son étreinte. J'en suis reconnaissante après la nuit que j'ai passée.

« Tu as de gros problèmes, jeune fille », dit-il. C'est un peu taquin, mais je peux entendre le soulagement dans sa voix.

« Je sais », je marmonne dans son épaule. Il me serre un peu plus fort dans ses bras, puis se retire pour pouvoir voir mon visage. Je ne suis pas sûr de ce qu'il cherche, mais il l'a clairement trouvé, parce qu'il acquiesce et recule.

Preacher est resté en retrait, et je le vois dans l'ombre de l'entrée. Son visage est à moitié obscurci par l'obscurité, mais je peux voir son regard clairement.

Il a la même expression torturée et tendue que lorsqu'ils m'ont ramenée de chez Julian. De l'angoisse dans ses yeux pâles et des muscles tendus qui révèlent sa tension. Je sais ce qu'il doit ressentir. Cette même douleur, cette même inquiétude et cette même perte imminente qu'il a ressenties la dernière fois que je suis partie sans prévenir.

« Je suis désolée », je chuchote.

Les mots sont pour eux tous, puisque je sais qu'ils étaient tous inquiets et perturbés par mon départ. Mais je les dis à Preacher, parce que c'est lui qui a l'air le plus hanté.

Cela le fait bouger de l'endroit où il était planté, et il me tire complètement dans la maison et me serre dans ses bras. Ses bras font du bien autour de moi, me serrant contre lui, et je peux le sentir trembler contre moi. Ces petits tremblements parcourent son corps, et je ne sais pas si c'est dû au soulagement de me retrouver ou si c'est un reste de son anxiété.

Pour faire bonne mesure, je le redis, plus doucement et juste pour lui. « Je suis désolée. »

Preacher secoue la tête, m'enveloppant toujours de son corps. « Tu n'as pas à être désolée », murmure-t-il d'une voix rauque. « Je sais ce que tu ressens. Comment la perte essaie de te détruire. »

Je hoche la tête contre son épaule et il resserre encore plus ses bras autour de moi, comme s'il avait besoin de temps pour se convaincre que je suis là, vivante et en bonne santé.

Autant que je puisse l'être, en tout cas.

Ash et Gale nous laissent faire, et Preacher m'enlace pendant un long moment. C'est agréable d'être dans ses bras, au chaud, en sécurité et pas seule. Toute la douleur et les sentiments de merde sont toujours là, sous la surface, mais les bras de Preacher semblent les bloquer un peu.

Finalement, il me relâche et on se sépare. Une partie de la douleur disparaît de ses yeux et les lignes acérées de son visage ne donnent plus l'impression qu'il a du mal à tenir le coup. Il ressemble plus à lui-même qu'avant et cela calme quelque chose en moi.

« Tu dois manger », dit Gale.

J'ouvre la bouche pour lui dire que je n'ai pas faim,

mais il me fixe d'un regard qui montre clairement que c'est un ordre.

« Il est encore tôt pour prendre le petit déjeuner, mais tu dois manger quelque chose », ajoute Ash en passant un bras autour de mon épaule et en me guidant vers la cuisine.

Preacher et Gale suivent, et je ne pense même pas à discuter. Je sais quand ils sont sérieux et ils ont raison. Cela fait presque un jour que je n'ai rien mangé. Le petit déjeuner d'avant le *mariage* me semble très loin. Comme s'il était arrivé dans une autre vie et peut-être à quelqu'un d'autre.

Je ne sais pas comment je peux être la même personne que celle qui est entrée dans cette église, croyant que nous allions réussir notre plan.

« Qu'est-ce que tu veux manger ? » demande Ash. Il me dépose sur une chaise à la table et se dirige vers la cuisinière. « Des crêpes ? Du pain perdu ? »

En temps normal, je serais heureuse de manger ça et de regarder Ash se donner en spectacle pour préparer le petit déjeuner. Mais en cet instant, mon estomac se retourne à l'idée de manger du sirop et beaucoup de nourriture.

« Quelque chose de léger », dit Preacher, parlant avant moi. « Du pain grillé. Des fruits. »

Ash me regarde et je hoche la tête.

« Vos désirs sont mes ordres », dit-il.

Il s'active toujours dans la cuisine, mettant le pain dans le grille-pain, sortant le beurre et la confiture. Il coupe une pomme en tranches et fait tourner le couteau dans sa main, l'attrapant par le manche.

C'est intéressant de noter que je le connais assez bien pour savoir qu'il ne s'exhibe pas, mais plutôt qu'il évacue l'énergie nerveuse liée à mon absence.

Même si Ash cuisine, Gale et Preacher ne quittent pas la pièce. Ils font du surplace, comme s'ils voulaient être là, au cas où quelque chose arriverait.

Je n'essaie pas de les renvoyer, même s'ils doivent tous être fatigués. Ce n'est pas comme s'ils allaient écouter de toute façon.

Gale fait du café et Preacher prend deux verres de l'armoire. Il en remplit un d'eau et l'autre de jus d'orange et les pose devant moi.

Je bois l'eau rapidement. Ma bouche est sèche d'avoir bu tant d'alcool puis de le vomir, et l'eau est froide et délicieuse. Je suis probablement aussi déshydratée à cause de… tout.

J'avale le jus plus lentement et Ash me donne une assiette quelques minutes plus tard. Quatre morceaux de pain grillé, beurrés comme je les aime, et des fruits coupés. J'évite la confiture et grignote les toasts et les fruits, terminant environ la moitié de l'assiette avant de ne plus pouvoir manger.

« C'est suffisant », dit Gale avec un petit signe de tête, puis il prend le reste de mon toast. « Vas-tu essayer de dormir un peu plus ? »

« Je ne sais pas. » Une partie de moi craint de refermer les yeux, sachant ce que je verrai quand je le ferai. Je ne veux pas rêver de la mort d'Anna en boucle à nouveau, même si je sens la fatigue me tirailler. « Je vais d'abord prendre une douche. »

Il hoche la tête et ils me regardent me lever et monter à l'étage. Étonnamment, aucun d'entre eux ne me suit.

Je reste debout dans ma chambre pendant une seconde. Je ne me rappelle même pas avoir quitté le lit plus tôt, ni m'être habillée ou quoi que ce soit d'autre. J'étais tellement dans les vapes, je faisais juste ce que je pouvais, ce qui me semblait utile à ce moment-là.

Mes vêtements sont dans un sale état, froissés et tachés par l'alcool, le sperme, la saleté et la crasse du bar. Je les enlève et remarque que mon t-shirt est aussi taché de sang, là où Pax a taillé ma peau dans la salle de bain.

J'empile mes vêtements sales sur le sol et je vais dans la salle de bains, où je fais couler l'eau de la douche jusqu'à ce que la pièce soit pleine de vapeur.

Je siffle quand j'entre et que l'eau chaude touche les coupures dans mon dos et les points de suture sur mon bras. Je les avais presque oubliés.

Mais la douleur est bonne, alors je l'accepte. C'est un autre rappel que je peux ressentir. Que je suis toujours là.

Je prends mon temps, me lavant lentement. L'eau sanglante tourbillonne dans le syphon quand je me rince, puis je fais mousser mon gant de toilette et je commence à me nettoyer pour effacer la nuit que j'ai passé.

Au bout d'un moment, la porte de la salle de bains s'ouvre et je jette un coup d'œil derrière le rideau de douche pour voir Ash entrer.

« Je ne vais pas repartir », lui dis-je. Et je le pense

vraiment. Il est probablement venu ou a été envoyé par les autres gars pour garder un œil sur moi, comme si j'avais besoin d'un garde qui me surveille vingt-quatre heures sur vingt-quatre ou quelque chose comme ça. J'étais un peu dérangée tout à l'heure et je n'avais pas vraiment les idées claires, mais je n'ai pas l'intention de recommencer.

Ash sourit, mais ce n'est pas vraiment le sourire auquel je suis habituée. Il est triste sur les bords et n'illumine pas ses yeux ambrés comme il le fait normalement.

« Je sais », dit-il. « Je ne pense pas que tu vas t'enfuir. Je veux juste... être près de toi. Si c'est possible. »

Je prends une grande inspiration. La simple honnêteté de ses mots me brise un peu le cœur. La vérité, c'est que je veux aussi être près de lui. Je ne veux pas être seule avec tout ça.

Je pousse donc le rideau de douche encore plus et je lui fais signe de me rejoindre.

Son sourire s'illumine un peu plus, comme s'il craignait que je le renvoie. Je le regarde se déshabiller et poser ses lunettes sur l'évier. Il est toujours beau à voir, et cela n'a pas changé, mais je suis plus reconnaissante pour sa compagnie que pour autre chose.

Ash m'entoure de ses bras une fois qu'il est sous la douche avec moi et je referme le rideau.

Il me serre fort, comme l'a fait Preacher plus tôt, et nous restons plantés là sous le jet d'eau.

7

ASH

Après m'être réveillé et avoir cru qu'elle était partie, c'est un putain de soulagement d'avoir River dans mes bras comme ça. Au début, elle reste là, me laissant la tenir, puis elle lève ses bras et les enroule autour de moi, acceptant mon étreinte.

Je peux la sentir trembler contre moi et je sais que ce n'est pas dû au froid. Il y a probablement tellement de choses en elle en ce moment. Tellement de douleur, de confusion et de colère. J'aimerais pouvoir arranger les choses pour elle, mais je sais que ça ne marche pas comme ça.

Je ne peux même pas imaginer sa douleur. J'ai déjà perdu des gens, des membres de ma famille surtout, mais aucun d'entre eux n'était quelqu'un à qui je tenais. Aucun d'entre eux ne comptait vraiment. Ma seule vraie famille est dans cette maison, et si l'un d'entre eux mourait, ça me tuerait aussi, j'en suis presque sûr. Je ne sais pas comment je le gèrerais, mais ce ne serait probablement pas amusant.

Le fait que River continue, qu'elle aille de l'avant, prouve qu'elle a un esprit incroyablement fort. Rien ne peut l'abattre pour longtemps et c'est vraiment incroyable.

« Veux-tu connaître un secret ? » Je lui demande en levant ma main pour la glisser le long de sa tête, emmêlant mes doigts dans ses cheveux argentés mouillés.

« Quoi ? » murmure-t-elle en retour. Le son est presque perdu sous le sifflement de la douche et je peux le sentir plus que je ne peux l'entendre.

« Une des choses qui m'a le plus plu chez toi dès que je t'ai rencontrée, c'est ta force. »

Elle pouffe de rire en entendant ça. « Dès que tu m'as *rencontrée* ? J'étais enchaînée à un mur. »

« Peut-être. Mais tu avais déjà réussi à te libérer des chaînes et tu attendais juste ton heure, non ? Puis tu m'as donné un coup de tête et tu as essayé de t'échapper. » Je souris en me rappelant le souvenir. « Tu étais prête à me botter le cul dans ces escaliers, comme si tu n'en avais rien à foutre. J'ai su à ce moment-là que tu étais la femme la plus dure que j'aie rencontrée. »

Elle ne répond pas à ça, mais elle ne s'éloigne pas non plus. Je continue à caresser ses cheveux mouillés, l'eau de la douche les transformant en un gris profond au lieu de l'argent brillant habituel. Je peux sentir qu'elle se détend contre moi petit à petit, alors peut-être que mes mots aident un peu.

« J'aimerais que tu n'aies pas à être si forte », lui dis-je.

« J'aimerais que le monde n'ait pas fait en sorte que ce soit ta seule option. Mais je suis heureux de savoir que si c'est le cas, tu es assez forte pour le supporter. Je suis content qu'aucun de ces trucs ne t'ait anéantie. »

Les tremblements ont cessé, et elle pousse un petit soupir en posant sa tête contre ma poitrine.

« Je ne sais pas quoi faire maintenant », admet-elle. « Je suis juste... je me sens perdue. Je pensais à me venger avant, mais maintenant ? Je fais une autre liste ? Ça n'a même pas marché la première fois. Ça ne m'a pas débarrassée des démons et maintenant il n'y en a que plus. »

Elle frissonne contre moi et sa voix craque un peu quand elle reprend la parole. « Je ne peux pas ramener Anna. Peu importe ce que je fais. Il n'y aura pas d'autre chance. C'est juste... fini. »

Elle semble si perdue et si vulnérable. Comme si elle craignait de se noyer sous tout ça et qu'elle tendait la main pour être aidée.

Ça fait brûler la colère en moi, féroce et chaude. Des quatre Rois, j'ai la réputation d'être le plus facile à vivre. Je ne suis pas aussi tendu que Gale ou Preacher, ni aussi assoiffé de sang que Pax. Mais je déteste Julian Maduro plus que quiconque d'autre. Encore plus que je déteste ma mère pour toute la merde qu'elle m'a fait subir quand je n'étais qu'un enfant, en me prostituant auprès des femmes riches du quartier voisin.

Je pense à ce que Julian a fait, à ce qu'il a volé à River, et je veux le détruire. Je veux qu'il soit bousillé, blessé et seul, comme River l'a été. Mais fois cent, parce que c'est ce que cet enfoiré mérite.

Il mérite de brûler et de souffrir et de savoir pourquoi.

Mais ce n'est pas à moi de le faire. Il ne m'a pas enlevé quelqu'un que j'aimais.

C'est à River de réclamer cette vengeance.

« Peut-être que tu n'as pas besoin de liste cette fois », lui dis-je. « Peut-être que tu devrais juste tout brûler. Arracher la vie entière de Julian. »

Elle lève la tête et me regarde, l'air curieuse. C'est agréable de voir ça. De voir autre chose que la douleur et la misère qui doivent l'accabler.

« Il mérite de mourir pour ce qu'il a fait, mais c'est trop facile. Donc ne le tue pas simplement », dis-je. « Tu dois le détruire lui et toutes ses affaires. Fais en sorte que personne ne puisse reprendre là où il s'est arrêté, comme il l'a fait à la mort de son père. Tu dois tout mettre en pièces. » Je lui fais un sourire et je lève la main pour brosser une mèche de cheveux trempée d'eau sur son visage. « *Ensuite,* tu le tues. Quand il est déjà au plus bas. »

Un soupçon d'étincelle brille dans ses yeux à ce moment-là, l'ancienne River réapparaissant juste une seconde. C'est un flash, mais c'est tout ce dont j'ai besoin pour savoir qu'elle est toujours là. Qu'elle se bat toujours.

River se mordille la lèvre comme si elle y réfléchissait. Puis elle soupire.

« Au minimum, je dois faire sortir Cody. Je dois bien ça à Anna. Elle était prête à rester avec Julian aussi longtemps qu'il le fallait pour s'assurer qu'il n'ait aucune chance de foutre la vie de cet enfant en l'air, alors je vais honorer ça. Je ne laisserai pas le petit garçon d'Anna être élevé par quelqu'un comme Julian. »

« C'est bien », j'acquiesce. « Je ne crois pas que Julian Maduro soit un père chaleureux et aimant. Que feras-tu une fois que tu auras trouvé l'enfant ? »

« Je n'en ai pas la moindre idée », admet River. « Je ne... Je ne sais pas ce que je dois ressentir pour lui. Cody, je veux dire. Quand je le regarde, je vois Lorenzo. Je vois Julian. Je vois un autre Maduro qui attend juste de grandir et d'utiliser les femmes comme ses pions et ses marionnettes. Mais ce n'est pas tout. Il a une partie d'Anna en lui aussi. Elle ne l'aurait pas laissé grandir pour devenir un monstre et ça comptait pour elle, alors je dois essayer de l'aider. »

J'acquiesce et je hausse une épaule. « Si ça peut t'encourager, on a tous eu des parents terribles. Je t'ai parlé de ma mère et de ce qu'elle m'a fait. Mais on s'en est bien sortis, ou du moins assez bien pour devenir meilleurs. Nous n'étions pas définis par nos parents et leur merde. »

Je peux la voir considérer cela, prendre tout ça en compte. Finalement, elle acquiesce et me regarde à nouveau.

« Tu as raison. Mon père était un enfoiré et ma mère est morte quand j'étais trop jeune pour me souvenir d'elle ou savoir quel genre de parent elle était. »

La peau de River est humide, mais chaude lorsque je l'attrape et que je lui caresse la joue en passant mon pouce sur sa pommette. Il y a un petit bleu qui se forme là et je ne sais pas encore de quoi il s'agit. Ça a été une sacrée journée.

« Tu vois ? » Lui dis-je. « Malgré tout ça, tu es incroyable. »

Son regard s'adoucit à mes mots, mais il y a un petit sourire sur son visage. « Ouais, mais aucun d'entre nous n'est vraiment un exemple d'une personne qui a *bien* tourné, tu sais ? »

Je rigole. « Ok, c'est vrai. Peut-être que nous ne sommes pas des gentils. Mais on est mauvais contre les bonnes personnes, à mon avis. »

Le jet d'eau coule un peu moins fort, mais même si nous sommes là depuis longtemps, elle ne commence pas à refroidir. Nous sommes toujours enveloppés dans la vapeur et la chaleur, comme si nous étions dans notre propre petit sauna ensemble. Je tire River plus près et elle pose sa joue contre ma poitrine, laissant échapper un petit soupir. Cela ressemble presque à du contentement, mais peut-être que c'est faux. Au moins, elle ne semble pas aussi perdue qu'avant.

C'est bon.

Je la tiens dans mes bras tandis que l'eau s'écoule autour de nous, sur nos corps nus, peau contre peau.

C'est drôle. J'ai tellement l'habitude du contact physique, d'avoir des femmes nues dans mes bras. Ça fait partie de moi à ce stade, la sensation de douceur contre moi. De savoir comment les toucher et où.

Mais il ne s'agit pas de sexe. Je me soucis simplement de River.

Nous sommes peut-être tous les deux nus et elle est

probablement l'une des femmes les plus sexy que je connaisse, mais en cet instant, je ne pense même pas à tout cela. Je ne pense qu'à l'aider à se sentir mieux et à lui faire savoir que je suis là pour elle.

Et pour moi, ça veut dire beaucoup.

8

RIVER

Ash est solide et chaud contre moi tandis que je m'accroche à lui. C'est en partie dû à la chaleur de la douche, mais c'est aussi tout simplement lui. Il est chaud et vivant, et je peux sentir le rythme régulier de son cœur battre sous ma joue, là où elle est pressée contre sa poitrine.

Ça fait du bien de le tenir et d'avoir ses bras autour de moi, mais on finit par se séparer.

Il me sourit et écarte les cheveux mouillés de son visage avant de prendre mon shampooing. Il se savonne les mains puis fait un petit mouvement avec son doigt, m'incitant à me retourner pour lui tourner le dos.

Je le fais et il commence à me laver les cheveux en utilisant ses doigts habiles pour masser mon cuir chevelu pendant qu'il fait mousser le shampoing dans mes cheveux.

Pour une fois, il ne parle pas, ne fait pas de blagues,

ne flirte pas. Il ne me tripote pas et n'essaie pas de m'amadouer pour faire autre chose que ça. On dirait qu'il veut juste prendre soin de moi et je suis trop fatiguée à ce stade pour faire des histoires à ce sujet.

Je me débrouillais très bien avant qu'il n'arrive, je pouvais donc le faire moi-même, mais je n'arrive pas à trouver la force de le souligner. C'est en partie l'engourdissement que j'ai essayé de chasser qui revient, mais c'est surtout dû à l'épuisement.

J'ai peu dormi avant d'aller me promener, et ce n'était pas du tout reposant. C'était plutôt comme si j'avais été inconsciente pendant un petit moment, sans vraiment dormir. Je peux sentir à quel point je suis épuisée.

Ash semble le savoir ou du moins il peut voir que le peu d'énergie qui me reste semble s'estomper. Il fait attention à moi en rinçant le shampoing de mes cheveux, basculant ma tête en arrière pour qu'il ne coule pas dans mes yeux.

Il est minutieux, et lorsqu'il passe ses mains sur mon corps, c'est plus pour vérifier que je suis propre et bien lavée que pour essayer de me caresser.

Une fois qu'il est satisfait, nous sortons de la douche et nous nous tenons dans la salle de bain humide. Ash attrape une serviette et commence à me sécher, m'incitant à lever les bras et s'occupant du devant avant de se mette derrière moi.

J'avais presque oublié le message que Pax a gravé dans mon dos, mais j'entends Ash pouffer de rire en le voyant.

« Laisse-moi deviner », demande-t-il. « Pax voulait faire une œuvre d'art ? »

Je hausse un peu les épaules. « Il est comme ça. »

Ça ne me dérange pas vraiment et ça n'a pas l'air de déranger Ash non plus. Après tout, il est inclus dans ce que cela signifie d'être *la nôtre*.

« Il a un avenir dans l'art corporel, c'est clair », se moque-t-il et il fait plus attention en me séchant autour des coupures.

Je glousse doucement et Ash fouille dans mon armoire à pharmacie pendant un moment avant de revenir avec une pommade à mettre sur les coupures pour qu'elles guérissent bien.

« Il n'a pas tort, de toute façon », ajoute-t-il tranquillement, ses doigts traçant les lettres que Pax a tracées. « Tu es à nous. »

Les mots me frappent à nouveau, m'enveloppant tout comme ils l'ont fait lorsque j'ai réalisé ce que Pax avait gravé sur moi. Ce sentiment d'appartenance, de faire partie de quelque chose.

De savoir que je ne suis pas seule.

J'ai mal et je suis un peu perdue, et je sais que je ne serai jamais la même personne après avoir vu ma sœur mourir pour ce qui m'a semblé être la deuxième fois, tout aussi incapable de la protéger et de la ramener qu'avant. Mais je ne suis pas seule. Il y a quatre hommes qui vont m'écouter et me soutenir. Qui se battront à mes côtés et n'essaieront jamais de changer qui je suis.

« Je sais », dis-je doucement à Ash et ça me fait du bien de le dire.

Nous quittons la salle de bains, et Ash prend les vêtements qu'il portait avant et commence à s'habiller. J'ignore les piles de vêtements sales sur le sol et j'en enfile de nouveaux pour me sentir propre.

La porte de ma chambre est encore entrouverte et je m'y dirige avec l'intention de redescendre.

« River », dit Ash en m'arrêtant. « Tu as besoin de te reposer. Tu n'as presque pas dormi du tout. »

« Je sais », je répète. « Mais je ne veux pas dormir maintenant. »

C'est peut-être stupide, parce que je sens que l'épuisement et le chagrin me tiraillent, me pèsent, me donnent envie de m'effondrer sur place et d'y céder.

Mais je ne le ferai pas. Je ne peux pas.

Pas encore.

« River », dit-il à nouveau et il met ses mains sur ses hanches en me lançant un regard sérieux. « Tu ne peux pas t'épuiser. Tu vas avoir besoin de te reposer un jour. »

« Je le ferai. Mais pas maintenant. Je ne suis pas prête à… » Je secoue la tête. « Pas maintenant. »

Il soupire et nous nous confrontons dans ma chambre, nous regardant à travers la distance qui nous sépare. Ash n'a pas l'air contrarié, juste inquiet.

« River. » Il dit mon nom une troisième fois.

« Ash », je réponds sans détourner le regard.

Soit il ne veut pas discuter, soit il voit que je ne vais pas céder et prend mon entêtement comme un bon signe, car après un moment, il soupire et cède. Il me fait signe de sortir, puis me suit dans les escaliers et dans la cuisine.

Gale, Pax et Preacher sont tous réunis autour de la

table, et l'horloge sur la cuisinière indique qu'il est un peu plus de sept heures du matin, ce qui explique pourquoi je suis si épuisée.

Ils lèvent tous les yeux quand nous entrons, mais avant que quiconque puisse dire quoi que ce soit, Preacher se lève et vient vers moi.

Il a encore cet air hanté et ses yeux bleus perçants sont remplis d'inquiétude et de douleur.

Il me tire dans ses bras et je le laisse faire, sachant qu'il a besoin de ça.

Il comprend clairement à quel point je me suis sentie mal après la mort d'Anna, mais je sais que je l'ai blessé en partant. Je sais ce que ça signifie pour lui et combien il s'inquiète quand il ne peut pas me protéger.

Preacher me respire pendant une seconde en me serrant contre lui. Il enfouit son visage dans le creux de mon cou et je peux sentir ses lèvres bouger contre ma peau, même si je ne peux pas comprendre ce qu'il dit. Ses bras sont serrés autour de moi et ils sont possessifs, comme s'il était prêt à anéantir quiconque tenterait de m'éloigner de lui.

Quand il lève enfin la tête, il se retire un peu et me regarde. Je ne suis pas sûre de ce qu'il cherche, mais ses yeux scrutent mon visage jusqu'à ce qu'il soit satisfait. Puis il se penche et m'embrasse avec fougue.

Je l'embrasse en retour, les mains plaquées contre son torse, et ça fait disparaître un peu l'engourdissement.

On finit par se séparer pour respirer et Preacher passe ses pouces sur mes joues avant de s'éloigner.

Nous n'échangeons aucun mot, mais nous n'en avons

pas besoin. Il sait ce que je ressens, et je sais qu'il comprend à quel point c'est difficile. Il n'y a rien que nous ayons vraiment besoin de dire à haute voix.

Quand je regarde de nouveau la table, Ash est assis, volant des morceaux de bacon dans l'assiette de Pax. Les quatre Rois tournent leur attention vers moi, comme s'ils attendaient de voir si j'avais quelque chose à dire.

Et il s'avère que c'est le cas.

« Je vais détruire Julian », je leur dis, reprenant l'idée d'Ash sous la douche. « Je ne vais pas simplement rayer son nom d'une liste, comme je l'ai fait avec son père et les autres. Je veux le détruire. Je veux déchirer sa vie en le regardant se tordre en morceaux. Puis je le tuerai. »

Pax éclate de rire et me fait un grand sourire. « Putain, j'adore ça », dit-il. « Oui. C'est ce qu'il mérite. Bon sang, il mérite pire, mais c'est tellement bon, putain. »

Gale s'éclaircit la gorge et nous le regardons tous. D'habitude, il est la voix de la raison, celui qui freine les plans tordus et nous fait réfléchir aux conséquences.

Il a un air déterminé, alors je ne pense pas qu'il va me dire non, et même s'il le faisait, je ne l'écouterais probablement pas. Mais j'attends quand même de voir ce qu'il va dire.

Il se mord la lèvre, comme s'il réfléchissait à tout ça.

« Il le mérite », dit finalement Gale. « Ça et pire encore. Rien de ce que tu pourrais lui faire ne serait aller trop loin après tout ça. »

« C'est ce que je dis », ajoute Pax.

« *Mais* », dit Gale en insistant sur ce mot. « Nous devons penser à tout ce qui pourrait arriver. Nous devons être ingénieux et prêts. »

 « Qu'est-ce que tu veux dire par qu'est-ce qui pourrait arriver ? » Je lui demande.

 « On a foutu en l'air le mariage. Même pas de la façon dont on avait l'intention de le faire, mais maintenant il pourrait savoir qu'on avait prévu de le faire. Il pourrait s'en prendre à nous pour ça. »

 « Il a tué sa sœur », dit Preacher sans ambages. « Je suis presque sûr que ça compense ce qu'on lui a fait. Il a eu sa vengeance. »

 Ça fait mal d'entendre ça comme ça, comme si tuer Anna n'était qu'un coup d'échecs, une petite vengeance pour avoir rendu les choses plus difficiles pour lui. Mais je sais ce que Preacher veut dire.

 « De plus, Julian pourrait ne pas savoir que nous avions un plan », fait remarquer Ash en mâchant un morceau de bacon.

 « Il nous a vus essayer de s'échapper », lui dis-je. « Il m'a accusée d'avoir planifié l'attaque, mais j'ai nié. »

 « Il t'a cru ? » Gale demande, ses yeux se plissant.

 Ma peau se hérisse comme si des araignées rampaient sur mon corps, mais je me force à repasser dans ma tête la dernière confrontation avec Julian. Il était furieux contre moi d'essayer de faire sortir ma sœur pendant que les membres du cartel tiraient dans l'église, mais je pense qu'il m'a cru quand j'ai dit que nous n'avions pas prévu qu'ils se pointeraient, parce que c'était la vérité.

« Ouais. » Je hoche lentement la tête. « Je pense que oui. L'attaque du cartel était réelle, donc pour autant qu'il le sache, Anna et moi ne faisions que profiter d'une opportunité inattendue. »

Le simple fait de parler d'Anna et de tout ce qui s'est passé fait monter la bile dans ma gorge, et pendant une seconde, tout devient flou comme si j'allais m'évanouir à nouveau. Mais je me force à me concentrer et à rester debout. Je dois être forte et faire face à ça. Ce n'est pas comme si je pouvais ne plus jamais parler d'Anna ou penser à ce qui s'est passé. Si je dois faire payer Julian, j'y penserai toujours.

Je prends une grande inspiration et je me calme. Je peux être forte pour Anna.

« C'est bien. » Ash acquiesce et me lance un regard encourageant. « Si Julian ne sait pas qu'on avait prévu de le doubler avant même le mariage, ça rendra tout ça plus facile. »

« Qu'est-ce qu'on sait sur ce connard ? » demande Pax. « Il possède cette salle de boxe. Quoi d'autre ? »

« C'est sa principale activité légale », dit Gale. « Comme le club l'est pour nous. On peut s'en prendre à ça et le détruire d'une manière ou d'une autre, mais la plupart de ses revenus proviennent de sources illégales. »

« Avons-nous une idée de toutes ses activités ? » demande Preacher.

« Je l'ai vu aller à quelques endroits », dis-je en prenant la parole. « Quand je le suivais avant. »

Ça semble être il y a longtemps maintenant. Suivre

Julian à Détroit, le regarder en réunions, conclure des marchés et tout le reste. Comme si la vie était divisée en 'avant' et 'après', et que tout ce qui était arrivé avant la mort d'Anna aurait pu arriver à une personne différente.

« On peut probablement faire quelques suppositions à partir des lieux », dit Gale. « Il va falloir trouver tout ce qu'il fait pour savoir comment le détruire. »

« Oh », dis-je en grimaçant quand je me souviens d'autre chose. « Il baise aussi sa foutue sœur. Donc on peut utiliser ça contre lui aussi. »

Ash frissonne et les autres ont l'air visiblement dégoûtés par ça. Avant qu'il ne tue Anna, c'était en haut de la liste des pires choses à propos de Julian Maduro, mais maintenant c'est juste une chose de plus à utiliser pour le détruire.

Gale acquiesce. « On s'en servira le moment venu. Je pense que nous en avons assez pour commencer, au moins. On peut se pencher davantage sur la salle de sport, découvrir comment elle fonctionne et qui y va. River, dresse une liste des endroits où tu as vu Julian aller et des personnes avec qui tu l'as vu. On peut la comparer avec ce qu'on sait sur la ville et peut-être que ça nous donnera des pistes. En attendant, on peut trouver ce qu'il fait d'autre. S'il a trop d'activités, on peut peut-être tirer sur les ficelles. On verra ce qui se dénoue dans le processus. »

Il a l'air confiant et tous les autres acquiescent. C'est un bon plan et au moins nous avons quelque chose pour commencer.

La voix de Gale est forte, profonde et apaisante, mais pendant qu'il parle, je ne peux plus lutter contre l'épuisement qui me tiraille depuis la douche. Les choses commencent à devenir floues et le son de sa voix devient plus faible, comme s'il parlait à travers un tunnel au lieu d'être à la table de la cuisine.

Mon corps est lourd, comme si je pouvais m'effondrer maintenant dans la cuisine, et je m'appuie sur le comptoir pour me stabiliser.

Je suis trop fatiguée pour le combattre et essayer de le repousser ne sert à rien. Ma force de volonté ne peut pas chasser l'épuisement.

Tous les gars le remarquent, bien sûr. Gale s'arrête de parler et me jette un regard, et Preacher et Ash se lèvent de leur chaise avant que quiconque n'ait le temps de dire quoi que ce soit.

Ash m'attrape le bras, m'offrant du soutien, et Preacher scrute à nouveau mon visage. Je sais qu'il va voir à quel point je suis épuisée et qu'il va m'envoyer me coucher.

Il me regarde et se retourne vers Gale sans dire un mot. Mais il est clair qu'ils n'ont pas besoin de parler.

« Ça suffit pour l'instant », dit fermement Gale.

J'ouvre la bouche, sans avoir l'intention d'argumenter, mais avant que je puisse prononcer un seul mot, Pax croise les bras et me lance un regard sévère.

« Ne m'oblige pas à te jeter sur mon épaule et à te porter à l'étage », dit-il. « Parce que je le ferai. Et tu sais que je vais aimer ça à fond. »

« Il le fera », acquiesce Ash en haussant une épaule. «

Désolé, tueuse. C'est juste un grand homme des cavernes dans le fond. Et aucun de nous ne l'arrêtera. »

Preacher se retourne vers moi et il ne dit rien. Mais il n'a pas besoin de le faire. Je sais que si j'essaie de leur dire que je vais bien et que je n'ai pas besoin de me reposer, ils laisseront Pax m'emmener.

Je peux lire la possessivité et la protection sur tous leurs visages, l'inquiétude qui les pousse à vouloir prendre soin de moi, même si cela signifie me forcer à prendre soin de moi-même. Il n'y a rien que je puisse faire pour les convaincre que ce n'est pas nécessaire, et honnêtement, je suis trop fatiguée pour essayer.

« D'accord », j'acquiesce en hochant la tête et en m'appuyant sur Ash. « Vous avez raison. »

« Wow. Notez ça », dit Ash en me faisant un sourire en coin. « Elle a dit que nous avions raison sur quelque chose. C'est un jour historique. »

Gale soupire et secoue la tête, et je m'écarte d'Ash et de Preacher pour sortir de la cuisine avant que Pax ne puisse m'attraper.

Je suis épuisée jusqu'aux os et je menace de sombrer avant même d'avoir atteint les escaliers, mais je continue. Lorsque j'atteins le deuxième niveau de la maison et que je commence à me diriger vers ma chambre, je réalise que des pas me suivent.

Je n'ai pas besoin de me retourner et de voir son visage pour savoir que c'est Preacher. Je peux sentir sa présence derrière moi et je sais qu'il est le seul à être aussi doué pour projeter ses sentiments sans rien dire.

Il ferme la porte de ma chambre une fois que nous

sommes entrés. Je m'affale sur le lit et il s'allonge à côté de moi et me prend dans ses bras.

J'accepte son câlin avec reconnaissance, laissant son odeur familière et sa chaleur se mélanger à la fatigue, pour finalement sombrer dans le sommeil.

9

RIVER

Je suis de nouveau dans la ruelle.

Julian est là, devant moi, l'air en colère et haineux. Il ouvre la bouche pour me maudire, pour me dire qu'il aurait dû me tuer quand il en a eu l'occasion la première fois, mais quand il parle, ce n'est pas sa voix que j'entends.

À la place, c'est la voix de son père.

Lorenzo Maduro, dont j'ai entendu la voix si souvent lorsqu'il nous maintenait en captivité que je pourrais la reconnaître immédiatement dans une foule.

« Viens ici, ma belle. »

Le visage de Julian est un masque de frustration et de méchanceté, mais les mots sont mielleux. Huileux avec du faux confort et de l'affection. Un piège dans tous les sens du terme.

Anna est derrière moi, mais tout d'un coup, elle n'y est plus. Tout d'un coup, elle est à genoux entre Julian et moi. Elle n'est pas la mère et la femme forte que j'ai appris à connaître avant ce mariage. Au lieu de cela, elle est juste une enfant à nouveau. Ses bras sont enroulés autour d'elle tandis qu'elle tremble et pleure.

« J'ai dit, viens ici », dit Julian avec la voix de Lorenzo. Il tend la main vers elle et quelque chose de viscéral en moi me pousse à ne pas le laisser la toucher. J'essaie d'avancer, de bouger et de l'empêcher de l'atteindre, mais je ne peux pas. C'est comme si je n'arrivais pas à bouger.

Je baisse les yeux et rien ne me retient sur place, mais soudain, je ressens la sensation de chaînes invisibles autour de mes poignets et de mes chevilles.

« Non », j'arrive à articuler. « Non, laisse-la tranquille ! »

Julian lève les yeux vers moi, son rictus toujours en place.

« Tu n'aurais pas dû te mêler de mes affaires ! » dit-il d'un ton tranchant et pendant une fraction de seconde, je suis soulagée d'entendre qu'il est à nouveau lui-même. Je n'ai jamais pensé que je voudrais ça.

Mon cœur s'emballe dans ma poitrine et j'essaye de toucher Anna à nouveau. Cette fois, je peux bouger, mais dès que ma main s'approche de son épaule, elle passe à travers, comme si elle n'était même pas là.

Elle se retourne vers moi avec de grands yeux terrifiés, ouvrant la bouche pour dire quelque chose, mais avant qu'elle ne puisse le faire, elle est frappée sur le côté par quelque chose.

« Anna ! » je crie. C'est ma voix, mais elle semble plus jeune, plus effrayée qu'en colère. C'est comme quand j'avais seize ans et soudain nous ne sommes plus dans la ruelle.

Le rêve change et je suis seule dans une pièce. Je ne suis pas attachée, mais mon corps est endolori et épuisé. Mes poignets sont écorchés à vif à force de lutter contre des liens. Je sais que la porte de la pièce est verrouillée, mais je me jette quand même dessus.

Derrière la porte, je peux entendre Anna pleurer. Les sanglots étouffés qui signifient qu'elle essaie de le cacher, pour que je ne l'entende pas et ne m'inquiète pas.

Je frappe mes mains contre la porte.

« Arrêtez ! » je crie. « Laissez-la tranquille ! »

Personne ne semble m'entendre.

Ou si c'est le cas, ils s'en foutent royalement.

Je ne sais pas quoi faire, mais je sais que je dois faire quelque chose. Je ne peux pas les laisser lui faire du mal. Je dois...

B NG !

Le coup de feu est fort dans mes tympans. Puis c'est le silence. Je fronce les sourcils, essayant de comprendre, essayant de penser à ce qui pourrait bien se passer.

La pièce s'efface autour de moi et je suis de nouveau dans la ruelle. Anna est sur le sol avec du sang qui s'écoule de son côté. Sa bouche s'ouvre et se referme alors qu'elle halète pour respirer.

C'est encore la scène du mariage, mais Julian et Cody ne sont pas là cette fois.

À la place, il y a les autres hommes. Lorenzo, Ivan, et les autres, encerclant le corps d'Anna. Ils se penchent autour d'elle, comme s'ils allaient la toucher et je me jette en avant, comme une furie.

« N'y pensez même pas ! » je leur hurle, prête à les frapper à mains nues s'il le faut.

Mais la même chose se produit qu'avec Anna, mes mains les traversent au lieu de les toucher.

Ils se mettent tous à rire, et le son est énervant et cruel. Pendant une fraction de seconde, la ruelle se brouille et ressemble presque à la maison dans laquelle ils nous ont gardées. Le visage de Lorenzo oscille entre le sien et celui de Julian. Anna est à la fois jeune et adulte, mais elle saigne toujours.

C'en est trop.

C'est accablant et j'ai l'impression que mon cœur va sortir de ma poitrine. Le rire cruel devient de plus en plus fort, et quand je regarde Anna, sa bouche bouge, mais je n'ai aucune chance de comprendre ce qu'elle dit. Je ne peux pas l'entendre par-dessus les rires et le bruit sourd de mon propre cœur.

Je mets mes mains sur mes oreilles. Je me sens tellement impuissante. Anna est en train de mourir et il n'y a rien que je puisse faire. Je ne peux pas toucher les hommes qui lui ont fait du mal. Je ne peux rien faire.

Je ne peux jamais rien faire, putain.

Mes yeux s'ouvrent brusquement et je laisse échapper un cri rauque.

Je suis dans ma chambre, allongée sur le dos dans le lit. Mon corps est recouvert de sueur et j'ai mal aux joues à force de serrer les dents. Comme dans le rêve, mon cœur bat si fort que j'ai mal à la poitrine, et je peux entendre le son dans ma tête, effaçant presque tout le reste.

Immédiatement, des bras forts se resserrent autour de moi. Pendant une seconde, j'ai l'impression que je devrais me battre contre l'étreinte avant de réaliser que je connais ces bras.

Ils sont forts, épais, et couverts de tatouages. Ce sont définitivement ceux de Pax.

Quand je tourne la tête vers la droite, je l'aperçois recroquevillé dans le lit, face à moi. Il ne dort pas et il me fait un petit sourire quand je le regarde.

Je ne peux pas le lui rendre, mais le soulagement qui m'envahit est comme un baume après l'horreur de ce cauchemar.

Quelqu'un se déplace de l'autre côté et je sais que c'est Preacher qui est toujours dans le lit depuis que je me suis endormie.

Gale et Ash sont aussi dans la pièce. Ash est assis par terre, les jambes croisées, tripotant quelque chose sur ses genoux et Gale est assis sur la chaise de bureau, regardant quelque chose sur son portable.

Même le chien est là, recroquevillé au pied du lit avec sa tête posée sur ma cheville. Ça ne doit pas être confortable, mais Jack Sparrow a l'air heureux d'être là avec nous tous.

Je me rends compte une fois de plus que je ne suis pas seule et petit à petit, cela commence à me calmer. Mon rythme cardiaque ralentit et une partie de la tension commence à se relâcher de mon corps.

Gale croise mon regard, levant les yeux de ce qu'il lisait.

« Tu vas bien ? » demande-t-il, la voix basse pour être doux et apaisant. Ça aide vraiment.

Il n'insiste pas pour obtenir des informations ou me demander à quoi je rêvais et j'aime ça. Tout le monde dans cette pièce est habitué aux cauchemars. Même Chien qui a vécu sa vie dans une allée près d'une benne à ordures avant de s'attacher à moi et de devenir mon animal de compagnie.

« Oui », dis-je à Gale. « Je vais bien. »

Ma voix est rauque et ma réponse n'est probablement pas très convaincante, mais je ne veux pas en parler. Je ne veux pas essayer de décrire ce que j'ai vu dans mon rêve, parce qu'alors je devrais le revivre encore une fois.

Je veux juste mettre ça derrière moi, alors je prends une profonde respiration et j'essaie de laisser tomber.

« Quelle heure est-il ? » je lui demande. La lumière qui rentre par les fenêtres est toute dorée, mais je n'ai pas l'impression d'avoir dormi si longtemps. Probablement parce que les cauchemars ne sont pas du tout reposants.

« Quatre heures passées », répond Gale. « Tu as dormis presque toute la journée. »

« Merde. » Je me frotte le visage. « Je ne voulais pas dormir aussi longtemps. »

« Tu en avais besoin », dit Preacher. Il est assez proche pour que ses lèvres chatouillent la peau de mon cou et il glisse une main le long de mon corps.

« Je sais, mais on a des trucs à faire », lui dis-je. « Je ne vais pas anéantir Julian dans mon sommeil. »

Pax grogne en entendant ça. « C'est pour ça que tu

nous as, petit renard. Nous avons fait des recherches pendant que tu dormais. »

« *Nous* ? » demande Ash en le regardant avec un sourcil levé. « C'est le nouveau surnom que tu me donnes ? »

Pax roule les yeux. « D'accord. Gale et Ash ont fait des recherches. J'ai aiguisé mes couteaux. Tu sais, juste au cas où. »

Je réalise une fois de plus qu'ils sont d'accord avec mon plan et qu'ils veulent absolument m'aider. C'est comme un mantra qui se répète dans ma tête et qui m'aide à combattre la douleur, le chagrin et les cauchemars.

Je ne suis pas seule.

Je ne suis pas seule.

Je ne suis pas seule.

« Aiguiser des couteaux est une activité utile », dis-je à Pax qui me sourit. Puis je tourne mon attention vers Gale et Ash. « Qu'avez-vous découvert ? »

« Des choses intéressantes sur notre ami Julian », dit Gale, prononçant le mot *ami d'un ton haineux*. « Son activité principale, du côté illégal, est le trafic de cocaïne. Détroit est une ville reconnue pour ça et Julian contrôle une bonne partie du trafic ici. »

« Ça en dit long sur ce qu'il aurait voulu faire de notre club », dit Ash. « Si nous étions allés jusqu'au bout de l'histoire du "mariage" entre Pax et sa sœur. »

« C'est horrible », marmonne Pax en me rapprochant comme si j'étais une sorte de baume contre l'idée d'épouser Nathalie Maduro. Et honnêtement, je comprends. Je détestais l'idée qu'il soit avec cette sorcière encore plus que lui.

« Je veux juste dire que s'il vend de la cocaïne aux petits gangs et aux dealers de niveau intermédiaire, alors le club aurait été parfait pour faire de la contrebande. »

« Ou blanchir de l'argent pour lui », ajoute Preacher. « Il y avait beaucoup d'avantages. »

« Pour lui », dis-je. « Pas autant pour vous. »

Mais nous savons déjà pourquoi ils étaient prêts à le faire, et je sais que nous n'avons pas besoin de le répéter, alors je passe à autre chose. « Qu'avons-nous besoin de savoir maintenant ? » je leur demande.

« Où il s'approvisionne », dit Gale. « À qui il achète. Et à qui il vend. Si on peut foutre en l'air les deux côtés de son business, ça va tout faire foirer. »

« Comment on fait ça ? » Je me suis déjà mêlé des affaires des gens, mais je n'ai jamais essayé de détruire une opération comme ça. D'habitude, j'étais juste là pour tuer un gars et passer à autre chose.

« Nous devons tracer son argent », me dit Preacher et je peux encore sentir ses lèvres bouger contre ma peau. « C'est le meilleur moyen de le traquer. L'argent ne ment jamais et ça nous aidera à en apprendre plus. »

« Il y a autre chose », ajoute Ash. « Julian a apparemment essayé de monter en grade. »

« En tant que dealer ? » je demande en me redressant suffisamment pour mieux le voir.

Il secoue la tête. « Non, dans le monde légal. Dans la société et la politique. Il a essayé d'amadouer certains des joueurs les plus riches de Détroit. Des gens comme Sebastian Raines, Alec Beckham et Jeffrey Warren. »

Je fronce les sourcils en pensant à ces noms. Je les connais de réputation, comme tous ceux qui font des affaires à Détroit. Ils sont riches et font ce qu'ils veulent parce qu'ils ont l'argent nécessaire pour que presque tout leur soit permis.

Il est intéressant de savoir que Julian essaie de se lier à des gens comme ça. Grimper dans l'échelle sociale et obtenir plus de pouvoir du côté légal font du sens, mais cela m'amène à me demander ce qu'il veut en faire.

« Je suppose que ça nous donne un autre moyen de le faire tomber », dis-je avec un petit haussement d'épaules. « Je ne laisserai pas ce foutu meurtrier grimper plus haut dans la société. »

Pax rit et me tire pour pouvoir m'embrasser fermement sur la bouche. Ses yeux sont rieurs et remplis de quelque chose qui est probablement la soif de sang. Ses cheveux sont en désordre et il a l'air un peu sauvage, mais ça lui va bien. Comme toujours. Encore une fois, je me réjouis qu'il n'ait finalement pas eu à épouser Nathalie.

« Tu es sexy quand tu es prête à foutre en l'air la vie de quelqu'un », dit-il tandis que ses mains parcourent mon corps.

« Je suis prête pour ça depuis que tu m'as rencontrée », je signale.

Il sourit encore plus. « C'est peut-être pour ça que tu me fais craquer depuis le premier jour. »

Je ris un peu et ça fait du bien. C'est bon d'avoir un

plan, de les avoir avec moi et de savoir ce qui doit être fait pour l'accomplir.

Je me sens mieux après avoir dormi aussi. Je sors donc du lit et vais m'habiller, sans me soucier de la présence de tous les hommes dans la pièce. De toute façon, ils m'ont tous déjà vue nue, alors sentir leurs yeux sur moi pendant que j'enlève mon t-shirt et que j'en enfile un nouveau n'est pas un problème.

Ils me regardent tous tandis que je me déplace dans la pièce, mettant les vêtements sales dans le panier à linge et faisant un peu de rangement. Je prends un flacon de vernis à ongles et le secoue en examinant la couleur. C'est un violet chatoyant, aux couleurs changeantes, et ça me semble parfait pour le moment.

Mon vieux vernis est complètement abîmé par le mariage, l'église et tout ce qui s'est passé. Un peu comme moi, il ne s'en est pas sorti en un seul morceau.

Mais je peux m'asseoir et enlever tout le vieux vernis, nettoyer mes ongles jusqu'à ce qu'il n'y ait plus aucune trace de l'ancienne couleur. Ce n'est pas si facile de faire ça avec les souvenirs de la ruelle, mais d'une certaine manière, enlever le vieux vernis aide à faire disparaître une partie de la douleur qui s'accroche encore à moi.

Appliquer des couches nettes et régulières de cette nouvelle couleur aide encore plus. J'essaie de faire en sorte que cela me permette de faire de moi une nouvelle personne.

Une personne meilleure et plus forte. Une personne qui peut faire ce qui doit être fait pour Anna.

Gale, Ash, Preacher et Pax me regardent pendant

que je le fais. Ils semblent comprendre que c'est l'un de mes petits rituels et ils sont silencieux, perdus dans leurs propres pensées et ils me donnent l'espace nécessaire pour faire ce que je dois faire.

Une fois que j'ai rangé la petite bouteille et commencé à souffler sur mes ongles pour les sécher plus rapidement, Pax et Preacher bougent et se lèvent du lit.

« Nous devrions nous mettre au travail », dit Gale en se levant et en étirant ses bras au-dessus de sa tête. « Nous avons beaucoup de terrain à couvrir et quelques pistes à suivre. »

Les hommes se déplacent comme une machine bien huilée et c'est peut-être la première fois qu'ils s'en prennent à quelqu'un comme Julian pour quelqu'un d'autre, quelqu'un qu'ils ne connaissaient même pas vraiment, mais ce n'est certainement pas la première fois qu'ils détruisent quelqu'un. Ils savent tous comment ça se passe.

« Nous avons besoin de plus d'informations », poursuit Gale. « Tout ce que nous pouvons trouver. River, tu viens avec moi. »

J'ai l'habitude de travailler seule quand il s'agit de ce genre de choses, mais je sais que je ne veux pas être seule maintenant. Alors je hoche la tête et j'attrape mes chaussures et ma veste, le suivant dans les escaliers jusqu'à la voiture.

Nous allons rencontrer quelques-uns des contacts des gars : des informateurs et des personnes avec qui ils ont déjà travaillé lorsqu'ils avaient besoin d'informations.

Je n'ai pas besoin que Gale me dise qu'il faut être

prudent et discret. La dernière chose dont on a besoin, c'est que Julian découvre qu'on a fouillé dans ses affaires. Soit il aura peur et il mettra fin à tout, soit il se vengera avant qu'on ait eu le temps de faire quoi que ce soit.

Et aucun de ces scénarios ne mènera à la fin satisfaisante qu'Anna mérite après tout ce que ce connard lui a fait subir.

On s'arrête à un motel, juste à côté de l'autoroute, et on sort de la voiture. Gale prend les devants et je suis heureuse de le laisser faire. Au lieu d'utiliser l'entrée, nous nous dirigeons vers l'arrière et rencontrons un des employés de l'hôtel qui fait une pause cigarette.

Dès qu'il voit Gale, il se redresse et écrase sa cigarette contre le mur du bâtiment.

Je laisse Gale prendre en charge la conversation. Il sait comment gérer ce genre de choses et l'informateur le connaît déjà de toute façon. En plus, je suis encore toute chamboulée. Quand je ferme les yeux, je vois encore Anna tomber et rester étendue là, sans jamais se relever. Je peux sentir son sang sur mes mains et voir sa bouche bouger alors qu'elle essaie de me dire notre petit mantra une dernière fois. La douleur est brute et tranchante, et ça fait du bien d'avoir quelque chose pour me distraire, mais je sais que ce n'est pas la même chose que de la guérir.

Si je laisse faire, ça reviendra sans cesse et ça deviendra trop lourd pour moi. J'essaie d'aller jusqu'au bout et de faire ce que j'ai à faire, et je veux être ici à faire ça, mais je suis contente que Gale prenne les choses en main car c'est toujours le bordel dans ma tête.

Gale dit le nom de la personne que nous investiguons, et l'informateur, qui porte une étiquette avec le nom de Frisco, se met à siffler.

« Quelqu'un d'important », dit-il en jetant un coup d'œil autour de lui comme s'il voulait s'assurer que personne n'était là pour nous entendre.

Gale acquiesce. « Ce n'est pas n'importe qui. Mais c'est important. Que sais-tu ? »

Frisco hausse les épaules. « Pas grand-chose. Honnêtement. Je connais le nom et la réputation. Je sais qu'il est important dans le milieu de la drogue par ici, mais c'est tout ce que j'ai. Mais je peux chercher et peut-être vous trouver d'autres informations. »

« Bien », dit Gale en hochant encore la tête. « Et je n'ai pas besoin de te dire ce qui se passera si on remonte jusqu'à nous, n'est-ce pas ? »

Frisco secoue la tête, faisant voler des mèches de cheveux noirs sur son front. « Non. Je sais. Mes lèvres sont scellées et tout ça. »

« Bien », dit encore Gale. « Contacte-nous si tu trouves quelque chose. »

Nous remontons dans la voiture et nous nous rendons à un autre endroit. Cette fois, un restaurant que je ne connais pas. Nous traversons la cuisine jusqu'à l'arrière et parlons à quelqu'un qui lave la vaisselle, seule dans la cuisine, les mains plongées dans l'eau chaude et savonneuse.

Tout comme Frisco, elle ne sait pas grand-chose sur Julian que nous ne sachions déjà, mais elle promet d'essayer de découvrir quelque chose de nouveau.

« Ils nous donneront plus d'informations », dit Gale en retournant une dernière fois à la voiture. « Ces deux-là sont les meilleurs pour ce genre de choses. »

C'est logique quand j'y pense. Les gens qui travaillent dans le service sont toujours ignorés et ils sont aux premières loges des conversations des gens. En plus, Gale a l'air sûr de lui, ce qui me suffit.

Gale démarre la voiture, j'allume une cigarette et je baisse la vitre pour pouvoir souffler la fumée pendant que nous roulons.

« Ça te dérange de faire un dernier arrêt ? » demande-t-il en me regardant.

« Non, c'est bon », lui dis-je. « Un autre informateur ? »

Il secoue la tête. « Non, c'est plus un arrêt... personnel. »

Cela éveille ma curiosité.

« Bien sûr », dis-je en essayant de me repérer pendant qu'il conduit vers notre destination.

Je reconnais le quartier pauvre dès qu'on y arrive. C'est le premier endroit où je suis allée avec Gale, à l'exception de la fois où j'ai été assommée et traînée dans la cave des gars. Quand on cherchait des informations sur Ivan, quand j'ai commencé à me poser plus de questions que je ne le voulais sur Gale.

Je me souviens de Meredith, la vieille femme qui semblait savoir tout et qui accueillait Gale comme s'il était de la famille. Je me souviens aussi qu'elle *fait pratiquement partie de sa* famille, puisque Gale m'a raconté qu'elle était là pour lui quand il n'avait personne d'autre après la mort de sa mère, qui l'avait laissé seul avec son salaud de père.

Cela me rend encore plus curieuse de savoir pourquoi nous sommes ici et je suis Gale dans les escaliers jusqu'à l'étage où vit Meredith. Il frappe et elle lui demande d'entrer, alors on le fait.

L'endroit ressemble à la dernière fois, faiblement éclairé et délabré, mais à la fois confortable. Meredith est dans son fauteuil et elle sourit quand Gale s'approche suffisamment pour qu'elle soit certaine que c'est lui.

« Ah. Je pensais que c'était toi », dit-elle en lui faisant signe d'avancer. « Tu t'es finalement souvenu que j'existais ? »

« Comme si je pouvais l'oublier », répond Gale. Son ton est désinvolte, mais il y a un soupçon de tendresse que je peux déceler maintenant que je le connais mieux.

Meredith prend sa main et la serre avant de la relâcher. « Qui as-tu amené ? » demande-t-elle en se tournant dans ma direction.

« River », dit Gale en me faisant avancer. « Tu te souviens d'elle la dernière fois qu'on était ici ? »

Elle sourit. « La fille qui posait des questions sur Ivan. Je m'en souviens. Tu suis toujours ce crétin ? »

Gale grogne et je ne peux m'empêcher de sourire. « On dirait bien », lui dis-je. « Il n'est pas si mauvais. »

« Non, il ne l'est pas. C'est un homme bien au fond. Il s'attire juste beaucoup d'ennuis. »

« J'ai aussi beaucoup d'ennuis », dis-je. « Donc ça marche. »

Elle rit et Gale sourit. C'est un sourire plus doux que d'habitude et il est évident qu'il tient à cette femme.

« Tu as besoin des informations sur qui aujourd'hui ? » Meredith demande en reportant son attention sur Gale.

« Pas d'affaires aujourd'hui, Mer », répond-il. « Bon anniversaire. »

Tout en parlant, il sort une grosse liasse de billets entourée d'une bande et la lui tend.

Elle la prend dans ses mains ridées et la tâte, feuilletant les billets sans les regarder, puisqu'elle est pratiquement aveugle d'après ce dont je me souviens. Puis elle soupire et lève les yeux vers lui en souriant un peu.

« Tu n'as pas besoin de faire ça tous les ans, tu sais. Je ne suis pas en train de mourir de faim ici. »

« Je dois veiller sur ma meilleure amie », dit Gale en reculant un peu comme s'il pensait qu'elle allait essayer de lui rendre l'argent. « Tu le sais bien. »

Rien que les regarder ensemble me fait un peu mal à la poitrine. C'est un côté de lui que personne ne voit, un côté qu'il ne révèle pas souvent.

Il n'y a pas cette colère ou ce dédain qu'il a habituellement besoin d'afficher, et au lieu de cela, il est souriant, taquin et facile d'approche. J'aime ce côté de lui tout autant que son côté dur et bourru. Après tout, les deux sont indissociables, d'une certaine façon. Il est si bourru, contrôlant et dominant parce qu'il aime si férocement.

Il essaie constamment de protéger ce qu'il aime et les

personnes à qui il tient s'attirent des ennuis, tout comme lui.

« Si tu es aussi généreux avec les vieilles femmes, alors tu dois au moins rester pour dîner », dit Meredith. « Ce sont les règles. »

Gale me jette un coup d'œil et je vois à son regard qu'il est prêt à refuser gentiment. Soit parce qu'il pense que je ne suis pas prête après… tout ce qui s'est passé, soit parce que nous devons continuer à travailler sur nos plans pour faire tomber Julian.

Il serait probablement plus facile de partir, mais je ne veux pas le faire. Au lieu de ça, je lui souris, puis je regarde Meredith. « Nous serions ravis de rester à dîner. »

Étrangement, être dans la maison de cette femme m'apaise. J'ai l'impression d'être avec ma famille, même si je connais à peine Meredith. Mais ça me réconforte. Voir Gale interagir avec elle, voir à quel point ils sont familiers l'un avec l'autre, ça apaise quelque chose de dur et de déchiré en moi, et j'en ai besoin maintenant.

« Bien », dit Meredith. « Bien, bien. Laissez-moi préparer quelque chose alors. »

« Laisse-moi t'aider », dit Gale en venant à ses côtés alors qu'elle commence à se soulever et à sortir de la chaise.

Elle le repousse cependant, se levant assez facilement, s'accroche à la chaise et se dirige vers la petite cuisine.

« C'est bon », dit-elle. « Qu'est-ce que tu crois que je fais pendant que tu pars conquérir le monde ? Que je reste assise dans ce fauteuil et me prélasse toute la journée ? Je peux m'occuper du dîner, Gale. »

Il n'y a pas d'amertume dans son ton, juste une taquinerie affectueuse, et Gale sourit en secouant la tête et en la regardant se diriger vers la cuisine.

Il est prêt à l'aider si elle en a besoin, mais elle se débrouille bien, se déplaçant avec assurance, ouvrant le réfrigérateur et les armoires pour préparer le dîner.

Bientôt, le petit appartement sent le poulet et les légumes. Un plat simple et réchauffé venant de l'épicerie.

Mais le fait que le repas soit simple n'a pas vraiment d'importance. Nous nous asseyons à table avec nos assiettes et nos grands gobelets en plastique de Coca Light, et j'ai l'impression d'avoir un repas en famille.

« C'était les préférés de Gale », dit Meredith en soulevant son gobelet. Il est d'un vert vif et le dessin est maintenant décoloré et s'écaille après des années de lavage. « Il s'asseyait par terre devant la télé avec un grande gobelet dans les mains et buvait des sodas toute la journée. Il finissait par courir partout la moitié du temps à cause du sucre, mais ça le rendait toujours heureux. »

« C'est adorable », dis-je en adressant à Gale un sourire taquin. Il roule les yeux et prend une bouchée de poulet, mais il n'a pas l'air gêné du tout.

« Meredith avait toujours du soda », dit-il. « Je n'en ai pas eu beaucoup quand j'étais enfant. »

Je me souviens de ce qu'il m'a dit sur son enfance et comment il venait ici quand tout allait mal à la maison. C'est réconfortant de penser à un jeune Gale, assis devant la télé, se régalant pour oublier ses problèmes à la maison. Au moins, il avait ça.

« C'était toujours agréable de l'avoir », poursuit Meredith. « Il allait au magasin pour moi et revenait avec des sacs remplis de trucs. J'ai dû lui rappeler plusieurs fois que les gens ne pouvaient pas survivre à manger des Curly et boire du Coca, mais il était d'une grande aide, tu sais ? J'étais déjà trop vieille pour monter et descendre les escaliers avec ces gros sacs. »

« Trop vieille ou trop paresseuse ? » Gale la taquine en lui adressant à nouveau ce sourire affectueux. Il ne semble pas du tout gêné qu'elle raconte ces histoires sur lui et c'est bien qu'il ne m'en veuille pas de le savoir.

C'est la preuve que nous avons changé depuis le pacte de « ne pas parler de notre passé » que nous avons conclu au début.

« Quelle est la différence ? » Meredith répond en gloussant un peu. « Dans tous les cas, il vaut mieux que ce soit celui qui a les jeunes jambes et les bras forts qui soulève et grimpe. C'était sympa d'avoir de l'aide et de la compagnie. »

« La compagnie était bonne », approuve Gale en hochant la tête et en terminant son repas.

Meredith lui sourit et il y a tant de douceur dans ce sourire. Tant d'amour.

Le reste du repas se déroule ainsi. Elle raconte plus d'histoires sur les choses que Gale aimait quand il était petit et comment il lui proposait de passer la nuit chez elle pour s'assurer que personne n'entrerait par effraction.

« J'ai pensé qu'il ne voulait pas rentrer chez lui, mais

quelqu'un avait cassé les fenêtres d'un des appartements du premier étage, alors il voulait vraiment me protéger. »

« Il est comme ça », je réponds avec un petit sourire en regardant Gale.

Nous finissons de manger, et même si Meredith lui dit plus d'une fois qu'il n'est pas obligé, Gale insiste pour débarrasser la table et laver la vaisselle. Il se déplace dans sa cuisine avec la même aisance que lorsqu'il le fait chez lui.

« Voilà », dit-il, quand il a fini en s'essuyant les mains sur une serviette. « Maintenant on peut y aller. »

« Tu es têtu », répond Meredith en secouant la tête.

« Je me demande de qui je tiens ça », réplique-t-il.

Elle secoue à nouveau la tête, mais un sourire se dessine sur ses lèvres lorsqu'il se penche pour la serrer dans ses bras.

« Donne-moi de tes nouvelles », murmure-t-elle.

« Je vais essayer. Il y a juste beaucoup de choses qui se passent en ce moment. Encore bon anniversaire. »

Il recule et Meredith se tourne vers moi en ouvrant les bras. Je n'hésite qu'une seconde ou deux avant de me rapprocher d'elle pour la serrer dans mes bras. Elle me tape doucement dans le dos.

« Je vois bien qu'il tient à toi », murmure Meredith pour que je sois la seule à l'entendre. « Et que tu tiens à lui aussi. C'est une bonne chose. Il a besoin de quelqu'un de fort pour s'occuper de lui quand je ne pourrai plus. »

Elle me relâche et recule, et une bouffée de chaleur m'envahit. Visiblement, Meredith approuve et ça signifie quelque chose pour moi. À part les autres gars, cette femme est la seule famille de Gale, alors je veux qu'elle sache qu'on s'occupe de lui.

Je hoche la tête, puis je suis Gale qui sort de l'appartement et descend les escaliers.

On est silencieux dans la voiture pendant la première partie du trajet de retour, mais ce n'est pas tendu ou triste. Juste pensif et un peu sombre. Quand je regarde Gale, ses doigts sont détendus sur le volant et, pour une fois, il ne serre pas les dents et n'a pas l'air d'être sur le point de s'en prendre à quelqu'un.

« Depuis combien de temps fais-tu ça ? » Je lui demande. « T'occuper de Meredith. Lui donner de l'argent pour son anniversaire. »

Il hausse une épaule, les yeux rivés sur la route.

« Depuis que je suis parti, vraiment. » Un côté de sa bouche se lève pour former un petit sourire. « Même quand je ne pouvais pas vraiment me le permettre. »

Ça correspond à ce que je sais de Gale et j'aime ça. Il ne l'a pas abandonnée quand il est parti et il a continué à essayer de l'aider et de la soutenir, même avant que ce soit aussi facile que maintenant. Cela montre à quel point il se soucie des gens à qui il tient. Il est prêt à faire tout ce qu'il peut pour eux.

« As-tu déjà essayé de la faire sortir de là ? » je lui demande.

« Plein de fois », dit-il. « Au fil des ans, je lui ai donné plus qu'assez d'argent pour qu'elle puisse partir et emménager dans un endroit bien mieux. Mais elle n'est pas comme ça. Elle ne garde même pas tout l'argent. Elle le distribue aux autres locataires et les aide. Il y a des gens dont elle se soucie là-bas. Des gens qu'elle a aidé autant qu'elle m'a aidé. Elle ne va pas les abandonner et je ne peux pas me disputer avec elle à ce sujet, parce que je comprends. »

« Ouais », dis-je doucement. « Je comprends aussi. »

Gale pose sa main sur ma jambe avant de la serrer un peu. Je peux sentir la chaleur de sa paume à travers mon pantalon et ce geste est à la fois possessif et affectueux.

Nous ne disons rien, mais il laisse sa main sur ma jambe.

Et au bout du compte, cela en dit long.

10

PAX

Je tambourine mes doigts sur le volant alors que je rentre à la maison après avoir cherché des pistes. Il n'est pas encore très tard et je ressens quelque chose comme de l'anxiété.

Je suis impatient de rentrer à la maison pour une raison quelconque. Je ne sais pas si River et Gale seront de retour, mais je veux voir River. Je pensais que j'étais accro à elle avant, mais maintenant c'est pire que ça.

Ce n'est pas une dépendance.

C'est une obsession.

Voir ce connard la tripoter au bar, voir River si brisée et dans un sale état... ça m'a enragé. Elle était juste affalée là, traversant clairement une mauvaise passe, et ce connard a décidé de profiter d'elle. Comme si elle ne comptait pas. Comme si elle était juste un morceau de viande qu'il pouvait tripoter parce qu'il était excité.

En y repensant, je regrette de ne pas l'avoir fait souffrir davantage. Il le méritait. Il méritait que ça se prolonge pour qu'il puisse ressentir ne serait-ce qu'une fraction de la douleur que ressentait River à ce moment-là. Mais j'étais trop pressé de retourner auprès de River et de m'assurer qu'elle allait bien, alors je me suis occupé de ce connard rapidement.

Je ressens cette démangeaison sous ma peau qui signifie que la bête en moi fait les cent pas dans sa cage. Je veux éliminer plus d'enfoirés. Tout brûler si ça peut aider River à se sentir mieux. Traquer des pistes et tout, c'est bien, mais je veux de l'action. Je veux faire quelque chose, lui apporter quelques têtes sur un plateau si ça peut aider.

Mais je sais que ça va éventuellement arriver. Tout ça fait partie d'un plan, mais ça va se terminer en meurtre, donc je suis content. Tant que quelqu'un tue Julian, c'est bon.

J'arrive à la maison et mon humeur s'améliore quand je vois la voiture de Gale dans l'allée.

Ça veut dire qu'elle est là.

River est dans la cuisine avec les trois autres Rois. Preacher est assis à table avec sa chaise tirée pour que River puisse être sur ses genoux. Elle a l'air mieux que lorsque nous l'avons trouvée au bar, bien qu'elle semble toujours épuisée.

Mais elle n'abandonne pas. C'est ce qui m'attire toujours chez elle, encore et encore.

Elle *n'abandonne jamais*.

Preacher glisse ses mains sur elle pendant qu'elle est assise là. Il a clairement besoin de l'avoir près de lui après l'avoir presque perdue. Je comprends, mais il n'est pas le seul à l'avoir presque perdue, il peut donc la partager. Je m'approche et la soulève de ses genoux, la posant sur le comptoir comme si elle ne pesait rien.

Preacher ne discute pas et je lui fais un petit sourire. « C'est mon tour maintenant. »

River pouffe de rire et roule les yeux.

Je me glisse entre ses jambes ouvertes et j'enfouis mon visage dans les cheveux argentés qui tombent en cascade dans le creux de son cou, et je la respire comme un drogué en manque. Elle sent les fleurs, comme le produit qu'elle utilise pour se laver les cheveux. Il y a aussi quelque chose de doux et d'indéfinissable qui est juste... *elle*.

Elle penche la tête sur le côté, me laissant faire ce que je veux, et ma bite vibre un peu dans mon pantalon en devenant dure. Avant, il fallait se battre pour qu'elle accepte ce genre d'affection et de possessivité, mais maintenant elle l'apprécie et se détend. Je trouve ça tellement sexy.

Elle glisse une main le long de mon torse, sans vraiment se diriger nulle part, se contentant de me toucher en retour, et je grogne de manière satisfaite. L'anxiété qui me tenaillait se calme et je sens mes épaules se détendre alors même que ma queue décide que la détente c'est pour les idiots.

« Comment ça s'est passé ? » demande Gale, appuyé contre l'îlot de la cuisine les bras croisés.

Je me retire du cou de River pour pouvoir lui parler, mais je garde une main à sa taille, mes doigts plongeant sous l'ourlet de son t-shirt parce que j'ai besoin de la toucher, peu importe la manière.

« J'ai de bonnes infos », lui dis-je. Pendant que les autres cherchaient des informations sur Julian, je suis allé voir ce qui s'est passé après la fusillade à l'église. « On dirait que tous les connards du cartel qui nous ont attaqués sont morts. Ils ne savaient probablement pas dans quoi ils s'engageaient et combien de gens dangereux se trouveraient à l'église ce jour-là. Ils s'attendaient à un massacre, mais... »

Je hausse les épaules.

« Mais ils étaient moins nombreux que tous les invités armés ? » suggère Ash.

« On dirait bien. »

« Quelque chose sur Julian ? » demande Gale.

Je fais glisser mes doigts le long des côtes de River et elle frissonne contre moi, mais ne s'éloigne pas. « On dirait qu'il ne prépare rien contre nous », dis-je.

« Même pas moi ? » interrompt River.

« Tu fais partie de nous », lui dis-je en me penchant pour lui caresser le cou pendant une seconde. « Au moins, rien d'évident. Je suppose que puisqu'il essaie d'avancer dans la société *civilisée*, il essaie probablement de minimiser l'incident du mariage. Je suppose que ça ne fait pas bonne impression quand des membres du cartel se pointent pour une fusillade au mariage de ta sœur. »

Gale fredonne à voix basse et je l'entends presque considérer toutes ces informations dans sa tête. C'est ce qu'il fait d'habitude.

« Donc le cartel n'est plus sur notre dos ? » demande

Ash. « Si je perdais la plupart de mes hommes dans une seule attaque, je me retirerais de ce combat. »

« Je pense qu'on peut supposer qu'ils ne nous attaqueront pas de sitôt, au moins », acquiesce Gale. « Les deux fois où ils s'en sont pris à River, ils ont perdu des hommes. Ça n'en vaut probablement plus la peine pour eux. »

« Tu as probablement raison. Mais on devrait quand même rester sur nos gardes », dit Preacher. « Dans le cas improbable où ils s'en prendraient à nous encore. Je ne veux pas qu'ils nous prennent par surprise. »

Il serre les doigts pour former un poing et je sais qu'il pense au type que nous avons poursuivi après qu'il a tiré sur River devant la maison. Il est mort avant de pouvoir nous révéler quoi que ce soit.

« D'accord. » Gale hoche la tête. « Julian est la plus grande priorité, mais nous devons faire attention à *toute* menace possible. »

Je lui fais un grand sourire. « Julian va payer le prix et si le cartel décide de s'en prendre à nous, ils payeront le prix aussi. »

Avant que Gale puisse répondre, on frappe à la porte d'entrée. Tout le monde devient immédiatement silencieux, restant immobiles en penchant la tête comme des prédateurs pour mieux entendre. Il n'est pas encore trop tard pour recevoir des visiteurs, donc c'est peut-être rien d'important. Mais nous sommes tous sur les nerfs, vu tout ce qui s'est passé dernièrement. Nous ne recevons pas beaucoup d'invités inattendus.

« Je m'en occupe », dit Ash en nous regardant tous. Son ton est léger, mais son expression est sérieuse.

Il sort à grands pas de la pièce et nous ne bougeons pas en entendant quelqu'un qu'il salue à la porte. Il ne part qu'une minute ou deux avant de revenir dans la cuisine avec un visage familier derrière lui.

Mitch Carter, l'agent du FBI.

Ash nous lance un regard que nous pouvons tous interpréter facilement. Il est temps de passer en mode « protéger nos arrières » avec ce connard.

River descend du comptoir et je lui laisse un peu d'espace, même si je n'en ai pas envie. Ce type peut aller se faire foutre pour se pointer ici et penser qu'il peut interrompre ce que nous faisions.

Nous avons rencontré ce type du FBI plusieurs fois et je ne l'aime pas. Il est bien bâti comme moi, mais pas aussi grand, et il est plus vieux d'au moins une décennie avec quelques rides autour des yeux. Ses cheveux châtain sable sont coupés court et coiffés avec soin, comme s'il voulait que son apparence, de ses vêtements à sa coupe de cheveux, indique aux gens qu'il est sérieux.

« Je suis désolé de débarquer si tard », dit Carter en jetant un coup d'œil à chacun d'entre nous.

Gale hausse un sourcil, mais ne dit rien. Il démontre clairement que s'il n'avait pas eu l'intention de débarquer, il ne l'aurait pas fait.

« Ce n'est pas un problème », dit Ash en affichant son sourire charmant. « Comment pouvons-nous vous aider, Agent Carter ? »

« Je suis en train d'enquêter sur une fusillade qui s'est

produite dans une église hier », dit l'homme âgé. Il décrit quelques détails sur l'incident, notamment quand et où il s'est produit, puis lève légèrement un sourcil. « Vous étiez là quand c'est arrivé, non ? »

Gale acquiesce. « En effet. »

Il en reste là, et Carter et lui se regardent fixement pendant un long moment, attendant que l'autre dise quelque chose de plus. Mais Gale ne dit rien, alors c'est Carter qui doit parler s'il veut en savoir plus.

« Que faisiez-vous là-bas ? »

« Un mariage », répond Gale. « Comme tous les autres qui étaient là. »

« Je vois. Et savez-vous quelque chose sur l'attaque qui a eu lieu ? » Carter tourne son attention vers Ash.

« Je sais que c'était dingue », dit Ash. « Qui attaque à un mariage, hein ? »

« J'espère découvrir qui a mené l'attaque. Toute information que vous pouvez me donner pourra m'aider. »

Ash hausse les épaules. « Aucune idée. Nous étions assis là, à attendre que les vœux soient prononcés quand nous avons entendu des coups de feu et vu des hommes en noir qui couraient partout. Certains d'entre eux étaient masqués, donc il était difficile de voir leurs visages, et nous n'avons pas vraiment essayé de voir si nous connaissions l'un d'entre eux, vous savez. Nous étions trop occupés à essayer de ne pas nous faire tirer dessus. »

Carter le regarde pendant une longue seconde, puis jette un coup d'œil à Preacher. « Et vous n'avez aucune idée pourquoi quelqu'un aurait voulu attaquer ce mariage ? »

Preacher regarde Carter d'un air impassible. « Pourquoi les gens font-ils quelque chose comme ça ? » demande-t-il. « Je pourrais faire des suppositions, mais ça n'aiderait pas vraiment, n'est-ce pas ? »

Il est clair que Carter ne nous croit pas et il continue à regarder autour de lui, comme s'il pensait que l'un d'entre nous allait craquer et se confier à lui. Tout le monde fait de son mieux pour adopter un air impassible et on dirait qu'il comprend qu'il ne tirera pas grand-chose de nous.

« Vous savez », dit-il. « C'est intéressant de constater que vous semblez tous avoir l'habitude de vous retrouver là où il y a des cadavres. »

Je pouffe presque de rire, mais je me retiens. Je n'ai pas besoin que Gale me regarde fixement pour savoir qu'il n'aimerait pas ça, mais ce type n'a aucune idée du nombre de cadavres qui se sont retrouvés sur notre chemin.

« C'est une ville dangereuse », dit Gale avec un petit haussement d'épaules. « C'est difficile d'être en sécurité tout le temps, apparemment. »

Carter fait la grimace, mais il ne peut pas le nier. « Bien », dit-il. « À quelle heure êtes-vous tous arrivés à l'église ? »

« Un peu avant le début du service », répond Gale. « Nous étions parmi les premiers sur place. »

« Et à quelle heure êtes-vous partis ? »

Gale grogne et jette un regard à Carter. « Je ne sais

pas. Je ne regardais pas ma montre quand il s'agissait d'essayer de faire sortir tout le monde vivant. »

« C'est un bon point », dit Carter. Il lève la main pour se gratter le nez qui est un peu tordu, comme s'il avait été cassé à un moment donné. « Et vous étiez tous ensemble pendant tout le service ? »

« En grande partie. »

« En grande partie ? »

« On était assis ensemble, mais Pax avait un rôle plus important que nous, alors… » Gale hausse encore les épaules. « Il était seul pendant un moment. »

Je souris en essayant d'adopter une expression entre le sourire charmant d'Ash et mon sourire effrayant. Je ne sais pas si ça marche, mais peu importe.

« Mais j'étais debout devant tous les invités, donc ce n'est pas comme si je m'étais éclipsé ou quelque chose comme ça », j'ajoute.

Si Carter est déconcerté par mon sourire, il le cache assez bien en prenant des notes.

« Bien », dit-il encore.

Il referme son carnet et jette un coup d'œil à River, ce qui change un peu l'atmosphère dans la pièce.

Aucun de nous n'aime qu'il la regarde.

Il l'examine et elle reste immobile, le regardant droit dans les yeux. Je me demande ce qu'il voit. Elle a l'air mieux que lorsque nous l'avons ramenée de l'église, mais l'épuisement et le chagrin sont toujours là. Son étincelle est un peu revenue, mais elle n'est pas aussi brillante que d'habitude.

J'ai quelques secondes pour me demander ce que Carter pense de ça avant qu'il ne reparle.

« Vous êtes blessée », dit-il en désignant d'un signe de tête les points de suture sur le bras de River. « Est-ce que vous allez bien ? »

River ne fait que hocher la tête, et je lutte contre l'envie de la tirer derrière moi et de lui arracher la tête pour l'avoir regardée.

« On a identifié beaucoup de corps sur la scène de crime », poursuit Carter. « Et je sais que l'un d'entre eux était votre sœur. Mes condoléances. »

« Merci », dit River, mais je peux la sentir se raidir à côté de moi.

Mes instincts protecteurs et possessifs prennent le dessus, et soudain, empêcher ce type de voir River ne suffit plus. Il évoque des choses douloureuses pour elle, essayant probablement d'en tirer parti pour résoudre cette affaire ou je ne sais quoi. Comme si ses sentiments n'avaient pas d'importance quand il s'agit de ce qu'il veut.

Je déteste ça. En ce moment, je le déteste.

Je veux le frapper dans son putain de visage stupide ou attraper sa tête et la frapper contre l'îlot de la cuisine jusqu'à ce qu'il ne puisse plus poser de questions stupides.

Les yeux de Carter restent fixés sur River et il ne parle pratiquement qu'à elle maintenant.

« Je veux juste aider », dit-il. « Je veux trouver les personnes qui ont fait ça. Mais je ne peux pas le faire si vous ne m'aidez pas. »

La tension dans la pièce monte encore d'un cran.

C'est probablement seulement perceptible pour nous cinq, parce que nous sommes sur la même longueur d'onde. Nous sommes tous tendus maintenant. Ce n'est pas que nous ne faisons pas confiance à River, mais nous n'aimons pas que ce connard s'approche d'elle ou lui parle tout court. Il n'a pas le droit, putain.

« Je ne vois pas ce que vous voulez dire », dit River. « Nous vous avons dit ce que nous savons. »

« Je sais qu'il y a quelque chose qui se passe », insiste Carter. « Et si vous savez quelque chose qui pourrait m'orienter dans la bonne direction, alors je pourrais découvrir le responsable de tout ça plus rapidement. »

« Je suis désolée. » River secoue la tête avec insistance, tandis que son expression demeure impassible. « Je n'ai aucun nom à vous donner. »

Sa réponse reste suspendue dans l'air pendant un long moment, assez longtemps pour que cela devienne inconfortable. Je sais ce que l'agent du FBI est en train de faire, laisser le silence se prolonger dans l'espoir qu'elle va dire quelque chose juste pour le combler. Mais River est plus intelligente que ça, et bien qu'elle puisse être impulsive tout comme moi, elle sait tenir bon. Elle n'est pas du genre à céder à des manipulations de ce style.

Après un instant, Carter acquiesce enfin et recule.

« Très bien. Je suis désolé d'avoir interrompu votre soirée. Je vais y aller. Merci pour votre aide. » Il se tourne pour quitter la cuisine, mais s'arrête et jette un coup d'œil par-dessus son épaule. « Au fait, vous devriez faire examiner vos points de suture par un professionnel. Ils sont bâclés. »

Il quitte la pièce à grands pas après avoir prononcé ces paroles.

Ash le suit hors de la cuisine, le raccompagnant jusqu'à la porte d'entrée pour s'assurer qu'il part et ne fouille pas dans nos affaires.

« Enculé ! » je hurle en entendant la voiture démarrer dans l'allée. « Dire que mes points de suture sont bâclés. Je devrais lui arracher sa putain de tête. »

« Tu ne vas pas faire ça », dit River en riant presque. Elle attrape mon bras et me tire en arrière, m'empêchant de le poursuivre.

« Elle a raison, Pax », dit Gale. « On ne tue pas des agents du FBI. Si possible. »

Ça ne me plait pas de le laisser s'en tirer en disant des conneries pareilles, en regardant River et en étant comme il est, mais je suppose que Gale a raison. Je fronce les sourcils pendant une seconde et puis je soupire, me tournant pour quitter la cuisine.

« Où vas-tu ? » demande Ash quand il me croise alors qu'il revient dans la cuisine.

« Je vais aller aiguiser quelque chose », je marmonne et je descends rapidement au sous-sol.

11

RIVER

Je regarde Pax sortir à grands pas de la cuisine et aucun de nous ne bronche quand la porte du sous-sol claque.

Gale soupire et se frotte le front. « Nous devons être prudents avec le FBI qui fouine dans le coin. Mais au moins, à peu près tout le monde au mariage aura intérêt à ne pas les aider, puisqu'ils sont tous impliqués dans des trucs illégaux. »

Je hoche la tête en m'appuyant contre le comptoir.

« Je me demande ce que Carter sait vraiment de ce qui s'est passé », dit Preacher. « Ou s'il essayait juste de nous faire révéler quelque chose. »

« Je ne pense pas qu'il connaisse tous les détails », répond Gale. « Il a probablement les corps des membres du cartel, mais ce n'est pas comme s'il pouvait nous mettre ça sur le dos. Ils auraient pu être après n'importe qui à ce mariage. Tous ceux qui y étaient ont quelque chose à cacher. »

« C'est l'avantage d'avoir une liste d'invités composée

presque exclusivement de leaders de la mafia et de trafiquants de drogue », ajoute Ash. « Nous ne sommes pas les pires qui étaient là. »

Je n'écoute qu'à moitié leur conversation, et alors qu'ils changent de sujet, je m'éclipse de la cuisine pour aller voir Pax.

Il n'est pas difficile de le trouver, vu qu'il a claqué la porte du sous-sol si fort qu'elle a fait trembler la maison. Je descends les escaliers en suivant le bruit de quelque chose qu'on déchire et les grognements de Pax.

Quand j'entre dans la pièce du sous-sol, il y a un grand sac en toile de jute suspendu au centre et Pax a un énorme couteau dans une main. Il frappe le sac avec une précision furieuse, atteignant les endroits qui seraient probablement les organes vitaux si c'était une personne. La toile de jute est clairement quelque chose dont il n'a plus besoin. Il l'utilise juste pour se défouler à l'instant.

Je lui adresse un sourire en coin, croisant mes bras et m'appuyant contre le comptoir sur le côté. « Je pensais que tu étais venu ici pour aiguiser des trucs », je le taquine. « Ça ressemble au contraire de ça. »

« Je dois d'abord émousser le couteau », grogne-t-il, respirant difficilement alors qu'il entaille le sac une fois de plus.

Je ricane et je parcours le sous-sol des yeux. Quelques armoires sont ouvertes et je regarde tout ce qu'il y a. « Je ne peux pas croire combien de trucs tu as. Combien d'outils différents. »

Il cesse d'attaquer le sac suffisamment longtemps pour me regarder et son sourire est un peu féroce. « Tu ne demanderais pas à un artiste de peindre avec seulement quelques couleurs. Je ne peux pas me limiter ou limiter mon imagination. On ne sait jamais quand on peut avoir besoin d'un nouvel outil. »

Je lui souris en retour, attirée par sa sauvagerie comme d'habitude. Aujourd'hui, je me sens un peu plus violente, toute la douleur en moi voulant s'exprimer en détruisant quelque chose. Le besoin de blesser ceux qui me font du mal.

Je ramasse un crochet sur la table et je le brandis pour qu'il puisse le voir. « Montre-moi », dis-je simplement.

Le sourire de Pax s'élargit, comme s'il avait trouvé son âme sœur. Il arrête de tailler dans le sac et vient vers moi, prenant le crochet que je tiens.

Il est argenté et de bonne taille. Le crochet est aussi gros que la paume de ma main et il y a une poignée, faite du même métal que le crochet.

Quand Pax le prend, je vois que je le tenais mal. Il place le crochet entre son index et son majeur pour que la partie du manche soit contre sa paume, maintenue en place par son pouce et le reste de ses doigts lorsqu'il forme un poing.

« Celui-là est terrible », dit-il et sa voix devient plus grave. Je peux sentir sa chaleur lorsqu'il se rapproche et sentir l'odeur de sueur et de sang qui semble toujours s'accrocher à Pax. « Le crochet est aiguisé, non ? Mais on ne peut pas vraiment le dire. Ça ressemble à quelque chose que tu poignarderais, peut-être pour pendre quelqu'un ou simplement lui faire mal. Et je fais ça, mais ce n'est pas tout. » Il fait glisser la pointe du crochet sur ma poitrine et je peux sentir à quel point elle est aiguisée. « Une fois qu'il est planté dans quelqu'un, il y reste. Si tu veux le retirer, tu dois déchirer la chair et ça fait encore plus mal. Il y a beaucoup d'endroits sensibles dans le corps humain que tu peux bousiller avec quelque chose comme ça. »

Je frissonne contre lui, excitée par la sensation du métal froid et tranchant qui glisse sur ma peau, et par ce qu'il dit. J'imagine l'utiliser sur Julian, l'enchaîner au mur dans son sous-sol pendant que je plante le crochet dans ses parties sensibles.

« Plus », dis-je à Pax, le souffle court. « Montre-moi en plus. »

L'homme, grand et tatoué, sourit à ma demande, son sourire de gamin contrastant avec son apparence et l'arme mortelle qu'il tient dans sa main. Il pose le crochet et saisit un long tisonnier. Ça ressemble à quelque chose qu'on utiliserait pour attiser un feu. Il est long et métallique avec un manche en bois.

« Est-ce que tu marques les gens avec ça ? » je lui demande.

Il secoue la tête. « Non, c'est trop facile. Ils s'attendent à ça quand ils le voient. Mais je ne vais pas mettre le feu ici pour le chauffer à la bonne température et j'ai des trucs électriques si je veux blesser quelqu'un de cette façon. Mais c'est amusant de leur faire perdre la tête. Tu sors ça et ils pensent que tu vas les brûler, donc ils se préparent à ça, mais tu fais autre chose. Il suffit de le balancer. » Il le démontre en balançant le tisonnier comme si c'était une batte. « Et casser quelques os. »

Je grimace en imaginant la sensation de cette lourde tige de métal frappant la jambe, le bras ou le dos de quelqu'un. « Aïe. »

« Ouais. C'est l'idée », me dit Pax.

Il pose le tisonnier et prend une petite boîte. En la retournant vers moi, il ouvre le couvercle et je regarde à l'intérieur pour voir un ensemble d'hameçons de tailles différentes.

Je n'ai pas besoin de lui demander ce qu'il fait avec ça. Les crochets au bout sont pointus et barbelés, et j'ai vu suffisamment d'émissions sur la nature à la télé pour savoir comment ils fonctionnent. Les mettre dans une personne est une autre de ces choses qui font agoniser en entrant et en sortant.

« On ne peut pas vraiment tuer quelqu'un avec ça », dit Pax. « Mais tu peux leur faire souhaiter de mourir. Si c'est quelqu'un qui doit vraiment souffrir, je trempe parfois les crochets dans de la sauce piquante ou du jus de citron avant. Juste pour que ça brûle vraiment. »

« Comment tu décides ? » je lui demande. « Si tu veux que quelqu'un meure rapidement ou si tu veux prolonger les choses et l'emmerder ? »

Pax hausse les épaules. « Ça dépend de Gale parfois. De ce qu'il veut faire de la personne. Si on veut juste des informations, alors je les blesse jusqu'à ce qu'ils me disent tout ce que je veux savoir et probablement des choses que je ne veux pas. Leur numéro de carte de crédit, leur numéro de sécurité sociale. *N'importe quoi* juste pour que la douleur s'arrête. S'ils sont déjà foutus, alors parfois j'allonge quand même les choses pour qu'ils réalisent vraiment ce qu'ils ont fait avant que je les tue. Cette partie est généralement juste pour moi. »

« Que ferais-tu si tu voulais ou devais les tuer rapidement ? » je lui demande.

« Il y a beaucoup d'endroits que tu peux toucher pour qu'ils se vident rapidement de leur sang », dit-il. Il pose ses mains sur moi, touchant les endroits où se situent les artères principales. « Si ça doit être rapide, alors tu peux toujours briser le cou ou étouffer quelqu'un. Des choses qui ne laissent pas de marque. »

« Quand tu as tué ton oncle, c'était lent ou rapide ? »

« C'était rapide. » Pax grimace. « C'est probablement mieux que ce que ce connard méritait, mais j'ai quand même eu ce dont j'avais besoin. »

Je penche ma tête sur le côté pour l'étudier. Des tatouages recouvrent presque chaque centimètre de sa peau exposée, à l'exception de son visage, et ses épaules sont aussi larges que celles d'un joueur de football. Il a un peu de barbe et ça lui donne un air sauvage et dangereux.

« De quoi avais-tu besoin ? » je lui demande.

« J'ai vu la peur dans ses yeux. » Pax pince les lèvres, le regard lointain, comme s'il revivait quelque chose de son passé. « J'ai vu qu'il savait qu'il allait mourir et je sais qu'il savait pourquoi. Puis je l'ai tué et il est mort avec cette peur brûlant dans ses veines. »

Ma mâchoire se crispe et je forme un poing avec ma main. « C'est ce que je veux pour Julian », j'admets d'un ton tranchant, mes émotions prenant le dessus. « Je veux complètement détruire sa vie et m'assurer qu'il réalise exactement ce qu'il a perdu avant que je ne le tue. »

Pax ne dit rien, se contentant de me regarder, mais je sais qu'il écoute, et je sais qu'il comprend.

Alors je continue de parler, laissant tout ce que j'ai accumulé à l'intérieur se déverser.

« Anna est morte et je me sens tellement… coupable. Elle est morte en me protégeant. Elle a été frappée par cette balle qui m'était destinée et maintenant elle est morte. J'étais censée la protéger et je ne l'ai pas fait. »

Pax prend un air plus sérieux et il pose les outils et les met de côté.

« Tu ne peux pas te sentir coupable comme ça », dit-il. « Tout ce que tu as fait ces cinq dernières années, c'était pour venger Anna et puis tu as essayé de la sauver quand tu as découvert qu'elle était vivante. Elle le savait. Tu as fait de ton mieux pour elle et personne ne pouvait en demander plus. »

Je déglutis et baisse les yeux. Le plancher de ciment est sombre par endroits, probablement à cause de vieilles taches de sang qui ont été nettoyées à la hâte. Je fixe un endroit et j'essaie de me concentrer dessus et non sur les ténèbres qui veulent m'envahir.

Comme si Pax voyait que ça recommençait, il me prend soudainement dans ses bras et me pose sur le comptoir. Je ne résiste pas, le laissant me placer où il veut.

« Hé », dit-il en relevant mon menton avec deux de ses doigts rugueux pour que je le regarde. « Raconte-moi quelques bons souvenirs d'Anna. Tout ce qui te vient à l'esprit. »

Je cligne des yeux pendant une seconde, surprise par la demande.

Pax n'est généralement pas du genre à discuter de trucs personnels, mais je pense que cela montre à quel point il tient à moi et qu'il veut aider à chasser ces ténèbres. On ne peut tuer personne pour l'instant, alors c'est peut-être le mieux à faire.

J'ouvre la bouche et je n'ai même pas besoin de réfléchir à quelque chose à dire. Ça sort automatiquement.

« Anna adorait grimper aux arbres », lui dis-je. « Elle était douée pour ça aussi. Comme un singe ou quelque chose comme ça. Il y avait un arbre énorme dans le parc près de chez nous et Anna y grimpait comme si de rien n'était. Et je restais là en bas, terrifiée. J'avais le vertige et j'avais encore plus peur de tomber. Mais c'était comme si Anna ne remarquait même pas la hauteur à laquelle elle était. Ça ne l'a jamais dérangée. »

Rien que d'en parler, je m'imagine debout au pied de cet arbre, regardant Anna bouger plus vite que quiconque dans un arbre, allant de branche en branche et grimpant de plus en plus haut.

« Un jour, nous étions au parc et je me tenais là, en bas, comme d'habitude. Anna m'a dit qu'elle voulait que je voie la vue. J'ai dit non immédiatement parce que je ne pouvais même pas m'imaginer essayer de grimper aussi haut. Mais elle ne m'a pas laissé me dégonfler. Elle m'a aidée à grimper et on était si haut qu'on avait l'impression de toucher les nuages. On pouvait voir Détroit de là-haut et ça avait l'air bien moins merdique que depuis le sol. C'était magnifique. »

Je me perds dans ce souvenir pendant un moment en

pensant à la sensation de l'écorce, rugueuse sous mes mains, et à la façon dont mon cœur battait la chamade dans ma poitrine pendant que nous grimpions. La voix d'Anna, juste un peu essoufflée par la montée, me disant que je pouvais le faire, me disant que tout cela en valait la peine. Elle me tendait la main quand j'hésitais, la posait sur la branche suivante et me montrait comment aller plus haut. J'avais le vent dans le visage et on pouvait voir à des kilomètres à la ronde.

Il me faut un moment pour chasser ce souvenir, puis je lève les yeux vers Pax. « Pourquoi voulais-tu savoir ? »

Il me fait un grand sourire. « Parce qu'il faut s'accrocher à ces bons souvenirs aussi forts qu'aux mauvais. Ils existent aussi. Comme les mauvais. Tu les as vécus comme tous les souvenirs affreux et merdiques. »

Je lève un sourcil, surprise par la profondeur et la perspicacité de sa déclaration.

« Wow. C'est très zen », dis-je en le taquinant. « Tu es comme un Winnie l'ourson psychotique et meurtrier. »

Pax me fait un plus grand sourire et ses yeux brillent de chaleur. « Donc ce que je comprends, c'est que tu veux que je me promène sans pantalon. On peut arranger ça. »

J'éclate de rire et le poids sur ma poitrine s'allège un peu.

Pax se penche et m'embrasse, faisant glisser ses mains le long de mon corps avant de me relâcher pour attraper son pantalon. Je sens qu'il défait son bouton et sa braguette, visiblement prêt à mettre à exécution sa menace de ne pas porter de pantalon, et ça me fait glousser dans le baiser.

J'ai envie de me rapprocher de lui, de rechercher la fermeté et la chaleur de son corps.

Il grogne dans son souffle, abandonnant son pantalon une fois qu'il est ouvert et s'agrippant à moi pour me rapprocher. Mes fesses glissent un peu sur la table et je le laisse me déplacer, impatiente de me rapprocher de lui autant que possible.

La chaleur commence à monter entre nous. Quand Pax presse sa langue contre mes lèvres, je le laisse la glisser entre elles, mêlant ma langue à la sienne.

Mais avant que nous puissions nous perdre dans la passion qui grandit entre nous, j'entends le bruit de pas dans les escaliers.

Le grognement affamé de Pax se transforme en frustration et il se penche pour ramasser un couteau sur le comptoir et le lance vers la porte au moment où elle s'ouvre. La lame frappe avec un bruit sourd, s'enfonçant dans le bois, et j'aperçois Ash qui roule des yeux.

Il ne semble pas gêné par le fait qu'un couteau ait été lancé vers lui dès qu'il est entré dans la pièce, comme s'il savait que Pax avait fait exprès de le manquer.

« Désolé de vous interrompre », dit-il en ne semblant aucunement le penser. « Mais un de nos informateurs nous a contactés. On a des infos sur le plus gros acheteur de Julian dans son trafic de drogue. »

12

RIVER

La nouvelle d'Ash change l'ambiance instantanément.

Bien. J'ai hâte d'avancer, de commencer à détruire la vie de Julian. Plus ça prend du temps, plus je vais m'impatienter. Il doit payer pour ce qu'il a fait.

Je m'éloigne de Pax et Pax remonte son pantalon, refermant sa braguette et son bouton. Nous remontons tous à l'étage pour rejoindre Gale et Preacher dans le salon.

Le chien arrive derrière nous et il s'arrête près de moi, gémissant pour que je lui caresse la tête, puis il va s'installer aux pieds de Preacher.

« Benedict Arnold », dit Ash au chien en secouant la tête. « Je t'ai donné du bacon l'autre jour et c'est comme ça que tu me remercies ? En choisissant Preacher plutôt que moi ? »

Apparemment, c'est le nouveau nom du chien. Il frappe sa queue contre le sol, soit parce que ce nom ne le dérange pas du tout, soit parce qu'il est simplement heureux d'être là. Il semble préférer Preacher à tous les autres gars, ce qui est amusant étant donné que Preacher était très distant avec lui quand je suis arrivée ici.

« Vraiment, Ash ? » dit Gale depuis le centre de la pièce où il se tient. « Tu es jaloux d'un chien ? »

« Je ne suis pas jaloux. Je dis juste que si quelqu'un me donnait du bacon, je voudrais peut-être m'asseoir à ses pieds plutôt qu'à ceux d'un autre. Mais c'est bon, Benny. » Il dit les derniers mots au chien. « Je ne suis pas blessé. Je m'en fiche. »

Je pouffe de rire et Preacher roule simplement les yeux et se penche pour gratter Benny derrière les oreilles. L'homme blond à la beauté sévère a l'air mieux qu'il ne l'était plus tôt dans la journée. Plus reposé et moins perturbé par ma fuite. Ses yeux n'ont plus cette lourdeur, mais il est clair que caresser le chien plait autant à Preacher qu'au chien.

Gale se racle la gorge, essayant d'attirer notre attention. « On a donc le nom du plus gros acheteur de Julian dans son trafic de drogue. C'est un homme nommé Cyrus Porter. »

« Que savons-nous sur lui ? » demande Pax en croisant les bras et en s'appuyant contre le mur.

« Il possède une boîte de nuit à Détroit, mais ses affaires sont plutôt illégales. »

« Comme nous », dit Ash.

« Et Julian », j'ajoute.

« Exact », acquiesce Gale. « C'est l'un des plus gros trafiquants de la ville et il s'approvisionne auprès de Julian. »

« Donc... on doit s'assurer qu'il arrête d'acheter à Julian, non ? » dit Pax. « Il y a un moyen facile de le faire. Il ne peut pas acheter le truc de Julian s'il est mort. »

C'est un bon point. Perdre son principal acheteur mettrait définitivement un frein aux affaires de Julian et foutrait le bordel. Et comme ça on n'a pas à vendre moins cher que Julian ou à essayer de convaincre ce Cyrus d'acheter à quelqu'un d'autre. En le tuant, on le retire définitivement de la chaîne d'approvisionnement.

« Alors faisons-le », dis-je sans hésiter en les regardant à tour de rôle. « Allons le tuer. »

Gale se mord la lèvre et lève la main. « Non. Nous devons être plus rusés que ça. On ne peut pas simplement aller tuer ce type. On doit s'assurer qu'il ne pense pas qu'on soit impliqué jusqu'à ce que ce soit fait. Si Julian réalise que c'est nous avant qu'on soit prêts, ça va tout faire foirer. »

Je fronce les sourcils, l'agitation montant en moi, puis j'acquiesce — parce qu'il a raison. Je déteste devoir attendre, devoir faire durer les choses encore plus longtemps. Surtout quand il y a cette énergie qui me démange et qui me brûle sous ma peau pour faire avancer les choses immédiatement. Pour faire payer Julian au plus vite, pour qu'il n'ait pas un seul autre moment de confort. Si je dois souffrir à cause de ce qu'il a fait, alors je veux qu'il souffre aussi.

Mais les choses doivent être faites d'une certaine façon. Je comprends ça. On ne peut pas laisser Julian savoir ou même soupçonner que c'est nous, et avec le FBI qui fouine, c'est une raison de plus pour ne pas être imprudent.

J'inspire profondément, puis j'expire lentement. « Tu as raison. Tu as raison. Alors on fait quoi ? » Je demande à Gale. « Comment on tue Cyrus ? »

Ash me fait un sourire et répond à sa place. « Nous aurons juste besoin de convaincre quelqu'un d'autre de le faire. »

Quelques jours passent, et les gars et moi commençons à planifier sérieusement. Éliminer l'acheteur principal de Julian est une étape importante dans le plan pour foutre sa vie en l'air, donc il faut que ce soit bien fait.

Nous enquêtons sur Cyrus, en apprenant davantage sur lui et ses affaires, et plus nous en apprenons, plus j'ai hâte qu'il meure.

Son club est plus un club de sexe qu'un club de danse et de boisson, et d'après ce que je vois, il semble que beaucoup de femmes qui y travaillent soient mal traitées.

À un moment donné, j'aurais pu me sentir un peu mal qu'il doive mourir parce qu'il se tient entre Julian et nous, mais une fois que j'ai compris que c'était un enfoiré, je ne m'en suis plus souciée.

On n'en a rien à foutre de ce connard. Il mérite exactement ce qui lui arrive.

Les gars continuent d'investiguer d'autres aspects de la vie de Julian, puisque ce n'est que la première étape pour le détruire, mais nous essayons de nous concentrer le plus possible sur la première tâche pour être sûrs qu'elle soit bien faite. On ne peut pas se permettre de tout foirer si tôt dans la partie.

En plus de son club de merde, nous découvrons qu'il a un rival dans les rues de Détroit. Quelqu'un qu'il a déjà affronté, un autre dealer nommé Apollo Cabrera. Ils se disputent le territoire depuis des années, avec des bagarres ici et là. Il y a beaucoup d'animosité entre eux.

C'est parfait.

Notre stratégie devient plus claire. Moins d'une semaine après avoir reçu cette information sur Cyrus, il est temps de passer à l'action.

Les dernières lueurs du ciel s'estompent alors que je me déplace dans ma chambre, me préparant pour ce que nous avons prévu.

J'éteins ma cigarette et ferme la fenêtre que j'ai entrouverte avant d'agiter les mains pour faire sécher mon vernis à ongles. Ils sont peints en noir en l'honneur de l'occasion de ce soir. Cela semble approprié.

En plus, la couleur va avec ma tenue.

Une fois le vernis complètement sec, je m'habille rapidement en enfilant le haut moulant et le pantalon noir, puis en ajoutant un t-shirt noir à manches longues par-dessus. La touche finale consiste à enrouler mes longs cheveux argentés sur le dessus de ma tête et à les placer sous un bonnet.

Ma porte s'ouvre et je tourne la tête pour voir Ash entrer.

Son regard se pose immédiatement sur moi et il

m'admire de la tête aux pieds, laissant son attention glisser lentement sur mon corps.

« Merde. Tu es sexy », dit-il avec un sourire.

Je l'étais les yeux. « Je l'étais il y a une seconde, mais tu as manqué ça. Maintenant je suis juste habillée en noir. »

« Tu as toujours l'air sexy », dit Ash en remuant les sourcils de manière exagérée.

Je secoue la tête et mets mes chaussures. C'est bien Ash. Il flirte même quand il n'y a rien de vraiment digne de flirt, mais j'aime ça. Je le crois toujours quand il dit des trucs comme ça, ce qui est encore mieux.

« Tu es prête à partir ? » me demande-t-il, le ton devenant un peu plus sérieux.

J'acquiesce et le suis en bas, là où les autres sont déjà rassemblés, équipés et prêts. Nous sommes tous vêtus de noir de la tête aux pieds, en tenue tactique pour cette mission.

Je comprends mieux ce qu'Ash voulait dire par « sexy » quand je les vois tous les quatre réunis, prêts à passer à l'action. Ils sont tous sexy quand ils portent des costumes chers, mais ils sont aussi très beaux comme ça.

Nous déplaçant ensemble, nous nous entassons dans la voiture et nous nous rendons au club de Cyrus.

Preacher conduit cette fois, puisque Gale est occupé sur le siège passager. Il appelle leur ami Harry, le hacker, et lui demande d'éteindre les caméras du parking sous le club. Cette partie du plan a été arrangée à l'avance, même si le hacker semble faire preuve d'un peu d'insolence, ce qui fait rouler les yeux de Gale et grogner Ash avec amusement.

Une fois qu'on est sûrs que les caméras sont éteintes, on entre dans le garage.

« C'est sa voiture », dit Gale en désignant une élégante voiture noire, garée dans une place réservée. « Cyrus sera à l'intérieur du club. »

« C'est le moment que j'attendais », murmure Ash.

Il me fait un clin d'œil et se glisse hors de la voiture une fois que Preacher s'est garé. Nous sortons pour surveiller ses arrières, mais je laisse les gars s'occuper de tout gérer, tandis que je garde un œil sur Ash.

Son habileté manuelle est utile et il sort un petit outil métallique de sa poche et s'accroupit du côté conducteur de la voiture.

Il lui faut quelques secondes, mais il réussit à déverrouiller la serrure et il ouvre la portière. Personne n'applaudit, mais il fait quand même une grande révérence, ce qui me fait rouler les yeux.

Je ne peux pas m'empêcher de sourire. Il est sacrément doué pour ça et c'est sacrément sexy.

Preacher fait un signe de tête satisfait et passe devant lui pour faire sa partie. Il se glisse sur le siège du conducteur et joue un peu avec les fils pour démarrer la voiture.

« J'aurais pu le faire », dit Ash, s'adressant à Preacher et à moi. « Mais je ne voulais pas faire de l'ombre à notre ami Preacher. Il doit avoir son rôle aussi. »

L'homme blond se contente de grogner. Une seconde plus tard, le moteur se met à rouler.

« Montez », dit-il et nous le faisons tous, montant dans la voiture et sortant du garage.

Preacher conduit comme s'il avait un but, nous emmenant dans une autre partie de Détroit et mon estomac se noue. La voiture ralentit lorsque nous approchons de notre destination, et nous scrutons tous la rue, à la recherche de nos cibles.

Il y a quelques personnes dehors ce soir qui se promènent, font des affaires dans des coins sombres ou se dépêchent d'aller ailleurs. Mais nous cherchons quelqu'un et nous devons être sûrs.

« Voilà », dit Pax après quelques secondes. Il lève le menton. Deux hommes sont dans la rue et se tiennent à l'écart de tout le monde. Je ne les ai jamais vus avant, mais Gale acquiesce.

« Apollo et je pense que c'est son bras droit. Parfait. »

« Parfait », fait écho Pax en souriant comme un dingue. Il sort son arme et ouvre la vitre suffisamment pour faire ce qu'il doit faire.

On roule à côté des deux hommes et quand on les dépasse, Pax tire.

13

RIVER

Le bras droit d'Apollo s'effondre sur le trottoir. Je ne peux pas voir la mare de sang, mais je peux l'imaginer, brillant sur le trottoir même dans l'obscurité. Apollo réagit, hurle quelque chose que nous ne pouvons pas comprendre et commence à courir vers la voiture.

Pax lui tire quelques balles, puis nous partons, dans un crissement de pneus et de fumée de caoutchouc brûlé.

Quelqu'un, probablement Apollo, tire quelques coups de feu après nous. Preacher dévie habilement un peu sur le côté et les balles effleurent l'arrière et le côté de la voiture, endommageant la peinture de la voiture.

« As-tu manqué Apollo ? » demande Ash en se tournant sur son siège pour essayer de regarder derrière nous et avoir une meilleure vue.

« Bien sûr que oui, putain », répond Pax en roulant des yeux. « Je sais comment viser avec un pistolet. Je touche ce que je veux et je rate ce que je veux. Il va bien. »

Ash continue de regarder, même si on s'éloigne. « Et il a bien vu la voiture ? Avant qu'on parte en trombe ? »

« Ouais », dit Gale. « Je l'ai vu la regarder. Il a dû la reconnaître. Je parie qu'il sait ce que Cyrus conduit. »

« Bien », répond Ash, apparemment satisfait, et il se rassoit sur son siège.

Je vois bien qu'il est nerveux à propos de toutes les étapes de notre plan et je ne le blâme pas. La dernière fois qu'on a essayé de monter un aussi gros plan, ça nous a explosé à la figure. Rien que d'y penser me fait déglutir et je repousse cette pensée pour l'instant parce que nous avons des choses plus importantes sur lesquelles nous concentrer.

Je suis tout aussi nerveuse qu'Ash et le fait qu'il soit là, à poser les questions que je veux, m'aide.

« On retourne au club », murmure Gale à Preacher qui acquiesce, même si on le savait déjà. On connaît tous le plan par cœur, mais ça n'aide pas à faire diminuer la tension dans la voiture.

Nous sommes tous tendus et il est impossible de se détendre, car nous n'avons fait que la première partie du plan. Ce n'est pas encore fini.

Preacher ramène la voiture dans le garage et la gare dans sa place réservée. Nous sortons tous, enlevons notre équipement tactique et le mettons dans le coffre de la voiture dans laquelle nous sommes arrivés.

Maintenant, nous ressemblons à des habitués des boîtes de nuit qui veulent s'amuser.

« C'est dommage que la peinture soit abîmée », dit

Ash en donnant un coup d'œil à la voiture de Cyrus avant que nous sortions du garage. « C'est une belle voiture. »

« Ne t'en fais pas », répond Pax en passant un bras autour de ses épaules. « Ce n'est pas comme si Cyrus allait vivre encore longtemps pour s'en soucier vraiment. »

Gale contacte le hacker pour lui dire de rallumer les caméras et nous traversons le garage et entrons dans le club en suivant les sons de musique et de fête qui nous y conduisent.

Mon premier aperçu du club de Cyrus n'est pas très différent de la première fois où je suis allée à Péché et Salut, le club que les gars possèdent et dirigent. J'étais aussi en mission, donc il y a le même niveau d'anticipation dans l'air. La musique est forte et la basse de la chanson hip hop résonne comme un battement de cœur dans tout le club.

Les lumières sont suffisamment faibles pour qu'il soit difficile de distinguer les visages, ce qui, je suppose, plaît aux personnes qui ne veulent pas que les gens sachent qu'elles se rendent dans un sex club. Le long des murs, les lumières sont colorées, passant du bleu au rose, au rouge et au violet au rythme de la chanson.

Les gens dansent au centre. Il y a une masse de gens qui se frottent et tournent les uns contre les autres. Il y a des femmes dans des cages le long du mur, presque nues et qui bougent en rythme.

Il est clair qu'il ne s'agit pas d'un club où l'on vient

seulement pour boire et danser. L'atmosphère de sexe et d'autres choses charnelles est lourde, même si dans la partie principale du club, ce n'est pas aussi flagrant.

Je sais, d'après les recherches que nous avons faites, qu'il y a des salles privées à l'arrière où les choses deviennent beaucoup plus osées, mais c'est quand même plus sexy que la majorité des clubs.

Gale pose une main sur mon épaule pour attirer mon attention, étant donné la musique forte, et indique le bar. On bouge en tandem, les gars et moi, et on se dirige vers le bar en scrutant l'endroit.

« Cyrus », dit Preacher et il est assez proche pour que je puisse entendre sa voix, même si elle est faible. Il fait un signe de tête devant nous et nous levons tous les yeux pour voir Cyrus derrière une zone délimitée, assis sur une banquette dans la section VIP.

Il y a quelques gardes du corps près de lui, des gars costauds qui sont clairement armés, et il y a une jolie femme blonde en tenue légère sur la banquette avec lui. La façon dont elle est penchée avec sa tête au-dessus des genoux de Cyrus, bougeant de haut en bas, indique clairement qu'elle lui fait une pipe.

Les avantages d'être le propriétaire, je suppose. Se faire sucer juste là devant tout le monde.

Cyrus ne ressemble à rien de spécial de loin. Je n'aurais pas été capable de le reconnaître dans une séance d'identification si quelqu'un m'avait demandé qui, à mon avis, était celui qui dirigeait le sex club et achetait de la drogue à Julian Maduro. Il a le crâne rasé et porte un blazer et un pantalon de couleur foncé. Il pourrait être n'importe qui et bientôt il sera mort.

Nous nous installons tous les cinq au bar et quand le barman arrive, nous commandons des boissons. Il nous les sert rapidement, puis l'homme passe à l'autre groupe de personnes. Les gens s'approchent, commandant leurs boissons avant de retourner sur la piste de danse ou à l'arrière pour faire ce qu'ils sont venus faire ici.

La plupart d'entre eux nous regardent à peine, mais quelques-uns s'arrêtent pour nous observer. Les gars reçoivent autant de regards que moi, mais personne ne s'attarde pour leur parler. Si les gars qui m'admirent veulent me parler, ils ne le font pas. C'est probablement à cause de la façon dont les quatre gars m'entourent. Ça ne leur semble pas être une bonne idée.

Mais un idiot ne semble pas avoir compris le message et il parvient à s'interposer entre Preacher et moi, s'appuyant sur le bar avec un sourire.

« Je ne t'ai jamais vue ici avant », dit-il. Je peux sentir l'alcool dans son haleine et la façon dont il me regarde me donne la chair de poule. Hormis le fait qu'il sente comme s'il avait bu toute la soirée, il n'a rien de spécial. Cheveux noirs, yeux bleus, et un t-shirt froissé avec un slogan délavé sur le devant. C'est quelqu'un à qui je n'accorderais aucune attention si j'étais seule et il ne semble pas être une menace, à part le fait qu'il ne sache pas voir quand quelqu'un ne veut pas lui parler.

« Faisons comme si tu ne m'avais pas vue », lui dis-je d'un ton dégouté en espérant qu'il comprenne le message et qu'il aille se faire voir.

Bien sûr, il ne le fait pas. Je ne sais pas si c'est l'alcool qui lui donne de l'assurance et de la stupidité à parts égales ou si c'est juste un foutu abruti.

Quoi qu'il en soit, il tend la main et la pose sur mon bras. « Ne sois pas comme ça », dit-il. « On pourrait apprendre à mieux se connaître. Tu sais qu'ils ont ces chambres à l'arrière du club... »

Sa main se déplace pendant qu'il parle, partant de mon bras et se dirigeant vers ma poitrine. Il n'y arrive pas et sa proposition est interrompue par Pax qui lui attrape le poignet et lui arrache la main.

Il tord le poignet du gars assez fort pour qu'il gémisse de douleur et lui lance un regard furieux, le défiant de commencer à faire des conneries.

« Désolé », dit le type et quand Pax le relâche, il s'éloigne et disparaît dans la foule.

« Putain de connard », grogne Pax. « Si on n'était pas ici pour un boulot, j'aurais blessé ce type bien plus gravement. »

« Je sais », dis-je à Pax en lui tapotant l'épaule avec un sourire.

Gale lui lance un regard qui dit que si nous n'étions pas là pour le boulot, il aurait pu laisser Pax blesser ce type comme il le voulait et ça semble lui suffire pour le moment.

Nous sirotons nos boissons en attendant et en gardant un œil sur Cyrus.

Plus nous attendons, plus la tension grimpe en moi. Nous avions tout prévu, tout aligné et tout planifié dans les moindres détails. Mais rien ne se passe.

Merde.

Avons-nous mal calculé ? Nos pièces d'échecs ne se sont-elles pas alignées correctement ?

Il aurait déjà dû se passer quelque chose et je sens l'agitation anxieuse comme des picotements sous ma peau alors que je me tiens là.

À côté de moi, Pax tape du pied et fait craquer ses jointures. C'est un signe qu'il devient nerveux lui aussi. Nous ne pouvons pas laisser Cyrus quitter le club ce soir. Pour que ce plan fonctionne, il doit mourir et nous le savons tous.

La main de Pax se crispe et j'imagine qu'il pense à le faire lui-même. Gale le laisserait-il faire ? Son idée que nous ne devons pas être impliqués est toujours valable, mais nous ne pouvons pas laisser Cyrus s'échapper.

Ce n'est pas une situation idéale, et plus nous restons là sans rien faire, plus la tension monte.

Près de la porte du club, il y a de l'agitation et cela attire mon attention pendant une seconde. Les gens commencent à s'écarter comme la mer Rouge pour laisser passer un groupe d'hommes qui entrent dans le club rapidement.

Je reconnais celui qui est devant comme étant Apollo et un sentiment de soulagement m'envahit. Dieu merci.

Ils se déplacent rapidement à travers la foule, se dirigeant vers la zone VIP et Cyrus.

Cyrus ne fait aucunement attention. Il a la tête renversée en arrière contre la banquette et sa bite dans la bouche d'une femme. Il ne le voit pas venir et même ses gardes du corps sont trop lents.

Ils sont trop complaisants et c'est tout ce dont Apollo a besoin.

Il s'avance jusqu'à la zone délimitée, sort son arme et tire une balle dans la tête de Cyrus.

14

GALE

Le chaos éclate après le coup de feu.

La femme qui suçait Cyrus hurle d'un son aigu et terrifié. Elle recule d'un bond et s'éloigne de l'homme maintenant mort. Il y a des taches de son sang dans ses cheveux blonds et sur ses épaules nues, et elle a l'air horrifiée.

Les gardes de Cyrus passent enfin à l'action, criant et sortant leurs armes pour tirer sur Apollo et son équipe. Les hommes d'Apollo ripostent.

Il suffit de quelques coups de feu pour que les gens réalisent que quelque chose se passe. Ils commencent à fuir le bar et la piste de danse, se pressant et se bousculant vers les sorties.

Les gens courent et crient, essayant de sortir, et c'est le bordel. Un bordel dans lequel nous devons nous échapper.

Je n'attends pas de voir si Apollo survit ou meurt dans le combat, ou même ce qui se passe ici. La partie dont nous voulions être témoins, la mort de Cyrus, est terminée. Rien d'autre ne compte vraiment.

« C'est notre signal », dis-je aux gars en élevant ma voix juste assez pour être entendu par-dessus les cris et la musique. J'attrape le bras de River et l'entraîne loin du bar, me frayant un chemin à travers la foule pour atteindre les portes.

Pax et Preacher se placent de chaque côté, et Ash assure nos arrières. Nous nous déplaçons tous les cinq ensemble en écartant les gens de notre chemin pour pouvoir traverser la foule plus rapidement.

Maintenant que nous savons que Cyrus est mort, je veux juste sortir River d'ici en un seul morceau.

Ça prend un peu de temps, mais on arrive à traverser le chaos et à sortir du club. C'est immédiatement plus calme et je peux m'entendre penser à nouveau. Mais on n'a pas le temps pour rester là à profiter de la fraîcheur de la nuit.

On se précipite vers le parking. On monte dans la voiture et on s'en va.

Je conduis à nouveau et tout le monde est silencieux alors que je nous éloigne du club. Je peux sentir une partie de la tension disparaître de mes épaules tendues et cette tension quitte la voiture pendant que je conduis. Nous sommes tous moins tendus que nous l'étions, maintenant que nous savons que le plan a fonctionné.

J'expire lentement et je jette un coup d'œil dans le rétroviseur pour apercevoir River.

Elle est à sa place habituelle, entre Ash et Pax à l'arrière, et je n'arrive pas à lire son visage. Tout ce que je peux espérer, c'est qu'elle se sente mieux qu'avant. Il y avait beaucoup de tirs et de morts, et je peux imaginer que cela lui a fait penser à sa sœur qui s'est fait tirer dessus. Mais j'espère que ça l'aidera à comprendre que nous pouvons atteindre notre but et détruire Julian. On est un peu plus près maintenant et on peut tous le sentir.

Le trajet de retour vers la maison semble plus court que celui vers le club, et nous sommes tous soulagés de rentrer à l'intérieur en un seul morceau lorsque nous y arrivons. Il n'y a pas eu de mésaventures, ni de tragédies ce soir.

Chien nous salue en aboyant et en sautant à nos pieds comme s'il savait que nous étions victorieux ce soir.

« Oh, tu es heureux que des gens soient morts ce soir, n'est-ce pas ? » dit Ash en grattant le chien sous le menton et en frottant ses oreilles. « Tu es une petite bête qui aime les meurtres, hein ? N'est-ce pas, Manson ? »

« Comme le tueur en série ? Vraiment ? » dit River en secouant la tête. Elle tapote le chien sur la tête et je roule des yeux.

L'animal a besoin d'un vrai nom et d'un putain de collier, puisqu'il est évident qu'il reste ici maintenant. Il est ici depuis aussi longtemps que River et comme nous n'avons pas l'intention d'en finir avec elle de sitôt. Je suppose qu'il en va de même pour le chien.

Mais cette pensée disparaît vite tandis que je me concentre à nouveau sur River.

Elle se lève et me regarde, et je fais un pas de plus vers elle.

« Tu vas bien ? » je lui demande. C'est la question

que je veux lui poser depuis que nous sommes remontés dans la voiture après le club, mais il semblait préférable d'attendre d'être à la maison pour la poser.

River me regarde bizarrement, pensant visiblement à quelque chose. Pendant une seconde je me demande si elle va dire quelque chose, puis elle sourit.

Elle enlève son haut, me regarde droit dans les yeux et me dit : « Baisez-moi. »

Je peux sentir les trois autres réagir, chacun d'entre eux étant en phase avec elle et s'excitant instantanément, juste à la vue de son corps et de ses paroles audacieuses.

Ça m'affecte aussi et ma bite commence à durcir dans mon pantalon.

Nous nous dirigeons tous vers elle, mais Ash l'atteint en premier. Il l'embrasse, la faisant pratiquement plier en arrière. River gémit de plaisir et le reste d'entre nous se rassemble autour d'eux pour regarder.

Quand Ash se retire enfin, il y a un sourire sur son visage et ses yeux brûlent de désir. « Qu'est-ce qui a provoqué ça ? »

River secoue la tête, l'air un peu étourdie. « Parce que je... »

Elle s'interrompt, déglutissant difficilement. Ses yeux bleus sont dilatés, ses joues sont rouges et ses cheveux argentés sont en bataille. La tenue qu'elle portait au club épouse parfaitement ses courbes et elle est éblouissante en ce moment, sa poitrine se soulevant et s'abaissant rapidement à chaque respiration.

« Tu quoi ? » J'insiste, la voix qui gronde.

« J'ai besoin de vous. »

Je peux entendre la vérité brute dans sa voix, renforcée par l'adrénaline qui doit se répandre dans son système, et ça fait palpiter ma bite.

Se déplaçant presque comme un seul homme, nous l'entourons tous. Je me glisse à la place d'Ash, attrapant River et l'embrassant fort. Elle a un goût de chaleur et de passion, comme la victoire d'avoir réussi notre plan ce soir, même si nous étions tous inquiets. Il y a de la fierté et du soulagement là-dedans, et je poursuis cette saveur et l'embrasse comme si je voulais la dévorer.

Elle halète dans ma bouche et je me retire suffisamment pour voir que Pax a sa main dans ses cheveux, tirant fortement sur les mèches. Il la maintient en place pour moi, me laissant ravager sa bouche, et je prends mon temps, l'embrassant et mordillant ses lèvres.

River se cambre contre nous, son corps en redemandant, et il lui suffit de demander de cette manière pour obtenir ce qu'elle veut.

Ash commence à jouer avec ses mamelons, les petits anneaux d'argent qu'ils ont brillant sous la lumière du plafond. Il tire sur les piercings, souriant quand elle gémit à cause de ce qui doit être une douleur agréable. Il tire plus fort et elle halète, se frottant contre moi à la recherche de plus de stimulation.

Maintenant, on sait tous ce qu'elle aime. Cette frontière entre la douleur et le plaisir, ses limites repoussées juste assez pour qu'elle s'y perde.

Elle est prise entre nous, moi devant et Pax derrière. Ash et Preacher sont à ses côtés. On la touche, on la taquine, on l'excite jusqu'à ce qu'elle devienne comme de la pâte à modeler pour nous. Juste comme elle veut clairement être.

Pax la contourne avec sa main libre et commence à la glisser dans son pantalon. C'est un exploit, vu qu'il est très serré, mais quand il veut, Pax trouve toujours un moyen. Je l'aide à le dézipper pour faire de la place, et Pax sourit en glissant sa main pour pouvoir toucher sa chatte.

Il la frotte lentement et River pousse ses hanches, se frottant contre sa paume avec un petit bruit désespéré. Pax sourit et se penche pour que sa bouche soit juste à côté de son oreille, tirant ses cheveux plus fort pour être sûr d'avoir son attention.

« À qui appartient cette chatte ? » grogne-t-il assez bas pour affecter River, mais assez fort pour que nous puissions tous l'entendre.

Les yeux de River s'écarquillent et je vois bien que ce geste possessif l'a terriblement excitée. Le bleu foncé de ses yeux est caché sous le noir de sa luxure et de son désir, et ça lui va bien.

Elle avale difficilement, et quand elle parle, sa voix est rauque. « À vous », dit-elle, se cambrant alors qu'Ash continue de jouer avec ses mamelons. « Putain. S'il vous plaît. »

Ces mots touchent une corde sensible, faisant monter la chaleur et l'excitation encore plus haut. Ma bite est complètement dure dans mon pantalon, pressant avec insistance contre le devant de ma braguette, mais je l'ignore pour l'instant, préférant me mettre à genoux devant River.

Je me débarrasse de ses chaussures, puis je baisse son pantalon et sa culotte. Je les enlève, exposant ainsi sa chatte à nous tous.

Pax sourit et l'écarte, montrant ses plis trempés et le joli trou rose qui est si tentant. Il glisse deux doigts en elle et River gémit comme si elle n'arrivait pas à décider si ça lui fait mal ou si ça lui fait du bien. À en juger par la façon dont elle se déhanche pour en avoir plus, ça doit faire du bien.

Et je ne peux plus me retenir. Rien que sa vue me met l'eau à la bouche et je me penche en avant, suivant l'odeur de son excitation jusqu'à ce que je puisse en goûter la source.

« Oh merde », s'exclame River. Elle se tord et se tortille sous l'effet de la stimulation, se tordant contre ma bouche et les doigts de Pax. Ash continue de jouer avec ses seins et je peux entendre River embrasser profondément Preacher, tous les deux gémissant et soupirant dans la bouche l'un de l'autre.

Tout ça m'excite encore plus.

Je n'ai jamais partagé une femme avec mes frères avant — jamais avant River — mais d'une certaine façon, ça marche. Nous ne sommes pas attirés les uns par les autres, mais nous sommes assez proches pour ne pas avoir de complexes à l'idée de nous rapprocher comme ça.

Et entendre et sentir ce que nous faisons à River ? À quel point on l'excite et à quel point elle en redemande ?

J'adore ça, putain.

Pendant que Pax enfouit ses doigts en elle encore et encore, je me concentre pour la sucer. Je suce son clito jusqu'à ce que je la sente trembler contre moi et ses gémissements de plaisir sont étouffés par le baiser de Preacher.

Elle ne peut aller nulle part avec Pax qui agrippe ses cheveux comme ça, et Ash la maintient entre la douleur et le plaisir, en utilisant ses mains talentueuses au mieux.

Aussi près d'elle, c'est comme si je pouvais sentir le plaisir monter, le goûter contre ma langue alors qu'elle est de plus en plus proche de craquer. River est si humide et je lape tout ce qu'elle me donne, savourant son goût sucré et piquant et plongeant pour en avoir encore et encore.

Elle pose une main sur le dessus de ma tête, mais n'essaie pas de me pousser à en faire plus, elle essaie surtout de se stabiliser.

Tous les quatre, nous travaillons dur. Nous voulons qu'elle atteigne l'orgasme, mais par un accord tacite, nous ne lui donnons pas ce qu'elle veut.

Il serait si facile de la pousser à bout et de la faire craquer pour nous, mais nous nous retenons, ralentissant juste avant qu'elle ne jouisse. C'est une torture lente et douce, et les gémissements de River deviennent de plus en plus désespérés. On dirait de la musique.

Je suce sa chatte et elle se met à gémir de plus en plus fort, nous faisant savoir qu'elle est sur le point de jouir. Et puis nous nous retirons tous à nouveau. Je me retire, me léchant les lèvres, regardant les autres la torturer à tour de rôle, puis ils se retirent aussi, la laissant frustrée et en manque.

« Allez vous faire foutre, bande de connards », dit-elle

à voix basse et il est clair qu'elle n'est pas en colère, mais juste excitée.

Pax ne fait que rire. Il se blottit dans son cou et fait tourner son index autour de l'entrée de sa chatte, sans y plonger, juste en le laissant là pour la taquiner. Quand elle gémit et en redemande, il rit à nouveau.

« Je croyais que tu avais dit "baisez-moi". »

« C'est ce que j'ai dit ! » River gémit en se plaignant. « Mais vous ne faites que m'exciter. »

Preacher sourit et l'attire à nouveau dans un autre baiser, une main remontant vers sa joue. « Tu veux jouir ? » demande-t-il contre sa bouche.

River acquiesce, trop excitée et près de l'orgasme pour répondre qu'elle a déjà été claire sur ce point.

« Supplie-nous », dit Preacher. « Peut-être qu'on sera gentils. »

« S'il vous plaît », elle halète. « S'il vous plaît, s'il vous plaît, s'il vous plaît. J'ai besoin de vous. Je veux jouir pour vous, s'il vous plaît. »

C'est incroyable de l'entendre et je grogne, mon cœur battant la chamade et ma bite se mettant à palpiter rien qu'à cause de la supplication.

Elle est toujours si fière, toujours si entêtée et résistante, même quand les choses vont mal autour d'elle. Il fut un temps où elle aurait préféré se trancher la main plutôt que de nous supplier pour quoi que ce soit, mais ça démontre à quel point les choses ont changé entre nous.

Maintenant elle est là, prise au piège, nous suppliant de la faire jouir. Parce qu'on l'a poussée à bout et qu'elle nous a suppliés de le faire.

Il y a un autre accord tacite selon lequel aucun d'entre nous ne peut lui refuser quoi que ce soit quand elle est ainsi.

On lui donne ce qu'elle veut, ce dont elle a tant besoin. Je plonge à nouveau pour continuer à la sucer, en faisant tournoyer ma langue, en plongeant dans ses plis et en remontant jusqu'à son clito. Pax plonge à nouveau ses doigts en elle, en ajoutant un troisième maintenant qu'elle est mouillée et qu'elle en redemande, le son de ces doigts résonnent dans la pièce avec ses gémissements de plaisir.

Je ne peux pas voir Ash ou Preacher, mais à en juger par le son de River, ils en rajoutent tous les deux à leur manière, donnant à River tout ce qu'elle peut supporter, la poussant vers son orgasme.

Quand je m'aperçois qu'elle est tendue autant que possible, j'effleure son clito avec mes dents, taquinant ce paquet de nerfs sensibles avec juste une pointe de douleur en plus et c'est suffisant.

Elle se raidit entre nous, le corps tendu. Et puis elle crie pratiquement, se laissant aller au plaisir qui l'envahit.

Je peux sentir chaque frisson, chaque tremblement qui secoue son corps, et je lape avidement chaque goutte qu'elle déverse sur ma langue.

Cela semble durer une éternité, les répliques la frappent par vagues, et je sais que je n'en aurai jamais assez de cette femme.

Mais je serais heureux de mourir à essayer.

15

RIVER

Mes genoux se dérobent, et c'est une bonne chose que tous les gars soient déjà là pour me stabiliser. Je me sens étourdie, mais dans le bon sens du terme, et il me faut une seconde pour retrouver mon équilibre, même avec Pax, Ash et Preacher qui me soutiennent.

« Je suppose que nous sommes juste vraiment bons à te faire craquer », plaisante Pax en remuant les sourcils. Je peux entendre le sourire dans sa voix et je roule des yeux à ce commentaire.

Malgré cela, une autre réplique de mon orgasme me traverse et me fait frissonner.

Gale se lève, attirant alors mon attention.

Ses yeux sont sombres d'excitation et son menton est mouillé. Il se lèche lentement les lèvres, puis se recule, me regardant de haut en bas.

Un lent sourire en coin se répand sur son visage, le rendant encore plus beau et sexy qu'il ne l'est habituellement. Il y a quelque chose de sournois dans ce regard, presque comme s'il complotait quelque chose et ça me fait frissonner.

« Tu es tellement mouillée pour nous », dit-il, la voix tendue par le désir. « Et tu es magnifique comme ça. Mouillée et tremblante. Tu as à peine fini de jouir une fois que tu as déjà envie de recommencer. N'est-ce pas ? »

J'acquiesce parce que ma bouche est soudainement trop sèche pour que les mots sortent. Je peux encore ressentir les sensations de mon premier orgasme, mais Gale a raison.

Je veux jouir à nouveau pour eux.

Gale est dur dans son pantalon. Je peux voir la tente là où sa bite se presse contre le devant de son jean. J'ai envie de l'attraper, d'essayer de le tenter de me baiser, mais son regard me dit qu'il a d'autres plans.

« Mets-toi sur le canapé », dit-il et c'est un ordre impossible à ignorer. « À quatre pattes. »

Je me lèche les lèvres, mon rythme cardiaque montant d'un cran. Ce ton est tellement sexy, comme s'il savait que je vais lui obéir avant même que je n'aie fait quoi que ce soit ou qu'il en connaisse la raison. À une autre époque cela m'aurait donné envie de m'énerver encore plus contre lui, mais là, ça me donne juste envie de faire ce qu'il dit.

C'est ce que je fais.

Tous les regards sont sur moi et je suis trop excitée, trop attirée par ces hommes pour me soucier d'autre chose que d'en avoir plus. Je me déplace vers le canapé et me mets à quatre pattes comme Gale l'a demandé et ils se rapprochent tous un peu plus pour m'admirer.

Leurs yeux parcourent mon corps et aucun d'entre eux ne me touche, mais c'est comme s'ils le faisaient. Comme s'il y avait un poids physique dans leurs regards sur moi.

« Ash », dit Gale en le regardant. « Tu veux son cul ? »

Ash gémit immédiatement et hoche la tête. « Bien sûr que oui. Qui ne le voudrait pas ? »

« Alors prends-le. »

L'échange me fait frémir de désir. Ce n'est pas comme si Gale avait plus de droits sur moi que les autres et ce n'est pas comme s'il offrait ce qui lui *appartenait* aux autres hommes. Il fait juste ce qu'il fait toujours. Il adopte le rôle qu'il joue toujours. Le leader, celui qui prend le contrôle.

Les autres sont tellement habitués qu'ils se laissent faire, le laissant diriger et y prenant plaisir, si l'on en croit la réaction d'Ash.

Le canapé s'incline derrière moi lorsqu'Ash s'y installe et les autres se rapprochent encore plus, s'installant dans les fauteuils du salon pour regarder.

Mon cœur bat la chamade maintenant et j'ai l'impression qu'ils doivent pouvoir l'entendre. Peut-être que ça ne fait qu'améliorer l'ambiance, les excitant encore plus de savoir que je suis si affectée par tout ça.

Ash se penche, pressant son corps contre le mien. Je peux sentir la chaleur de son corps à travers ma peau, sentir à quel point il est dur, sa bite frottant contre mon cul à travers son jean.

« Ils te regardent tous ? » murmure-t-il à mon oreille

et la sensation de son souffle qui me chatouille me fait à nouveau frissonner. « Donnons-leur un bon spectacle, hein ? »

J'ai à peine le temps d'acquiescer qu'Ash se remet à bouger. Il se retire et glisse ses mains sur mes fesses, les pinçant un peu, ce qui me fait crier de surprise.

Il rit, et c'est un son riche et chaud.

Ses doigts sont doux alors qu'il commence à m'ouvrir lentement. Je l'entends cracher dans sa propre main et puis il l'utilise pour faire glisser son premier doigt dans mon cul.

« Oh, putain », je halète, en essayant de ne pas pousser sur ses doigts pour en prendre plus, même si mon corps est de nouveau envahi par le besoin.

« Tu aimes ça, n'est-ce pas ? » demande Gale. Je jette un coup d'œil vers lui et il me regarde attentivement. Ses yeux verts semblent me transpercer, comme s'il voyait déjà la réponse à la question, mais voulait quand même m'entendre la dire.

« Oui », dis-je en gémissant parce qu'Ash fait tourner son doigt d'une façon qui provoque des étincelles de chaleur en moi. « Ça fait du bien. »

Pax grogne, se penchant en avant pour bien voir. « Ouais, tu aimes nous prendre dans ce cul parfait. On le sait. »

Je gémis un peu et Ash ajoute un autre doigt.

Mon corps palpite au rythme de ses mouvements, mon clito palpitant pratiquement du besoin d'être touché.

« Tu es toujours aussi mouillée, n'est-ce pas ? » demande Preacher.

Sa voix est plus douce, plus contemplative, mais ses yeux brûlent de la même chaleur que ceux des autres lorsque je jette un coup d'œil vers lui.

« Oui », je gémis en hochant la tête.

« Touche-toi », dit Preacher. « Montre-nous à quel point tu aimes ça. »

Je n'ai pas besoin qu'on me le dise deux fois. Je déplace mon poids pour être maintenue par une main et je passe l'autre main entre mes jambes. Ma chatte est encore trempée et je gémis dès que mes doigts touchent la chair sensible.

Mon clito réclame presque l'attention et j'y vais doucement, en faisant tourner mon doigt autour avant de céder et de le toucher.

Un long gémissement s'échappe de mes lèvres, amplifié par ce que fait Ash derrière moi. Il a deux doigts bien enfoncés en moi, mais j'ai l'impression que c'est plus.

Chaque terminaison nerveuse s'active en raison du plaisir, et chaque fois qu'il fait entrer et sortir ses doigts, cela ne fait qu'augmenter les sensations, transformant ma colonne vertébrale en une sorte de fil conducteur de chaleur et de plaisir électrique.

« Putain », je halète en me frottant contre la main d'Ash et contre la mienne.

« Qu'est-ce que ça fait ? » demande Gale. Je peux entendre à quel point il est excité et je jette un coup d'œil pour voir qu'il a sorti sa bite et la caresse lentement.

Preacher et Pax ne sont pas loin derrière et ils ouvrent la braguette de leur pantalon en poussant des jurons.

Je me laisse distraire pendant une seconde en regardant leurs bites dures. J'en ai l'eau à la bouche rien qu'en les voyant.

« River. » Gale prononce mon nom plus fort cette fois, attirant mon attention. Je le regarde et il lève un sourcil. « Je t'ai posé une question. Qu'est-ce que ça fait ? »

« C'est bon », lui dis-je. « C'est tellement bon, putain. J'ai besoin… » Je m'interromps quand Ash ajoute un troisième doigt, baissant la tête et essayant de me concentrer sur ma respiration.

« Ah », se moque Ash. « Je t'ai coupé la parole. Continue. Dis à Gale ce dont tu as besoin. »

Il fait tourner ses doigts en moi et le gémissement qui sort de ma bouche est fort, long et désespéré.

« S'il te plaît », je halète. « Il m'en faut plus. Putain. S'il te plaît. »

« Merde », jure Preacher à voix basse. Il serre sa bite plus fort, comme s'il essayait de s'empêcher de jouir trop tôt, même si ça n'a jamais été un problème pour lui depuis que je le connais. Mais cela démontre à quel point il est excité par ce qu'il voit.

Ash retire ses doigts et je gémis en touchant plus fort mon clito pour compenser la perte.

Je n'ai pas à attendre longtemps avant de sentir la bite d'Ash se presser contre mon cul. Je suis suffisamment ouverte pour qu'il puisse se glisser en moi sans trop de résistance, mais il y va tout de même doucement, s'assurant que je puisse sentir chaque centimètre lorsqu'il s'enfonce.

Je gémis et c'est un son profond, guttural, que je laisse échapper. Quand Ash est bien enfoncé, je suis haletante et tremblante, déjà sur le point de craquer.

« Magnifique », murmure Gale en se branlant d'une main. « Tellement magnifique. Tu es si parfaite comme ça, River. »

Ils me regardent tous, excités, et je me bats pour respirer malgré l'excitation qui semble m'étouffer par son intensité.

Ash baise mon cul, accélérant le rythme une fois que je m'y suis adaptée, et je gémis tout bas dans ma gorge en doigtant ma chatte. Ça fait du bien, mais je commence à penser à combien ce serait mieux si j'avais quelque chose d'autre en moi.

Comme s'il lisait dans mes pensées, Gale jette un coup d'œil à Pax. « Je pense qu'elle a encore besoin de plus », dit-il. Comme s'il parlait d'une commande à emporter ou autre. « Tu veux sa chatte ? »

« Putain », jure Pax, chaud et intense. « Putain ouais. »

Gale fait un signe d'y aller et Pax se lève précipitamment de sa chaise, comme si la seule chose qui le retenait était d'avoir besoin d'une permission ou quelque chose comme ça.

Et maintenant qu'il l'a, il a clairement l'intention de prendre ce qui lui revient.

« Nous allons devoir bouger », dit Ash qui semble essoufflé.

Je ne peux pas faire grand-chose, mais il prend les devants assez facilement, changeant nos positions pour que Pax puisse s'allonger sur le canapé et que je puisse le chevaucher.

Ash met une main sur mon dos, me poussant davantage vers le bas, et je vais là où il me déplace. Je ne discute pas parce que je veux leurs bites en moi.

Je me sens vide sans elles, mais je n'attends pas longtemps.

Ash s'agenouille derrière moi sur le canapé et me tire suffisamment en arrière pour pouvoir rentrer sa bite dans mon cul assez facilement. Puis les mains de Pax montent et descendent le long de mes cuisses pendant un moment, avant qu'il ne saisisse sa bite et l'aligne avec ma chatte, la glissant à l'intérieur.

Je suis assez mouillée pour que même sa taille ne soit pas un problème et il se glisse à l'intérieur, me remplissant.

Pendant une seconde, c'est comme si j'avais oublié comment respirer. J'ai la tête qui tourne et je ne peux pas m'empêcher de penser au fait que j'en ai deux en moi. Je n'ai ressenti ça qu'une fois auparavant et c'est tout aussi intense. Je suis tellement pleine et ils me remplissent si bien.

Ash passe sa main sur les lettres gravées dans mon dos, qui sont encore douloureuses, et ça me fait frissonner. Il est doux, mais ensuite il arrive à la courbe de mes fesses et il me donne une bonne fessée, ce qui m'excite encore plus.

J'ai l'impression d'être en feu, de trembler et de frissonner, consciente uniquement de cette bonne sensation.

Pax s'enfonce en moi, remplissant ma chatte de manière intense, et je crie presque à cause de la secousse de plaisir qui remonte le long de ma colonne vertébrale. Je suis prise entre eux deux alors qu'ils trouvent leur rythme, s'enfonçant en moi et se retirant, me gardant constamment au bord de la jouissance. Quand l'un d'eux se retire, l'autre pousse, et il n'y a aucun soulagement. Non pas que j'en veuille un.

C'est comme la façon dont ils travaillent ensemble d'habitude, mais amplifié parce que nous voulons tous tellement ça.

Et les yeux de Gale sont toujours rivés sur moi. Il regarde tout ce qui se passe comme un surveillant bienveillant.

Preacher regarde aussi, tenant sa bite, alternant entre se caresser lentement et serrer fort sa queue. Sa respiration est saccadée et ses yeux pâles sont gonflés et sombres de luxure.

« Preacher », dit Gale pour attirer son attention.

Preacher ne détourne pas les yeux, mais il fredonne en signe de reconnaissance.

Gale glousse et je peux entendre qu'il est essoufflé. « Veux-tu sa bouche ? » demande-t-il.

C'est le seul trou qui me reste. La seule chose qui n'est pas actuellement remplie d'une de leurs bites et l'idée d'avoir Preacher dans ma bouche me met immédiatement l'eau à la bouche.

« Oui », répond Preacher, sa voix basse et rauque.

Je le veux aussi. J'ai une putain d'envie de sa bite et je déglutis fortement quand Preacher se lève pour venir sur le canapé.

Je croise le regard de Gale quand Preacher bouge et j'ai de la difficulté à parler. « Et toi ? » je lui demande.

Il sourit et s'adosse à sa chaise. « Je vais regarder mes frères te baiser jusqu'à ce que tu cries », me dit-il. « Et je vais aimer chaque seconde. »

Je peux entendre dans sa voix que c'est vrai. Il n'y a pas de jalousie, pas de sentiment d'être exclu. Il a organisé le spectacle parfait pour lui et il a l'intention d'en profiter.

C'est une excellente idée.

Je me lèche les lèvres et lève les yeux quand Preacher est en face de moi. Sa bite est dans sa main, rougie et dure. Il y a une goutte de liquide au bout. Il a l'air aussi affamé que moi et j'ouvre la bouche pour lui, sans le faire attendre.

Preacher me donne sa bite, utilisant sa main pour la guider dans ma bouche. Sa tête bascule en arrière une fois qu'il est complètement entré et il gémit doucement.

« Putain, c'est incroyable », dit-il. « C'est toujours comme ça. Tu me rends toujours dingue. »

Je suis coincée entre Ash et Pax, et ma bouche est remplie de la bite de Preacher. Je regarde Gale pour qu'il voie ce que ça me fait. Je n'ai aucune idée de ce à quoi je ressemble en ce moment, mais j'imagine que c'est plaisant pour lui. Remplie de la bite de ses frères et en voulant toujours plus.

La chaleur brûle dans ses yeux et il se caresse un peu fort, puis serre sa bite, comme s'il pouvait à peine se retenir.

Je veux le regarder, mais il y a tellement de choses qui attirent mon attention. Ash dans mon cul, Pax qui baise ma chatte avec cet abandon brutal qu'il a toujours quand on est ensemble.

La bite de Preacher est épaisse et dure dans ma bouche, et je remue la tête pour l'avaler encore plus. J'aime la façon dont il est dur pour moi, la façon dont il grogne durement et s'enfonce plus profondément dans ma bouche.

Il a un goût propre et chaud, et je goûte son excitation sur ma langue, inondant mes sens de son essence.

Nous n'avons toujours pas baisé, mais j'aime chaque fois qu'il se laisse aller avec moi. Chaque fois qu'il se laisse aller à prendre ce qu'il veut.

On baise tous les quatre comme ça, sous le regard de Gale, et le salon est imprégné de l'odeur du sexe, du bruit de leurs pénétrations, de nos gémissements et de nos cris de plaisir.

J'ai l'impression que je vais perdre la tête tellement c'est bon. Ils continuent tous à bouger, m'excitant en tandem, sans jamais se marcher sur les pieds. C'est une machine bien huilée avec moi au centre, perdue dans le bourdonnement de l'excitation et du plaisir qui semble ne jamais vouloir s'arrêter.

« Putain », Ash halète derrière moi et j'aimerais

presque pouvoir tourner la tête pour le voir. Pour le regarder pendant qu'il baise mon cul encore et encore. « Je suis proche. »

« Déjà ? » demande Pax, mais il est tout aussi essoufflé et sa voix est tout aussi tendue. « Je sais que son cul est serré, mais bon sang. »

« Va te faire foutre », répond Ash, mais il n'y a pas de méchanceté.

Ils sont tous les deux proches et je ne suis pas loin derrière eux. Toute la chaleur, le plaisir et les sensations augmentent. Grimpant de plus en plus haut, jusqu'à ce que ce soit la seule chose que je puisse sentir. Mon corps tremble et je sais qu'il n'en faudra pas beaucoup plus pour me pousser à bout.

Ash passe la main autour de moi et trouve mon clito, passant ses doigts dans ma chatte, excitant et taquinant ce paquet de nerfs avec sa main.

« Tu es proche, n'est-ce pas ? » me demande-t-il et j'émets un son étouffé autour de la queue de Preacher, l'étouffant davantage et me frottant contre lui.

« Allez », exhorte Ash. « Jouis pour nous. Encore une fois, ma belle. »

Je gémis bruyamment et ses doigts s'appuient sur mon clito, allumant le brasier qui menaçait d'éclater. Ça me frappe durement et je ne peux rien faire d'autre qu'obéir à ce qu'il a dit en criant autour de la bite de Preacher et en tremblant fort tandis que je jouis.

J'ai l'impression que ça ne va jamais s'arrêter. Les vagues de plaisir intenses me frappent, m'entraînant et me forçant à les ressentir.

Mon orgasme déclenche ceux d'Ash et de Pax, et je peux les sentir quand ils jouissent, s'enfonçant en moi de manière erratique en me remplissant.

Leurs poussées commencent à ralentir et je redouble d'efforts avec la bite de Preacher, le suçant, remuant la tête et l'avalant aussi profondément que possible dans ma gorge.

« Putain, River », il halète, emmêlant ses doigts dans mes cheveux. Je peux sentir la tension dans son corps, à quel point il est désespéré de jouir et qu'il est proche.

Il se sert de sa prise sur mes cheveux pour commencer à baiser mon visage, me tenant en place et poussant ses hanches avec force et rapidité. Il pourchasse son plaisir et je m'abandonne entièrement à lui, le laissant prendre ce dont il a besoin.

Avec un rugissement de plaisir, il jouit dans ma gorge et j'avale tout, en goûtant à quel point il est bon.

Je lèche sa bite en me retirant, puis je me lèche les lèvres, chassant chaque goutte de sperme qu'il a déversé en moi. Ma poitrine se soulève alors que je suis à bout de souffle, et Preacher et les autres commencent à s'éloigner, me laissant seule sur le canapé.

Quand je me retourne, Gale est toujours assis, la mâchoire tendue, se branlant d'une main.

« Gale », dis-je et ma voix est rauque parce que j'ai presque avalé la bite de Preacher. « S'il te plaît. »

« S'il te plaît, quoi ? » grogne-t-il en me fixant droit dans les yeux. C'est comme s'il pouvait tout voir. Tout ce que je veux, tout ce dont j'ai besoin de sa part.

« Viens ici. Viens plus près », lui dis-je. « J'ai besoin de toi aussi. »

Je le regarde déglutir et venir vers moi tout en continuant à se branler d'une main. Le liquide perle au bout de sa bite et ses yeux sont vitreux en raison du désir qu'il ressent clairement.

« C'est ça que tu veux ? » me demande-t-il de sa voix rauque. « Tu veux que je marque ce qui est à nous ? Pour que tu ne puisses pas oublier à qui tu appartiens ? »

Je hoche la tête avec enthousiasme, toujours aussi excitée, même si je viens de jouir deux fois.

« Donne-moi tes seins », grogne Gale et j'arque le dos pour lui, ma poitrine se soulevant et s'abaissant rapidement tandis que mes mamelons durcissent encore plus.

Il se tient au-dessus de moi, se branlant de plus en plus vite. Il ferme les yeux, puis les rouvre d'un coup sec, comme s'il ne voulait pas détourner le regard une seconde. Comme s'il ne voulait rien manquer de tout ça.

« Putain », siffle-t-il et je gémis, voulant qu'il jouisse. Je veux le sentir quand il le fera.

Finalement, il cède, m'éclaboussant de son sperme. Il tombe sur mes seins et mon cou, me recouvrant avec les giclées chaudes de sa libération. Je frissonne et ressens des étincelles en moi.

Gale est planté là et il respire fort. Il me regarde comme si j'étais la chose la plus sexy qu'il ait jamais vue et c'est encore mieux.

Il se penche et fait glisser un doigt dans le liquide sur mes seins, puis porte le doigt à ma bouche.

« Goûte. »

Je le lèche avidement, son goût salé explosant sur ma langue. Je ne peux pas empêcher le petit bruit affamé qui monte dans ma gorge et le sourire de Gale est passionné et affectueux.

« Tu aimes ça, n'est-ce pas ? » demande-t-il, le regard fixé sur moi.

« Oui. »

Il retire son doigt de ma bouche et le fait glisser sur ma joue, comme s'il essayait de me marquer là aussi. Comme s'il voulait marquer et réclamer chaque partie de moi.

« Bonne fille. Tu es si parfaite. »

16

RIVER

Je me réveille en sursaut, les souvenirs d'un cauchemar disparaissant alors que j'ouvre les yeux.

Une fois de plus, des bras m'entourent immédiatement. Je ne sais pas si je dormirai à nouveau seule un jour, mais je ne pense pas que ce sera de sitôt. Mais ça ne me dérange pas. Les hommes n'empêchent pas exactement les cauchemars d'arriver, car rien ne peut le faire, mais ils m'aident à en sortir plus rapidement, me rappelant que je ne suis pas seule et m'aidant à combattre les ténèbres. Je leur en suis reconnaissante.

« Tu vas bien », me murmure Preacher à l'oreille, sa voix est chaude et rauque en raison du au sommeil. Je m'adosse à lui, laissant échapper un soupir.

Tous les hommes comprennent ce que je traverse à un certain degré, et ils veulent tous m'aider et me protéger. Mais Preacher le comprend d'une façon que les autres ne peuvent pas. Il a une compréhension profonde de la douleur que je ressens.

Je me demande combien de matins il s'est réveillé comme ça. Le cœur battant la chamade, les vestiges de l'horreur remplissant son esprit après un cauchemar.

Je me retourne dans ses bras pour le regarder. Il a les cheveux en bataille contre l'oreiller. Il réussit toujours à être d'une beauté frappante, même dans cet état. Le soleil du matin se reflète sur ses pommettes, lui donnant l'air encore plus anguleux que d'habitude, mais toujours aussi saisissant.

« Merci », je murmure doucement. Il lève un sourcil et je clarifie : « D'être là. »

« Je le serai toujours », dit-il tout aussi doucement. « Compte là-dessus. » Quelque chose change dans son expression et je continue à le regarder jusqu'à ce qu'il parle à nouveau. « Je ne pensais pas que je ressentirais un jour quelque chose pour une autre femme après Jade. Je ne pensais pas que je le pourrais. Je pensais que cette partie de moi était brisée au-delà de ce que quelqu'un pouvait réparer. Et peut-être que c'est toujours le cas, mais il y a une nouvelle partie de moi que j'ai trouvée grâce à toi. »

J'avale difficilement en remarquant la façon dont il dit ça. Ce n'est pas rempli d'émotion, comme ça aurait pu l'être si quelqu'un d'autre l'avait dit, mais c'est juste Preacher. Je vois bien qu'il le pense quand même, sinon il ne l'aurait pas dit.

Le fait de l'avoir affecté ainsi me frappe durement et je finis par le faire rouler sur le dos, le chevauchant sur le champ.

Ses yeux sont brillants dans la lumière du petit matin

et je me penche pour l'embrasser, incapable de m'en empêcher. Il a l'air tellement tentant et attirant comme ça, confiant, attentionné et étalé sous moi.

Il m'embrasse en retour, lentement et profondément, et je peux sentir qu'il devient un peu dur.

Je ne pousse pas pour plus, cependant. Pas encore. J'apprécie juste les bruits qu'il fait dans le baiser. La façon dont il gémit doucement quand je pousse ma langue dans sa bouche, la façon dont il se cambre pour m'atteindre. La façon dont il me serre si fort. J'aime quand il perd le contrôle. Quand ses émotions se libèrent et qu'elles montent en flèche, intenses et puissantes.

« Tu es incroyable », murmure-t-il contre ma bouche et je lui adresse un petit sourire en mordillant sa lèvre inférieure.

Il rit et se frotte contre moi lentement, juste parce qu'il le veut. Parce qu'il aime la façon dont il se sent, pas parce qu'il cherche autre chose.

Et c'est bien. La proximité est suffisante. Après la façon dont Preacher m'a gardée à distance pendant si longtemps, être si près de lui est incroyable.

Nous restons ainsi pendant un moment, nous embrassant et nous touchant, laissant nos mains se promener juste pour le plaisir de toucher la peau chaude pendant que nous nous réveillons.

Le cauchemar que j'ai fait semble très loin maintenant, et quand nous nous levons enfin, je me sens mieux.

Nous descendons et les autres sont déjà rassemblés,

se déplaçant les uns autour des autres avec aisance dans la cuisine.

Pax siffle pendant qu'il fait frire du bacon tout en faisant tourner la spatule dans sa main. Il l'attrape facilement et sourit à Ash qui grogne et vole un morceau de bacon dans la poêle, ses doigts l'attrapant et se retirant avant que Pax ne puisse l'arrêter.

Quand on entre, il me sourit. « Nous avons de bonnes nouvelles. J'ai investigué un peu et j'ai découvert qu'Apollo est aussi mort dans cette attaque la nuit dernière. »

« Ça faisait partie du plan ? » je lui demande en allant faire du café. Ce n'était pas le cas à ma connaissance, mais j'étais surtout concentrée sur la partie qui nous rapprochait de la destruction de Julian. Apollo a rempli son rôle. Qu'il vive ou meure n'était pas important.

« C'est aussi bien », dit Ash avec un petit haussement d'épaules en croquant dans son morceau de bacon. « Son gang était impitoyable et vicieux. Ils s'en prenaient à des cibles faciles, les utilisant pour envoyer des messages aux personnes qui les doublaient. Ils entraînaient des innocents dans leurs guerres de territoire, les assassinaient et les torturaient parce qu'ils savaient que ça ferait du mal aux gens qui se souciaient d'eux. Des trucs comme ça. »

Cela me fait penser à Preacher et je lui jette un coup d'œil tandis qu'il épluche une banane pour la couper et la mettre dans son bol de céréales. C'est comme ça que Jade est morte, coincée entre lui et un gang de merde qui voulait envoyer un message. Donc je ne me sens pas du tout mal maintenant, sachant qu'Apollo est mort comme Cyrus.

« Le plan a donc fonctionné », dis-je en m'appuyant sur le comptoir pour siroter mon café.

« Tout à fait », répond Gale. « Le bruit court que les tensions ont éclaté et qu'Apollo a attaqué Cyrus. Il y avait beaucoup de témoins dans le club qui diront tous qu'Apollo est entré avec son gang et a tué Cyrus. Leur rivalité est bien connue, donc ce ne sera pas une surprise. »

J'acquiesce en retournant la question dans ma tête. Les gangs essaient de s'entretuer tout le temps dans cette ville. C'est comme ça que ça marche quand tout le monde essaie d'être le plus gros poisson dans un étang relativement petit.

« C'est impossible que Julian fasse un lien avec nous », poursuit Gale. « Ni même qu'il pense que c'était pour l'emmerder. Mais il le ressentira certainement, puisqu'il vient de perdre son plus gros acheteur. »

Le bonheur grandit en moi rien que d'y penser. « Bien. Alors, on fait quoi ensuite ? »

« D'abord, le petit déjeuner », dit Pax en s'assoyant à la table de la cuisine avec son assiette. « Ensuite, le meurtre. »

« Pas encore de meurtre », lui dit Gale en secouant la tête. « Du moins pas sans un plan. Nous avons éliminé l'un des principaux acheteurs de Julian, mais il a encore d'autres choses que nous devons prendre. On doit en éliminer plus pour qu'il le sente vraiment. Il va falloir creuser un peu pour savoir quelle est la prochaine étape. »

Ça ressemble à plus d'attente, ce qui n'est pas ce que je préfère, mais il n'y a rien à faire. On ne peut pas se précipiter et risquer de tout faire foirer et d'avertir Julian qu'on veut s'en prendre à lui.

Mais je suis toujours aussi impatiente de passer à l'action.

Malheureusement, j'avais définitivement raison sur le fait qu'il y aurait plus d'attente. La planification de notre prochaine attaque contre Julian prend un peu plus de temps que le premier coup que nous lui avons porté. Il y a plusieurs parties mobiles dans notre plan pour le détruire, donc nous avons commencé à travailler sur plusieurs choses différentes en même temps.

Mais ça me rend nerveuse d'attendre. Chaque fois que je fais un cauchemar sur la mort d'Anna, je me réveille en sachant que Julian n'en a pas souffert. Pas encore. Je veux enfin l'anéantir. L'euphorie et la satisfaction de ce qui s'est passé au club commencent à s'estomper, et je dois me rappeler chaque jour d'être patiente.

Plusieurs jours après le coup au club, je me lève et presse un baiser sur mes doigts, puis je presse mes doigts sur la photo d'Anna. Je la regarde pendant un long moment. Elle me manque tellement que ça me fait mal.

C'est pire que la première fois que je croyais qu'elle

était morte. À l'époque, j'étais furieuse et je voulais détruire tous ceux qui avaient mené à sa mort. Mais la voir mourir une seconde fois, même si c'était la seule fois où elle était vraiment morte, m'a fait encore plus mal.

C'était comme si je la retrouvais et qu'on me l'arrachait. Une sorte de blague cruelle de l'univers qui me poignarde chaque fois que je me rappelle qu'elle est partie.

Je laisse échapper un soupir et change à nouveau de vernis à ongles. J'enlève tout le noir de la nuit au club et j'opte pour un bleu métallique cette fois. Le bleu était l'une des couleurs préférées d'Anna, alors ça me fait me sentir un peu plus proche d'elle.

Une fois que mes ongles sont secs, je m'habille et je descends pour voir les gars.

Ash, Pax et moi sortons, pour creuser un peu plus dans les rouages de l'entreprise de Julian.

Ils connaissent les bonnes personnes à qui parler et c'est plus facile pour moi de les accompagner que d'attendre à la maison. Le fait de voir les progrès accomplis fait disparaître une partie de la nervosité. Nous travaillons dur et ne faisons pas de surplace, même si j'ai l'impression que ça ne va pas assez vite à mon gout.

Nous parlons à certains de leurs informateurs et Pax passe un coup de fil à leur ami hacker pour voir s'il peut faire quelque chose pour avoir accès à certains des dossiers de Julian. Ça n'a pas l'air très prometteur d'après ce que je peux entendre de leur conversation, mais c'est quelque chose à considérer.

« Je dois aller pisser », dit Pax quand il raccroche le portable.

« Charmant », répond Ash d'un air dégouté. « Quelle belle tournure de phrase. »

Pax roule les yeux. « Désolé, laisse-moi réessayer. S'il vous plaît, monsieur. J'ai besoin de vider la pisse de ma... »

« Ok, ok ! » Ash l'interrompt en riant et en agitant ses mains. « On va s'arrêter à la station-service. On a besoin de faire le plein de toute façon et j'ai faim. Ça te va ? » Il me jette un regard et je hausse une épaule.

« Bien sûr. J'ai faim. »

Ash sourit et nous remontons dans la voiture pour aller à la station-service la plus proche. C'est l'un de ces arrêts sur l'autoroute avec des pompes à essence et une grande supérette, pour que les gens qui font de longs voyages puissent se dégourdir les jambes et acheter des boissons hors de prix.

Pax sort de la voiture rapidement pour aller aux toilettes, et Ash et moi prenons notre temps, marchant dans les allées, examinant les collations.

« Que penses-tu de ces beignets ? » demande-t-il en me montrant un paquet. « C'est bon ou c'est de la merde ? »

« C'est de la bonne merde », lui dis-je en souriant. « C'est pas incompatible. »

« Tu vois, c'est pour ça que je t'apprécie. Tu es un génie. »

Pax sort des toilettes en sifflotant un peu et il se joint à notre débat sur les collations, parlant des avantages des collations épicées par rapport à celles au fromage avec Ash à voix haute.

Je jette un coup d'œil pour voir si les autres personnes du magasin en ont quelque chose à foutre, et mes yeux tombent sur Julian et Nathalie Maduro qui viennent juste d'entrer.

C'est comme si le temps s'était arrêté et que l'air avait été aspiré hors de la pièce. Je ne fais pas attention à Nathalie, mais mes yeux sont rivés sur Julian. Il y a un moment où il est superposé dans mon esprit à ce à quoi il ressemblait avant, debout dans cette ruelle, l'air furieux avec son arme levée.

Je suis dans une boutique, pas dans une allée, mais c'est comme si je pouvais entendre la respiration laborieuse d'Anna et sentir son sang sur mes mains encore une fois.

Ash et Pax remarquent ma raideur soudaine et regardent autour d'eux. Ils deviennent tous les deux immédiatement tendus quand ils voient qui vient d'entrer. La posture de Pax montre clairement qu'il est prêt à se battre si on en arrive là et Ash bouge comme s'il allait le soutenir.

Julian a aussi l'air méfiant, ce qui est intéressant. Il n'a pas l'air suffisant en cet instant, et il marche lentement vers l'endroit où nous nous trouvons.

Pax et Ash se déplacent pour le rejoindre à mi-chemin, et je les suis, mon cœur s'emballant dans ma poitrine.

Nathalie jette un regard dédaigneux à Pax, le

regardant comme s'il ne valait rien. Il ne réagit même pas à son regard et son attention est portée sur Julian.

« Vous savez », dit Julian, qui parle le premier, et même s'il ne fait pas de gestes brusques, son ton est condescendant. « Vous avez de la chance que je sois prêt à laisser tomber après ce qu'elle a fait. » Il lève le menton vers moi. « Essayer de s'enfuir avec Anna. »

Je me raidis encore plus en l'entendant dire ça. Comme s'il était digne de prononcer le nom d'Anna après l'avoir assassinée. Tout en moi hurle de l'attaquer ici et maintenant. De me jeter sur lui et de lui arracher les yeux. Ou de lui dire tout ce qu'on fait. Comment nous travaillons pour démanteler son entreprise pièce par pièce et le laisser sans rien. Mais je ne le fais pas. Je me retiens en respirant lentement.

Je dois penser à long terme si je veux que ça marche.

Mais je n'ai rien d'autre à dire à Julian. Si j'ouvre la bouche, toute la haine et la colère vont sortir, et il va répondre d'une manière arrogante et stupide, et je devrai le tuer dans cette putain de supérette. C'est ça ou je vais me mettre à crier, à évacuer toute la douleur que je ressens à l'intérieur. Alors il vaut mieux que je ne dise rien et je me mords la langue pour me retenir.

Ash et Pax prennent le relais, laissant transparaître leur colère et leur dégoût pour ce connard, mais sans rien dévoiler.

« Je dirais plutôt que c'est toi qui a de la chance », dit Ash sèchement. « Vu que tu ne t'es même pas soucié de ce qui a été perdu ce jour-là. »

« Je me souciais du mariage », répond Julian. « Qui n'a pas eu lieu, putain. »

« Ce n'est pas notre faute », grogne Pax. « Et si tu veux en faire tout un plat, alors tu peux essayer. » Il fait craquer ses jointures de manière sinistre et Julian se contente de ricaner.

« Je ne vais pas me lancer là-dedans. Nous sommes quittes, en ce qui me concerne. J'ai perdu quelque chose que je voulais et vous aussi. » Julian me regarde à nouveau. « On peut en rester là. »

Comparer le fait de perdre Anna au fait de ne pas pouvoir marier sa sœur à Pax est assez merdique et je me mords encore plus la langue pour ne pas m'emporter contre lui.

Je savais déjà qu'il ne respectait pas du tout Anna, donc ce n'est pas comme si c'était une surprise. La perdre n'est même pas important pour lui. Il a toujours leur fils et c'est tout ce qu'il voulait au départ.

« Tu pourrais au moins faire semblant d'en avoir quelque chose à foutre, tu sais », dit Ash. « Que ta femme soit morte. C'est ce que les gens font d'habitude. Ils font leur deuil, se présentent à l'enterrement et font un discours touchant. C'est bon pour l'image au moins, puisqu'on sait tous que tu t'en fichais complètement. »

Julian grogne. « Pourquoi est-ce que je perdrais mon temps avec ça ? » demande-t-il, l'air sincèrement curieux.

« Quelle partie ? »

« Tout ça. Il n'y aura pas de funérailles. J'ai eu ce que je voulais d'elle : mon fils. Cody a été envoyé dans un endroit où on s'occupe de lui et peut-être que sans son influence pour l'adoucir et le rendre faible, il grandira et deviendra un héritier dont je pourrai être fier. Il était le seul à se soucier de sa mort et il est parti. Après sa trahison, pourquoi je m'embêterais avec des funérailles ? Qui d'autre la pleurerait ? »

D'une certaine manière, savoir qu'il s'en moque et l'entendre le dire si aisément sont deux choses différentes, et quelque chose craque en moi.

« Qui la pleurerait ? » je lui demande, me frayant un chemin entre Ash et Pax pour me tenir devant eux. « Pour qui tu te prends à parler d'elle comme ça ? Tu ne méritais pas une seule putain de seconde de son temps ou de son énergie et tu l'as traitée comme de la merde. Je devrais... »

Avant que je ne puisse proférer la menace, Pax pose une main sur mon épaule et la serre fort.

Ash s'approche et touche mon dos en glissant sa main.

« Respire », murmure-t-il pour que je sois la seule à l'entendre.

C'est suffisant pour me stabiliser pendant la fraction de seconde dont j'ai besoin pour me contrôler. J'inspire profondément en frissonnant, comme si j'aspirais du verre, et je laisse Pax m'éloigner de Julian et Nathalie.

17

RIVER

Nous avions prévu de faire quelques arrêts supplémentaires après la pause à la station-service, mais après cette rencontre, nous décidons de rentrer à la maison.

Je m'assois à l'arrière de la voiture, regardant les arbres, les immeubles et les autres voitures passer en trombe avec l'impression d'avoir des abeilles qui bourdonnent sous ma peau. C'est comme si j'entendais la voix de Julian en boucle dans ma tête, disant comment Anna l'a trahi et que personne n'a voulu la pleurer.

C'est vrai qu'elle n'avait plus grand monde dans sa vie, mais je la pleurerais. Je la pleure tous les jours et elle mérite tellement mieux que d'être oubliée.

La colère et la tristesse se disputent pour prendre le dessus dans mon cœur, et je reste là, à regarder par la fenêtre, pensant combien j'aurais souhaité pouvoir frapper Julian au visage.

« C'est un enfoiré », dit Pax depuis le siège passager. Ash conduit parce que Pax est clairement presque aussi énervé que moi de ce qui vient de se passer. « Il est tout fier de lui, comme si ce n'était pas à cause de lui qu'elle était morte. Enfoiré. Il ne mérite pas l'air qu'il respire, putain. On va le faire tomber, et je vais adorer chaque putain de seconde, mais j'aurais aimé pouvoir l'attraper à ce moment-là. Juste l'emmener au sous-sol pour une petite discussion. Il peut avoir une discussion avec ma putain de machette sur ses couilles. »

Entendre Pax comme ça me fait me sentir un peu mieux, au moins. Et l'idée est bonne de manière un peu tordue. Pax lui ferait payer s'il en avait l'occasion.

Nous arrivons à la maison et entrons. Je commence à monter à l'étage, car j'ai besoin de décompresser de toutes ces conneries. Ash attrape mon poignet avant que je puisse quitter l'entrée et me regarde.

Je peux voir l'inquiétude dans ses yeux, et même s'il ne dit rien, je sais ce qu'il veut savoir.

« Je vais bien », lui dis-je. « Je ne vais aller nulle part, j'ai juste besoin d'être seule pendant un petit moment. »

Ash fait un signe de tête et me laisse partir. Il se mord la lèvre et je peux lire l'inquiétude sur son visage.

Mais je pensais ce que j'ai dit. Je n'ai pas l'intention d'aller ailleurs que dans ma chambre. Je ne veux pas essayer de fuir ces hommes ou cette chose entre nous. Mais je ne vais pas bien.

Je peux sentir cet engourdissement et cette douleur s'insinuer en moi, menaçant de me ramener dans cet endroit froid et sombre où je me trouvais la nuit où Anna est morte.

Voir Julian m'a tout rappelé. Je l'ai vu dans mes cauchemars ces derniers jours, mais l'avoir en face de moi, en chair et en os, a rendu tout ça tellement plus réel.

Je n'arrête pas de penser à ce qu'il a dit, qu'il a tué Anna et qu'il s'en fout complètement. Je savais déjà que ça se passerait comme ça, mais c'est différent de l'entendre.

Je me sens perdre la boule, cédant à l'obscurité et au chagrin que j'ai mieux réussi à retenir ces derniers temps. Alors je sors ma lame de rasoir du tiroir et je serre le métal froid dans ma main.

Ça fait du bien de la tenir juste une seconde et puis je la fais glisser sur ma peau, laissant la lame percer ma chair. Je n'ai pas fait ça depuis un moment, mais la compulsion monte à nouveau.

J'en ai besoin. J'ai besoin de ressentir une douleur qui ne soit pas dans mon cœur.

La porte de ma chambre s'ouvre et Pax entre à l'improviste.

Je m'arrête avec la lame dans ma main et je le regarde, mais je ne prends pas la peine de la cacher, tout comme je ne l'ai pas fait avec Gale. C'est trop tard maintenant pour essayer de prétendre que je ne suis pas aussi dérangée que je le suis. Ils le savent tous de toute façon. Ils ont tous vu mes cicatrices, celles des autres blessures et celles que je me suis faites à moi-même, bien alignées. Ils ont tout vu.

Pax ne dit rien au début. Il vient juste s'asseoir à côté de moi sur le lit. Il prend la lame dans ma main, la retourne et la regarde. Quand il parle, sa voix est calme.

« Tu pourrais me couper à la place si ça peut t'aider », dit-il.

« Ce n'est pas pareil », je murmure en retour.

« Je sais. Mais je n'aime pas te voir souffrir. »

Je roule les yeux. « Tu m'as déjà fait souffrir », lui dis-je en montrant la blessure encore cicatrisée sur mon bras et les cicatrices dans mon dos, là où il m'a entaillée.

« Ce n'est pas ce que je veux dire », insiste Pax. « Je n'aime pas te voir souffrir ici. » Il pose une main sur ma poitrine.

Mon cœur se serre à ce moment-là, comme s'il se dilatait et se comprimait en même temps. Je ne sais pas quoi faire de ces hommes parfois, surtout quand ils disent des choses comme ça. Ces hommes brutaux et dangereux qui veulent tellement me protéger. Me protéger quand le monde continue à essayer de me briser en mille morceaux.

Je me penche et l'embrasse en posant ma main à l'arrière de sa tête. C'est plus facile que d'essayer de trouver comment dire à quel point ça compte pour moi qu'ils en aient quelque chose à foutre et Pax comprendra le message.

Il m'embrasse en retour en gardant sa main sur ma poitrine. Au début, j'essaie simplement de dire merci, mais le baiser devient plus intense, comme c'est toujours le cas entre nous.

Sa langue plonge dans ma bouche et j'émets un léger bruit de plaisir, enroulant ma langue à la sienne. Il fait glisser sa main de ma poitrine à ma hanche, m'attirant plus près. Nos lèvres se heurtent l'une contre l'autre, comme si c'était un combat, les dents et les langues s'affrontant juste pour le plaisir.

Pax me pousse sur le dos sur le lit et s'agenouille au-dessus de moi en respirant fort. Ses yeux sont intenses et sombres, juste à cause du baiser, et il y a quelque chose de féroce et de tendre dans sa façon de me regarder.

« Je pourrais *te* couper », propose-t-il d'une voix rauque et excitée.

Un petit frisson d'adrénaline me traverse à cette idée et je hoche la tête, la bouche soudainement très sèche.

Pax se lèche les lèvres et prend la lame de rasoir dans sa main. Elle semble bien plus petite dans sa grande main que dans la mienne, mais il est si habile avec une lame...

D'abord, il l'utilise pour découper le devant de mon t-shirt, tranchant le tissu et ne laissant pas encore le métal froid toucher ma peau. Il ouvre le t-shirt et je jette le vêtement abîmé de côté. Il me fait enlever mon pantalon et coupe ma culotte, me laissant complètement nue devant lui.

Je frissonne un peu, rien qu'à la façon dont il me regarde et à la sensation d'être nue sous lui alors qu'il est habillé et qu'il manie une lame de rasoir.

Il coupe ensuite ma peau. Il suit les lignes qui sont déjà sur mes cuisses, ajoutant de petites coupures aux lignes nettes qui s'y trouvent.

Chaque fois qu'il fait glisser cette lame contre ma

peau, je ressens quelque chose de nouveau. Aucune des entailles n'est profonde, mais elles me donnent ce dont j'ai besoin, me permettant de me concentrer sur l'instant présent.

Au bout d'un moment, il descend du lit pour s'agenouiller entre mes jambes et avoir un meilleur angle. Le sang s'accumule dans les coupures plus profondes et Pax baisse sa tête pour sucer le sang qui coule sur le côté de ma cuisse.

Cette sensation me fait frissonner. La chaleur de sa langue contre ma peau ne fait qu'ajouter à la chaleur brûlante qui commence à grandir en moi. Je vois bien que ça m'excite, mon corps ronronnant à cause de cette sensation.

Pax fait glisser la lame du haut de ma cuisse vers la peau plus sensible à l'intérieur de ma cuisse. Il ne coupe pas à cet endroit, il fait juste glisser la lame le long de la peau, et je gémis, incapable de me retenir.

Pax continue à me taquiner, à faire glisser cette lame sur les endroits qui me font frissonner et gémir pour lui, et cela ne fait qu'augmenter la chaleur en moi. Je suis sur le point de jouir, juste avec ça, et c'est plus difficile de rester immobile pendant qu'il fait ces coupures délicates.

« Pax », je halète et son nom sonne comme une supplication. « S'il te plaît. Putain. S'il te plaît. »

Je n'ai pas besoin d'en dire plus, puisqu'il n'y a qu'une seule chose que je puisse demander quand je suis aussi excitée et désespérée. Mon corps bourdonne et palpite de besoin, et ma chatte est humide de l'avoir si près d'elle.

« Merde », jure Pax. Il fait glisser sa langue sur une autre des coupures, léchant le sang à cet endroit, puis se dirige vers ma chatte, me donnant ce que je veux. Ce dont j'ai besoin à ce stade.

Mes yeux roulent pratiquement quand il pose enfin sa bouche sur moi, sa langue léchant mon clito.

« Oui », je gémis, arquant davantage mes hanches comme si je voulais l'enfoncer plus profondément. « Juste là, Pax. S'il te plaît. »

Il fredonne qu'il comprend et commence à sucer mon clito, faisant déferler sur moi une vague de plaisir. Pax est aussi doué avec sa bouche qu'avec ses mains, et il ne faut pas longtemps pour que je sois proche de jouir. Mon corps se convulse et je me tords sur le lit alors que j'atteins l'orgasme, me faisant pousser des cris aigus tant la sensation est bonne.

À l'aveuglette, j'attrape la main de Pax, pour trouver quelque chose à quoi me raccrocher. Mais il a toujours la lame de rasoir dans cette main et elle perce ma paume quand je la saisis. La douleur fait augmenter mon plaisir et je gicle en jouissant, traversée d'un orgasme comme je n'en avais jamais ressenti auparavant et je tremble sous l'effet de sa force.

Il me faut quelques longues minutes pour me rappeler comment respirer et ralentir mon rythme cardiaque effréné. Je halète et la tension se dissipe enfin de mon corps. Cette sensation de malaise d'avoir vu Julian disparaît.

« Tu vas bien ? » demande Pax en levant sa tête d'entre mes jambes.

Je hoche faiblement la tête, encore trop émue pour parler.

Il fait glisser ses mains le long de ma cuisse, puis prend ma main, inspectant la coupure sur ma paume. Elle est plus profonde que les autres qu'il m'a faites et il y a déjà du sang qui s'accumule et qui coule le long de mon poignet. Pax fronce les sourcils en tripotant les bords.

« Merde. C'est trop profond », me dit-il en levant les yeux vers mon visage.

Il a fait attention avec les autres coupures, s'assurant de ne pas me couper trop profondément, mais celle-ci était plus accidentelle et c'est moi qui me la suis infligée.

Je n'ai jamais vu auparavant le regard qu'il a, comme s'il craignait de m'avoir fait mal. C'est logique, vu qu'il se contrôle d'habitude quand il me fait du mal et qu'il sait ce qu'il fait.

Je l'embrasse et je mets du sang dans ses cheveux en tenant l'arrière de sa tête.

« Ça n'a pas d'importance. J'ai l'habitude de souffrir », lui dis-je quand on se sépare. « J'en ai vu d'autres avant de te rencontrer et personne ne peut m'enlever ça. »

Tout en soutenant son regard, je lâche ses cheveux et fais glisser mes doigts le long de ses joues, laissant de petites traces de sang dans leur sillage. Il se penche dans ma main, ses paupières tombant un peu, et mon cœur se serre devant son geste affectueux.

« Tu n'as jamais à t'inquiéter de me couper trop profondément ou de me faire trop mal », je murmure. « Peut-être que c'est tordu, mais j'aime la douleur que tu me donnes. Parce que tu me donnes aussi quelque chose d'autre. Quelque chose qui compense la douleur. Quelque chose qui me fait me sentir entière. »

Le plaisir et la douleur.

La lumière et la noirceur

Il m'aide à trouver les deux facettes de moi-même.

18

PREACHER

Je suis debout dans le couloir de l'étage, une paume appuyée sur le mur à côté de moi.

Il y a quelques instants, je marchais dans le couloir quand j'ai entendu le cri venant de la chambre de River. J'ai été avec elle assez souvent pour savoir que c'était le son de son cri de plaisir, alors qu'elle jouissait. Cela a fait battre mon cœur plus vite, la chaleur se précipitant dans mes veines.

Je me souviens de l'avoir vue remonter du sous-sol il y a quelques semaines, après avoir baisé, avec une traînée de sang dans le dos et tenant son t-shirt devant sa poitrine. Je me souviens à quel point cela m'avait excité à l'époque et j'étais allé prendre une douche et avais essayé de me branler avant que ma bite ne redevienne molle.

Ma bite est à moitié dure maintenant, rien qu'à l'entendre. Pax est avec elle, à en juger par les sons graves que je reconnais comme étant sa voix, et une partie de moi veut aller dans sa chambre et les rejoindre, pour satisfaire la douleur dans mes couilles et le besoin dans mon âme.

J'ai joui en la touchant ou en étant touché par elle plusieurs fois maintenant, mais je ne l'ai toujours pas baisée. J'en ai envie. Tellement envie.

Mais quelque chose me retient. Je crains que mon érection disparaisse ou qu'elle se ramollisse, et que River pense que c'est sa faute.

Ça ne l'est pas. Ça ne pourrait jamais être sa faute
C'est *la mienne*.

Je suis perturbé, et peu importe à quel point je tiens à elle et la désire, ça ne peut pas disparaître en un instant. La vie ne fonctionne pas comme ça.

J'attrape ma queue dans mon pantalon et je me frotte quelques fois. Il y a une explosion de plaisir dans mes veines et ma respiration s'accélère, laissant le plaisir m'envahir pendant juste une seconde.

Puis je marche dans le couloir, me concentrant sur le travail. Me concentrant sur ce que je peux faire pour River.

Je descends et trouve Ash dans la cuisine.

« Comment ça s'est passé cet après-midi ? » je lui demande en allant chercher une bouteille d'eau dans le réfrigérateur.

Ash pousse un soupir, un coude appuyé sur la table et retournant une carte dans sa main libre. « Ça se passait bien jusqu'à ce qu'on tombe sur Julian à cette putain de station-service. »

Mes sourcils se lèvent à ses mots et à la colère dans la voix d'Ash. Il est habituellement le plus calme d'entre nous, blaguant la plupart du temps, mais il est clair qu'il est furieux de ce qui est arrivé avec Julian.

« Pax est avec River. Elle a dit qu'elle voulait être seule, mais... » Il s'arrête avec un haussement d'épaules et je hoche la tête.

« Je sais. »

Je suis conscient du fait que Pax est avec River et que parfois être seul avec le genre de douleur qu'elle ressent en ce moment est la dernière chose dont une personne a besoin.

« Qu'est-ce que vous avez découvert pendant que vous étiez sortis ? » je lui demande.

Ash grimace en regardant la table. « Pas autant qu'on l'espérait. Voir Julian a en quelque sorte... tout gâché. Il s'est comporté comme un salaud en disant qu'il n'allait pas faire d'enterrement pour Anna puisque personne ne la pleurerait et ça a affecté River. Nous avons dû l'empêcher de le frapper au beau milieu de la station-service. »

J'acquiesce, comprenant tout à fait cela. J'ai eu ma revanche sur les gens qui ont tué Jade, mais si j'avais croisé l'un d'entre eux par hasard, je ne sais pas si j'aurais pu m'empêcher de lui faire du mal.

« Je pourrais venir avec toi », je propose. « Puisque Pax est occupé et que Gale n'est pas là. Pour obtenir les infos dont on a besoin. »

On veut essayer de trouver quand la prochaine grosse cargaison de drogue de Julian arrivera pour pouvoir bousiller les choses d'une manière ou d'une autre.

« Bien sûr », répond Ash en hochant la tête. « Allons-y. »

Nous partons tous les deux et rencontrons un ancien trafiquant de drogue. Comme tout le monde dans le milieu, il est toujours au courant de ce qui se passe. Il est difficile d'y échapper, même si on ne fait plus ce travail.

Il y a généralement un prix à payer pour ce genre d'information, puisque l'argent parle toujours. Heureusement, nous pouvons facilement le payer.

Il nous regarde d'un air méfiant pendant un moment, jusqu'à ce qu'on lui montre l'argent, puis il semble avoir envie de parler.

« C'est à toi si tu nous dis ce que tu sais », dis-je.

« Et nous saurons si tu mens », ajoute Ash.

« Je n'ai aucune raison de mentir », nous dit le trafiquant en haussant les épaules. « J'ai plus besoin de l'argent que de garder des secrets. J'ai vu des trucs arriver pour Maduro avant et je sais où il s'approvisionne. »

« Peux-tu nous dire quand sa prochaine cargaison arrivera ? Et quelle route elle empruntera ? » je lui demande.

Il acquiesce. « Oui, bien sûr. Ça fait environ deux semaines qu'il n'a pas été approvisionné si mon timing est bon. Donc ça devrait être dans les deux prochaines semaines environ. C'est un gros dealer, donc il vend assez vite. Il ne fait pas beaucoup de ventes locales, non plus. Il est assez bien placé pour faire venir la marchandise d'où il veut, à peu près. Mais il va généralement à la même source et ses trafiquants prennent l'un des trois chemins suivants. Ils changent de chemin de temps en temps. »

« Et tu sais quel chemin prendra le trafiquant cette fois-ci ? » demande Ash.

« Bien sûr. Ça fait un moment qu'il n'a pas été utilisé et je connais un ami du gars qui s'en occupe. » Il nous fait signe de nous rapprocher et il commence à décrire l'itinéraire que le chauffeur va suivre, et nous le mémorisons tous les deux du mieux que nous pouvons.

C'est suffisant pour l'instant et ça nous donne une piste.

Ayant obtenu cette information, nous rentrons à la maison. Ash est de meilleure humeur depuis que nous avons quelque chose de concret à utiliser, quelque chose qui nous permettra de passer à l'étape suivante du plan.

Je me sens un peu mieux aussi, mais je n'arrête pas de penser à ce qu'Ash a dit à propos de Julian et comment River a été perturbée après ça.

Je sais, probablement mieux que quiconque, que nous ne pouvons pas effacer sa douleur. On ne peut pas ramener sa sœur ou faire en sorte qu'elle ne souffre plus de son absence. Mais je veux faire quelque chose. Quelque chose qui nous aidera dans cette période où nous rassemblons les pièces du puzzle pour savoir comment éliminer Julian.

Je n'arrête pas d'y penser. Julian est un putain de connard pour avoir dit que personne ne ferait le deuil d'Anna, surtout devant la personne qui la pleure le plus. Il ne veut peut-être rien faire pour célébrer la vie d'Anna, mais ça ne veut pas dire que River ne le veut pas.

En y pensant de cette façon, ça me donne une idée.

« Ash. Je pense... qu'on devrait faire un évènement

commémoratif pour Anna. On n'a pas besoin d'une église, d'un cercueil ou d'un enterrement pour honorer sa mort correctement. Julian ne le fera pas, alors nous le ferons. Pour River. Peut-être que ça lui permettra de tourner la page ou de trouver la paix. Je ne sais pas. »

Ash me regarde et sourit. « C'est une excellente idée. » Il hésite, puis ajoute : « Tu sais, tu as changé. »

« Comment ça ? »

« Depuis que River est entrée dans nos vies, tu es... je ne sais pas. Plus vivant. Plus présent que tu ne l'étais avant. Je suis heureux de te voir revenir à la vie. »

Je ne sais pas vraiment quoi lui répondre, alors je hoche la tête. Il a raison, d'une certaine manière. Les choses ont vraiment changé depuis que River est arrivée. Elle m'a changé en mieux. Elle est ancrée en moi et je ne pourrais pas la faire sortir même si j'essayais.

Et j'aime ça, même si une partie de moi en a peur aussi.

Parce que si quelque chose lui arrivait, ça me détruirait complètement.

19

RIVER

L'eau de la douche est chaude et s'écoule sur mon dos et mes épaules, mouillant mes cheveux lorsque je penche ma tête en arrière.

Pax est resté un peu avec moi après que j'ai joui pour s'assurer que j'allais vraiment bien. Je lui ai dit que j'allais bien et il a fini par l'accepter, me laissant me nettoyer et me laver.

L'eau est un peu rouge et je grimace quand elle touche les coupures, envoyant des traînées de sang le long de mes jambes et qui tourbillonnent ensuite dans le syphon.

C'était incroyable sur le moment, quelque chose dont je ne savais même pas que j'avais besoin jusqu'à ce que Pax me le donne, mais maintenant ça pique sous l'eau jusqu'à ce que je m'habitue au jet.

Je me lave rapidement et sors puis que regarde dans le miroir. Il y a des petites lignes bien nettes de Pax, encore roses et en relief sur ma peau. Quand je me retourne pour regarder mon dos, je peux juste distinguer les cicatrices de Pax. Je regarde les points de suture de mon bras qui n'ont jamais été examinés par un vrai médecin.

Ils sont un peu rugueux et j'aurai probablement une cicatrice plus grosse que je ne l'aurais eu autrement, mais je m'en fiche. Honnêtement, j'aime bien ça. C'est Pax qui me marque d'une autre manière.

Je me tiens là, à regarder mes tatouages et mes cicatrices. Étant donné que je suis nue, je remarque tout. Certaines de ces cicatrices je me les suis faites moi-même et évidemment je me suis fait tatouer, mais la plupart des marques sur moi proviennent d'autres personnes. Des bagarres dont j'ai dû me sortir. Du fait d'avoir été abusée et blessée d'une manière que personne ne mérite. Tout ça a laissé des traces et j'ai l'air tellement rapiécé que je ne devrais probablement même pas tenir debout.

Mais je le fais.

Je suis toujours debout.

Et alors que j'affronte le mal absolu, je suis déterminée à être celle qui s'en sort vainqueur.

Je passe une main sur le miroir, en faisant glisser mes doigts dans la condensation de la douche. Dans ma tête, j'entends la question de Gale. Celle qu'il m'a posée la nuit où j'ai tué Ivan Saint-James, avant qu'il ne me baise sur ce comptoir, et encore une fois dans la salle de bain de ce bar merdique.

Es-tu ruinée ?

Je secoue la tête. *Non. Non, je ne le suis pas.*

C'est la fin de la soirée et mon estomac grogne, me

rappelant que je n'ai pas déjeuné et qu'il est grand temps de dîner. Je m'habille et descends en pensant à manger quelque chose et à faire quelque chose de productif pour nous aider dans notre mission, puisque j'ai été distraite tout à l'heure.

Dès que j'arrive en bas de l'escalier, je me rends compte qu'il fait plus sombre que d'habitude en bas. Plusieurs lumières sont éteintes et il y a une lueur chaude qui scintille sur les murs.

Fronçant les sourcils, je continue à marcher et entre dans le salon où je trouve un tas de bougies disposées sur toutes les surfaces. Tous les gars sont là aussi, la lumière des bougies scintillent sur leurs visages, et mes pas ralentissent.

« Qu'est-ce qui se passe ? » je leur demande en les regardant.

« On a pensé… » dit Preacher. Il semble incertain pendant une seconde, puis continue. « On commémore Anna. On a pensé que tu voudrais le faire. »

Ma poitrine se serre et les émotions se bousculent en moi. Je ressens de la douleur qu'elle soit partie et qu'on ait besoin de la célébrer. De la colère à propos de ce que Julian a dit et à quel point il se souciait peu de quelqu'un d'aussi extraordinaire que ma sœur. De la chaleur parce que tous les quatre ont organisé ça parce qu'ils voulaient honorer ma sœur et me rendre heureuse.

J'ouvre la bouche pour parler, mais ma gorge est trop serrée par l'émotion dans ma poitrine.

Gale, toujours aussi sensible à mes émotions, fait un pas de plus vers moi. « C'est bien ? » demande-t-il. « On a pensé que ce serait une belle façon de lui rendre hommage, mais on ne veut pas t'y faire penser si tu ne veux pas. »

Je hoche la tête avec insistance, des larmes commencent à couler quand Gale sourit, prend ma main et me tire dans la pièce.

C'est charmant avec nous cinq et la lumière des bougies. Même si tous les quatre ne l'ont rencontrée que quelques fois, et n'ont connu la vraie Anna, celle que je connaissais et que j'aimais, qu'une seule fois, quand elle est venue à la maison, je vois bien que leurs sentiments sont réels.

Gale parle en premier, comme il le fait d'habitude. Il penche la tête un instant, et je sais qu'il ne prie pas, mais qu'il pense à ce qu'il va dire. « Je n'ai pas pu connaître Anna aussi bien que je l'aurais voulu, mais ce que j'ai vu m'a plu. Je sais qu'elle était ingénieuse, capable de s'adapter. Elle était forte. Une battante, comme sa sœur. Elle était dans une mauvaise situation, mais elle n'était pas désespérée pour sauver sa peau. Elle le supportait pour le bien de son fils, en raison de l'amour profond qu'elle lui portait. Une personne prête à se sacrifier pour quelqu'un qu'elle aime est toujours une personne extraordinaire. »

Une boule se forme dans ma gorge à la façon dont Gale parle d'elle. Parce qu'il a raison. L'amour d'Anna n'avait... aucune limite. J'essayais toujours de la protéger, mais elle faisait la même chose pour moi. Elle m'a aidée et aimée et elle a veillé sur Cody avec la même intensité.

Ash prend la parole et il sourit un peu en s'adressant

directement à Anna, comme si elle écoutait. « Tu rayonnais quand tu étais ici. Tu es entrée dans notre maison et River s'est illuminée. C'était tellement clair à quel point tu l'aimais. Comment, malgré la colère que tu ressentais, tu te souciais d'elle et voulais qu'elle soit heureuse. Cinq minutes de dispute étaient tout ce que j'avais besoin d'entendre pour savoir à quel point ton lien avec elle était fort. »

« Et tu as été courageuse », ajoute Pax. « Les gens pensent toujours que la bravoure consiste à frapper des connards et à ne pas broncher devant une arme, mais c'est plus que ça. Julian est un enfoiré, mais tu es restée avec lui. Tu as espéré qu'un jour tu pourrais lui échapper avec ton fils. Et puis dans cette ruelle, tu n'as pas hésité. Tu as fait ce que tu savais que tu devais faire pour garder ceux que tu aimais en sécurité. C'est magnifique, putain. »

Les larmes coulent sur mon visage pendant qu'ils parlent et je ne fais pas un geste pour les arrêter. Les entendre parler de ma sœur de cette façon est à la fois douloureux et apaisant, d'une certaine manière. C'est douloureux parce qu'elle n'est plus là et qu'elle ne connaîtra jamais ces hommes comme moi, mais je sais qu'ils l'auraient aimée.

Preacher est silencieux pendant un long moment. Lorsqu'il lève enfin la tête, ses yeux sont doux et un peu brillants, bien que cela puisse être dû à la lumière.

« J'aurais aimé te connaître davantage », dit-il. « J'aurais aimé pouvoir t'accueillir ici et te garder en sécurité. Mais je te promets que nous garderons ta sœur en sécurité. Nous lui donnerons un foyer et nous prendrons soin d'elle. Nous la soutiendrons quoi qu'il arrive et elle ne sera plus jamais seule. Tu as donné ta vie pour la garder en sécurité et nous honorerons cela. Pour toujours. »

Mon cœur chavire et Gale me regarde, un doux sourire sur le visage.

« Voulais-tu dire quelque chose ? » demande-t-il, et il ne le dit pas, mais je sais qu'aucun d'entre eux ne m'en voudrait si je n'arrivais pas à prononcer quoi que ce soit.

Mais ça pourrait être la seule chance que j'aie de dire ce que je veux dire. Ici, dans notre salon, dans ce petit mémorial que ces hommes ont érigé pour moi.

Alors je prends une profonde inspiration et j'expire lentement, en ravalant l'émotion pour pouvoir parler. Comme je l'ai fait lorsque Pax me l'a demandé, je puise dans mes souvenirs et pense aux meilleurs moments que j'ai passés avec ma sœur.

« Je me souviens quand j'avais dix ans quand le camion de glaces est passé dans notre quartier. Nous n'avions pas d'argent pour ça et papa n'était pas à la maison pour qu'on le lui demande. Je pense que j'avais eu une mauvaise journée à l'école ou quelque chose comme ça, parce que j'étais d'une humeur massacrante. Tu m'as dit d'attendre dans l'allée pour que le camion s'arrête, puis tu as couru dans la rue. Le chauffeur s'est arrêté, mais je ne savais pas quoi lui dire parce que je n'avais pas d'argent. Puis tu es revenue en courant avec trois dollars dans la main et on s'est assises sur le trottoir. On a mangé de la glace avant le dîner comme des petites rebelles. »

« Où a-t-elle trouvé l'argent ? » demande Ash doucement.

Je ris en me rappelant. « De ce gamin en bas de la rue. Elle lui a dit qu'elle ferait ses devoirs ce soir-là s'il lui donnait trois dollars. Et elle les a faits. »

Les gars se mettent à rire.

« Elle était juste… comme ça. Toujours prête à aider, à faire ce qu'elle pouvait pour améliorer les choses pour nous. Une fois, il y a eu un gros orage et l'électricité a été coupée au milieu de la nuit. Papa dormait, et Anna s'est glissée hors du lit et a pris toutes les lampes de poche et les bougies de la maison pour les installer dans notre chambre. Nous avons fait un château fort en couvertures et on s'est raconté des histoires pour couvrir le bruit du tonnerre et des éclairs. Nous avions toutes les deux peur des orages, mais elle était prête à ignorer cela pour s'assurer que nous n'étions pas dans le noir. »

J'essuie mes yeux et respire profondément. Il fut un temps où j'aurais été horrifiée à l'idée que ces gars, ou n'importe qui d'autre d'ailleurs, me voient pleurer comme ça. Mais je sais que je peux exprimer mes émotions avec eux, et je sais qu'ils ont ressenti la perte et la douleur de la même manière que moi, donc ce n'est pas comme si c'était quelque chose de complètement nouveau pour eux.

Je regarde Pax et je souris un peu. « Et tu as raison. Elle était si courageuse. »

Je raconte aux autres l'histoire d'Anna qui grimpait aux arbres et qui m'a aidée à atteindre la cime de l'arbre dans le parc et ils sourient tous quand j'ai terminé.

« Elle était plus silencieuse que moi parfois et les gens ont toujours pensé que ça voulait dire qu'elle était plus timide. Mais elle ne l'était pas. Elle était courageuse et forte. Elle défendait les enfants à l'école qui se faisaient harceler parce qu'ils étaient bizarres, pauvres ou autres. Elle n'acceptait pas de se faire rabaisser par quiconque. C'est pourquoi c'était si bizarre de la voir si soumise avec Julian. Il lui parlait comme si elle était une enfant stupide et elle le laissait faire. Mais elle le faisait pour son fils. C'était toujours comme ça avec elle. »

« Elle avait l'air incroyable », murmure Gale. « Je comprends pourquoi tu l'aimes tant. Et pourquoi elle t'a tant aimée en retour. »

Les larmes me montent à nouveau aux yeux et je hoche la tête parce que c'est vrai.

« Pendant un temps, nous étions tout ce que nous avions au monde », je leur dis. « Notre père était un enfoiré et on ne pouvait compter sur lui pour rien. Donc on pouvait seulement compter sur l'une sur l'autre. Et c'était toujours suffisant. »

Je raconte d'autres histoires sur Anna. Comment elle a appris à cuisiner quelque chose que je voulais essayer parce que nous l'avions vu à la télé. Comment elle allait à la bibliothèque parce qu'elle aimait lire. Comment elle adoptait les chats errants de notre quartier, leur laissait des boîtes de conserve de poulet et de poisson et construisait des boîtes remplies de couvertures pour qu'ils puissent s'y blottir en hiver.

Je parle jusqu'à ce que ma gorge devienne sèche et que j'aie l'impression de ne plus pouvoir pleurer. Je me sens épuisée, mais pas dans le mauvais sens. Et les gars écoutent. Ils absorbent tout et posent parfois des questions, mais la plupart du temps, ils me laissent m'exprimer.

Quand j'ai l'impression de n'avoir rien d'autre à dire, je baisse la tête et je respire profondément. J'ai l'impression de lui dire adieu, mais je suppose que c'est le but des funérailles et des commémorations. Laisser la personne aller à son repos et tout ça.

« Je veillerai sur Cody », je murmure. « Je l'éloignerai de Julian et je le protégerai. Je lui apprendrai qu'il y a des gens dans le monde qui ferait n'importe quoi pour s'assurer qu'il est en sécurité et heureux. Comme tu l'as fait. » Je pensais que je n'avais plus de larmes à verser, mais elles se mettent à glisser sur mes joues.

Mes lèvres tremblent, mais je me force à continuer. « Je t'aime. Tellement. Je t'ai toujours aimée et je t'aimerai toujours. Je tuerais et mourrais pour toi. »

À l'unisson, les gars le répètent comme une prière. Une bénédiction.

C'est comme une libération et quelque chose dans ma poitrine se relâche un peu, la douleur empoisonnée et engourdissante s'atténuant un peu.

20

RIVER

Je rêve, comme toujours.

J'ai peur, mais pas parce qu'il se passe quelque chose d'effrayant en ce moment, mais parce que j'attends que ça se passe. Comme c'est toujours le cas.

J'attends que ça devienne un cauchemar.

Je vois Anna, et à nouveau, la peur monte en moi. Mais au lieu d'être prisonnières, Anna et moi sommes libres. Nous marchons dans la lumière, sans aucun mur autour de nous. Rien ne nous retient.

Anna me fait signe de la suivre et je le fais. Je la suivrais n'importe où et elle le sait. Elle me conduit vers un arbre, et après un moment, je réalise que c'est le même arbre que dans mes souvenirs, celui dont j'ai parlé à Pax.

Il est aussi grand que dans mon souvenir et je dois tendre le cou pour voir le sommet, les feuilles masquant le soleil et les nuages dans le ciel.

Quand je me retourne vers Anna, elle est déjà en train

de grimper à l'arbre. Elle tourne la tête et me sourit, me faisant signe de la suivre.

Je ressens ce picotement dans mes paumes et mon estomac comme avant, cette peur des hauteurs et de tomber. Mais Anna est là. Elle a grimpé à cet arbre plusieurs fois et rien de mal n'est arrivé. Je peux l'entendre et je ne peux pas dire si elle parle dans le rêve ou si c'est le souvenir que j'ai d'elle.

« Je connais toutes les prises, River. Je l'ai fait un million de fois. »

Son ton est confiant et je lui fais totalement confiance, alors je la suis, mettant mes mains où elle met ses mains, copiant ses mouvements exactement.

Sa voix est essoufflée par l'effort et l'excitation dans ma tête.

« On y est presque ! Tu te débrouilles très bien. Encore un peu plus haut. »

Sa voix masque un peu la panique qui m'envahit et je ne pense qu'à ses encouragements jusqu'à ce que nous soyons si haut que je puisse sentir le vent sur mes joues.

Nous grimpons plus haut que ce qui semble possible, jusqu'à ce que nous arrivions à un endroit haut dans les branches. Elles sont assez grosses pour qu'on puisse s'y asseoir, alors on le fait, en se serrant contre le tronc et en regardant autour ensemble.

Anna ne dit rien, mais c'est réconfortant de rester assise dans cet arbre avec elle, loin au-dessus des rues de Détroit.

Je me réveille, et pour une fois, ce n'est pas dans un sursaut de panique en criant.

Gale est à côté de moi cette fois et je pousse un léger soupir. Quelques jours se sont écoulés depuis l'évènement commémoratif que les gars ont organisé. Même si je fais toujours des cauchemars, je commence à avoir des rêves différents à propos de ma sœur.

Des meilleurs avec bien moins de mort et de douleur.

Je m'étire lentement, les couvertures se déplaçant sur mon corps nu. Gale est également nu et il s'approche de moi, me tirant de façon possessive, encore à moitié endormi. Il marmonne quelque chose dans mes cheveux et je souris à son charabia endormi. Sa queue glisse entre mes jambes, dure et prête, et je me frotte contre lui pour l'encourager.

Gale gémit et me fait rouler sur le dos en m'embrassant. Il y a tellement de possessivité dans ce baiser. Tellement de désir. Je l'embrasse en retour, y déversant tous mes sentiments. C'est facile de m'y perdre pendant une minute. Il n'y a que nous deux et nos mains qui explorent.

Puis j'entends la voix d'Ash derrière la porte.

« On doit prendre la route, vous deux », dit-il. « Gale, tu ferais mieux de finir en deux coups comme d'habitude ou on va être en retard. »

Gale grogne et tâtonne la table de nuit à l'aveuglette, lançant mon verre d'eau vide contre la porte. Ash ne fait que rire et s'éloigne, nous laissant seuls.

Le magnifique homme entre mes jambes soupire et m'embrasse à nouveau, plus doucement et plus lentement cette fois.

« On ferait mieux de se lever », dit-il. « Si je dois te

baiser, je veux le faire bien, et on n'a pas le temps pour ça maintenant. »

Je me penche et l'embrasse encore une fois avant qu'il ne puisse se retirer, puis on roule tous les deux hors du lit.

L'excitation et l'anticipation se mélangent en moi alors que je cherche des vêtements à enfiler. Nous savons maintenant quel chemin prendra la prochaine cargaison pour Julian et nous savons quand ça se déroulera. Il faut qu'on trouve un endroit sur le chemin pour pouvoir l'attendre et saboter la cargaison. C'est un peu loin : dans les montagnes Ouachita.

Nous nous habillons tous les deux et je prends quelques flacons de vernis à ongles que je mets dans le sac que j'ai préparé pour le voyage. Nous descendons ensemble et les autres sont déjà en train de charger la voiture avec le matériel que nous emmenons.

« Putain, qu'est-ce que tu fais, Ash ? » demande Pax, l'air exaspéré. « N'empile pas les trucs comme ça. Tu n'as jamais chargé une voiture avant ? »

« Excuse-moi de ne pas le faire à ta façon, Pax. Si tout arrive à destination, qu'est-ce que ça peut faire ? » Je peux entendre le roulement des yeux dans la voix d'Ash.

Pax soupire, l'air exaspéré. « On doit avoir de la place pour le reste, abruti. Les trucs de River, ceux de Gale. Tous ces trucs encore à côté de la voiture. »

« Fais-le toi-même alors. »

« Je vais le faire. Bouge. »

Preacher soupire en sortant avec son sac et semble envisager de le charger lui-même avant de le poser à côté de la voiture pour que Pax s'en occupe.

Pax grommelle en réorganisant le coffre et Preacher lève les yeux au ciel quand Gale et moi sortons.

« Il est trop tôt pour tant de chamailleries », murmure-t-il.

« Avec ces deux-là ? » dit Gale. « Il n'est jamais trop tôt pour eux. »

« Trop tôt pour le reste d'entre nous, alors. » Preacher me sourit, un petit sourire qui atteint même ses yeux, et je me penche pour l'embrasser sur la joue avant de m'approcher de Pax avec mon sac.

« Si j'essaie de mettre ça dans le coffre, vas-tu piquer une crise ? » je lui demande en le taquinant.

Il roule les yeux. « Ce n'est pas une crise. Je dis juste que c'est plus logique de le faire de cette façon. Plus facile à décharger, plus d'espace pour tout. »

C'est drôle parce que je n'aurais jamais imaginé que Pax soit le meilleur pour l'organisation, pas quand Gale est là, mais vu l'ordre dans lequel il range ses *outils de travail*, ça a un certain sens.

Une fois que tout est chargé selon les spécifications de Pax, on s'entasse dans la voiture et on prend la route.

C'est bizarre de partir en voiture sans voir Hippo (le nom actuel du chien, qui lui a été donné par Pax après qu'il a mangé tous les plats à emporter de Pax, directement dans la boîte) à la fenêtre, aboyant pour nous dire au revoir. Mais comme nous serons absents pendant un certain temps, nous l'avons laissé avec le barman de Péché et Salut.

J'aime bien qu'aucun des gars n'ait suggéré d'abandonner le chien ou de faire autre chose que de s'assurer qu'on s'occupe de lui. Je suis presque sûre d'avoir vu Ash glisser des jouets pour chiens dans le sac d'affaires qu'on a apporté à la maison du barman quand on a déposé Hippo.

C'est étrangement plaisant de faire un voyage en voiture avec ces gars-là et je m'installe sur la banquette arrière avec Ash et Preacher.

C'est Gale qui conduit, et dès qu'on sort de l'allée et qu'on s'engage sur la route, Ash prend une voix plaintive et demande : « On est arrivé ? »

Gale soupire longuement et Pax rit.

« Ash, je te jure », dit Gale.

« Quoi, tu vas faire demi-tour ? » répond Ash. « Tu ne t'arrêteras pas au McDonald's et tu me feras manger la nourriture qu'on a à la maison ? »

Pax se contente de glousser et Preacher pose une main sur ma jambe, frottant légèrement son pouce sur mon genou. C'est un petit point de connexion entre nous, mais c'est agréable.

« Concentrons-nous un peu, d'accord ? » dit Gale. « Et revoyons ce que nous savons. »

Ash devient alors sérieux, du moins pour le moment, et nous nous redressons tous un peu plus sur nos sièges pour revoir le plan. On sait que Julian attend une grosse cargaison de drogue. On connaît le chemin.

« Quand le trafiquant atteindra-t-il l'endroit où nous l'intercepterons ? »

« Dans quatre jours, plus ou moins », dit Pax.

« Ce qui nous donne deux jours pour atteindre le lieu

et deux jours au cas où le trafiquant aurait de l'avance », ajoute Gale.

Je hoche la tête en me disant de ne pas l'oublier. On a un plan et c'est un bon plan. Gale fait de bons plans, et jusqu'à présent, tout s'est passé comme nous le voulions.

Je regarde par la fenêtre, les bâtiments et les maisons de la ville disparaissant pour faire place à l'autoroute. Les panneaux commencent à signaler les sorties pour quitter Détroit et je prends une profonde inspiration avant d'expirer.

Dans ma tête, j'imagine le sourire suffisant de Julian quand il m'a vue. Je pense à la lame de rasoir que j'ai passé sur ma peau après ça.

C'est son tour maintenant, de ressentir ce que c'est que de mourir d'un million de coupures. Ce sera une entaille profonde de plus.

Un pas de plus pour atteindre notre objectif.

21

ASH

C'est un long trajet et c'est plutôt ennuyeux. La compagnie est bonne, mais même cela ne peut pas vraiment faire oublier la monotonie de conduire aussi longtemps sans avoir le moindre divertissement.

Si nous n'avions pas d'horaire et que nous ne faisions pas quelque chose d'important, je demanderais à Gale de s'arrêter à toutes les attractions touristiques que nous croisons.

Mais je ne peux pas, car nous n'avons pas de temps à perdre. Nous devons arriver à l'endroit que nous avons choisi en deux jours, donc ce sera un long deux jours de conduite.

Dans l'ensemble, ce n'est pas si mal, cependant. Je suis sur la banquette arrière avec River et elle somnole contre mon épaule. Elle bouge quand nous prenons un virage, je souris et pose mes mains sur elle.

« Ici », je murmure. « Ce sera probablement plus confortable pour toi, ma belle. »

Elle émet juste un petit bruit de confirmation et je l'aide à s'allonger davantage, la tête sur mes genoux. Elle met ses pieds sur les genoux de Preacher et du coin de l'œil, je peux le voir poser une main sur sa cheville et la caresser doucement.

Je regarde le visage de River et ses traits sont légèrement adoucis par le sommeil. Même quand elle est endormie à l'arrière de la voiture, je peux voir cette détermination sur ses traits : sur sa bouche et à la façon dont ses sourcils sont abaissés. Elle n'a pas l'air détendue, elle a l'air prête.

J'aime ça chez elle. Depuis qu'on s'est rencontrés. Je n'ai jamais rencontré quelqu'un d'aussi fort et têtu qu'elle, sauf peut-être Gale.

Rien ne se met longtemps en travers de son chemin et il est difficile d'imaginer que ce n'est pas sexy.

Je joue avec ses cheveux, laissant les mèches douces et argentées glisser entre mes doigts. Le simple fait d'avoir sa tête posée sur mes genoux me fait bander. River m'excite juste en existant. Je la trouve juste tellement sexy.

Je déglutis et continue à caresser ses cheveux, laissant l'excitation me parcourir. Elle dort et nous sommes dans la voiture de toute façon, donc ce n'est pas comme s'il y avait de la place pour faire quoi que ce soit. Mais c'est une idée, quand même. Gale conduit et est obligé de garder les yeux sur la route. Pax est sur le siège avant et il doit râler de ne pas pouvoir la toucher. Et Preacher et moi sommes à l'arrière avec River étalée pour nous…

Ok, ça n'aide pas du tout à résoudre le problème et j'essaie de penser à autre chose pendant que nous continuons à rouler. Nous avons atteint la portion de l'autoroute où il n'y a que des kilomètres de panneaux publicitaires et d'autres voitures.

Nous croisons des familles en 4x4, chargées de toutes les affaires de leurs enfants, des voitures qui transportent des bateaux et d'autres voitures derrière elles. Des camions de déménagement et des petites voitures de sport qui filent entre les voies, impatientes dans le trafic.

Les panneaux publicitaires défilent, annonçant des sex-shops, des restaurants et des relais routiers. Un grand panneau se dresse devant nous avec une photo de Jésus pleurant des larmes de sang. Quelques mètres plus loin, un autre grand panneau annonce « XXX filles sexy ce soir ! »

Je grogne et secoue la tête. River marmonne quelque chose dans son sommeil et je choisis de croire qu'elle est d'accord avec moi sur le fait que c'est stupide.

Finalement, nous atteignons la petite ville où nous avons prévu de passer la nuit.

Gale aperçoit un panneau indiquant un restaurant sur l'autoroute et il prend la sortie. River commence lentement à se réveiller, gémissant en se redressant et se frottant les yeux.

« Combien de temps ai-je dormi ? » demande-t-elle.

« Quelques heures », lui dis-je. « Tu n'as pas raté grand-chose, sauf si tu aimes les panneaux d'affichage pour les supermarchés pour adultes. »

« Oh, zut », répond-elle, la voix à la fois rauque et impossible. « Je ne peux pas croire que j'ai manqué ça. »

Je rigole et Gale s'arrête au restaurant.

C'est un putain de soulagement de sortir de la voiture et de se dégourdir les jambes. Nous avons fait quelques arrêts pour pisser à des aires de repos et dans des stations-service lorsque nous avions besoin de faire le plein, mais il y avait toujours la pensée menaçante que nous allions devoir remonter directement dans la voiture lorsque nous aurions terminé. Maintenant au moins, nous avons une pause plus longue et la promesse de dormir pour la nuit bientôt.

« Je meurs de faim », dit Pax en étirant ses bras au-dessus de sa tête et en faisant craquer son dos à de multiples endroits.

« Tu as mangé six sacs de chips il y a trois heures », réplique Preacher en fermant sa porte une fois que River est sortie.

« Ce n'est pas de la nourriture », insiste Pax. « C'est comme du carton salé. C'est rien. Ça t'empêche d'avoir faim suffisamment longtemps pour que, quand tu sentes enfin la vraie nourriture, tu réalises à quel point tu as faim. »

Personne n'argumente parce que je pense que nous réalisons tous qu'il a raison sur ce point. Au lieu de cela, nous entrons dans le restaurant et je fais un sourire à la serveuse qui a l'air pressée et qui nous dit : « Assoyez-vous où vous voulez, j'arrive tout de suite. »

Nous nous installons sur une banquette et River se retrouve de mon côté, entre Pax et moi. Pax se met à lire immédiatement le menu, marmonnant sur le fait de mettre du chili sur un burger, mais je ne peux pas m'empêcher de regarder River.

Elle a l'air tellement à l'aise assise là, les cheveux derrière une oreille et les manches de son sweat à capuche relevées. Ses yeux parcourent le menu, mais je sais qu'elle sait que je la regarde. Elle est observatrice comme ça. Il est clair que ça ne la dérange pas.

Quelques minutes passent et la serveuse arrive. Elle a ce que je reconnais comme un sourire de service à la clientèle, ses lèvres se courbant vers le haut mais le reste de son expression demeurant ennuyé. « Bonjour, je suis Kathy et je vais m'occuper de vous ce soir. Qu'est-ce que je peux vous apporter ? Un verre pour commencer ? Ou êtes-vous prêts à commander ? »

« Je suis prêt », dit Pax immédiatement.

Nous roulons tous des yeux.

« Ouais. Nous sommes prêts », confirme Gale.

Nous passons nos commandes et Kathy les écrit rapidement. Elle referme son petit bloc-notes lorsque nous avons terminé et se dépêche de passer les commandes.

Dès qu'elle est partie, mon attention se porte à nouveau sur River. Je suis encore excité par le fait qu'elle ait posé sa tête sur mes genoux dans la voiture et je peux sentir l'excitation me traverser, me donnant envie de la toucher. Alors je le fais.

Je glisse ma main sur sa cuisse sous la table, remontant pour effleurer sa chatte à travers son pantalon.

Elle frissonne à ce contact et quand elle jette un coup

d'œil vers moi, je lui fais un sourire en me léchant les lèvres. Avec une facilité déconcertante, je défais la fermeture de son pantalon et pousse le jean hors du chemin pour pouvoir avoir accès à ce que je veux.

J'enfonce ma main dans sa culotte, laissant mes doigts agiles trouver son clito et le taquiner légèrement.

River prend une grande inspiration et cela attire l'attention de tous les autres. Ils sont assez en phase avec elle maintenant pour remarquer sa réaction et ça me fait sourire encore plus. Bien. Je veux qu'ils sachent ce qui se passe.

Je me penche plus près, pour pouvoir placer mes lèvres contre son oreille.

« Tu aimes ça, n'est-ce pas ? » je lui chuchote. « Être touchée dans un lieu public. Tous les autres Rois qui te regardent, sachant que tu deviens trempée à force de te faire frotter le clito. »

Elle se mord la lèvre, essayant de ne pas réagir, mais il est clair qu'elle a du mal à garder son sérieux.

« Ils le savent déjà », je chuchote. « Ils savent que tu es une jolie petite salope qui ne peut s'empêcher d'être excitée. Ils savent que tu adorerais qu'on te penche sur cette table et qu'on te prenne ici et maintenant. »

Un petit gémissement s'échappe de ses lèvres et je souris, satisfait par sa réaction.

Je continue à l'exciter, plongeant mes doigts dans sa chatte, pressant le talon de ma main contre son clito pour lui donner quelque chose contre lequel se frotter si elle le veut. Et je sais qu'elle le veut.

« Laisse-les voir », lui dis-je. « Laisse-les voir à quel point tu le veux, tueuse. »

Pax est de l'autre côté et du coin de l'œil, je peux voir sa main glisser le long du dos de River. Après une seconde ou deux, elle s'agite, se cambrant dans ma main. Elle se mord la lèvre à temps pour étouffer son gémissement et je devine ce qui vient de se passer. Pax est en train de toucher son trou du cul.

River essaie de nous regarder fixement, mais il n'y a pas de rage. Nous l'avons tous vue en colère avant et elle semble simplement excitée et désespérée.

Je lui adresse en retour mon sourire victorieux.

À nous deux, nous la faisons se tortiller dans son siège en un rien de temps. Je me demande si ça fait du bien d'être dans sa position. Les doigts qui sondent ses endroits les plus délicats, les regards lourds de Gale et Preacher de l'autre côté de la table, rivés sur elle, sachant exactement ce qui se passe. La menace que la serveuse revienne ou que quelqu'un d'autre dans le restaurant comprenne ce que nous faisons. Il y a beaucoup de choses qui se passent, et à en juger par ses joues rouges, River aime tout ça.

Cela ne fait qu'augmenter la chaleur en moi, et même si j'aime la taquiner et l'exciter comme ça, je veux plus. Je veux qu'elle jouisse pour nous.

Alors on continue à la toucher. Je tourne légèrement autour de son clito avec un doigt, la taquinant. Je la fais cambrer les hanches pour en avoir plus, puis je replonge mes doigts dans sa chatte, la baisant avec eux du mieux possible.

Pax bouge toujours sa main aussi, et River se déplace d'avant en arrière, se tortillant sur le siège en faux cuir de la banquette.

Sa respiration est de plus en plus rapide, et je vois bien qu'elle est proche. Elle essaie d'être subtile, mais je connais les signes, et elle a déjà atteint la limite.

Avant que nous puissions décider de la pousser ou non à bout, Kathy revient avec notre nourriture, alors Pax et moi nous nous arrêtons une seconde. River fait un grand effort pour se ressaisir, mais elle est toute rouge et il y a une légère couche de sueur sur son visage.

La serveuse nous jette un regard curieux en déposant la nourriture devant nous, puis part pour s'occuper d'une table de clients exigeants.

Dès qu'elle est partie, je pousse mes doigts aussi profondément que possible dans la chatte de River.

« Tu penses qu'elle pouvait le voir ? » je lui demande en murmurant à nouveau dans son oreille. « Tu crois qu'elle savait que tu étais à deux doigts de jouir dans ton pantalon, ici même, sur cette banquette ? C'est ce que tu veux, n'est-ce pas ? Tu veux qu'on te fasse jouir si fort que tu oublies comment respirer pendant une seconde. Ici même, dans ce petit resto de merde près de l'autoroute. »

Son gémissement est difficile à entendre, mais je peux presque le sentir quand il se produit, comme s'il vibrait à travers son corps et dans le mien.

Pax fait un grand sourire et je vois bien qu'il s'amuse autant que moi. Il baisse la tête près de son oreille et je ne peux pas comprendre ce qu'il lui dit, mais il le ponctue d'un coup de dent sur le lobe de son oreille qui la fait frissonner.

Même Gale, qui est habituellement le plus sérieux, regarde avec de la chaleur dans les yeux et ne me dit pas d'arrêter de déconner comme il le ferait habituellement. River est son point faible et nous le savons tous. On ne peut pas lui en vouloir, parce que la voir essayer de tenir le coup pendant qu'on la taquine et qu'on s'efforce de la faire jouir, c'est sexy. Il faudrait avoir un cœur de pierre pour ne pas être excité par ce spectacle.

Au-dessus de la tête de River, je croise le regard de Pax. Il sourit et je hoche la tête, et c'est un signal aussi bon qu'un autre. Ensemble, nous augmentons nos efforts pour exciter River encore plus. Je la baise avec mes doigts autant que je peux en appuyant le talon de ma main sur son clito. À en juger par la façon dont la respiration de River change, Pax a au moins un doigt dans son cul, et il la fait se sentir bien.

« Allez », lui dis-je. « Jouis pour nous. »

L'instruction, le toucher ou la combinaison des deux suffit à la faire obéir presque instantanément. Elle se tortille sous l'effet du plaisir, tremblant sur son siège, essayant de ne pas montrer qu'elle est en train de jouir à cet instant précis. Quelques gémissements et jurons s'échappent cependant et c'est un bon spectacle pour nous.

Cela semble durer une éternité, tandis que son orgasme la submerge, mais elle parvient finalement à arrêter de se tordre et à reprendre son souffle. Puis elle essaie immédiatement de nous fixer à nouveau. Comme avant, cela ne nous affecte pas, et je me contente de lui rendre son sourire en retirant mes doigts et en les léchant lentement.

Ses joues sont toujours aussi rouges et elle secoue la tête. « Eh bien, je ne peux pas manger ici maintenant. Pas après ça. »

Je glousse et je hausse les épaules. « On peut prendre la nourriture pour emporter. Pax a mis son doigt dans ton cul de toute façon, donc il doit se laver avant de manger. »

« Va te faire foutre », répond Pax en me faisant un doigt d'honneur avec sa main libre.

« Je suis sérieux », lui dis-je. « Ce n'est pas très hygiénique. »

River siffle et je remarque que Pax n'a pas encore bougé sa main, ce qui me fait penser qu'il vient d'enfoncer son doigt encore plus profondément. Je glousse, ma bite palpitant tandis que j'agite les sourcils en regardant River.

Kathy revient un peu plus tard, l'air ennuyé.

« Comment est la nourriture ? » demande-t-elle, puis elle cligne des yeux en constatant que nous n'avons pas du tout touché à nos repas. « Est-ce que tout va bien ? »

« Très bien », répond Gale, avec son ton nonchalant habituel. « Mais peut-on tout emporter ? »

Elle nous jette un autre regard et il est clair qu'elle sait ce qui vient de se passer. Quand elle part pour aller chercher des boîtes à emporter, je ne peux pas m'empêcher de rire à nouveau.

Je saisis la mâchoire de River et tourne sa tête pour

l'embrasser, sans me soucier de ce que la serveuse sait ou quiconque dans le restaurant d'ailleurs.

Que le monde entier le sache.

River nous appartient.

Nous la protégeons. Nous l'adorons.

Notre putain de reine.

22

RIVER

« River. »

Il y a une voix chaude et douce dans mon oreille, et pendant une seconde, je pense que ça fait partie du rêve que je fais. Quoi que ce soit, ça me glisse entre les doigts quand j'essaie de m'y accrocher et la voix dit à nouveau mon nom.

J'ouvre les yeux et je réalise que c'est Preacher qui me secoue légèrement, me réveillant de ma sieste. Nous avons eu une autre longue journée de route, et après m'être épuisée à jouer à des jeux de voiture avec Ash, étant donné qu'il invente la moitié des règles et triche la plupart du temps, faire la sieste semblait être la meilleure façon de passer le temps.

Mais maintenant la voiture est arrêtée et Preacher a une main sur mon épaule.

« Qu'est-ce qu'il y a ? » je marmonne en essayant de me réveiller.

« On est arrivés », dit-il.

LE RÈGNE DE LA COLÈRE

Je me frotte les yeux et m'étire un peu en regardant par la fenêtre pour voir où nous sommes.

Il y a une cabane dans les bois, assez rustique et isolée. Ce n'est pas très chic, mais on voit bien l'autoroute qui passe au loin. Nous sommes arrivés aux montages Ouachita.

Nous sortons de la voiture et je m'étire avec joie. Même si j'avais plus de place pour cette partie du trajet, rester au même endroit pendant si longtemps n'est pas très confortable. Il n'y avait que moi, Preacher et Pax dans cette voiture, tandis que Gale et Ash étaient dans l'autre.

On a acheté une deuxième voiture pour quelques milliers de dollars en liquide il y a quelques heures dans une petite ville qu'on a traversée. Comme la cabane, elle n'a rien d'extraordinaire. Mais elle est grosse et bien équipée, et c'est ce qu'il nous faut.

J'étire mes jambes en regardant autour de moi la région montagneuse isolée où nous nous trouvons. C'est plus calme que la ville et les bruits sont ceux des animaux dans les arbres et le bourdonnement des insectes. Il n'y a probablement pas d'autres personnes à des kilomètres à la ronde, et après le long trajet, c'est parfait.

« Déballons et installons tout ça avant la tombée de la nuit », dit Gale et nous nous activons tous pour décharger la voiture.

Nous commençons à apporter nos sacs dans la cabane, et Pax prend le sac de matériel de surveillance et commence à l'installer. Ce n'est pas très sophistiqué, juste une lunette sur un trépied. Avec le point d'observation de notre cabane, nous pouvons avoir une bonne vue de l'autoroute que nous pensons que le trafiquant va emprunter. Nous allons donc surveiller cet endroit, et quand nous le verrons, nous serons prêts à passer à l'action. Puisque nous avons roulé vite, nous devrions avoir beaucoup de temps pour que notre plan se déroule sans accroc. Je l'espère.

« Je vais préparer le dîner », dit Ash et il se dirige vers la cuisine pour commencer à décharger les provisions que nous avons achetées. Très vite, nous pouvons tous l'entendre fredonner tandis qu'il coupe des légumes et fait sauter des oignons et de l'ail dans une poêle.

Cette odeur chasse l'odeur de poussière qui flottait dans l'air, et Gale et Preacher se mettent à passer en revue tout l'équipement que nous avons apporté avec nous pour tout organiser.

Je me déplace entre eux en essayant d'aider quand je peux et en leur posant des questions.

Ash me sourit chaque fois que j'entre dans la cuisine et il me tend une cuillère remplie de sauce rouge pour que je la goûte.

« Qu'en penses-tu ? » me demande-t-il.

« Mm, c'est bon. Ça manque un peu de sel, cependant », lui dis-je en me léchant les lèvres.

Il lèche un peu de sauce sur la cuillère, puis acquiesce. « Bonne décision. Merci, tueuse. »

« River, tu peux venir tenir ça une seconde ? » dit Gale et Ash m'expulse pour aller les aider à installer tout notre matériel.

Après un petit moment, Ash nous appelle à la cuisine

pour le dîner et nous nous réunissons tous pour manger. Quelqu'un doit vérifier la lunette à tout moment, alors nous prévoyons de nous relayer pour cela. Pax dit qu'il prendra le premier quart, entre deux grandes bouchées de pâtes qu'Ash a préparées.

C'est presque comme si on était à la maison, assis autour de la table, prenant un repas ensemble, mais il y a quelque chose de différent. Peut-être le fait que je sais que nous ne sommes pas en ville. Qu'il n'y a pas de voitures qui vont et viennent toutes les cinq minutes. Juste la paix et le calme et les sons de la nature.

« C'est sympa ici », je commente, me sentant détendue pour la première fois depuis un moment. « Je n'ai pas quitté la ville depuis longtemps. »

« On t'emmènera en vacances », me dit Ash. « Quand tout ça sera fini. »

Je cligne des yeux parce que c'est un concept tellement étrange pour moi. L'idée d'avoir du temps, de ne pas travailler pour atteindre un objectif. Partir en vacances, juste parce que je le peux, pas parce que c'est lié à une mission ou à une rancune ou parce que j'ai besoin de faire profil bas pendant un moment. Mais l'idée de partir avec ces quatre hommes et de ne pas avoir à être constamment sur mes gardes me plaît. C'est une bonne façon de fêter le fait d'être sortie de ce pétrin.

« Vous feriez mieux », dis-je à Ash en lui souriant de l'autre côté de la table.

Mis à part le fait que l'un d'entre nous est toujours collé à la lunette, attendant que notre cible apparaisse, les deux jours suivants ressemblent presque à des vacances.

Nous sommes loin de la maison, loin de la ville et de tout ce qui s'y passe. Les gars n'ont pas besoin d'aller au club, et même si nous sommes ici pour faire avancer notre plan pour éliminer Julian, je ne pense pas à lui autant que je le ferais en sachant qu'il est dans la même ville.

C'est une petite pause agréable, et nous parvenons à passer un bon moment, même si nous sommes ici en mission. Nous passons le temps en cuisinant et en mangeant ensemble, et chacun des gars prépare à tour de rôle les petits déjeuners, les déjeuners et les dîners pour démontrer ses compétences.

Ash est à l'aise dans la cuisine et il en fait presque un spectacle, faisant tourner spatules, couteaux et bouteilles d'huile d'olive tout en montrant sa dextérité et ses talents de cuisinier.

Pax s'occupe surtout des petits déjeuners, et il prépare des assiettes de bacon, d'œufs et de toasts parfaitement cuits à chaque fois. Preacher et Gale sont moins élaborés et plus simples. Leurs repas sont copieux et savoureux, mais il est clair qu'ils considèrent la nourriture comme quelque chose à manger avant de se remettre au travail.

Il est intéressant de les voir comme ça, plus détendus qu'ils ne le sont habituellement, même avec la mission qui plane au-dessus de nos têtes. C'est comme si je voyais une autre facette d'eux, que j'en apprenais plus sur eux que ce que j'en savais auparavant.

Ash me taquine sur le fait que je suis une cuisinière horrible et je hausse les épaules en disant que je peux faire quelques trucs. Des œufs. Des salades. De grosses marmites de pâtes avec du fromage sur le dessus. Anna était celle qui s'occupait de cuisiner à la maison quand notre père était absent.

Le fait de penser à elle me fait mal, mais ce n'est plus la douleur que je ressentais auparavant, alors c'est peut-être bon signe. Qui sait ?

En plus de la cuisine, nous jouons aussi beaucoup au strip poker. Preacher est le meilleur dans ce domaine, ce qui ne surprend personne. Son visage impassible est légendaire et il est impossible de deviner s'il bluffe. Il réussit plus d'une fois à déshabiller Ash jusqu'à ses chaussettes et nous rions tous en le voyant assis là avec ses cartes couvrant sa bite.

« Tu sais », se plaint-il. « Je pensais que nous allions utiliser ça pour mettre River à poil. »

Preacher hausse les épaules, mais l'expression de son visage ne change pas. « Il y a encore du temps pour ça. Mais tu étais arrogant à propos de tes compétences plus tôt. Tu devrais t'en tenir aux tours de magie. »

Nous rions à nouveau et Ash fait la moue, même s'il est clair qu'il est plus amusé que blessé. C'est juste un bon moment, et plus d'une fois, le fait que nous soyons nus dans le salon de la cabane se transforme en baise dans le salon de la cabane.

Je chevauche la bite de Pax pendant que les autres continuent à jouer ou je suce Preacher sous la table puisqu'il gagne si souvent.

Ash m'apprend des tours de magie et des tours de passe-passe, et lorsque les deux jours sont presque écoulés, je parviens à faire apparaître et disparaître une pièce derrière l'oreille de Pax sans même la faire tomber.

Nous sommes tous en attente, mais c'est le meilleur moyen de passer le temps.

Mais les deux jours s'écoulent et il n'y a toujours aucun signe du trafiquant de drogue.

Toute cette bonne humeur et ce sentiment de détente disparaissent, car il est difficile de ne pas paniquer ou de ne pas penser que nous avons fait une terrible erreur de calcul. L'atmosphère dans la cabane devient tendue et nous restons collés à la lunette, parfois par deux, l'un d'entre nous regardant dans la lunette tandis que l'autre fait les cent pas en plissant des yeux pour voir l'autoroute.

J'essaie de ne pas penser à toutes les façons dont cela aurait pu mal tourner et dont nous aurions pu foirer, mais il devient de plus en plus difficile de me distraire au fur et à mesure que rien ne se passe.

Le soir du troisième jour, je m'assois dans le salon avec Ash. Nous avons un jeu de cartes entre nous et je m'entraîne à réaliser un tour que j'ai pratiqué. Pour être honnête, je l'ai pratiqué encore et encore parce que cela m'aide à me concentrer sur autre chose que sur l'attente.

Je fais le tour, un peu plus lentement qu'Ash ne l'aurait fait, mais ça se passe sans problème et Ash me sourit. « Tu t'améliores », dit-il et je souris en retour, heureuse de recevoir cet éloge.

Ash prend les cartes et les mélange pour pouvoir

montrer un autre tour, mais la voix de Preacher nous interrompt.

« Je vois quelque chose », dit-il. « C'est le moment d'y aller. »

Mon cœur fait des bonds dans ma poitrine en entendant ça. Ça y est. Enfin.

« Préparez-vous », dit Gale en entrant dans la cabane avec Preacher. « Il est temps d'y aller. »

23

PAX

Nous quittons la cabane ensemble et je me dirige immédiatement vers la nouvelle voiture que nous avons achetée en chemin. Les autres Rois se dirigent vers la voiture dans laquelle nous avons quitté la maison, mais River se dirige vers moi, prévoyant clairement de monter dans la nouvelle voiture avec moi.

« Je peux me débrouiller tout seul », lui dis-je. « C'est dangereux. »

« Je sais », dit-elle en retour et la détermination brille dans ses yeux. « Mais je viens avec toi. Ce n'est pas discutable. »

Elle a une expression sur le visage qui semble me mettre au défi de discuter avec elle, et je jette un coup d'œil par-dessus sa tête aux autres, debout près de l'autre voiture. Ils ont l'air à la fois frustrés et impressionnés, et ça me fait rire.

Je pense que je sais mieux qu'eux que nous ne pourrions pas vraiment arrêter River même si nous essayions. Elle a toujours été une force de la nature, débarquant dans nos vies comme un ouragan et nous forçant à la suivre.

Cela fait battre mon cœur plus vite. Mon sang bourdonne déjà en manque d'action et cela le fait monter d'un cran, s'ajoutant à l'adrénaline qui grimpe en moi.

J'embrasse River, écrasant ma bouche sur la sienne pour la dévorer pendant une seconde. C'est tout le temps que nous avons, mais ça devra être suffisant. Quand je me retire, j'ai mon sourire de monstre.

« J'ai su dès la première minute où je t'ai rencontrée que tu étais aussi dingue que moi », lui dis-je. « Putain, j'aime ça. »

Elle sourit et ses yeux bleu foncé brillent d'une sauvagerie qui m'interpelle de la meilleure façon qui soit.

River monte sur le siège passager de la nouvelle voiture, et les autres montent dans leur voiture. Nous n'avons pas le temps de discuter de qui va où, donc c'est décidé.

On part en trombe. Avec Preacher sur la lunette, nous avions une assez bonne vue de l'autre voiture qui arrivait, donc nous avions un peu de temps, mais nous devons aller vite pour la rattraper.

Nous prenons la petite route secondaire qui menait à la cabane pour retourner sur l'autoroute et nous nous dirigeons dans la même direction que le trafiquant.

J'appuie sur l'accélérateur pour rattraper la voiture du trafiquant qui a un énorme VUS.

Je ris à cause de l'excitation qui vient avec la vitesse et en sachant que nous sommes sur le point de faire cette putain de chose. Les yeux de River sont fixés sur le pare-brise, regardant la route devant nous, cherchant le VUS.

Cela prend quelques minutes, puis nous l'apercevons devant nous, grand et noir, prêt à être attaqué.

Nos feux sont éteints et nous roulons rapidement vers le VUS. J'appuie sur l'accélérateur quand je m'en approche en serrant mes doigts autour du volant. Tout ça, c'est mon truc, c'est ce que j'aime. C'est dangereux de rouler comme ça et je conduis vite, mais avec détermination et contrôle. La voiture fait ce que je veux et seulement ce que je veux. Je continue à la faire avancer, mon cœur bondissant à chaque fois que le moteur rugit.

« Allez », je murmure et je cogne l'arrière du VUS avec notre voiture en essayant de le faire sortir de la route.

Le VUS fait une petite embardée, puis corrige sa trajectoire, et le conducteur appuie sur le klaxon pendant une seconde, comme s'il essayait de m'avertir. Comme si j'étais un conducteur quelconque sur la route qui s'est approché trop près.

Je souris sauvagement et je pèse sur l'accélérateur une fois de plus en utilisant la taille plus petite de notre voiture pour l'amener juste à côté du VUS et commencer à virer à droite.

Il fait une grosse embardée et je recule, mais le conducteur corrige à nouveau. « Putain », je jure à voix basse.

River est penchée en avant sur son siège, une main

serrée autour de la poignée de la porte. Elle se lèche les lèvres et me regarde, et je lui souris en retour.

Nous ne faisons que commencer.

« Assois-toi », lui dis-je. « Et assure-toi que tu es bien attachée. C'est sur le point de devenir dingue. »

Elle se contente de hocher la tête et de vérifier sa ceinture de sécurité avant de mieux s'asseoir sur son siège. La dernière chose que je souhaite, c'est qu'elle soit blessée au beau milieu de tout ça. Elle sait qu'il y a une chance que ça arrive et elle préfère aller jusqu'au bout plutôt que d'essayer d'attendre quelque part en sécurité. Je l'admire pour ça.

Une fois de plus, j'appuie sur l'accélérateur et j'envoie le VUS sur le côté, le faisant dévier de la route. Je ne peux pas entendre le conducteur, ni même le voir, mais j'aime imaginer qu'il jure comme un fou pendant qu'il essaie de se ressaisir.

Ce dernier coup envoie le message que quelqu'un essaie de foutre le bordel et la vitre du côté conducteur descend. J'aperçois l'arme une fraction de seconde avant qu'il ne commence à tirer et je réussis à freiner à temps pour éviter les balles.

On s'arrête à temps, mais l'autre voiture avec Gale, Preacher et Ash nous frappe presque.

« Merde ! » jure River en s'accrochant à son siège.

« Je t'avais prévenu », lui dis-je en jetant un coup d'œil rapide pour m'assurer qu'elle va bien. « Tiens bon. »

Je ne sais plus dire de phrases complètes et je me concentre uniquement sur le VUS devant nous. Il commence à s'éloigner, accélérant pour nous échapper, car le conducteur sait qu'il se passe quelque chose. Mais je l'ai dans ma ligne de mire maintenant. Je suis comme un requin avec du sang dans l'eau et je ne lâcherai pas tant que cette histoire ne sera pas terminée.

J'appuie sur l'accélérateur et nous avançons rapidement, dépassant les cent quarante kilomètres à l'heure. La voiture grince un peu, mais je ne lâche pas. Pas avant d'être juste derrière le trafiquant.

Je donne un grand coup de volant à droite et nous percutons le côté du VUS à une vitesse de plus de cent soixante kilomètres à l'heure. Même si le conducteur peut corriger à temps, il n'a pas l'espace nécessaire et le VUS dévie sur le côté de la route.

Ici, dans ces montagnes, il n'y a pas grand-chose entre la route et les talus, et le trafiquant va trop vite pour faire quoi que ce soit. Le VUS s'écrase sur le côté et dévale le talus.

C'est très bruyant et j'appuie sur les freins, brûlant un peu de caoutchouc en nous arrêtant sur le bord de la route. La voiture que Gale conduit est juste derrière nous et ils s'arrêtent aussi.

River et moi sortons de la voiture, et quand les autres nous rejoignent, nous nous dirigeons tous vers le talus pour voir si nous avons réussi.

Je vois bien que River veut courir, mais elle le fait lentement en se frayant un chemin le long de la pente rocailleuse. Nous arrivons à l'endroit où le VUS a fini. Il est à l'envers et déjà fumant à l'arrière.

C'est parfait. Cela signifie que la drogue sera détruite.

« Pax », dit Gale et sa voix semble forte dans le silence qui suit le crash. « Assure-toi qu'il est mort. »

J'acquiesce et m'approche du véhicule. Avant même que j'arrive à la porte, la porte du côté passager s'ouvre d'un coup de pied et des coups de feu retentissent.

« Putain ! » J'entends Ash crier et on plonge pour se mettre à l'abri. Heureusement, il y a une tonne d'arbres par ici, donc on a des endroits où se cacher.

Bon sang. Ça ne fait pas partie du plan. Le conducteur était censé mourir dans l'accident. On doit s'assurer qu'il est mort et qu'il ne quitte pas les lieux, mais on ne peut pas le tuer. Toute cette histoire doit ressembler à un accident. Comme s'il avait perdu le contrôle de la voiture sur ces routes sinueuses et qu'il était mort dans l'accident, alors il ne doit pas y avoir de trou de balle dans sa tête.

Je ne peux pas voir les autres ou River, mais je sais ce qu'est notre nouveau plan. Nous devons empêcher ce gars de s'échapper.

« Gale ! » Je crie en élevant la voix.

« Ici ! » crie Gale et on dirait qu'il est un peu plus loin. Dans les broussailles, j'entends un bruit de pas, puis je vois le conducteur. Il marche entre les arbres en tenant son arme, tournant la tête chaque fois qu'il entend un bruit.

« Pax ! » C'est la voix d'Ash derrière moi. Le conducteur pivote dans cette direction et je l'entends jurer très doucement. Il marche en cercle lent, comme s'il ne savait pas de quel côté tourner, et c'est exactement ce que je veux.

Il commence à reculer, se dirigeant vers le lieu de l'accident. Puis quelqu'un, probablement Preacher ou River à en juger par la direction, casse une lourde branche. Ça effraie le trafiquant et il se retourne, levant son arme.

Il se détourne de moi maintenant et c'est tout ce dont j'ai besoin.

Je cours à toute allure, fonçant sur le gars. Il m'entend avant que je ne l'atteigne et se retourne, réussissant à tirer une balle avant que je ne le plaque au sol.

« Merde », siffle-t-il en essayant de me repousser. Mais je suis plus costaud et ce n'est pas difficile de le garder cloué au sol pendant qu'il se débat et s'acharne sur moi. Il lâche son arme et il me frappe avec ses mains avant que je ne mette les miennes autour de sa tête.

D'un coup sec, je lui brise le cou, lui infligeant une blessure qui pourrait provenir de l'accident si quelqu'un venait fouiner.

Son corps se relâche sous moi et je laisse échapper un souffle lent. Maintenant que le travail est fait, mon bras me fait un peu mal, et je remarque que la balle qu'il a tirée m'a frôlé. Mais c'est bon. Je n'aurai probablement même pas besoin de points de suture.

Je me lève et commence à transporter le corps jusqu'au VUS en feu pour le mettre à l'intérieur. Je prends un peu de temps pour le ranger là où il aurait été après l'accident, puis je hoche la tête, recule et ferme la porte.

Le VUS commence à brûler davantage maintenant, et la fumée noire s'élève vers le ciel qui s'assombrit.

Il y a des bruits de pas derrière moi, mais je les reconnais immédiatement. Les autres viennent me rejoindre. Nous reculons suffisamment pour ne pas être en danger et regardons le VUS brûler.

Ce spectacle plait à la partie sauvage et psychotique de mon âme qui en veut toujours plus quand il s'agit de ce genre de choses. Plus de chaos, plus de poursuite, plus de mort, plus de violence. J'aime regarder les flammes vacillantes de la voiture tandis qu'elle brûle. Admirer la chaleur et écouter le claquement, le crépitement et le gémissement du feu qui ronge le VUS. Je me dis que je ne travaille peut-être pas assez avec le feu. C'est le chaos et la violence, la chose la plus brillante, sauvage et belle qui soit.

Puis je regarde River qui se tient juste un peu plus loin de moi. Je regarde ses yeux bleus qui brillent dans la lumière du feu et je dois admettre que j'avais tort.

Elle est la chose la plus belle et la plus sauvage qui soit.

24

RIVER

On laisse l'épave fumante derrière nous et on retourne aux voitures pour pouvoir partir. On récupère nos affaires dans la cabane et on abandonne la voiture qu'on avait achetée avant de retourner à Détroit.

Il est déjà tard, mais nous ne voulons pas perdre plus de temps avant de rentrer. Personne ne dit rien, mais il y a un accord tacite sur le fait que nous allons rentrer maintenant.

« Assurez-vous d'avoir tout pris », dit Ash en chargeant la voiture. « On ne reviendra pas. »

« Merci, papa », dit sèchement Preacher et nous rions tous de cette petite blague. Elles sont rares de la part de Preacher, mais elles sont plus fréquentes qu'avant, ce que j'apprécie.

Alors que nous nous entassons et commençons à nous éloigner de la cabane, je pense à ce qui vient de se passer. La poursuite, le feu, la façon dont Pax a éliminé le conducteur avant qu'il ne puisse s'enfuir. C'était tellement satisfaisant, comme si on avait rayé une chose de la liste.

Quand j'avais ma liste de six noms, je ne pensais qu'à venger Anna. J'y pense toujours, mais je suis consciente des implications de ce que je fais aussi. Il ne s'agit pas seulement de s'en prendre à des connards qui m'ont fait du mal. Je démolis toute l'opération de Julian, ce qui aidera tous ceux qui ont souffert à cause de lui. Tuer ces dealers l'autre jour m'a fait du bien aussi.

Tout va se terminer avec Julian, mais ça commence à faire du bien de lutter contre la pourriture à Détroit aussi.

Je prends une grande inspiration et j'expire lentement, sentant un peu plus la douleur qui était logée dans mon cœur s'échapper.

Preacher passe un bras autour de moi et me tire contre lui.

« Tu devrais te reposer », murmure-t-il d'une voix grondante que je peux sentir et entendre. « Il est tard et la route est longue. »

J'acquiesce et m'installe contre lui, laissant mes yeux se fermer. D'habitude, il me faut plus de temps pour me mettre à l'aise ou me sentir suffisamment détendue pour dormir, mais là, je me sens en sécurité comme je ne l'ai pas été depuis très, très longtemps.

Nous rentrons en ville rapidement, encore plus vite que pour se rendre aux montagnes. Cela signifie moins d'arrêts, ce qui nous rend tous un peu agités, mais je sais que cela en vaut la peine lorsque nous nous arrêtons enfin dans l'allée de la maison. Étonnement, j'ai l'impression d'être chez moi et je suis si reconnaissante d'être de retour.

Une fois que la voiture est arrêtée, je sors et gémis en voyant mes genoux et mes jambes se délier pour la première fois depuis des heures. Je les étire, puis j'étire mes côtes en me pliant dans tous les sens pour chasser les crampes.

Ash siffle en me reluquant de la tête aux pieds et je roule les yeux.

La maison est calme et familière, et après tant de temps passé dans la voiture, ça fait un bien fou de rentrer à l'intérieur.

« J'ai besoin d'une douche », je leur dis en étirant mes bras au-dessus de ma tête. « J'ai l'impression d'être sale à cause de la route. »

« Et pourtant, tu es toujours la plus sexy », dit Ash en souriant. « Je suppose qu'on devrait déballer le matériel et tout le reste. C'est la pire chose quand on revient d'un voyage. »

« Il vaut mieux le faire maintenant que de tout laisser dans les sacs jusqu'à ce que nous devions faire un autre voyage », souligne Preacher.

Ash lui fait une grimace. « Vraiment ? Parce que si c'est déjà dans les sacs, alors on n'a pas besoin de l'y remettre. »

Preacher roule des yeux et tire Ash pour qu'il commence à décharger la voiture.

« Je vais aller chercher le chien », répond Gale. «

Puisque je suis sûr que personne n'a envie de remonter dans la voiture pour aller le chercher. »

« T'es le meilleur », je lui crie en me dirigeant vers les escaliers parce qu'il a tout à fait raison. L'idée de remonter dans la voiture après en être sortie est terrible. J'entends Gale pouffer de rire et je me dirige vers ma chambre.

Je me déshabille en soupirant, faisant rouler mes épaules et étirant mes bras et mes jambes. La raideur après le trajet dans la voiture commence à s'estomper, mais ce sera encore mieux quand j'entrerai dans la douche et que l'eau chaude pourra exercer sa magie sur mes muscles.

Mon vernis à ongles s'est écaillé et n'est pas joli, alors je prends une nouvelle couleur dans le tiroir en choisissant un orange vif juste parce que cela me semble bien en cet l'instant. J'aperçois la lame de rasoir que j'utilise pour me couper dans le même tiroir et je la fixe pendant un long moment.

En fait, je n'ai pas envie de l'utiliser en ce moment et c'est une sensation agréable. Je sais que ce n'est pas comme si l'envie allait disparaître, mais en ce moment au moins, je n'en ai pas envie. Je n'en ai pas besoin. Et je me dis que la prochaine fois que j'aurai cette sensation de démangeaison sous la peau qui me donne envie de me couper, je pourrai peut-être demander à Pax de m'aider à nouveau.

Je ne suis pas sûre qu'un psychologue dirait que vouloir qu'il me coupe est mieux que de vouloir me couper moi-même, mais je pense que je suis un cas désespéré à ce stade.

Lorsque j'entre enfin dans la douche, l'eau chaude est une véritable révélation. Je soupire de plaisir lorsqu'elle déferle sur moi, éliminant les tensions dues au fait que je suis restée assise au même endroit pendant si longtemps et que j'ai dormi dans des positions inconfortables. Je me lave rapidement, puis je change mon vernis à ongles, fumant une cigarette pendant que je laisse sécher le vernis. Je m'habille avec des vêtements propres et je descends pour voir si les gars ont déjà fini leurs trucs.

Je suis à peine à mi-chemin que j'entends des aboiements joyeux qui indiquent que le chien est de retour et qu'il est heureux. Je comprends parfaitement.

Je me dirige vers le salon pour l'accueillir et je remarque tout de suite qu'il porte un collier avec une médaille. C'est nouveau et je m'agenouille pour regarder la médaille. Avant que je puisse y jeter un coup d'œil, je suis accueillie par des caresses et des tentatives très déterminées de me lécher le visage que j'arrive à peine à éviter parce que je ne veux pas avoir de la bave de chien sur moi.

« Ouais, je suis contente de te voir aussi », lui dis-je en le repoussant. « Calme-toi une putain de seconde pour que je puisse voir ça. »

Sa queue remue si fort qu'elle se cogne contre le sol à plusieurs reprises et Gale rit à voix basse en restant là à nous regarder.

Je lève les yeux vers lui, mais il ne laisse rien transparaître sur son visage.

J'arrive enfin à saisir la médaille et à regarder le nom. C'est écrit Harley.

« Qu'est-ce que c'est ? » je lui demande en me retournant pour regarder Gale.

Il hausse les épaules. « Puisque le chien va clairement rester ici, je me suis dit qu'il était temps qu'il ait un vrai nom. Pax et Ash qui se relaient pour l'appeler de n'importe quelle façon bizarre ou offensante qu'ils peuvent trouver, ça doit probablement bousiller le pauvre cabot. »

« Mais pourquoi Harley ? »

« Pax et toi vous vous êtes disputés sur le chemin du retour pour savoir si Harley Quinn ou le Joker était un meilleur nom pour le chien, alors... je me suis rangé de ton côté. »

Mon cœur se gonfle rien qu'en entendant ça. Je l'aime beaucoup. Pas seulement le nom, mais le raisonnement derrière et la raison pour laquelle Gale a choisi le collier et la médaille en premier lieu.

Je me lève et je me penche pour embrasser Gale. Puis, pour faire bonne mesure, j'embrasse aussi Harley.

« Bon sang », gémit Gale. « Ce n'est pas parce qu'il a un collier maintenant que sa bouche est hygiénique. »

« Quel est le problème avec quelques baisers de chiot ? » je lui demande innocemment.

« C'est un chien. Il se lèche le cul et mange dans la poubelle. »

Je roule les yeux devant son indignation. « Tu as littéralement léché le sperme d'Ash dans ma chatte et un chien qui me lèche le visage te dégoûte ? »

On entend Ash hurler de rire alors qu'il entre dans le salon juste à temps pour entendre ces paroles. Apparemment, il ne le savait pas, mais ça l'a bien fait rire.

« Peu importe », grogne Gale. « Ce n'est pas la même chose et tu le sais. »

« Pourquoi, parce que tu as aimé le goût de mon sperme ? » Ash le taquine et Gale plisse les yeux comme s'il allait le frapper avec quelque chose.

« J'ai des nouvelles », dit Preacher en entrant, son portable à la main.

Ça nous dégrise tous assez rapidement et Pax arrive juste derrière lui.

« Quoi de neuf ? » demande l'homme costaud.

« Il y a une soirée dans quelques jours. Une soirée chic chez Alec Beckham. Julian sera là. »

« C'est l'occasion que nous attendions pour mettre en œuvre la prochaine partie du plan », murmure Gale.

« Vous avez une invitation pour la soirée ? » je leur demande.

Pax secoue la tête. « Non, mais c'est le genre de soirée à laquelle on est invité en connaissant les bonnes personnes. Et heureusement, nous connaissons quelques-unes des bonnes personnes. Nous pouvons demander une faveur ou deux et faire en sorte que ça arrive. »

Je laisse échapper un souffle. Un pas de plus vers la fin de partie. Je jette un coup d'œil à Pax en levant un sourcil.

« Tu es sûr que tu veux faire la prochaine partie ? »

Il fait une grimace. « Non, putain. Mais si ça peut t'éviter d'avoir à le faire, alors je le ferai. »

25

PAX

Putain, je mangerais bien une pizza maintenant.

Du pepperoni et de la saucisse. Avec de l'ananas. Ou du jambon. Du jambon et de l'ananas. Mais pas d'olives. Peut-être des poivrons bananes. Les putains de suprêmes ont toujours des olives dessus et je déteste ces petits enculés. Des petits trous du cul salés. Presque aussi mauvais que les champignons. Qui a cru que les champignons étaient une bonne idée ? Probablement les mêmes idiots qui les cachent sous le fromage pour que tu aies une petite surprise gluante.

J'aurais dû manger avant ça, bon sang.

Je suis campé devant l'immense maison de Julian avec rien d'autre que mes propres pensées pour me divertir, et j'alterne entre l'envie de pizza et la pensée que j'aimerais faire irruption chez Julian et le traîner dans ce petit sous-sol où il gardait River. Le faire vraiment payer pour ce qu'il lui a fait.

Il n'a probablement pas le même genre d'outils que

moi, mais ce n'est pas grave. Je peux improviser. J'ai des clés de voiture et je parie qu'il a de très beaux couteaux de cuisine que je pourrais utiliser. Il a l'air d'être le genre, l'enfoiré de frimeur.

Je suis à une bonne distance de la maison, et j'ai un drone avec une caméra attachée, prêt à partir. Maintenant tout ce dont j'ai besoin c'est que ma cible se pointe et je pourrai l'utiliser.

Peut-être pas de pizza. Peut-être un sandwich au steak. Avec des oignons et des poivrons. Pas de champignons. Beaucoup de sauce au fromage aussi. Ou une pizza *et* un sandwich au steak. Je le mérite après avoir fait ça.

Je pense au fromage et en même temps à faire chier Julian, et ça me fait un peu rire. J'imagine manger une pointe de pizza tout en enfonçant lentement mes clés de voiture dans sa cuisse.

Oui, ce serait amusant.

Il souffrirait et je serais au paradis.

Je ne fais que patienter maintenant, laissant mon esprit vagabonder. J'envoie quelques SMS à River, lui demandant ce qu'elle veut pour le dîner et lui disant que j'attends toujours que ce connard se montre.

Elle est en faveur de la pizza, mais elle me poignarde en plein cœur quand elle dit qu'en fait elle aime les champignons et que je suis fou de penser qu'ils sont pires que les olives.

Quelle trahison. Elle a de la chance que je ne me lasse pas d'elle, même si elle aime les champignons. Petits monstres visqueux.

J'aperçois du mouvement près de la maison, ce qui ramène mon attention sur la mission en cours. La voiture de Julian s'arrête devant la maison et il sort.

Rien qu'en le voyant, mes lèvres se retroussent et mes mains me démangent. L'agitation bat dans mon sang et je dois me rappeler que je suis ici pour une raison. C'est une étape du plan et le plan fera en sorte que River puisse tuer Julian à la fin. C'est elle qui mérite de l'éliminer et peut-être qu'elle me laissera regarder au moins. Ce serait bien.

Il entre chez lui et je dirige le drone vers la maison en le gardant hors de vue.

C'est un petit jouet pratique, équipé d'une caméra et d'un micro, parfait pour l'espionnage. J'ai une tablette sur mes genoux qui me permet de voir et d'entendre tout ce qui se passe.

Il fait les cent pas dans le salon, son portable à l'oreille. Je n'entends pas qui est au bout du fil, mais j'entends Julian et il a l'air furieux.

« Je sais ce qu'ils ont dit, putain. Je n'ai pas besoin que tu me lises encore le rapport d'accident, espèce d'idiot ! » grogne-t-il. « C'est trop parfait selon moi. Ce trafiquant a fait ce trajet plein de fois, et là, tout d'un coup, il oublie comment conduire et sort de route ? » Il est silencieux, écoutant ce que l'autre personne dit. À travers la caméra, je peux remarquer à quel point il est tendu quand il fait les cent pas, et je souris. Bien. Il le mérite, putain.

« Comment je le saurais, putain ? » crie-t-il en réponse à ce que la personne a dit. « Ce n'est pas mon travail de savoir ce genre de merde. Tout ce que dis-je, c'est que c'est suspect. Peut-être que les fournisseurs veulent me supprimer ou qu'un putain de gang veut se mettre en travers de mon chemin parce qu'ils n'aiment pas que je m'accapare le marché. Je ne fais confiance à personne impliqué là-dedans ! »

C'est encore mieux. Il pense que le sabotage, s'il y en a un, vient d'une personne impliquée dans la vente de cocaïne en ville. Il ne semble pas du tout suspecter River ou le reste d'entre nous.

Je souris. C'est exactement ce que nous espérions, d'autant plus que la mort de Cyrus a été perpétrée par quelqu'un d'autre que nous, et il y a de nombreux témoins de cela. Nous avons réussi à éloigner les soupçons pendant tout ce temps et c'est grâce à Gale. Il sait toujours quand il faut être subtil et jouer le jeu finement.

Mais Julian commence manifestement à ressentir la pression de trucs qui vont mal. Il n'est plus aussi narquois et suffisant, et on dirait qu'il est à deux doigts de s'arracher les cheveux. Je souris sauvagement. Le karma est une salope et son nom est River.

« Ferme ta gueule ! » grogne. Julian « Ferme juste ta gueule. Je ne veux plus rien entendre à ce sujet. Je ne sais pas pour qui tu te prends, mais tu travailles pour moi. T'as compris ? Tu fais ce que je te dis, putain. Si je te dis de sauter, tu me demandes de quelle hauteur et si je veux que tu le fasses avec un petit costume amusant. Tu ne me réponds pas. Je sais qu'il y a quelque chose qui se passe. Tout déraille et ce ne sont pas que des accidents. Ce sont des putains de dealers volatiles et des fournisseurs qui sont dans la merde. Je sais de quoi je parle, tu m'entends ? »

Il ne laisse pas à son interlocuteur le temps de répondre avant de raccrocher et il se tient au milieu de la pièce, respirant difficilement. Il a l'air énervé, les mains tellement serrées qu'on dirait qu'il va écraser son portable.

Il finit par expirer lentement, puis se passe les doigts dans les cheveux. Il craque un peu et j'aime voir ça.

Une autre voiture s'arrête devant la maison, je ne la reconnais pas, mais je reconnais la garce qui en sort. Nathalie. Je vomis presque en la voyant. Je déteste tellement cette salope frigide.

Elle entre et l'agitation de Julian est assez évidente.

« Que s'est-il passé ? » elle lui demande.

« Tu sais ce qui s'est passé », lui dit-il. « Et maintenant, des gens essaient de me dire que ce n'est que de la malchance. Que des accidents se produisent, que c'est la faute de personne et que c'est hors de notre contrôle. »

« Julian », dit-elle en posant une main sur son épaule. « Il faut que tu respires. On dirait que tu es sur le point d'exploser. »

« À quoi penses-tu que je devrais ressembler ? » demande-t-il en se dégageant. « Tu sais ce qui se passe. Tu sais à quel point c'est mauvais. Cyrus était notre plus gros acheteur et maintenant il est mort parce qu'il n'a pas pu empêcher Apollo d'entrer dans son club et de lui faire sauter la cervelle. Où étaient ses gardes de sécurité ? Qui peut bien laisser ça arriver ? »

« Ce n'est pas notre faute », dit Nathalie, mais Julian lui coupe la parole avant qu'elle puisse finir sa phrase.

« Je sais que ça ne nous concerne pas, mais ça nous affecte. Ça affecte le business. Comment on se remet de cette perte ? Et de la perte de tant de marchandise dans cet "accident". » Il fait des guillemets vicieux et Nathalie soupire.

« On cherche de nouveaux acheteurs. Ce n'est pas comme si c'était difficile dans cette ville. Tout le monde ici veut se défoncer avec quelque chose. On va récupérer ce qu'on a perdu. »

« Tu en parles comme si c'était simple », murmure Julian.

« Je garde la tête froide », elle lui répond. « Contrairement à toi. »

Ses yeux sont furieux quand il la regarde et il fait un pas vers elle comme s'il allait la frapper ou quelque chose comme ça. Au lieu de cela, il la plaque contre le mur, la poussant pratiquement contre celui-ci.

« Ferme ta gueule », dit-il et c'est presque trop silencieux pour que je l'entende. « Tu ne sais pas à quel point c'est dur. Tu n'as pas le poids de cette merde sur tes épaules. »

« De quoi tu parles ? » réplique-t-elle. « Je suis impliquée dans tout ça aussi, Julian. Ce n'est pas seulement ton... »

Ce qu'elle allait dire est interrompu par Julian qui pose ses lèvres sur les siennes dans un baiser passionné.

Nathalie lui griffe le dos et il est assez évident qu'elle

se serre contre lui et ne se tortille pas pour essayer de s'éloigner.

« C'est dégoûtant », je marmonne, mais j'oriente le drone pour filmer les images d'eux en train de baiser avec aussi le son.

Et ils le font, putain.

Julian commence à lui arracher ses vêtements et les laisse tomber en tas sur le sol. Nathalie l'engueule à propos du prix de la robe, et il dit qu'il n'en a rien à foutre et la fait tourner pour qu'elle soit face au mur. Il gifle son cul et descend sa braguette pour sortir sa bite.

Il se penche en avant et lui murmure quelque chose à l'oreille que je ne peux pas entendre, mais à en juger par la façon dont Nathalie gémit comme une pute, elle aime ce qu'il dit.

Julian la pénètre rapidement, la baisant avec force et rapidité contre le mur, lui tapant le cul de temps en temps. Ils font ça comme ça pendant un moment, puis Julian se retire et la pousse vers le canapé.

« Ne me pousse pas ! » grogne Nathalie.

« Tu adores ça », grogne-t-il et il commence à la baiser sur le dossier du canapé.

Ses bruits sont dégoûtants, comme une star du porno qui n'est pas assez payée, et je laisse le drone tout filmer. Une fois que j'ai assez de contenu, je ramène le drone vers moi et je me casse.

C'est un soulagement de rentrer à la maison et de ne plus avoir à écouter Julian baiser sa foutue sœur. Je rentre dans le salon, et River est allongée sur le canapé avec Harley. Elle porte un t-shirt trop grand.

Quelque chose dans le fait de la voir, surtout après avoir vu la femme que j'ai presque dû épouser, me donne envie d'elle plus que jamais.

« Va boire dans les toilettes ou je ne sais pas », dis-je au chien en le poussant du canapé.

Harley aboie après moi, mais descend et trotte dans la cuisine.

River s'assoit, me regarde, et je m'affale sur le canapé, l'attrapant par la taille pour pouvoir la tirer sur moi en m'allongeant.

« Comment ça s'est passé ? » demande-t-elle.

Je gémis et enfouis mon visage dans ses cheveux, respirant son parfum.

C'est apaisant, surtout après la merde que je viens de voir et je m'en imprègne avant de lui répondre.

« Julian est en colère. Il ne pense pas que tout ça soit un accident, mais il ne nous soupçonne pas du tout. »

« Tout se passe comme prévu, alors », murmure-t-elle en retour. « Et le reste ? »

Je fais une grimace. Même avoir River dans mes bras et sentir son poids sur mon corps ne suffit pas à chasser le dégoût qui monte quand je dois penser à ce que j'ai vu. « J'ai obtenu ce dont nous avions besoin. Et beaucoup. Ils ont baisé pendant un moment après s'être battus. »

River tire la langue, frissonnant au-dessus de moi. « Je suis désolée que tu aies eu à voir ça. »

« Moi aussi. Nathalie est dégueulasse. Julian aussi. Ils se disputaient et ensuite ils ont commencé à s'y mettre comme des lapins. Putain, je ne voulais vraiment pas l'épouser. »

Cela fait rire River et elle se penche et m'embrasse profondément. « Je ne voulais pas non plus que tu l'épouses. Donc au moins on a tiré quelque chose de bien de tout ce bordel. Maintenant qu'on a le matériel, on peut passer à la phase suivante du plan. »

Je fais une grimace et River rit.

« C'est quoi cette tête ? »

La prochaine partie du plan implique d'appeler le *copain* de River au FBI, Mitch Carter. Je ne suis pas impatient de le faire.

« Je n'aime pas ce type. Je n'aime pas la façon dont il semble toujours si intéressé par toi. Comme s'il voulait quelque chose de toi. »

River sourit en entendant ça. « Es-tu jaloux ? »

« Putain, non. Je veux juste tuer ce type pour t'avoir regardée. »

Son sourire s'élargit et elle arque un sourcil, quelques mèches de cheveux argentés effleurant ses joues alors qu'elle me regarde. « Je ne sais pas, Pax, ça ressemble à de la jalousie. On dirait que tu penses que personne d'autre que toi ne devrait me regarder. »

« Ce n'est pas comme ça », je grogne en me défendant. « Gale, Preacher et Ash peuvent te regarder aussi. »

Elle rit en secouant la tête. « Donc ça ne te dérangera pas si je porte quelque chose de joli et d'un peu décolleté la prochaine fois que je verrai Carter ? Ça ne te dérangera pas du tout. »

Je grogne à cette idée : River, là, dans quelque chose de léger et Carter la regardant comme s'il en avait le droit. Ça m'énerve rien que d'y penser et je plisse les yeux en regardant River.

« N'y pense même pas. »

« Pourquoi pas ? » dit-elle en me taquinant. « Tu n'es pas jaloux, hein ? C'est quoi le problème alors ? »

« Le problème est qu'il n'a pas le droit de te regarder. Il ne le mérite pas. »

« Et c'est à toi de décider, n'est-ce pas ? »

Elle n'a pas l'air de s'énerver parce que je suis possessif. En fait, elle a l'air amusée, comme si elle m'encourageait. Même en sachant ça, je sens que je m'énerve. La colère et la chaleur me traversent, et je veux trouver n'importe qui qui penserait même à regarder River trop longtemps et le frapper. En même temps, j'ai envie de plaquer River à terre et de lui rappeler à qui elle appartient.

Je l'ai gravé dans son dos pour une raison. Elle nous appartient.

« Peut-être que oui », dis-je, répondant à sa question. « Peut-être que je devrais. »

« Peut-être », répond-elle. « Mais ça ressemble à de la jalousie selon moi. »

Je grogne et River se redresse. Je fais un geste pour l'attraper, pour l'empêcher de s'enfuir, mais elle se contente de sourire et bouge pour que sa tête soit juste à côté de mon entrejambe.

La chaleur monte encore plus haut, bloquant toute la colère qui restait. Comment pourrais-je être en colère quand j'ai un spectacle pareil ? River à genoux entre mes jambes, sa main se déplaçant vers mon entrejambe pour défaire ma braguette et sortir ma bite.

Elle est déjà à moitié dure, rien qu'à son contact, et elle la caresse lentement, m'excitant encore plus. Je soulève mes hanches, cherchant à obtenir plus de cette friction, et elle sourit, plongeant sa tête vers le bas pour faire tourner sa langue autour de la tête de ma bite.

« Putain », je gémis, la tête retombant contre le canapé. « Putain de merde. »

Elle rit et ouvre sa bouche autour de moi, descendant de plus en plus bas jusqu'à ce que la tête de ma bite atteigne le fond de sa gorge.

C'est un putain d'effort de garder mes hanches immobiles pour ne pas l'étouffer et elle se retire lentement, me laissant tout ressentir tandis qu'elle frotte sa langue sur le dessous de ma bite. Elle joue avec mon piercing avec sa langue et je frissonne en gémissant son nom.

« Ta bouche est si bonne, putain », lui dis-je, ma voix profonde de désir.

River sourit autour de ma bite et se retire complètement, crachant sur la tête de ma bite pour qu'elle avoir quelque chose à utiliser comme lubrifiant quand elle recommence à me caresser.

La voir faire quelque chose de dégoûtant comme ça ne fait qu'attiser la chaleur en moi, me faisant frissonner, tellement j'ai envie d'elle.

Ce sourire irrésistible est toujours sur son visage et elle croise mon regard tout en bougeant sa main, donnant à son poignet une petite torsion pour faire bonne mesure.

« J'aime à quel point tu es possessif », murmure-t-elle et je peux voir la vérité de cette déclaration se refléter dans ses yeux sombres. « J'aime à quel point tu me désires. Comment tu ne peux pas en avoir assez. »

Elle ponctue cela en serrant un peu ma bite. Je gémis pour elle, et mes hanches se balancent.

Elle baisse la tête et me reprend dans sa bouche, faisant des mouvements de haut en bas, me suçant vite et fort. C'est une sensation incroyable et je ne peux pas rester en place. Chaque fois qu'elle descend, je la rejoins à mi-chemin, frappant parfois le fond de sa gorge.

Mais elle me prend comme une véritable championne.

Elle avale juste autour de moi et recommence à me sucer.

« Putain », halète-t-elle quand elle lève la tête pour reprendre son souffle. « Ta bite est tellement sexy. J'aime ce piercing. J'aime ce que ça me fait ressentir. »

Elle glisse sa langue autour et la chaleur remonte le long de ma colonne vertébrale.

Il est impossible de détourner le regard d'elle. Impossible de penser à autre chose qu'à la chaleur de sa bouche et à la façon dont sa main agrippe ma queue. La façon dont elle m'excite pendant qu'elle parle.

« Tu m'appartiens », gémit-elle. « Tu m'appartiens, putain, et je veux te marquer comme tu m'as marquée. »

« Oui », je gémis. « Fais-le. Marque-moi. »

Je lui donnerais tout ce qu'elle veut à ce stade. Si elle voulait me couper, me mordre ou faire quoi que ce soit, je serais prêt à le faire. Je veux être à elle et je veux que tous les connards le sachent.

River penche sa tête, me prenant à nouveau dans sa bouche. Elle détend sa gorge et la tête de ma bite s'y glisse. Je dois serrer les dents pour éviter de jouir à ce moment précis tellement c'est bon.

Quand elle lève à nouveau la tête, ses yeux sont noirs de désir possessif.

« Tu *m'appartiens* », murmure-t-elle encore, et ses yeux brillent de quelque chose de féroce. « Tout comme je suis à toi. Tout à toi. »

Cela me dépasse et quand elle redescend, j'attrape sa tête, la maintenant en place. J'abandonne l'idée d'être doux et de ne pas la blesser. Elle peut le supporter. Je sais qu'elle peut le faire et je ne peux pas me retenir.

Mes hanches remontent et je la baise, enfonçant ma bite dans sa gorge, la frottant contre sa langue pendant qu'elle la prend.

Et comme avant, elle la prend comme une championne. Elle gémit autour de moi, de la bave et de mon liquide s'échappant de sa bouche. De la salive relie sa bouche à ma bite chaque fois que je me retire suffisamment pour la laisser respirer, puis je l'enfonce à nouveau.

Elle prend son pied que ça soit brutal et dur, tout comme moi, et le fait de savoir cela me fait chaud au cœur.

Quand je jouis, c'est en grognant son nom, en forçant ma bite dans sa gorge pour que je puisse jouir par giclées.

Elle avale tout et quand je me retire, ses lèvres sont rouges et gonflées tandis qu'elle halète un peu.

« Viens ici. »

Je l'attire sur mes genoux et l'embrasse profondément, me goûtant sur sa langue avant de me retirer pour la regarder à nouveau, incapable d'en avoir assez.

Elle est tellement sexy comme ça.

Toute rouge, satisfaite et *à moi*.

26

RIVER

Le lendemain, je passe mon coup de fil à Mitch Carter.

J'ai encore sa carte, celle qu'il a utilisée pour essayer de me soutirer des informations lors de sa dernière visite à la maison, et je l'ai gardée, juste au cas où nous pourrions l'utiliser un jour. Travailler avec les agents fédéraux c'est dangereux, surtout dans un jeu comme celui-ci, mais punir Julian vaut bien cette prise de risque.

Carter a peut-être déjà des soupçons sur les gars, mais ce n'est rien qu'il puisse prouver. Donc ça vaut le coup de prendre le risque, même si je n'ai pas du tout envie de lui parler.

Je me tiens dans le salon et entre son numéro dans mon portable, retenant un peu mon souffle lorsqu'il se met à sonner.

Il répond à la troisième sonnerie avec un air professionnel et détaché. « Carter. »

« Bonjour, Agent Carter », dis-je en gardant ma voix

neutre. « C'est River Simone. Nous nous sommes rencontrés quelques fois. »

Je sais déjà qu'il est impossible qu'il ne se souvienne pas de moi, mais je dois faire comme s'il y avait une possibilité que ce ne soit pas le cas. Comme si je pensais *qu'il* me trouvait si inintéressante qu'il ne pensait plus à moi dès qu'il est sorti de la maison la dernière fois.

« Oui, bien sûr », dit-il immédiatement et son ton change complètement. Il a l'air surpris d'avoir de mes nouvelles, mais aussi très content, comme s'il ne pensait pas que j'appellerais, mais qu'il le voulait. Je n'aime pas vraiment ça. « Comment allez-vous, Mlle Simone ? »

« Je vais bien. Vous m'avez dit de vous appeler si j'avais des informations, donc... »

Je lui laisse le soin de remplir les blancs.

Il le fait, mais bien sûr il remplit les mauvais blancs en faisant des suppositions. « Vous l'avez fait. Et je suis heureux que vous ayez enfin compris que vous pouvez venir me demander de l'aide. Je comprends que vous ayez pu avoir peur, puisque vous vivez avec ces quatre hommes, mais si vous me dites tout ce que vous savez, je peux vous protéger. Vous serez en sécurité et s'ils tentent quoi que ce soit, ça ne fera qu'empirer les choses pour eux. »

Je roule les yeux et ça me tape un peu sur les nerfs. Il est tellement excité à l'idée que je puisse dénoncer les Rois, les balancer comme s'ils avaient fait quelque chose de mal. Ils ont fait beaucoup de conneries, mais comparé à Julian et aux autres ordures de cette putain de ville, ce sont pratiquement des saints.

Ou du moins, c'est mon genre de monstres.

« Non, non, vous ne comprenez pas », lui dis-je. « J'ai des informations, mais pas sur les hommes avec qui je vis. C'est à propos de quelqu'un d'autre. »

« Ah », dit-il et il y a un soupçon de déception. « Eh bien, je suis heureux d'entendre ce que vous avez découvert. Dites-moi. » Il y a un bruissement dans le fond. Il ouvre probablement ce satané carnet pour pouvoir écrire ce que je dis.

« Pas au téléphone », dis-je. « Je préfère vous en parler en personne. »

« Bien sûr », répond-il immédiatement. « Nous pouvons nous rencontrer. J'ai du temps cet après-midi. Quelle heure vous convient ? »

« C'est bien aujourd'hui. Rencontrons-nous à trois heures.

« Excellent. »

Il me donne un endroit que je reconnais comme étant un parc public.

Je comprends pourquoi il l'a choisi. Nous serons en public, mais il y aura plein de petits endroits dans le parc pour avoir une réunion privée. Je me demande combien d'informateurs il a rencontré là-bas et combien d'entre eux ont été poussés à donner des informations.

Mais dans cette situation, j'ai le dessus, alors j'accepte et je mets fin à l'appel.

Les gars sont tous dans le salon avec moi et je lève les yeux vers eux. Gale et Preacher ont l'air attentifs, comme s'ils écoutaient ma version de la conversation pour essayer de voir s'il y avait des informations à recueillir. Mais c'est juste leur façon d'être.

Ash est allongé sur le canapé, faisant tourner et retourner un stylo entre ses doigts, et Pax a les bras croisés, appuyé contre le mur. C'est clair que même après hier, il n'est pas ravi de ma rencontre avec Carter.

Mais ce n'est pas comme si on avait le choix, si on veut que ça marche.

« Donc nous sommes prêts, n'est-ce pas ? » je leur demande. « Nous avons tout ce que vous voulez que je donne à Carter ? »

Gale acquiesce. « Nous sommes prêts. Ce que nous voulons lui dire devrait suffire à l'intéresser. »

« Alors je suppose que je devrais me préparer à le rencontrer. »

« Tu ne vas pas y aller seule », dit immédiatement Preacher.

« J'allais justement dire ça », ajoute Pax. « Je n'ai pas confiance en cet enfoiré. »

Je lui lance un regard parce que nous savons tous les deux pourquoi il ne fait pas confiance à Carter, mais je ne vais pas en discuter. « Je ne lui ai pas dit que j'amenais quelqu'un », je leur rappelle.

« Et tu n'as pas à le faire », dit Gale. « Tu le rencontreras seule, mais nous serons là en renfort. On gardera nos distances, mais on sera là si tu as besoin de nous. »

J'acquiesce parce que ça ne me dérange pas. Je sais que ce n'est pas parce qu'ils ne me font pas confiance, mais parce qu'à ce stade du jeu, les choses sont sur le point d'éclater. Les seules personnes en qui nous pouvons vraiment avoir confiance se tiennent dans cette pièce. Ils assurent juste mes arrières, comme je le ferais pour eux s'ils devaient faire quelque chose comme ça.

Gale me sourit et le fait que ça s'arrête là montre à quel point nous avons progressé ensemble. Il fut un temps où j'aurais argumenté et dit à Gale d'aller se faire foutre s'il pensait que je ne pouvais pas le faire. Mais maintenant sachant qu'il est là, qu'ils sont tous là, je me sens plus confiante.

Carter et moi avons planifié de nous rencontrer dans un parc local. À cette heure de la journée, il n'y a pas beaucoup de monde, donc nous sommes pratiquement seuls sur le petit banc où nous avons choisi de nous retrouver, mais il n'est pas suspect que des gens soient assis là ou se promènent à proximité.

Carter est déjà là quand j'arrive, penché en arrière avec ses lunettes de soleil et un bras le long du dossier du banc. Rien en lui n'évoque un agent du FBI, mais je vois immédiatement qu'il ne se fond pas dans la masse.

Il lève les yeux, me voit et sourit en remontant ses lunettes de soleil sur sa tête. Je m'assois à côté de lui et il me regarde, l'air impatient.

« L'information que j'ai concerne Julian Maduro », lui dis-je.

« Je vois. »

« Vous le connaissez ? »

« Je le connais, bien sûr. Il a été impliqué dans certaines des choses qui se passent dans la ville ces derniers temps. Il était à l'église. »

Je hoche la tête. « Eh bien, il n'est pas ce qu'il semble être. »

« Peu de gens le sont. » Il me lance un long regard que je choisis d'ignorer.

Je commence à exposer certaines des informations que nous avons sur les affaires de Julian. Un peu d'information sur les endroits où chercher l'argent que Julian a caché dans des comptes offshore, le fait que certains de ses *associés* sont impliqués dans des affaires louches. Je ne lui en donne pas trop et je ne révèle pas certaines informations que les gars et moi connaissons. Juste assez pour qu'il considère mon tuyau comme valable et qu'il veuille investiguer.

Je vois bien que ça fonctionne, car Carter semble très intéressé. Il écrit ce que je lui ai dit, posant des questions pour clarifier tout ce dont il a besoin.

Sur certains sujets, je mens en disant que je ne sais pas, et sur d'autres, je lui donne un peu plus d'informations pour que ce soit intéressant.

Quand il a tout noté, il lève ses yeux perçants vers moi. C'est comme s'il essayait de voir à travers moi jusqu'au fond du problème et c'est une bonne chose que je sache comment jouer ce jeu parce que mon expression ne change pas.

« Quel est ton jeu, River ? » me demande-t-il. « Pourquoi me dis-tu tout ça ? »

C'est une bonne question, en fait. Personne ne donne d'informations gratuitement dans cette ville. Mais je ne vais pas lui dire. Ce ne sont pas ses affaires. Il n'est qu'un maillon de cette chaîne. Une autre pièce du plan qui fera tomber Julian une bonne fois pour toutes. De plus, je ne lui fais pas confiance.

Alors je secoue la tête, ne révélant rien. « Vous ne comprendriez pas. »

« Vous pourriez être surprise de ce que je pourrais comprendre », dit-il et sa voix est un peu plus douce. Je ne peux pas dire si c'est sincère ou s'il joue la comédie, mais au final, ça n'a pas vraiment d'importance.

« C'est tout ce que j'ai pour vous », lui dis-je.

Son regard perspicace est toujours sur moi et j'ai l'impression que quelque chose m'échappe. Je lui cache des choses, mais j'ai aussi l'impression qu'il me cache des choses.

Mon estomac se serre un peu tandis que je deviens anxieuse. Une chose que les gars et moi n'avons pas prise en compte, c'est la possibilité que Mitch Carter soit déjà dans la poche de Julian. On ne sait pas jusqu'où s'étend son influence dans la ville, et même si on n'a pas trouvé de preuve qu'il a les fédéraux de son côté, c'est le genre de chose qu'une personne garderait caché pour un effet maximum.

S'il a Carter de son côté, alors tout ça pourrait exploser avant que nous ayons une chance de mener à bien notre jeu final.

« C'est tout », lui dis-je encore pour lui faire comprendre que la rencontre est terminée.

« Eh bien, merci pour votre temps », dit-il. « Et pour l'information. Je m'assurerai qu'elle soit transmise aux bonnes personnes. » Il me tend la main pour que je la serre et je la prends, lui donnant une poignée de main ferme avant de me lever du banc et de m'éloigner.

Je peux sentir les yeux de Carter sur moi pendant que je m'éloigne.

Cette vague d'anxiété ne s'estompe pas, et tout ce que je veux en cet instant, c'est que les dernières étapes de ce plan soient terminées et que tout soit fini. Il y a de nombreux paramètres incertains dans ce plan, ce qui signifie qu'il y a plus de risques que je ne le voudrais que ça tourne mal. Au final, ça en vaudra la peine. Je ne dois pas l'oublier.

Pour Anna.

Pour tous les innocents qui souffrent à cause d'hommes puissants qui veulent obtenir plus de pouvoir.

Cela en vaut la peine.

27

PREACHER

Des doigts doux descendent le long de mon bras, puis des lèvres douces se pressent contre les miennes et me donnent un léger baiser. Je le sens même si je suis endormi et je me réveille en sursaut, passant immédiatement du sommeil au réveil.

Il est tard et il fait sombre dans ma chambre, mais le visage de River apparaît quand je cligne des yeux pour mieux voir.

« Désolé de t'avoir réveillé », murmure-t-elle doucement. « Mais nous sommes prêts à partir. »

J'acquiesce et me passe les doigts dans les cheveux avant de prendre son menton dans ma main et de l'entraîner dans un autre baiser. Celui-ci est plus profond, il ne s'agit pas d'un simple effleurement des lèvres, et j'enfonce ma langue dans sa bouche pour savourer son goût.

Elle fond et j'aime cette sensation. Le goût du petit soupir qu'elle expire contre mes lèvres.

Je lutte encore parfois contre mes démons, mais je profite de plus en plus de ces moments. Je la touche quand je veux, je l'attrape et je l'embrasse juste parce que je peux. Et parce qu'elle le veut aussi.

Ça fait longtemps que je n'ai pas été aussi perdu dans mes pensées. Depuis que j'ai cédé à quelque chose qui me fait du bien juste parce que je le veux. Ce truc entre nous ne cesse de grandir et y céder me donne l'impression de devenir une meilleure version de moi-même.

Alors je l'embrasse fort, essayant de dire avec mes lèvres et ma langue des choses pour lesquelles je n'ai pas encore de mots. River m'embrasse en retour avec la même passion, donc peut-être qu'elle comprend ce que j'essaie de lui dire.

Nous nous séparons après un moment et nous nous levons, rejoignant les autres alors qu'on se prépare à partir.

Nous enfilons nos vêtements tactiques noirs comme nous l'avons fait auparavant en glissant des masques noirs dans nos poches pour les mettre plus tard.

C'est une seconde nature pour les gars et moi de nous vérifier mutuellement, de nous assurer que nous sommes couverts et prêts, et River s'intègre facilement à ce rituel. Une fois que nous sommes tous équipés et prêts, nous nous dirigeons vers le ring de Julian.

C'est un endroit assez grand, un établissement bien connu à Détroit.

Avant de commencer à surveiller Julian, nous

connaissions déjà cet endroit et nous avons même assisté à quelques combats ici auparavant.

« C'est l'un de ces endroits que tu ne penserais jamais être louche avant de rencontrer le propriétaire », murmure Ash doucement en regardant autour de lui. « Eh bien. Pas si louche que ça en tout cas. Oui, les combats ne sont pas toujours honnêtes, mais tout le monde est au courant et beaucoup de gens viennent ici pour s'entraîner ou regarder les combats. C'est juste un truc qu'on fait quand on vit ici. »

« Oscar DeLeon a combattu Pascal Lewis ici », dit Pax. « C'était un combat d'enfer. On était au premier rang pour celui-là. C'était la folie. »

River penche sa tête sur le côté et regarde le bâtiment comme si elle le jaugeait. « Je connaissais la fille d'Oscar », dit-elle doucement. « Ou je l'ai rencontrée, du moins. »

Elle ne dit pas tout et il y a quelque chose de lointain dans sa voix, mais ce n'est pas le moment de s'y attarder. Nous sommes tous venus ici avec un travail à faire, après tout.

On sort de la voiture et on se déplace rapidement en mettant nos masques pour être couverts de noir de la tête aux pieds. Gale prend les devants et le reste d'entre nous se regroupe pour avancer ensemble vers le bâtiment.

Pax s'avance et utilise un outil pour briser une fenêtre. Il enlève suffisamment de verre pour pouvoir passer à travers et il se glisse dans le bâtiment avec grâce. Malgré sa taille il fait en sorte que ça passe puis il nous aide à entrer un par un.

On fait une pause une fois qu'on est à l'intérieur pour écouter.

C'est silencieux.

Jusqu'ici tout va bien, alors.

« Où est l'accélérateur de feu ? » murmure Gale.

J'ouvre le sac que je tiens et je distribue les bouteilles. Tout le monde en prend une et nous commençons à avancer dans le bâtiment en arrosant tout ce que nous pouvons voir.

Nous voulons nous assurer que tout est bien trempé pour que tout brûle rapidement et complètement.

L'odeur est forte et elle me brûle le nez, mais je ne laisse pas cela me ralentir. Je travaille rapidement, pulvérisant l'accélérateur en vagues arquées pour tout toucher.

Mon cœur bat un peu plus vite pendant que je travaille. Le feu me fait toujours penser à Jade et comment je l'ai perdue dans les flammes. Il y a toujours ce moment où j'ai l'impression de l'entendre crier au loin et où je ressens ce sentiment de peur paralysante de ne pas pouvoir la sauver.

Ça s'est estompé au fil des ans, mais une partie de moi se demande si j'arriverai un jour à le surmonter.

Mais ces flammes vont servir un but différent. C'est pour River, pour l'aider dans sa quête de vengeance, alors ça en vaut la peine.

« Assure-toi d'en mettre partout », dit Gale à Ash sur un ton sévère. « Ne te contente pas de l'asperger partout. »

« Décide-toi », répond Ash. « Soit tu veux que j'en

mette partout, soit tu ne veux pas. » Il fait gicler sa bouteille un peu plus agressivement, éclaboussant le mur.

« Tu sais ce que je veux dire », répond Gale, puis il continue. « Nous devons être minutieux. On ne peut pas faire passer ça pour un accident, mais on veut que tout brûle. »

Après les deux autres coups durs qu'il a subis, Julian ne croira jamais que l'incendie à son ring de boxe soit le fruit du hasard. Même si on s'est donné beaucoup de mal pour le faire croire.

« La vitesse prime sur la discrétion », dit Pax, reprenant quelque chose que River a dit quand on a conçu ce plan.

« On dirait le nom d'un film porno », murmure Ash et Pax s'esclaffe.

Gale roule juste les yeux. « Je suis content que vous preniez tout ça au sérieux », grommelle-t-il.

« Ça sera fait », dit River. « D'une manière ou d'une autre. Il va tout perdre et on peut aussi bien s'amuser en le faisant, non ? »

Elle a raison et si quelqu'un mérite de s'amuser en détruisant Julian Maduro, c'est bien River.

On vide les bouteilles et Gale recule. Il jette un coup d'œil à Pax qui acquiesce. Nous avons fait tout ce que nous pouvions ici. Le ring sent les produits chimiques et il ne manque plus que le feu.

Pax brandit une boîte d'allumettes avec un sourire sauvage sur le visage.

« Qui veut faire les honneurs ? » demande-t-il.

« Je vais le faire. » Les mots sortent de ma bouche

avant même que je prenne vraiment le temps de les considérer et je me surprends à les prononcer.

Le groupe se tourne vers moi et Pax me lance la boîte. Je tire une allumette de la boîte, la tenant entre mes doigts pendant une seconde. Puis je la frotte et une flamme jaillit. Je sens l'odeur de la cendre et de la fumée, mais je garde la tête froide et je jette l'allumette sur une petite flaque d'accélérant sur le sol.

Ça s'enflamme immédiatement, et les flammes se déclenchent et se propagent, suivant les traces de liquide sur le sol jusqu'aux murs.

« Putain », souffle Pax. « Ok, il est temps d'y aller. »

On se dépêche de sortir de là. Notre voiture est garée un peu plus loin sur la route et nous attendons juste assez longtemps pour nous assurer que tout le bâtiment va brûler. Et c'est assez clair que c'est le cas. Les flammes grimpent déjà, jaillissant des fenêtres et le long des murs du bâtiment.

C'est tout ce que nous avons besoin de voir et nous montons dans la voiture et partons.

On retourne rapidement à la maison et nous enlevons nos masques et une partie de notre équipement en entrant. River hésite une fois que son visage n'est plus recouvert et on dirait qu'elle veut dire quelque chose.

Il est évident que nous sommes tous en phase avec elle, car nous le remarquons tous et nous nous tournons pour la regarder.

Elle se mord la lèvre, puis son expression devient plus tendre.

« Merci », dit-elle doucement. « Pour m'avoir aidée

avec ça. Pour avoir mis vos affaires de côté pour m'aider à affronter Julian. » Elle prend une profonde inspiration et la laisse sortir lentement. « Ça m'effrayait avant, de voir à quel point vous étiez prêts à faire ça pour moi. Mais je n'ai plus peur. Ça me fait juste me sentir… »

River s'interrompt, comme si elle ne savait pas comment s'exprimer. Elle secoue la tête et nous regarde à nouveau en jetant un coup d'œil autour d'elle.

« Merci », répète-t-elle. « Pour ça et pour tout. »

Je m'avance vers elle et je prends son visage dans mes mains. J'admire ces yeux bleu foncé et ses cheveux argentés. Son expression douce que nous n'avons pas l'habitude de voir, car elle est toujours si déterminée. C'est nouveau et je commence à l'apprécier à chaque fois que je la vois.

J'incline ma tête et l'embrasse, me perdant un peu dans ce baiser. River me le rend aussi bien.

Quand on se sépare, ses lèvres sont rouges et ses yeux brillants.

« Il n'y a rien que nous ne ferions pas pour toi », lui dis-je, ma voix douce mais insistante. « Je le pense vraiment. »

Et je sais que les autres sont d'accord avec moi.

Je ne détourne pas le regard et je n'essaie pas de cacher ce que je ressens. Je peux voir quand River lit la vérité dans mes yeux. Quelque chose de doux et d'un peu fragile se lit dans ses yeux. Je devine qu'elle n'a pas eu beaucoup de personnes dans sa vie qui ont juré de prendre soin d'elle et de défendre ses causes.

Ce n'est pas sa première quête de vengeance, mais

c'est probablement la première où elle n'est pas seule. Où elle sait qu'elle est soutenue et protégée par des gens qui s'en soucient autant qu'elle.

Elle peut voir que je comprends ça et cette émotion grandit entre nous. River me regarde et j'espère qu'elle peut lire toutes les promesses dans mes yeux.

Bien sûr, Pax doit alors briser la tension en applaudissant bruyamment et en souriant. « On doit porter un toast ! »

28

RIVER

Le moment émotif avec Preacher se brise et nous nous dirigeons tous vers la cuisine où Pax a pris le relais pour verser les boissons. Mon cœur bat encore un peu plus vite que d'habitude, à cause de tout ce que j'ai vu dans les yeux de Preacher. C'est difficile de croire qu'il semblait être le plus froid de tous les hommes. Maintenant que j'ai vu le feu en lui, je ne peux m'empêcher d'être attirée par cette flamme comme un papillon de nuit.

Le fait de pouvoir le découvrir en tant que personne, de comprendre sa douleur et sa souffrance et de savoir qu'il comprend la mienne aussi, a tout changé entre nous. Je veux voir de plus en plus qui il est à l'intérieur. Je n'en ai jamais assez.

Pax commence à faire glisser les verres à shot vers nous et je prends le mien, faisant tourbillonner le liquide sombre. Il lève son verre pour porter un toast, souriant à la fois joyeusement et sauvagement à ce que nous venons de faire.

« J'espère qu'on mettra un jour ce putain de Julian Maduro dans un sac mortuaire », dit-il en grognant presque.

On boit tous à ça en avalant nos verres. Le whisky brûle en descendant et je me lèche les lèvres. À l'intérieur de moi, je promets à Anna qu'un jour ce sera fini et qu'elle sera en paix.

Gale me regarde et attire mon attention.

« Quand tout cela sera terminé, j'ai pensé à des choses que tu pourrais faire dans notre entreprise », dit-il. « Ce n'est pas un secret que tu as plein de compétences et tu serais la personne parfaite pour certaines des choses dont nous avons besoin. »

Il parle comme si j'étais l'un d'entre eux. Comme si, quand ce serait fini, j'allais faire partie de leur vie quotidienne. Que je resterais dans leur petite famille.

« Ouais ? » je lui demande en m'appuyant sur le comptoir.

Il acquiesce. « Ouais. On n'a jamais vraiment pensé à élargir notre petite bande pour inclure quelqu'un d'autre, mais tu es dans le coup. Nous te connaissons. On te fait confiance. On t'a vue en action. »

J'aime l'idée. De me réveiller chaque jour en sachant que j'ai ma place quelque part. Avec des gens qui me connaissent et me voient. Je n'aurai pas à faire semblant de ne pas être dérangée. Tous les gars comprennent qui je suis et pourquoi je suis comme je suis, alors ce sera vraiment libérateur.

« Bien sûr », lui dis-je. « Je suis prête à tout. »

Il me fait un sourire en coin. « Je sais. »

« Je vote pour qu'elle devienne une danseuse de cage sexy », dit Ash en s'appuyant nonchalamment contre le comptoir. « On en a déjà quelques-unes de bien, mais River dans une de ces petites tenues ? » Il siffle et me fait un sourire.

« Ça veut dire que tous les autres qui débarquent pourraient la voir, Ash », fait remarquer Pax. « Ce ne serait pas notre danseuse uniquement. »

Ash hausse les épaules. « Bien sûr, mais pense à ça. Elle est là, à danser pour tout le monde, et pendant tout ce temps, nous savons qu'elle rentrera avec nous à la fin de la soirée. Tout le monde la veut, mais on est les seuls à pouvoir l'avoir. Ça ne t'excite pas un peu ? » Il se frotte le menton. « Mais maintenant que tu le dis... l'avoir comme notre propre danseuse semble vraiment très bien. On pourrait faire installer une de ces cages dans le bureau. »

« Dans tes putains de rêves », je rétorque. « En plus, tu ne m'as jamais vu danser. Je pourrais être nulle. »

« La danse n'a pas vraiment d'importance. »

« Oh, donc tu veux juste me mettre dans une cage ? »

« Tu as tout compris, tueuse. » Ash me fait un clin d'œil et je roule les yeux.

Gale secoue la tête, s'immisçant dans la conversation. « Ce n'est pas vraiment ce que j'avais en tête. Je pensais que tu pourrais aider à autre chose qu'à distraire Ash de son travail. C'est déjà assez facile à faire. »

« Pardon ! » Ash lui lance un regard offensé. « Je fais mon travail. »

« Parfois. »

« Ouais, maintenant tu le fais », lance Pax. « Parce

que le seul cul que tu veux t'attend à la maison et que tu n'essaies plus de baiser toutes les danseuses. »

Ash fait la moue, bien qu'un sourire soit toujours présent sur ses lèvres.

C'est celui qui ressemble le plus à un top model et je sais qu'il a baisé beaucoup de femmes avant que j'entre dans sa vie, mais cela ne me dérange plus vraiment. Maintenant que je connais son passé, je comprends mieux pourquoi il est devenu la personne qu'il est aujourd'hui. Et il est tellement possessif, affamé et affectueux avec moi qu'il m'est impossible de douter de ses sentiments pour moi.

« Quoi qu'il en soit », interrompt Gale pour revenir au sujet. « Nous en parlerons une fois que tout sera terminé. S'il y a quelque chose qui t'intéresse particulièrement, River, on peut en discuter. Mais comme je l'ai dit, tu serais douée pour certaines choses. »

« Je veux dire, bien sûr », dis-je négligemment. « Je pourrais faire ça. Je pourrais probablement faire tout ce que vous faites. Ça ne doit pas être si difficile de diriger une boîte de nuit, non ? Je pourrais le faire les yeux fermés, je parie. »

« De grands mots », dit Preacher. « Et tu serais surprise. »

Il jette un coup d'œil à Gale qui rit un peu et dit : « Ça peut sembler facile, mais ça ne l'est pas du tout. Tu te souviens de l'erreur avec la vodka ? »

Ash gémit et se frotte une main sur le visage. « Tu ne vas jamais me laisser l'oublier, n'est-ce pas ? Je ne sais pas combien de fois je vais devoir dire qu'elle ne m'avait pas dit qu'elle était diluée. »

« Et tu n'as pas lu pour t'en assurer », fait remarquer Gale. « Probablement parce que tu étais trop occupé à flirter avec elle pour bien faire ton travail. »

Ça me fait rire. « Attends, que s'est-il passé ? »

« Ash, veux-tu lui dire ou je le fais ? » demande Gale.

« Va te faire foutre, tu le racontes toujours mal. »

« C'est parce que tu essaies toujours de paraître mieux quand tu le racontes. »

« Je vais la raconter », interrompt Preacher en souriant. « Vous prenez tous les deux des libertés et l'histoire est assez bonne en soi. Donc, c'est peut-être le cinquième week-end que le club est ouvert. Ash est chargé de s'assurer que nous sommes approvisionnés en alcool pour le bar. Tout s'est bien passé jusqu'à présent. Comme nous sommes encore nouveaux, il n'y a pas eu beaucoup d'affaires, mais il se trouve que le week-end qui arrive est celui du Memorial Day. Les gens vont vouloir se saouler et pour capitaliser sur le business, on décide d'offrir des boissons à moitié prix », explique-t-il en se tournant vers moi.

« Ok... » dis-je. « Alors qu'est-ce qui a mal tourné ? »

« Notre vendeur d'alcool était submergé de commandes parce que tous les autres clubs de la ville voulaient aussi avoir une tonne d'alcool. Alors on en a pris un autre. Un qui, pour une raison quelconque, vendait aussi de l'alcool dilué deux fois moins fort. Ash pensait avoir fait une super affaire et nous a commandé cinq caisses de vodka. »

« De la vodka diluée. »

Preacher acquiesce. « De la vodka diluée. Les clients étaient furieux. »

« Jusqu'à ce qu'ils aient bu d'autres verres et ensuite c'était bon », souligne Ash.

« Il y a presque eu une émeute. »

« Nous avons baissé le prix des cocktails dilués et les gens ont bu encore plus qu'ils ne l'auraient fait normalement. Nous avons fait le même chiffre que nous aurions fait normalement. »

Nous rions tous de l'indignation d'Ash qui soupire, mais ne semble pas si contrarié que ça.

« Ok », dit-il. « Mais qu'en est-il de la fois où Pax a merdé avec la contrebande ? »

« Écoutez », interrompt Pax. « Je ne savais pas ce que je faisais. J'ai fait ce que j'ai pu et ça s'est bien passé. »

Ils se lancent dans une histoire racontant que Pax était chargé de faire passer des armes dans le club pour le compte d'un autre gang et qu'il a fini par les envoyer au mauvais endroit.

« On les a récupérés avant que ça devienne n'importe quoi », dit Gale. « Mais on l'a échappé belle. »

« Que se serait-il passé si vous ne les aviez pas récupérés ? » je lui demande.

Il secoue la tête. « Nous nous serions retrouvés sur le territoire d'un gang à cran, avec un tas d'armes qui ne nous appartenaient pas. On aurait peut-être pu s'en sortir, mais probablement pas sans une bagarre. »

Pax fait craquer ses articulations et hausse les épaules comme si se battre avec un gang en colère était un jour comme les autres. « La bagarre, on aurait pu la gérer », dit-il. « C'est tout le reste qui aurait été un désastre. »

« Même si on gagnait le combat... » commence Preacher.

« Ce qui n'était pas garanti », ajoute Gale.

Preacher acquiesce. « Exact. Ils auraient su qui nous étions et ça aurait tout gâché. »

« Heureusement que ça s'est bien passé alors, je suppose. »

« C'est peu dire », répond Gale, mais il n'a pas l'air contrarié.

C'est intéressant d'entendre ces histoires sur ce qu'ils étaient au tout début de leur carrière. C'est évident qu'ils sont plus compétents aujourd'hui et qu'ils gèrent les deux volets de leur entreprise, mais à un moment donné ils étaient jeunes et devaient apprendre les ficelles du métier.

À en juger par les éclats de rire qu'ils suscitent, ces mésaventures se sont transformées en histoires drôles et cela fait plaisir à voir.

Pax verse plus d'alcool et on prend les shots. La deuxième tournée est encore plus facile à avaler que la première, et Gale raconte comment ils ont failli faire échouer la surveillance d'un club rival parce qu'un chien n'arrêtait pas d'aboyer après Preacher.

« Ce n'était pas ma faute », fait remarquer Preacher. « Les animaux ne m'aiment pas, c'est tout. »

« Sauf Harley », lui dis-je. « Harley agit comme si tu avais inventé le bacon juste pour lui ou quelque chose comme ça. »

« Ouais, ce chien ne pensait pas comme ça », dit Ash. « Il aboyait comme s'il voulait sauter par-dessus la benne à ordures derrière laquelle il était caché et essayer d'arracher la gorge de Preacher. L'élément le plus drôle c'est que le chien était probablement à peine plus gros qu'un ballon de football. »

« Il n'était pas si petit ! » insiste Preacher en avalant un autre shot quand Pax le verse.

« Il l'était ! » hurle Pax en faisant tourner le whisky dans la bouteille. « Il l'était vraiment. »

Je sens que l'alcool me rend pompette, que mon visage est un peu engourdi et que tout picote en moi. C'est une sensation agréable de boire pour le plaisir avec des gens que j'aime bien, au lieu d'essayer de noyer mon chagrin en buvant seule.

Je regarde autour de moi et mon cœur chavire. Je ne peux plus vraiment le nier. Je suis en train de craquer pour ces hommes. Je suis en train de tomber amoureuse d'eux, aussi terrifiant que cela puisse l'être. Même en sachant que j'avais des sentiments pour eux et que je voulais rester avec eux, j'ai évité de penser au mot avec un grand A. C'est trop gros. Une de ces choses que tu ne peux pas dire et retirer ensuite. Même y penser ressemble à un engagement et je n'ai aucune expérience.

Pendant longtemps, la seule chose que j'aimais était le souvenir de ma sœur. C'est tout ce qui m'a permis de continuer. Tout ce à quoi je pouvais me raccrocher. J'avais la photo d'Anna, la liste des noms au dos et les souvenirs d'elle qui me faisaient avancer, et j'essayais de compléter ma mission pour pouvoir enfin y mettre fin.

Mais les choses sont si différentes maintenant. Tellement mieux, aussi effrayant que cela soit de l'admettre. Au lieu de n'avoir presque rien, j'ai quatre hommes qui ont une place dans mon cœur.

Quand j'étais concentrée sur cette liste, je ne pensais jamais vraiment à l'avenir. Je n'en voyais pas l'utilité. À quoi bon penser à ce qui viendrait ensuite alors que je savais que je serais seule ?

Maintenant, j'ai l'impression que je peux vraiment voir un avenir.

Je peux voir les possibilités qui s'offrent à ces hommes et à moi, tant de choses que je n'avais même pas envisagées auparavant. Des soirées comme celle-ci, à boire et à plaisanter. À foutre le bordel ensemble. Baiser ensemble. En apprendre plus sur eux et les laisser en apprendre plus sur moi. Ne pas craindre que ce qu'ils découvrent les amène à me rejeter.

Je veux tout ça avec eux.

« Oh mon dieu », gémit Ash qui se passe une main sur le visage en riant. « J'avais oublié ça. Gale était toujours en contrôle et il a tout foutu en l'air. »

Ils rient tous et je me surprends à sourire doucement.

Peut-être que je peux avoir ce que je veux. Peut-être que ce futur peut vraiment être le nôtre.

Pour la première fois depuis longtemps, je m'autorise à faire quelque chose qui me semble plus dingue et dangereux que tout ce que j'ai pu faire jusqu'à présent.

Je me permets d'espérer.

29

RIVER

L'écorce de l'arbre est rugueuse et familière contre la paume de mes mains. Dès que je réalise où je suis, la douleur dans ma poitrine s'atténue un peu et je pousse un petit soupir de soulagement.

Cet arbre est devenu un endroit sûr. Détroit est une ville folle, pourrie et il se passe toujours quelque chose, mais dans cet arbre, on est au-dessus. Rien de tout ça ne peut nous atteindre.

Anna est devant moi, comme elle l'est toujours. Elle grimpe lentement, s'assurant que je sais où se trouve chaque prise. C'est presque comme si je commençais à mémoriser les mouvements parce que je n'ai pas besoin d'autant d'aide que d'habitude. Je la suis plus facilement en grimpant à travers les branches.

Nous atteignons enfin l'endroit où nous pouvons nous accrocher au tronc et regarder la ville. Nous restons silencieuses pendant quelques longues minutes, reprenant notre souffle et profitant de la vue.

Je ne sais pas si la Anna de mes rêves a besoin de respirer, mais j'observe sa poitrine qui se soulève et ses joues qui deviennent progressivement moins rouges.

Je brise enfin le silence. J'ai l'impression que ma bouche est sèche, mais je dois dire quelque chose.

« Tu me manques », lui dis-je. « Tu me manques tellement, putain. C'est pire cette fois-ci que la première fois. Je savais que j'avais merdé et que je ne t'avais pas protégée, mais maintenant je dois vivre avec le fait que tu es morte pour moi. C'est... c'est dur. «

Anna sourit doucement en me regardant. « Ça n'a jamais été ta faute, River. Pas avant et pas maintenant. Tu aurais fait la même chose pour moi sans y penser. On est comme ça. »

J'acquiesce parce qu'elle a raison. On est comme ça. C'est la promesse que nous nous sommes toujours faite.

« Je suis contente que tu ne sois pas seule, au moins », dit Anna. « Je suis contente que ce ne soit pas comme la première fois. »

« Moi aussi. » Je m'accroche un peu plus au tronc quand je sens une bourrasque. « Ils sont... bons. Pour moi. Ils ont leurs propres démons et ils peuvent être brutaux et sauvages. Je suis sûre que les gens avec des principes diraient que ce sont de mauvais hommes, mais ils sont bons pour moi. »

« C'est ce qui compte », répond Anna. « Tu ne t'es jamais souciée de ce que les autres pensent et les supposés principes sont stupides. »

Je ris un peu parce qu'elle a raison et c'est tellement le genre d'Anna de le souligner comme ça. « *Ils sont juste tout ce dont je ne savais pas que j'avais besoin.* »

« *Et il y a probablement des choses dont tu ne voulais pas admettre avoir besoin parce que tu pensais n'avoir besoin de rien.* »

C'est son genre aussi. Elle a toujours vu qui j'étais vraiment. Mais ce n'est pas effrayant. C'est peut-être parce que c'est un rêve et que c'est le seul endroit où je peux encore être avec ma sœur et où mes peurs peuvent être chassées. Quoi qu'il en soit, je me sens plus audacieuse que d'habitude et je respire profondément.

« *Je les aime* », *lui dis-je.*

C'est presque un soulagement de le dire et de savoir que ce n'est pas dangereux de le faire ici, loin de la réalité. Je regarde le visage d'Anna, essayant de deviner sa réaction, mais elle ne fait que sourire plus fort, semblant heureuse pour moi.

« *Je suis si heureuse, River* », *dit-elle.* « *Je m'inquiète pour toi, tu sais. Tu laisses toujours tes objectifs prendre le dessus et tu oublies que tu mérites d'être heureuse. Je veux que tu sois heureuse.* »

Ça me fait monter les larmes aux yeux. Anna a toujours eu cette façon d'aller droit au but. Elle a vu dans mon jeu mieux que quiconque auparavant, et même si elle est juste là, assez proche pour que je puisse l'atteindre et la toucher, je sais que ce n'est pas réel. Je sais que c'est un rêve, et que quand j'ouvrirai les yeux, elle sera partie.

C'est mieux que de la regarder mourir encore et encore, en sachant qu'il n'y a aucun moyen de l'arrêter, mais ça fait toujours mal. Ça me fait toujours mal au cœur et c'est toujours aussi douloureux.

« Je suis désolée », lui dis-je. « J'aurais aimé... putain. J'aurais aimé pouvoir te sauver. Tu n'as pas idée à quel point. J'aimerais que tu sois vraiment là. J'aimerais qu'on puisse retourner à cet arbre, y grimper et parler comme on le faisait quand on était enfants. J'ai juste... »

Je secoue la tête, trop bouleversée. Des larmes coulent sur mes joues et je ne retire pas mes mains de l'écorce de l'arbre pour les essuyer.

Le sourire d'Anna devient triste, mais il ne s'estompe pas. Elle me fait un signe de tête et tend la main pour toucher mon épaule. Je ne la sens pas vraiment. Il y a une vague chaleur, mais sa main n'a pas de poids. Il n'y a pas de prise quand ses doigts se serrent. C'est la preuve qu'elle n'est pas vraiment là.

« Je sais », dit-elle. « Mais comme tu n'as pas pu, j'ai besoin que tu fasses autre chose pour moi, d'accord ? »

Je hoche la tête malgré mes larmes en reniflant un peu. C'est une bonne chose que personne d'autre ne soit là pour voir ça.

« N'importe quoi », lui dis-je.

« Ce que tu peux faire pour moi à la place, c'est... de vivre. Vis, River. Vis et sois heureuse. Garde tes hommes et trouve des choses qui te font du bien. S'il te plaît. C'est tout ce que je veux pour toi. »

« Ok. Je vais essayer. »

C'est le mieux que je puisse lui promettre. Je n'ai jamais été douée pour être heureuse ou pour vivre sans avoir quelque chose à quoi aspirer, mais je pense que réaliser ce souhait pour ma sœur est quelque chose que je peux considérer comme un objectif : ne pas essayer de tuer des gens ou de me venger, juste essayer de vivre et d'être heureuse.

Anna sourit et son sourire est plus brillant que le soleil. Elle lève la main pour toucher mon visage, glissant ses doigts sur mes joues comme si elle voulait essuyer mes larmes. Elle ne peut pas faire ça, même dans ce rêve, mais c'est suffisant qu'elle y ait pensé.

« Je t'aime », je murmure en la regardant dans les yeux.

« Je t'aime aussi », dit-elle. « Pour toujours. »

Le rêve s'estompe et je me réveille dans mon lit, entre Ash et Gale. Ash est réveillé et me regarde curieusement tandis que je cligne des yeux et chasse le sommeil.

« Bon matin », murmure-t-il, la voix un peu rauque. Il se penche et m'embrasse, et je l'embrasse en retour. C'est réconfortant.

« Des mauvais rêves ? » demande-t-il en se retirant et en scrutant mon visage.

Je secoue la tête sur l'oreiller en fronçant les sourcils alors que j'essaie de trouver comment le décrire.

« Ce n'était pas mauvais », dis-je. « J'étais avec ma sœur, mais on ne faisait que... parler. Ça fait mal parce que... »

Ash hoche la tête et pousse les mèches de cheveux loin de mon visage. « Parce que ce n'était pas réel ? » propose-t-il.

Je hoche la tête en retour. « Ouais. Parce que je ne peux lui parler que dans mes rêves maintenant et ce n'est pas vraiment... réel. Ce n'est pas comme ça que je voudrais lui parler. Mais c'est un meilleur rêve que tous ceux que j'ai faits, tu sais ? Je n'ai pas eu à la regarder mourir encore et encore et Julian n'était pas là. J'ai fait de meilleurs rêves dernièrement, où nous parlons et où nous passons du temps dans notre arbre. »

« De quoi parlez-vous ? » demande Ash. Je ne peux pas dire s'il demande parce qu'il se soucie réellement de la réponse ou parce qu'il pense que c'est bien pour moi d'en parler, mais dans tous les cas, je lui réponds.

Je souris un peu, à moitié dans l'oreiller. « Eh bien, nous avons un peu parlé de vous. »

« Oh, vraiment ? » demande-t-il en arquant un sourcil. Il ne porte pas ses lunettes dans le lit, mais nous sommes assez proches pour que cela n'affecte pas la façon dont il me voit, je suppose. Il a l'air plus jeune sans elles, plus enjoué. « Tu lui as dit à quel point nous sommes géniaux ? Comment on te baise tous les soirs et comment on te borde dans ton lit comme des gentlemen ? »

« Ouais, Ash », dis-je en roulant les yeux. « J'ai tout dit à ma sœur sur nos relations sexuelles. C'est sûr. »

Il rit doucement en passant toujours ses doigts dans mes cheveux. « Je le savais. Qu'est-ce que tu lui as dit en fait ? »

« Je lui ai dit... » Je me souviens avoir dit à Anna que j'aimais tous ces hommes dans mon rêve. Je me souviens comme c'était facile de le dire là-bas, sachant que la seule personne qui pouvait m'entendre était ma sœur qui ne le dirait jamais à personne parce qu'elle ne peut pas.

L'idée de le dire à haute voix à la lumière du jour est

toujours aussi terrifiante. Je ne suis pas sûre de ce qui va se passer, mais mon cœur s'emballe rien que d'y penser. Les mots ne sortent pas, alors je prends une profonde inspiration et je change un peu de sujet.

« Je lui ai dit que j'essaierais d'être heureuse. »

Ash plisse des yeux. Il est tellement perspicace, surtout quand il s'agit de personnes qui ne disent pas toute la vérité. Puis il me fait un grand sourire et se penche plus près de moi. « On dirait que tu as un secret. »

« Non, je n'en ai pas. Tu crois juste voir des choses. Probablement parce que tu ne portes pas tes lunettes. »

Ash roule sur moi, me poussant sur le dos pour pouvoir s'installer entre mes jambes. Il se penche et m'embrasse en commençant par mon front. Puis il dépose un baiser sur mon nez, ce qui me fait grimacer. Mais ça disparaît quand il m'embrasse sur la bouche, doucement et lentement.

Je me cambre et l'embrasse en retour. C'est une bonne façon de se réveiller le matin.

Gale se réveille à côté de nous, baillant et plissant les yeux.

« Putain de merde, Ash. Peux-tu être plus bruyant ? Je pense qu'il y a des gens dans cette putain de rue qui dorment encore. »

Il est grincheux et bourru, mais je sais que ça ne le dérange pas tant que ça. C'est évident lorsqu'il se retourne et pose ses lèvres sur mon épaule nue, puis remonte jusqu'à mon cou.

Un petit soupir s'échappe de mes lèvres et je ne

prends même pas la peine d'essayer de le retenir. J'aime me réveiller comme ça.

Ash est dur contre moi et je sais qu'en me déplaçant un peu sur ma droite, je pourrais sentir que Gale est probablement dur aussi. Mais avant même de pouvoir envisager de le faire, la porte s'ouvre et Pax entre.

« Enculé », gémit Ash en relevant la tête et en regardant Pax. « Vraiment ? Tu débarques ici à la première heure du matin ? On est occupés. »

« Oh, va te faire foutre », répond Pax en roulant des yeux. « C'est toi qui interromps tout dans cette maison. Tu es toujours en train d'interrompre tout et tu t'en fous. Ne te plains pas quand je fais la même chose. »

Ash a l'air offensé. « J'interromps quand il le faut », fait-il remarquer. « Pas juste pour le plaisir. »

« Vraiment. C'est pour ça que tu es toujours en train de glousser comme un petit diablotin. Parce que tu ne veux pas le faire et que tu n'aimes pas ça. »

« Va te faire foutre, Pax. »

« La vérité fait mal, Ash. »

Gale soupire et intervient avant qu'ils ne puissent en rajouter.

« Pax », dit-il, utilisant sa voix sévère pour couper court à la discussion. « Qu'est-ce qui se passe ? »

Le grand tatoué cligne des yeux, puis se ressaisit. « Oh, c'est vrai. Donc on vient de recevoir des informations d'un des informateurs sur Julian. Apparemment, il est en train de flipper. Il est au courant pour sa salle de sport, et si on ajoute à ça la drogue qu'il a perdue, il est bel et bien foutu. Encore mieux, il le sait. »

Je fronce les sourcils. Je veux que Julian soit furieux et je veux qu'il regarde tout s'écrouler autour de lui, mais je ne veux pas que cela ruine le plan.

« Vous pensez qu'il va quand même venir à la soirée ce soir ? » je demande aux gars. « Avec son entreprise qui s'écroule et tout ? »

« Il le fera », dit Gale. « Il n'a pas le choix à ce stade. Ces gens sont son ticket pour le niveau supérieur qu'il veut si désespérément atteindre, alors il ne peut pas rater cette opportunité. »

Il a l'air convaincu, alors j'acquiesce et je laisse tomber cette petite inquiétude. C'est logique, surtout si tout ce que Julian a s'effondre. Il voudra s'accrocher aux choses qu'il lui reste et essayer de se démener pour avoir plus de pouvoir. Les hommes comme lui le font toujours.

La soirée est ce soir et il y a beaucoup à faire pour se préparer, alors on se lève tous et on s'y met. Il ne s'agit pas seulement de s'habiller pour aller à ce truc, nous avons aussi beaucoup de projets.

Gale appelle leur ami hacker pour s'assurer que tout est prêt. Il parle sur son ton autoritaire, donnant des ordres et s'attendant à ce qu'ils soient exécutés, et il est dans son élément.

Pax vérifie nos armes et tout ça. C'est son domaine d'expertise et il a toujours l'air vraiment joyeux quand il peut jouer avec des choses dangereuses.

Preacher s'occupe de l'aspect technique. Pax a les images de Julian baisant Nathalie et nous devons être sûrs qu'elles seront diffusées au bon moment et de la bonne manière.

Ash et moi nous nous retrouvons dans la cuisine. Il fait du café et on passe en revue le plan concernant notre rôle dans tout ça.

« Je te donnerai le signal quand il sera temps de prendre le portable de Julian », lui dis-je en sortant le lait et le sucre.

« Tu peux faire un bon signal ? » demande-t-il. « Peut-être comme me souffler un baiser ou quelque chose du genre ? »

Je grogne et je secoue la tête. « Ça va certainement te distraire du travail à faire. »

« Non, c'est faux. Ça va juste me motiver encore plus parce que je voudrai que ce soit bien fait pour avoir un vrai baiser après. »

Ça me fait rire et je tends ma tasse pour qu'il me verse du café. « Si on y arrive, je t'embrasserai pour de vrai. Tu n'as pas à t'inquiéter pour ça. »

Ash sourit, satisfait. « Parfait. Je te ferai signe quand j'aurai fini avec le portable. »

La journée passe vite avec tant de choses à faire. Comme d'habitude, nous nous activons comme une machine bien huilée, et je suis toujours aussi surprise de la facilité avec laquelle je m'intègre dans l'équipe. Ce n'était pas si facile au début, quand j'étais déterminée à travailler seule et que la moitié des gars ne voulaient rien savoir de moi. Maintenant, il est évident que je fais partie de leur groupe et nous travaillons dur pour tout faire avant de commencer à nous préparer.

Quand les gars ont obtenu l'invitation à cette soirée, ils m'ont dit qu'ils s'occuperaient de trouver des tenues pour tout le monde, et j'entre dans le salon où je les trouve avec un sac de vêtements sur le canapé.

Preacher le brandit quand j'entre, et Gale et Ash le dézippent, révélant une superbe robe de soirée noire.

« C'est magnifique », je leur dis, le souffle coupé.

Ils ont tous l'air heureux que je l'aime et je m'approche pour mieux la voir.

Elle est faite d'une matière chatoyante qui se drapera aux bons endroits et sera serrée aux autres. Le corsage est serré et le haut est assez décolleté pour montrer juste ce qu'il faut. Assez pour être considéré comme classe pour une soirée classe. Il y a une fente sur un côté, juste assez haute pour être sexy, mais laissant assez de tissu pour cacher une arme sur ma cuisse si j'en ai besoin.

Ils ont pensé à tout.

« Ce n'est pas tout », dit Pax. Il s'avance avec une boîte à chaussures et enlève le couvercle pour me montrer une paire de talons noirs. Hauts et pointus, comme je les aime.

Je tends la main et les touche, glissant mes doigts sur le bout pointu, et Pax sourit.

« Je me souviens que tu regardais les chaussures comme si tu voulais les baiser au magasin ce jour-là, alors j'ai compris que c'était ta faiblesse. »

J'aime qu'il y ait prêté attention et qu'il s'en souvienne. « Tu as raison. C'est ma faiblesse. »

Il me tend la boîte et me fait un clin d'œil.

J'emporte tout ça en haut pour m'habiller et les gars vont se préparer aussi.

Je soigne mon apparence pour ce truc. Être belle fait

partie du plan et je veux être à mon avantage quand on ruinera encore plus la vie de Julian. C'est comme lui lancer un autre « va te faire foutre » en pleine figure. Je boucle mes cheveux et les épingle d'un côté, laissant le reste tomber en vagues argentées sur mon épaule. Je ne peux pas faire un maquillage avec un crâne, comme je l'ai fait quand j'ai tué Ivan, mais je veux quand même marquer l'occasion d'une certaine façon.

Je mets donc de délicates boucles d'oreilles en argent avec des têtes de mort et je peins mes ongles avec un rouge frôlant le noir. Ça semble approprié.

La robe s'enfile comme un rêve, épousant mes courbes et montrant juste assez de peau. Quand je regarde mon reflet dans le miroir, je ne me reconnais presque pas, mais l'ensemble me va comme un gant. Les chaussures que Pax m'a achetées complètent le look et j'adore ça.

On frappe à la porte et je me retourne pour voir Pax qui passe la tête.

« Oh, merde. Tu es habillée », dit-il. « Je n'arrive pas à décider si c'est une bonne ou une mauvaise chose. »

« Qu'est-ce que ça veut dire ? » Je lui demande.

« Je voulais te voir nue », dit-il en entrant. « Mais comme ça c'est bien. Tu es vraiment incroyable. »

Il a des armes et d'autres équipements dans les mains, et il s'approche pour m'aider à les attacher sous ma robe. Ses mains s'attardent sur ma peau, frottent mes cuisses et le bas de mon dos tandis qu'il attache les sangles et s'assure qu'elles sont bien fixées.

Je vois bien qu'il est excité par sa respiration et la

bosse qui se forme dans son pantalon. Une grosse main attrape mon cul et le serre fort, et je gémis pour lui, me balançant vers lui.

« Tu es tellement belle comme ça », dit-il et sa voix est basse et rauque. Il continue de passer ses mains sur le tissu de la robe, l'attrapant par endroits comme s'il voulait me l'arracher. Tout comme la fois où il en a coupé une dans la cabine d'essayage.

J'ai presque envie qu'il le fasse. Mais nous nous contrôlons tous les deux suffisamment pour que je sois encore habillée quand il a fini. Ma chatte palpite et nous respirons tous les deux difficilement lorsqu'il recule, mais mon maquillage n'a même pas coulé. Ce qui est bien, car je n'ai pas le temps de le refaire.

Pax se lèche les lèvres et se rapproche de moi, pressant les lignes dures de son corps contre mon devant. Je peux sentir la bosse dans son pantalon et la chaleur qui se dégage de lui, et ça me fait avaler fort.

« Je vais te baiser fort plus tard », me murmure-t-il à l'oreille. « Tu porteras juste ces talons. »

Un frisson d'anticipation me parcourt l'échine et je suis encore plus impatiente d'en finir avec tout ça.

« Putain, oui », je gémis et on échange un regard passionné.

30

GALE

Debout devant le miroir de ma chambre, j'ajuste ma cravate, mettant la touche finale à mon look pour la soirée. Le costume est bien repassé et bien taillé. Il est noir, sauf la chemise blanche et le mouchoir rouge dans la poche. Je peux admettre que je suis élégant. Ce n'est pas mon style habituel, ni celui des autres, mais nous pouvons tous porter un costume quand il le faut.

Normalement, aller à un événement comme celui-ci serait quelque chose que nous ferions pour essayer de faire avancer nos affaires. Créer des liens et faire du réseautage, recueillir des informations sur les autres gangs et les hommes d'affaires.

Mais ce soir, il s'agit de River.

Je suis déterminé à ce que sa vengeance soit exécutée ce soir. Je veux lui donner ça plus que tout.

Je passe mes doigts dans mes cheveux brun foncé et je m'examine une dernière fois. Personne ne me prendra jamais pour un homme d'affaires coincé, et je ne voudrais pas qu'on le fasse, mais j'ai l'air d'avoir ma place parmi les puissants de Détroit.

Satisfait, je hoche la tête et je descends.

Preacher et Ash sont déjà là, dans leurs beaux costumes noirs avec une touche de rouge. Ça semblait être une bonne idée, puisqu'on va ruiner la vie d'un homme ce soir.

River et Pax descendent un moment plus tard, et dès que Pax franchit les escaliers et que nous pouvons voir la femme aux cheveux argentés derrière lui, nous nous concentrons tous sur elle. Elle attire mon regard où qu'elle soit et il est impossible de la quitter des yeux.

Elle est sexy comme tout. Cette robe était la meilleure idée et elle lui va si bien.

Je peux aussi dire que Pax a déjà mis la main sur elle, à la façon dont son visage est un peu rougi et ses cheveux un peu en désordre.

Dès qu'elle est assez proche, j'attrape son bras et l'entraîne dans un baiser. C'est profond, chaud et pas assez long, mais ça devra faire l'affaire.

Quand je recule, j'arque un sourcil. « Es-tu prête à semer un peu de désordre ? »

Elle sourit en retour. « Appelle-moi la Reine de l'Anarchie. »

« Bien sûr. »

Je la relâche, et Preacher et Ash l'embrassent à tour de rôle. Comme si chacun d'entre eux voulait voler une sorte de promesse avant de partir. C'est un grand moment et nous le savons tous.

La soirée se tient dans ce qui ne peut être décrit que

comme un énorme manoir. Nous montons dans la voiture et nous nous y rendons, et je ne peux m'empêcher de tout examiner en arrivant. C'est l'un des endroits les plus chers de la région de Détroit, bien qu'il soit situé bien en dehors de la ville, assis fièrement sur un énorme terrain.

Nous devons franchir une série de portes en fer forgé qui s'ouvrent dès que nous approchons et nous remontons l'allée avec les autres voitures jusqu'à l'avant de la maison. La nôtre est probablement la moins classe du lot, ce qui n'est pas peu dire puisque nous sommes dans une élégante Lexus noire. Mais tous les autres démontrent leur richesse par leur voiture en donnant des instructions aux valets pour ne rien rayer. Comme s'ils n'étaient pas déjà bien entraînés.

Tout est scintillant et lumineux, et un valet en gants blancs et manteau rouge à queue de pie vient immédiatement chercher la voiture, nous faisant faire le reste du chemin jusqu'à la maison à pied.

Il y a du personnel de maison et de l'événement partout, guidant les gens vers la porte ouverte, répandant la lumière dans l'obscurité de la nuit. Une jolie femme rousse avec un faux sourire et une robe scintillante se tient à la porte avec une tablette, vérifiant les noms des personnes qui font la queue pour entrer.

Je lui donne le nôtre et elle fait défiler un peu son écran avant de me sourire.

« Vous voilà », dit-elle. « Entrez. Passez une belle soirée. »

Elle nous fait signe d'avancer dans la grande entrée pour pouvoir s'occuper des gens derrière nous. Elle n'a probablement aucune idée de qui nous sommes et elle n'en a probablement rien à foutre. Nous sommes sur la liste et c'est tout ce qui compte pour son travail ce soir.

Je me demande à quel point il faut être gonflé pour se présenter ici sans invitation et se faire refouler. Si quelqu'un faisait ça, en essayant d'approcher Alec Beckham ou l'un des autres invités de marque, il ne passerait même pas la porte avant d'être refoulé. Aucun discours mielleux ne changerait les choses.

Pour être sur cette liste, nous avons demandé une faveur à une personne bien placée à Détroit. C'est une carte qu'on gardait depuis un moment, jusqu'à ce qu'on ait vraiment besoin de l'utiliser.

Pour être honnête, ce n'était pas ce à quoi nous avions prévu de l'utiliser. Nous avions discuté des situations qui l'exigeraient, qui vaudraient la peine de renoncer à quelque chose d'aussi précieux pour l'avoir dans notre poche. Mais en ce qui me concerne, ça en vaut vraiment la peine. Nous allons éliminer un acteur majeur de la ville et la vengeance de River est une raison aussi bonne qu'une autre. Meilleure que la plupart, même.

Nous entrons et je regarde autour de moi, repérant les lieux. Je sais que mes frères font la même chose, et dans un endroit comme celui-ci, ce n'est même pas suspect. On n'a pas de grandes demeures comme celle-ci, à moins de vouloir montrer toutes ses richesses et son argent, et cela signifie qu'on veut que les gens regardent. Et qu'ils soient jaloux de ne pas avoir la même chose. C'est un jeu pour ce genre de personnes.

Mais nous ne regardons pas les œuvres d'art sur les

murs ni les lustres en cristal qui pendent des plafonds voûtés. Au lieu de cela, nous vérifions la sécurité et les sorties, en passant mentalement en revue les plans que nous avons pour la soirée et en cherchant la meilleure façon de les faire fonctionner dans l'espace où nous nous trouvons.

Il y a des membres de l'équipe de sécurité partout dans l'endroit, bien sûr. Ils se fondent un peu dans la foule des invités déjà présents, mais ils sont faciles à repérer puisque je sais ce que je cherche. Et autant de gens riches dans une pièce ont besoin de leurs gardes armés pour se sentir en sécurité. Les sorties sont tout aussi faciles à indiquer, bien qu'il soit difficile de savoir où elles mènent, puisque nous n'avons pas de plan de l'endroit.

River est à mes côtés et elle se penche plus près de moi. « Tu dois détendre ton visage », murmure-t-elle.

Je fronce les sourcils et la regarde. « Quoi ? »

« On dirait que tu es sur le point de poignarder quelqu'un », dit-elle. « Tu as une tête de meurtrier. »

Je fais un petit sourire en entendant ça.

Son culot et son franc-parler étaient des choses qui me dérangeaient chez elle au départ, mais elles sont devenues ce que je préfère chez elle avec le temps. Elle a subi plus d'épreuves que quiconque et pourtant elle a toujours un feu en elle.

Je ne veux jamais le laisser s'éteindre.

31

RIVER

Plusieurs invités sont déjà arrivés et nous nous frayons un chemin dans la grande maison. Tout déborde de fric, tout est étincelant et brillant dans le but que les gens regardent et désirent ce que les propriétaires possèdent.

Mais nous sommes tous concentrés sur notre tâche. Même si j'ai fait chier Gale en lui disant qu'il avait l'air de vouloir tuer quelqu'un, je suis aussi tendue que lui.

Ce soir sera le grand soir. C'est le moment qu'on attend tous.

J'ai des fourmis dans les mains et mon rythme cardiaque est un peu plus rapide que d'habitude, ce qui prouve que j'ai hâte d'en finir sans que rien ne se passe mal.

C'est une soirée, alors nous nous mêlons aux autres invités. Un serveur passe avec un plateau de flûtes à champagne et nous en prenons tous une en observant la foule.

Je prends une gorgée de champagne, laissant les bulles chatouiller mon nez. J'espère que l'alcool me calmera un peu les nerfs, mais cela me donne aussi quelque chose à faire avec mes mains.

Julian n'est toujours pas là et je fronce les sourcils en scrutant la foule. Il y a tellement de gens ici dans leurs atours, scintillant et riant faussement, mais je ne vois pas celui qui nous a menés ici.

Il est impossible de le rater, car j'ai l'impression que mon corps est braqué sur lui, à l'affût.

« Peut-être qu'il ne viendra pas », je murmure. « Je ne le vois nulle part. »

« Moi non plus », dit Ash. « Mais il sera là. »

« Comment le sais-tu ? »

Il hausse les épaules. « Comme nous l'avons dit, c'est plus important que jamais qu'il vienne ici, vu qu'il a plus besoin de ces connexions qu'avant. Il va se raccrocher à tout ce qu'il peut et c'est la dernière chance pour lui d'éviter de tout perdre. »

J'expire lentement, me rappelant à nouveau qu'ils ont raison. Je sais qu'ils ont raison. Il ne laissera pas cette chance lui glisser entre les doigts, alors il sera là.

La foule commence à se séparer un peu et je lève la tête pour voir ce qui se passe. Un peu plus loin, il y a un grand et bel homme qui passe, et tout le monde semble l'observer.

Alec Beckham, l'hôte de la soirée, a donc fait son apparition.

Ash ricane quand il l'aperçoit et baisse le ton pour

que nous seuls puissions l'entendre. « Vous savez à quel point Julian lècherait les bottes d'Alec s'il en avait l'occasion ? » commente-t-il. « Il raconte toutes ces conneries, mais si Alec lui disait de se coucher comme un bon chien, il le ferait en une seconde. Lui lécher les bottes ? Pas de problème. »

Gale grogne et même Preacher fait un sourire.

« Pourquoi ce type est si important ? » je leur demande. J'ai entendu parler de lui, bien sûr. Tout le monde à Détroit a entendu parler d'Alec Beckham. C'est l'un des hommes les plus riches de l'État, si ce n'est le plus riche, alors c'est impossible de faire quoi que ce soit sans entendre au moins son nom, ses affaires et tout le reste.

« Il a une vieille fortune », me dit Gale en gardant la voix basse. « Le genre d'argent qui a été transmis tellement de fois que personne dans sa famille ne sait ce que c'est que de ne pas avoir d'argent. Il n'a pas besoin d'être intelligent ou doué pour les affaires, mais il l'est probablement. Son argent fait de l'argent, et c'est le genre de richesse sur laquelle Julian aimerait mettre la main. Il veut faire partie de cet échelon de la société. »

Preacher acquiesce. « Nous avons de l'argent pour faire ce que nous voulons avec, et Julian aussi, mais il n'a pas le prestige et la réputation qui vont avec. C'est ce qu'il veut. »

Mais nous attendons toujours l'arrivée de Julian, et plus il tarde à se montrer, plus je m'impatiente. Je tape du pied sur le sol poli et brillant en jetant des coups d'œil autour de moi. Chaque fois que quelqu'un passe ou franchit cette porte, je regarde si c'est Julian. Et jusqu'à présent, ce n'est jamais lui.

Je pousse un soupir et Ash croise mon regard. Il m'attrape la main et me traîne après lui, sans me laisser la possibilité de discuter. Les autres gars nous laissent partir, sans avoir l'air inquiets. On a toujours le plan à exécuter et Preacher doit aller installer la vidéo pour diffuser les images qui vont tuer Julian ce soir.

« Qu'est-ce que tu fais ? » je demande à Ash alors qu'il me traîne hors de la pièce, puis dans un couloir plus silencieux. Il est rempli de portes et il en choisit une, apparemment au hasard. Il l'ouvre et me tire à l'intérieur.

Nous nous retrouvons dans ce qui ressemble à un placard de rangement. C'est plus spacieux que n'importe quel autre placard dans lequel j'ai pu entrer auparavant, avec des étagères le long du fond où il y a des piles de draps et de serviettes. Une lumière automatique s'est allumée dès que nous sommes entrés, de sorte que lorsqu'Ash referme la porte, nous ne sommes pas immédiatement plongés dans l'obscurité.

Ash me sourit et me prend dans ses bras. Avant que je puisse lui demander à nouveau ce qu'il fait, il se penche et m'embrasse.

C'est une surprise, parce que je ne m'attendais certainement pas à ce qu'il fasse quelque chose comme ça au milieu de la soirée, alors que nous sommes ici pour ruiner la vie d'un homme. Mais ça ne m'empêche pas de l'embrasser en retour.

Il n'y a jamais vraiment de mauvais moment pour embrasser Ash et il fait un bruit doux dans ma bouche, me tirant encore plus près alors que nous nous embrassons.

Quand on se sépare pour respirer, il y a un sourire sur ses lèvres et de la chaleur dans ses yeux. « Ça fait longtemps qu'on n'a pas fait ça, hein ? » demande-t-il. « S'embrasser dans un endroit chic alors qu'on est tous bien habillés. »

Je me rends compte alors qu'il pense à la nuit du gala. J'ai l'impression que c'était il y a longtemps, même si ce n'est pas vraiment le cas.

C'était la première fois qu'on a baisé et il pense probablement à la façon dont j'ai utilisé ça pour essayer de le repousser. C'est comme s'il essayait d'effacer ça et de remplacer ce moment par celui-ci.

Je sais que nous devrons bientôt y retourner, mais mon désir pour Ash monte aussi fort en moi que son propre désir semble l'être. Il y a aussi quelque chose en moi qui veut lui montrer que les choses sont différentes maintenant. Que je ne lui ferai plus jamais de mal comme ça.

Que les choses ne sont pas les mêmes qu'à l'époque du gala.

J'attrape le devant de son costume et je l'attire plus près de moi pour pouvoir lui donner un baiser presque désespéré. Je l'embrasse comme si je me noyais et qu'il était la seule chose qui pouvait me donner de l'air. Ou comme si je voulais me noyer en lui, en chassant le plaisir de sa bouche sur la mienne et en faisant glisser nos langues ensemble.

Ash s'accroche à moi, ses doigts s'enfonçant dans ma

peau à travers le tissu de ma robe. Je peux sentir les battements rapides de son cœur et la chaleur de son corps à travers les couches de vêtements.

Mon corps bourdonne et le besoin ne fait que grandir.

Si on avait le temps, je lui enlèverais ce costume et l'embrasserais partout, mais le temps presse. Nous n'avons que quelques minutes à perdre, donc nous devons faire en sorte que chacune d'entre elles compte.

Ses mains s'agrippent à mon corps et il me retourne face aux étagères. Je m'appuie contre elle, en levant les mains. Ash se presse contre mes fesses et je peux sentir à quel point il est dur.

« Putain », je gémis, poussant déjà contre lui parce que je le veux tellement. Ma chatte est en train de palpiter, mouillant la culotte que j'ai mise ce soir.

Je ne peux pas voir le sourire suffisant d'Ash, mais je peux l'entendre dans sa voix lorsqu'il me saisit les fesses. « Tu es si parfaite comme ça », dit-il, semblant essoufflé. « Tu es tellement excitée dans ta robe chic. J'adore ça. »

« Nous n'avons pas le temps de nous faire des compliments », je réplique en le regardant par-dessus mon épaule.

Il se contente de sourire plus fort et commence à tirer sur le tissu de ma robe, en remontant la longue jupe sur mes hanches. « Il y a toujours du temps pour que je te dise à quel point tu es belle », répond-il.

Il fait descendre ma culotte, la laissant tomber autour de mes chevilles. « Et à quel point j'ai envie de te baiser. À quel point j'ai envie de t'entendre crier mon nom et de savoir que c'est moi qui te fais te sentir si bien. »

Pendant qu'il parle, il défait son pantalon et sort sa bite, ne perdant pas de temps. Je peux le sentir quand il la frotte contre ma chatte lisse et je gémis, écartant mes jambes pour lui.

« C'est comme si tu étais faite pour ça », gémit-il doucement, laissant la tête pénétrer dans mon trou avant d'enfoncer le reste. Il n'y a pas le temps d'y aller doucement, pas le temps de savourer comme c'est bon.

Une fois qu'il est bien enfoncé en moi, je commence à me tortiller, cherchant désespérément à en avoir plus. Ash se retire, puis s'enfonce en moi avec force, imposant un rythme effréné.

Il me fait basculer en avant, me poussant encore plus contre les étagères. Ses mains s'enfoncent dans mes hanches, me tenant fermement tandis qu'il me pénètre. Je peux entendre à quel point je suis mouillée, j'entends le son de sa bite qui claque à travers l'humidité de ma chatte. Ça se répercute sur nos gémissements et grognements que nous laissons échapper pendant que nous baisons.

« Juste comme ça », gémit Ash.

Je sens son souffle chaud sur mon cou et il se serre encore plus contre moi, enfonçant sa bite plus profondément, me forçant à tout ressentir.

« Ash », je gémis, et ça semble désespéré, mais je m'en fiche.

« Putain, c'est parfait », s'exclame-t-il. « Tu es si

bonne, putain. » Chaque mot est ponctué d'une forte poussée, me faisant basculer sur la pointe des pieds.

Ma chatte palpite, se resserrant autour de sa bite comme si elle était déjà prête à tout lui prendre. C'est tellement bon, putain. La chaleur et le plaisir m'envahissent. C'est impossible de se concentrer sur autre chose. Chaque fois qu'il s'enfonce en moi, j'entends le claquement de la peau sur la peau, et je peux sentir que mon orgasme approche.

« Dis-moi », souffle Ash à voix basse. « Dis-moi que tu es à moi. Dis-moi que tu veux ça. Que tu me veux. »

« Je le veux », je gémis pratiquement, poussant mes hanches en arrière pour le rencontrer à mi-chemin. « Je suis à toi, putain ! Je te veux, Ash, s'il te plaît. »

« Voilà », dit-il. « Tu es tellement sexy quand tu supplies. C'est si bon, n'est-ce pas ? Ce que nous avons ? »

J'acquiesce avec enthousiasme, poussée à être plus honnête à cause du raz-de-marée de sensations qui me traverse tandis qu'il me baise sauvagement, comme s'il était hors de contrôle.

Mon cœur galope dans ma poitrine et notre rythme devient presque frénétique alors que nous bougeons ensemble. Je réponds à chacune de ses poussées, faisant reculer mes hanches alors qu'il les fait avancer. Sa voix devient tendue alors qu'il continue à me féliciter, à me dire combien je suis bonne et combien c'est bon.

« Ash… » dis-je, la voix étranglée. « Je suis proche. J'ai besoin… »

Je peux à peine prononcer une phrase complète. Le plaisir ne fait qu'augmenter, faisant taire la partie de mon cerveau qui sait comment faire sortir les mots et la remplaçant par le besoin de craquer pour Ash.

« Je te tiens », promet-il. « Toi qui es si belle et obscène. Je te tiens. Je veux que tu jouisses pour moi. Je veux que tu t'effondres ici même, dans un placard au milieu de la maison la plus chic qu'on ait jamais visitée. »

Je ne sais pas comment il fait pour dire tout ça, mais il le dit, et ça marche comme par magie. Mon corps se tend et l'orgasme qui menace de m'assommer me frappe de plein fouet.

Ash me suit, jurant et haletant alors qu'il me remplit. Il jouit fort tandis que j'ai des spasmes et des secousses dans ses bras.

Contrairement à la dernière fois que nous nous sommes retrouvés dans un endroit comme celui-ci, je n'essaie pas de briser quelque chose entre nous cette fois-ci. Cette fois, j'y suis à fond, me laissant aller. Je me laisse aller à ressentir tout ça.

On se rapproche et on prend une seconde pour reprendre notre souffle. Je peux sentir Ash frissonner contre moi, puis il se retire et remet sa bite dans son pantalon.

Ash m'aide à me nettoyer en repoussant ma robe et en arrangeant mes cheveux qui sont désordonnés après notre baise. Il a un sourire en coin sur les lèvres et ses yeux brillent de manière différente que quand il a son sourire charmant habituel. Il est heureux et je suis si contente de le voir.

Il m'embrasse, me rapprochant de lui. Je peux sentir la chaleur de son corps et sentir l'odeur de notre baise sur lui, sous son parfum. Cela me fait frissonner, me rappelant ce que nous venons de faire.

« Je ne te laisserai jamais oublier ce que je ressens pour toi », murmure-t-il contre ma bouche. « Que c'est réel. »

Je déglutis, submergée par une soudaine vague d'émotion. J'enroule mes bras autour de lui, le tenant fort et le respirant. Je ne pense pas que je pourrais jamais oublier ce qu'il ressent pour moi, même si j'essayais. Même si je le voulais.

Ash sourit simplement, interprétant mon silence comme étant un accord. Il m'embrasse sur le front et prend ma main pour me tirer derrière lui.

« On devrait probablement y retourner. Preacher a probablement fait ce qu'il avait à faire maintenant et nous ne voulons pas foutre en l'air le plan. »

« D'accord », lui dis-je. Je passe ma main sur ma robe et j'acquiesce. Je suis prête.

Nous retournons rejoindre les autres, et même si nous avons fait de notre mieux pour être présentables, il est impossible de cacher ce que nous venons de faire aux autres qui y sont maintenant habitués.

« Vraiment, Ash ? » demande Gale en secouant la tête. « Ici ? Au milieu de la mission ? »

Ash se contente de hausser les épaules, sans avoir l'air gêné du tout. « Je fais mon meilleur travail juste après avoir joui. J'ai besoin que mes mains ne tremblent pas et le sexe m'apaise. »

Ça me fait rire parce qu'il le dit si sérieusement. Bon sang, il le pense probablement. Gale roule les yeux, mais se concentre plutôt sur quelque chose derrière l'épaule d'Ash. Nous nous retournons pour regarder l'entrée qui mène à la grande salle où nous sommes rassemblés et mon cœur fait un bond dans ma gorge pendant une seconde.

Julian vient d'entrer.

C'est parti.

32

ASH

Je ne plaisantais pas vraiment en disant qu'un bon orgasme m'aide à me calmer. Je me sens plus détendu après avoir baisé, et je me suis dit que ça ne pouvait qu'aider. Mais voir Julian entrer dans la pièce me fait me crisper immédiatement, me faisant presque oublier toute cette baise relaxante. Juste parce qu'un connard se pointe à la soirée.

Je grogne presque. J'aurais dû m'en douter.

Julian est un putain de connard et il me faut tout mon sang-froid pour ne pas aller le voir et le frapper en plein visage. Bien sûr, je suis tendu.

Heureusement, je suis assez bon avec mes mains pour que ça n'ait pas d'importance. Je peux toujours faire ce que j'ai à faire.

Julian ne nous voit pas en arrivant, alors nous restons là à le regarder pendant un moment.

Nous avons un bon point de vue sur le reste de la salle, nous pouvons donc le voir afficher ce sourire suffisant et faussement charmant, et commencer à se frayer un chemin dans la foule.

Il serre des mains et parle aux gens, mais seulement à ceux qui sont vraiment importants. Il ne peut pas se permettre d'énerver quelqu'un ici, mais il est clair qu'il ne veut côtoyer que les personnes qui peuvent le faire grimper. Ce qui est presque tout le monde dans ce manoir en ce moment.

Il rit à des blagues qui ne sont probablement pas drôles et fait de la lèche à tous ceux qu'il croise et qui semblent faire partie de la bonne catégorie. C'est assez dégoûtant à regarder, en fait. La façon dont il lèche le cul et prétend être ce putain de gentleman.

C'est très amateur, car on ne peut pas prétendre avoir du charme quand on n'en a pas, et je me surprends à espérer que tout le monde puisse voir à travers lui. Mais ils ne le peuvent probablement pas. S'il y a une chose que j'ai apprise sur les gens riches, c'est qu'ils aiment qu'on leur mette de la poudre aux yeux.

Même si ce n'est pas réel. Même si ça vient de quelqu'un qu'ils ne supportent pas. Le fait qu'ils soient dans une position où ils comptent autant les fait se sentir plus grands. C'est probablement un truc de pouvoir et c'est dégueulasse.

Mais Julian s'y intègre parfaitement, jouant le jeu du mieux qu'il peut pour essayer de gravir les échelons.

C'est encore plus évident qu'il est malhonnête quand il se tourne et nous repère enfin. Je peux le voir quand ses traits changent. Ce sourire charmant disparaît et un regard de dégoût prend le dessus, ses lèvres se retroussant en un rictus quand il voit River. C'est le vrai Julian. Un affreux, petit meurtrier, qui ne mérite pas qu'on lui consacre du temps.

Nous ne bougeons pas et il s'approche de nous à la place. À mesure qu'il se rapproche, il est clair qu'il est furieux, énervé que nous osions être au même endroit que lui.

« Qu'est-ce que vous foutez ici ? » demande-t-il, le regard brillant de dédain et de colère. « Avez-vous oublié ce que je vous ai dit la dernière fois ? J'ai été indulgent, je ne vous ai pas poursuivis quand *elle a* essayé de voler Anna au mariage. » Il secoue sa tête vers River. « Tu n'as rien à faire ici. »

« Tout d'abord », grogne River. « Anna est... était... une personne. Tu ne peux pas voler les gens et elle ne voulait pas être avec toi. Je ne la blâme pas pour ça. Deuxièmement, nous avons été invités, donc nous avons autant le droit d'être ici que toi. Tu penses peut-être être le seul à connaître des gens, mais tu n'es pas si spécial que ça. On ne t'a rien dit, alors tu devrais peut-être retourner à tes affaires. »

C'est clair que la colère et la haine brûlent dans sa voix lorsqu'elle affronte Julian, mais il est également clair qu'elle se retient un peu à cause du plan. Sinon, elle lui aurait déjà arraché les yeux pour avoir osé parler de sa sœur de cette façon. Je veux la supporter, être à ses côtés lorsqu'elle affrontera cet enfoiré.

Mais je ne peux pas.

J'ai un travail à faire.

Permettant à mes frères d'être ceux qui se tiennent

derrière et à côté d'elle, je me déplace un peu sur le côté. Julian est tellement concentré à fixer River, pratiquement avec de l'écume à la bouche, qu'il ne remarque même pas quand mes doigts se frayent un chemin dans sa poche et prennent son portable.

Je me retourne un peu, une oreille tendue pour écouter River lui crier après tandis que je me concentre sur le portable dans ma main. Notre ami hacker nous a donné un petit appareil que je branche sur son portable. Il est conçu pour nous permettre d'accéder à son portable, afin que nous puissions entendre ses appels et des choses comme ça.

L'appareil télécharge le logiciel sur son portable et je tape un peu du pied en fixant l'écran, souhaitant qu'il se dépêche.

« Tu as beaucoup de culot », dit Julian, crachant pratiquement les mots à River.

River pouffe de rire et je souris avec fierté. « Toi aussi », lui répond-elle.

Le programme finit de se télécharger et je débranche l'appareil, le remettant dans ma poche avant de glisser le portable de Julian dans la sienne, tout aussi subtilement que je l'ai pris.

Il ne bouge pas et ne remarque rien, tellement concentré sur la colère et la haine de River. Ça va dans les deux sens, vraiment.

Je m'éloigne de Julian et éternue dans mes mains, pas assez fort pour attirer l'attention, mais assez pour donner à River le signal que j'ai terminé ce que j'avais à faire.

Elle jette un coup d'œil vers moi et quelque chose

change dans ses yeux, donc je sais qu'elle a reçu le signal. Enfin, elle dit à Julian ce que je sais qu'elle mourait d'envie de dire depuis tout ce temps.

« Tu sais, c'est surprenant que tu sois là ce soir », dit-elle, toujours en colère. « Vu que le bruit court que tes affaires ne vont pas très bien ces jours-ci. »

Les yeux de Julian se plissent. « Qu'est-ce que ça veut dire, bordel ? Qu'est-ce que tu en sais ? »

Je peux le voir à la seconde où la suspicion le frappe. À cause du soin avec lequel nous avons planifié tout ça, il n'a pas eu de raison de nous suspecter tout ce temps. Mais maintenant que River se tient devant lui et lui raconte tout, il se rend compte que c'est nous qui avons des raisons de nous en prendre à lui.

River hausse les épaules.

« J'en sais beaucoup », dit-elle. « Parce que c'est nous qui avons brûlé ta salle de sport. On est restés à l'extérieur et on l'a regardée partir en flammes. »

Julian ouvre la bouche, mais aucun son n'en sort. Peut-être que c'est le choc d'entendre ça ou peut-être qu'il est tellement en colère qu'il ne sait pas quoi dire.

Mais River n'a pas encore fini. Elle lui fait un grand sourire et ça me rappelle beaucoup l'air déséquilibré que Pax a parfois.

Seulement c'est beaucoup plus chaud sur elle.

« Nous sommes aussi la raison pour laquelle tu n'as aucune offre ou demande pour tes putains de drogues. Donc ouais. Nous savons que les affaires ne sont pas exactement en plein essor en ce moment. »

En une fraction de seconde, Julian devient furieux et

la tension augmente dans l'air. Nous nous rapprochons tous de River, prêts à la protéger si nécessaire. Mais avant que Julian ne puisse faire ou dire quoi que ce soit, on entend un gémissement fort, amplifié dans la grande pièce et résonnant sous les plafonds voûtés.

Le visage de Julian devient blême et ses yeux s'écarquillent, comme s'il reconnaissait immédiatement le son.

Et il devrait.

Étant donné que c'est sa sœur.

33

RIVER

Mon cœur bat la chamade dans ma poitrine.

Je regarde tout ce qui se passe sur le visage de Julian lorsqu'il entend les bruits de la baise et les gémissements de sa sœur.

Dans la pièce principale, il y a une de ces grandes télés, presque de la taille d'un écran de cinéma, montée sur le mur, et c'est là que la vidéo de Julian est en train de passer. Il se retourne et voit la vidéo, se regardant pendant qu'il pousse Nathalie sur le canapé et s'enfonce en elle, la baisant fort pour que tout le monde dans la pièce puisse voir.

Toutes les personnes présentes à la soirée se tournent également pour regarder, attirées par les sons.

Jusque-là, je n'avais pas encore vu la vidéo parce que je ne voulais vraiment pas voir ce que j'avais vu en direct à l'église. Mais je dois admettre que Pax a tout bien filmé. C'est un truc dégoûtant et c'est évident de savoir qui c'est.

Les visages de Julian et Nathalie sont nets dans la vidéo, et ils n'arrêtent pas de gémir le nom de l'autre.

À un moment donné, Julian lui fait même admettre que personne ne peut la faire jouir comme son frère, lui disant qu'il ne la laissera pas jouir si elle ne le dit pas, ce qui ne fait que tout confirmer. Il n'y a aucun moyen de nier les preuves accablantes sur le type de relation qu'ils avaient tous les deux.

Les gens dans la foule commencent à murmurer, regardent la vidéo et se tournent vers leurs petits groupes pour parler de ce qu'ils voient. C'est incroyable, car certaines de ces personnes sont celles que Julian côtoyait, essayant de s'attirer leurs bonnes grâces. Et maintenant, ils peuvent tous le voir tel qu'il est vraiment, en direct sur un écran de télé gigantesque.

C'est parfait.

On dirait que le cerveau de Julian s'est momentanément arrêté. Il a l'air abasourdi, comme s'il passait en revue des dizaines d'options pour essayer de trouver un moyen de sauver la situation, d'arranger les choses. Mais il n'y en a pas. Il est clair qu'il ne trouve rien.

Une satisfaction sauvage me remplit rien que de le voir. Juste pour savoir à quel point cela va le détruire.

Alors qu'il est encore sous le choc de se voir baiser sa sœur sur le grand écran, je me penche et attire son attention.

« Oh, encore une chose », lui dis-je. « J'ai parlé au FBI de tes activités illégales et de tout l'argent que tu as caché dans des comptes offshore. Ils enquêtent sur tout ça maintenant, donc… »

Julian ne réagit même pas à ça. Il est toujours sous le choc avec la bouche entrouverte et le regard vide.

Avant qu'il ne se ressaisisse, nous nous faufilons dans la foule.

La vidéo n'est pas terminée et les gens continuent de murmurer, certaines voix devenant plus fortes à mesure que les gens expriment leur dégoût. Ils ne cachent pas à quel point ils trouvent ça dégoûtant et ça fait du bien de l'entendre.

Nous sortons de la maison, mais au lieu d'aller à l'avant où le valet nous aurait apporté la voiture, nous trouvons l'endroit sur le côté de la maison où toutes les voitures sont garées. C'est facile de trouver celle de Julian, puisqu'on l'a déjà vue, et Gale me sourit et me tend ses clés.

Je souris en retour, prenant les clés et les faisant glisser le long de la peinture rouge brillant de la voiture de Julian. Les gars s'y mettent, utilisant leurs propres outils et clés pour graver des formes et des symboles sur la peinture. Pax attrape une grosse pierre sur le terrain et la laisse tomber sur le capot de la voiture, faisant une énorme bosse sur le métal. Il ramasse à nouveau le caillou, et cette fois, il le lance sur le pare-brise, laissant derrière lui des fissures en forme de toile d'araignée.

C'est le truc le plus amusant que j'ai fait depuis longtemps et j'apprécie chaque instant.

Tout ce que nous avons planifié et fait, c'était pour démanteler son empire. Le ruiner et s'assurer que personne ne puisse suivre ses traces une fois qu'il sera mort.

Mais ça ?

C'est juste mesquin et j'adore ça.

Il n'a évidemment jamais aimé ma sœur, mais j'ai le sentiment qu'il est le genre de personne qui aime sa putain de voiture.

Je respire fort alors qu'on continue de détruire sa voiture et Pax me regarde avec ce sourire sur le visage.

« Tu as l'air d'un ange vengeur », murmure-t-il, les yeux brillants de fierté sous la lumière de la lampe.

J'aime l'idée.

Une fois qu'on en a assez fait pour ruiner la voiture de Julian, on prend la nôtre et on sort du parking. Mais on ne va pas loin. Au lieu de rentrer chez nous, on reste assez près pour voir l'entrée de la maison d'Alec.

J'aimerais être à l'intérieur pour voir les retombées, mais je peux les imaginer assez bien. Il n'y a pas grand-chose que quelqu'un puisse dire quand tous les gens de la haute société de Détroit l'ont vu baiser sa sœur.

« Il est tellement foutu maintenant », dit Pax en gloussant pratiquement. « Il a passé tout ce temps à lécher des culs quand il est arrivé là et maintenant ces gens vont savoir qu'il préférerait lécher le cul de sa sœur. »

« C'est dégoûtant, Pax », gémit Ash en faisant une grimace et en mimant qu'il vomit. « Putain de dégueulasse. Cette vidéo était... intense. »

« C'était une bonne vidéo », ajoute Gale. « Pas le

contenu, évidemment, mais les images que tu as obtenues. Bon travail, Pax. »

Le grand homme sourit. « Ça valait presque la peine de regarder toute cette merde juste pour ce moment. » Il se retourne sur le siège passager pour me regarder. « Es-tu heureuse, petit renard ? »

Je le regarde et laisse apparaître le sourire monstrueux qu'on partage parfois. « J'aimerais juste pouvoir être là pour le voir perdre ses moyens. Je parie qu'il est en train de s'effondrer. »

« Peut-être qu'il va s'enfuir », suggère Ash. « Que va-t-il faire d'autre ? Il n'y a aucun moyen de s'expliquer et ils ne voudront pas qu'il reste dans le coin après avoir vu ça. »

Nous gardons les yeux rivés sur la maison, guettant les signes de va-et-vient des gens.

« Probablement pas », j'acquiesce. « Je ne pense pas qu'il va rester longtemps dans le coin. »

« Il va devoir passer en mode contrôle des dommages », dit Gale. Il a l'air pensif, pensant comme un homme d'affaires qui essaie de se redresser, probablement. « Il ne peut pas faire grand-chose pour sauver les apparences, mais il va essayer de sauver la situation. Il le doit s'il veut arriver à quelque chose. »

Et nous serons là pour nous assurer qu'il ne reste rien à sauver. J'adore ça.

Un peu plus tard, Julian sort de la maison. Il est visiblement sous le coup de l'émotion, l'air complètement enragé. Ses mains sont serrées en poings et il se dirige vers le valet en tapant du pied.

Il y a un bref échange et il semble que Julian soit à deux doigts d'insulter l'homme. Le valet lève les mains et va chercher la voiture de Julian. Quelques minutes passent et le valet revient, sans la voiture.

Il a l'air anxieux et il garde ses distances alors qu'il semble expliquer à Julian ce qui s'est passé.

Julian se met immédiatement en colère contre l'homme, hurlant et agitant ses mains.

À côté de moi, Ash imite ce qu'il croit que Julian dit d'une voix qui le fait ressembler à un méchant de dessin animé. « As-tu la moindre idée de qui je suis ? Tu sais combien je vaux ? Espèce d'enculé ! Espèce d'idiot ! Bouffon ! »

« Oui, monsieur », répond Pax, imitant le valet, exaspéré par tout ça. « Vous êtes le type qui aime baiser sa sœur, n'est-ce pas ? »

Nous éclatons de rire en regardant Julian marcher un peu plus loin et sortir son portable pour passer un coup de fil.

« Oh, parfait », dit Ash. Il sort un petit appareil noir ressemblant à un haut-parleur. « Maintenant on peut entendre le reste de sa crise. »

Il appuie sur un bouton et nous écoutons l'appel se connecter. Avant même que la personne à l'autre bout du fil puisse dire quoi que ce soit, Julian est déjà en train de crier.

« J'ai besoin que vous descendiez ici et que vous m'apportiez une voiture maintenant ! » dit-il d'un ton tranchant.

« Monsieur ? » dit l'homme au bout du fil. « Qu'est-il arrivé à… »

« Je ne vous paie pas pour poser des putains de questions ! » hurle Julian, énervé et s'en prenant à ce type. « Je vous paie pour faire ce que je dis. Apportez-moi une putain de voiture ! »

L'homme se contente de soupirer et dit qu'il sera là dès qu'il pourra. Il y a une résignation dans sa voix qui montre clairement que Julian traite tous ceux qui sont en dessous de lui comme de la merde et que c'est une habitude quand il s'énerve.

Ils ne l'ont probablement jamais vu aussi furieux auparavant.

Il faut une vingtaine de minutes pour que l'homme arrive et se gare devant la maison. Julian monte et claque la porte si fort que nous l'entendons de là où nous sommes garés. Ils ne s'attardent pas, repartant à toute vitesse.

Pax démarre la voiture dans laquelle nous sommes et nous les suivons. Pendant que Pax conduit, je change de chaussures. Je garde ma robe, mais j'échange les talons pour des chaussures plus confortables pour la prochaine phase de notre plan. Gale sort un sac de sous son siège et le fait circuler, nous donnant à tous des cagoules à porter également.

Nous mettons les cagoules et restons loin, écoutant à travers le petit appareil lorsque Julian appelle Nathalie pour lui dire ce qui s'est passé.

« Comment ça, ils l'ont tous vu ? » demande-t-elle d'une voix aiguë et stridente.

« C'est ce que j'ai dit ! » lui répond d'un ton sec Julian. « Ça passait à la télé, là-bas, et tout le monde était là à le regarder. »

« Mais comment l'ont-ils découvert ? Comment ont-ils obtenu ces images ? »

« Je ne sais pas, putain ! Je ne sais pas. Mais c'est foutu. C'est mauvais, Nat. Cette putain de salope a dit qu'elle avait parlé des comptes au FBI. Ils vont fouiller pour essayer de trouver cet argent. »

Je ne suis même pas fâchée qu'il parle de moi comme ça. C'est juste trop amusant de l'entendre péter les plombs.

« Merde », jure Nathalie. « Bordel de merde, Julian. On doit faire quelque chose. On doit déplacer l'argent avant qu'ils ne le trouvent. Si tout ça s'écroule, c'est tout ce qui nous restera. »

« Je sais. Je sais putain, ok ? Je vais m'en occuper. Je vais m'en occuper. »

« Tu ferais mieux ! »

Il raccroche, puis appelle quelqu'un d'autre, demandant rapidement et presque frénétiquement que l'argent soit retiré du compte offshore où il se trouve.

« De quel compte voulez-vous le déplacer ? » demande la femme à l'autre bout du fil d'une voix presque robotique.

« Oh merde », chuchote Ash, même s'il n'y a aucun moyen qu'ils puissent nous entendre. « On doit le noter. »

Preacher a déjà sorti son portable et a ouvert l'application pour prendre des notes. Il est prêt à noter les chiffres au fur et à mesure qu'ils sont dits.

C'est ce que nous attendions. Julian commence à lire les numéros de compte et Preacher les note. Dès qu'on les aura, il enverra un message à Harry qui utilisera les numéros de compte pour intercepter l'argent et le rediriger vers un autre compte : un compte ouvert à mon nom.

Au lieu que Julian mette son argent à l'abri, on va tout lui voler.

Je suis terriblement joyeuse lorsque le portable de Preacher vibre et qu'il le regarde, puis me regarde.

« C'est fait », dit-il. « On l'a eu. »

C'était la dernière chose pour laquelle nous avions besoin de Julian. Il devait être en vie pour initier le transfert et qu'on puisse voler tout son argent.

Maintenant que c'est fait, il n'y a plus de raison qu'il reste en vie.

C'est la partie que j'attendais. Le moment où je vais faire ressentir à ce putain de Julian Maduro toute la douleur et la souffrance qu'il a infligées. Le moment où je vais le regarder dans les yeux en le tuant et où je m'assurerai qu'il sait qu'il l'a cherché et qu'il mérite chaque putain de chose qui lui est arrivée.

« Pax », dit Gale sur un ton sérieux. « Accélère. Anéantissons cet enculé. »

34

PAX

C'est tout ce que j'ai besoin d'entendre.

Quelque chose en moi bondit avec une joie sauvage en appuyant plus fort sur l'accélérateur et faisant défiler la voiture à toute vitesse sur l'autoroute. Je suis dans mon élément en ce moment et c'est le genre de trucs pour lesquels je vis. La poursuite, le combat. Savoir qu'à la fin, je peux aider River à faire tomber Julian pour de bon.

Contrairement à la dernière fois avec le trafiquant de drogue, nous n'avons pas à nous soucier de faire passer ça pour un accident ou de couvrir nos traces. Donc on peut faire tout ce qu'on veut ici pour que ça marche.

« Tirez sur les pneus », dis-je aux autres, sachant qu'ils sauront quoi faire.

Gale baisse la vitre et Preacher et Ash font la même chose sur la banquette arrière. Ils dégainent leurs armes et visent les pneus et les vitres de la voiture devant nous. Le verre explose lorsqu'il y a un impact et la voiture fait une petite embardée lorsque le conducteur réalise qu'il est en train de se faire attaquer.

Quelqu'un réussit à toucher l'un des pneus qui commence à se dégonfler, nous faisant perdre de la vitesse. Je tire un peu le volant sur le côté, et quand la voiture de Julian recule pour être presque côte à côte avec nous, Gale vise le côté conducteur et fait sauter la vitre.

La balle touche le conducteur et je jette un coup d'œil à temps pour le voir s'affaisser derrière le volant. La voiture commence à partir en vrille, hors de contrôle, sans personne pour la conduire. Elle sort de la route, traverse la glissière de sécurité et s'écrase dans les arbres en bas de la petite colline.

Je dirige la voiture sur le côté et l'arrête. La voiture est à peine arrêtée que nous en sortons tous et descendons vers la voiture.

Le conducteur est mort sur le siège avant quand on arrive, mais la porte arrière est ouverte et Julian n'est pas à l'intérieur.

« Putain », je maudis. « Il est parti. »

On sort tous nos armes et je suis content qu'on ait prévu d'être armés pour ça. Ça aurait dû être facile que la voiture s'écrase et de faire en sorte que Julian soit trop étourdi par l'accident pour se défendre, mais au moins nous sommes préparés puisque tout ne se passe pas comme prévu.

Il fait nuit, mais nous sommes cinq et il est seul. On se disperse et on se déplace à travers les arbres pour le traquer. Il ne va pas s'enfuir. On va en finir ici. Ce soir.

Quelque chose bruisse dans les broussailles et je me retourne avec mon l'arme levée. Tout devient silencieux, mais je tends l'oreille, à l'affût d'une respiration lourde ou de bruits de pas.

Pendant une seconde, il n'y a rien, puis j'aperçois une traînée blanche qui s'élance entre deux arbres. C'est Julian, sans sa veste de costume.

Je lui cours après et les autres suivent, sans que j'aie besoin de leur dire que Julian est proche.

Il court plus vite que je ne m'y attendais, mais il n'a pas l'endurance que j'ai. Je cours plus vite et je gagne sur lui alors qu'il essaie de s'enfuir à travers les arbres et de mettre de la distance entre nous. Il fait des zigzags et je fonce droit devant, ignorant les branches qui me fouettent la poitrine et les bras.

Lorsqu'il est assez proche pour que je puisse l'entendre haleter, il s'enfonce dans un bosquet d'arbres et disparaît une seconde, ce qui me fait m'arrêter.

« Sors, Julian », je crie. « On veut juste parler. »

J'entends les autres se frayer un chemin à travers les broussailles après moi et je commence à me rapprocher des arbres derrière lesquels Julian a disparu.

Seulement, quand j'y arrive, il n'y a personne à cet endroit.

« Merde », je siffle, me retournant à temps pour voir Julian surgir de derrière un autre groupe d'arbres.

Avant que je puisse crier un avertissement, il se précipite derrière Preacher et l'attrape, le tirant en arrière.

Preacher ouvre la bouche, mais Julian appuie le canon de son arme sur sa tempe.

« Ne dis pas un putain de mot », grogne Julian.

Ses yeux sont fous dans l'obscurité et sa poitrine se soulève sous l'effet de la poursuite. Il y a du sang qui coule sur un côté de son visage, soit à cause de l'accident, soit à cause d'une branche qui l'a touché à la tempe pendant qu'il courait.

« Reculez, bordel », grogne-t-il en pressant plus fort son arme contre la tête de Preacher.

Le visage de Preacher est caché derrière son masque, mais je peux voir ses yeux bleu clair clignoter dans la faible lumière de la lune alors que Julian l'entraîne encore plus loin, plus loin de nous.

Je fais un pas en avant et Julian s'avance vers moi.

« Reculez, bordel ! » hurle-t-il. « Si vous vous approchez, je vous jure que je le tue. Je vais lui faire sauter la cervelle immédiatement. »

Mes muscles se tendent et je m'immobilise.

Tout en moi me dit de me précipiter et d'attaquer cet enfoiré. Je pourrais l'atteindre avant qu'il ait la chance de tirer sur Preacher et je veux le faire. Je veux le tuer. Je veux le tuer à mains nues et regarder ses yeux s'éteindre pour avoir osé poser ses mains sur l'un d'entre nous.

Je n'ai jamais été du genre à me retenir. Quand nous poursuivions ce trafiquant de drogue, je me suis précipité sur lui, même s'il avait une arme et qu'il me tirait dessus. Je me foutais de tout sauf de faire le boulot.

Mais c'est différent.

Je n'ai pas peur de me mettre en danger. Bon sang, je

prends même du plaisir à le faire parfois. Échapper à quelque chose qui aurait pu tuer quelqu'un d'autre, quelqu'un de moins courageux, c'est une sensation enivrante comme aucune autre. Mais ce putain d'enfoiré a mon cousin. Il a Preacher et je ne peux pas risquer qu'il lui arrive quelque chose.

Je ne suis pas sûr de pouvoir l'atteindre avant qu'il n'appuie sur la gâchette et c'est un risque trop grand à prendre.

Alors je me retiens. Ça me tue, mais je reste en place en serrant les dents et en sentant la rage en moi.

Tous les autres se retiennent aussi et je peux sentir leur tension tandis que nous observons Julian, attendant de voir ce qu'il fera ensuite.

Il garde l'arme en place, respirant difficilement, tandis qu'il regarde partout. Il commence à entraîner Preacher et je dois serrer mes poings si forts que mes ongles percent presque mes paumes, juste pour m'empêcher de les suivre.

Je peux entendre mon cœur battre dans mes oreilles et ça couvre presque la voix dans ma tête qui me crie de ne pas laisser ce connard s'enfuir avec Preacher.

Mais il n'y a rien que je puisse faire.

« Où est ta voiture ? » demande Julian.

« En haut de la colline », dit Gale. Il a l'air tellement énervé, mais toujours plus calme que je ne le suis.

« Les clés sont-elles dedans ? »

Gale nous regarde et Julian grogne un juron.

« Réponds à ma putain de question ! » hurle-t-il. « Je

veux les clés de ta putain de voiture, puisque tu as bousillé les miennes. »

J'ai l'impression qu'il y a longtemps qu'on riait d'avoir rayé la voiture rouge de Julian.

Maintenant on est là, dans le noir, à essayer de garder le contrôle de la situation.

Julian ne lâche pas et Gale me fait un signe de tête. C'est un ordre non verbal.

Je ne grogne pas et ne discute pas. Ça ne sert à rien d'aggraver les choses et aussi imprudent que je puisse être, je ne vais pas risquer de faire assassiner Preacher. Je sors la clé de voiture de ma poche et la lance à Julian. Il l'attrape et resserre encore son emprise sur Preacher, le tirant vers le haut de la colline.

Aucun de nous n'ose bouger pendant que nous regardons, impuissants et furieux.

Si on l'attaque, il peut tuer Preacher. Ce n'est pas sécuritaire. Mais chaque pas qu'il fait éloigne mon cousin.

Julian ouvre le coffre et pousse dans le dos de Preacher, l'arme toujours pointée sur lui. « Monte dans la putain de voiture. Maintenant ! »

Il pousse pratiquement Preacher à l'intérieur, puis referme le coffre en faisant pivoter son arme pour la pointer dans notre direction tout en se dirigeant vers la porte du côté conducteur. Il se glisse à l'intérieur et je bouge déjà, mes instincts l'emportant sur tout le reste maintenant que Preacher n'a plus d'arme collée sur la tempe.

Je fais un sprint en avant alors que le moteur gronde, mais je ne suis pas assez rapide.

Julian part en trombe, envoyant un nuage de poussière et de gravier avec Preacher enfermé dans son coffre.

35

RIVER

Mon cœur chavire alors que je reste figée, regardant la voiture partir à toute vitesse.

Non.

Non, non. Non. Ce n'est pas comme ça que ça devait se passer !

Nous étions censés être ceux qui avaient le dessus. Nous étions censés enlever Julian. Le faire souffrir pour tout ce qu'il a fait. Il n'était pas censé pouvoir nous échapper ou retourner la situation, mais il l'a fait.

Il a réussi à faire ça en étant poussé à bout et tellement désespéré. Et maintenant il a Preacher.

Tout en moi hurle de fureur agonisante à cette pensée. *Pas Preacher. Il ne peut pas l'avoir.*

Les autres Rois sont juste là, et Je vois bien qu'ils sont effrayés et furieux. Même Ash, d'habitude calme et joyeux, même en cas de crise, a l'air de vouloir soit crier, soit arracher la tête de quelqu'un.

Pax a les poings serrés et c'est impossible que ses

paumes ne saignent pas quand il desserrera les poings. Gale serre la mâchoire, comme s'il cherchait une solution mentalement et n'en trouvait pas.

Je me sens tellement mal. Je commence à faire les cent pas, marchant d'avant en arrière dans les broussailles, essayant de garder ma respiration sous contrôle pour ne pas hyperventiler.

« Putain, qu'est-ce qu'on va faire ? » je leur demande. « Il ne peut pas juste... on doit faire quelque chose ! On ne peut pas le laisser garder Preacher. C'est quoi ce bordel. Ce n'était pas... »

Je peux à peine prononcer les mots. Ils sortent tous de ma bouche si vite et je fixe les gars comme s'ils avaient les réponses. Comme s'ils pouvaient arranger ça d'une manière ou d'une autre.

Je n'ai jamais été du genre à demander de l'aide aux autres, mais je fais partie du groupe et l'un des nôtres a disparu. Il n'y a aucune chance que Julian le traite bien. Pas après ce qu'on lui a fait et je suis terrifiée à l'idée que quand on trouvera Preacher, il ne sera pas en bon état.

« Il faut le suivre », dit Gale. Il a l'air plus en colère que je ne l'ai jamais entendu, sa voix est un grognement bas, à peine contrôlé. « On doit aller là où il l'emmène, bordel. »

« On ne peut pas prendre la voiture de Julian », fait remarquer Ash. « C'est un tas de ferraille. »

Gale laisse échapper un souffle et se tire la lèvre en hochant la tête. « Je vais demander une faveur », dit-il. « C'est tout ce qu'on a. »

Heureusement qu'ils ont tellement de gens qui leur

doivent des faveurs. Heureusement qu'ils sont si bien connectés dans cette ville.

« Combien de temps ça va prendre ? » je lui demande. On est toujours en dehors de la ville, alors on ne peut pas savoir.

Quand Gale me regarde, je vois bien qu'il pense la même chose, et mon estomac se noue. Il prend son portable et passe l'appel, en parlant à voix basse à celui qui est en ligne. Gale lui donne notre position et je veux demander quand il arrivera, mais en même temps, je ne veux pas savoir. Si c'est trop long, je ne pourrai pas le supporter, mais qu'est-ce qu'on peut faire d'autre ?

Je me sens dans un état second d'une certaine manière. La panique et la colère tourbillonnent en moi comme une tempête violente. L'euphorie d'avant a complètement disparu. C'est comme si c'était une personne différente. Tout ce que je peux penser, c'est que Julian va me voler une autre personne. Quelqu'un d'autre à qui je tiens tellement. Je ne peux pas laisser cela se produire.

« On peut le pister », dit Ash, comme s'il venait de s'en souvenir. Je ne lui en veux pas. On est tous un peu dingue en cet instant. Il sort son portable et se connecte au logiciel qu'on a téléchargé sur le portable de Julian. Il nous montre une petite flèche rouge, indiquant où se trouve Julian dans notre voiture.

Donc on sait au moins où il va, mais on n'a pas encore le moyen de le suivre.

Nous retournons vers la route en jetant des coups

d'œil anxieux dans la direction d'où la voiture va arriver toutes les quelques secondes.

Regarder ne va pas la faire venir plus vite, mais que pouvons-nous faire d'autre ?

Je me dis que c'est ce que Julian a dû ressentir à cette soirée. Effrayé et en colère, poussé à bout, mais sans aucune option. La seule différence est qu'il le méritait.

Le temps passe et la petite flèche s'éloigne de plus en plus. Il n'y a toujours aucun signe de la voiture que Gale a appelée et je ne peux pas attendre plus longtemps.

Une autre voiture approche sur la route, et comme Gale ne réagit pas quand il la regarde, je sais que ce n'est pas celle que nous attendons. Mais j'en ai assez. Je ne peux plus attendre. Pas en sachant que Preacher a des ennuis.

Sans même y penser, je me place devant la voiture alors qu'elle s'approche de l'endroit où nous sommes regroupés sur le bord de la route. Je me déplace presque automatiquement, risquant d'être frappée si le conducteur ne s'arrête pas à temps.

J'entends l'un des hommes m'appeler, mais je ne bouge pas du chemin, et la voiture s'arrête à quelques mètres à peine devant moi.

Dès qu'elle s'arrête, j'attrape la poignée de la porte et l'ouvre d'un coup sec, en braquant le pistolet que je tiens dans la main au visage du type. Il a l'air surpris, puis effrayé quand il voit mon visage masqué, mais je n'en ai rien à faire.

« Sortez de la voiture », dis-je, sur un ton étrangement neutre compte tenu de mon état paniqué.

Les yeux du gars grossissent encore plus et il se précipite pour sortir en attrapant son portable et trébuchant en sortant de la voiture.

« Allons-y ! » je crie aux autres, me mettant au volant tandis que Gale, Ash et Pax s'entassent rapidement dans la voiture.

Nous laissons l'homme derrière nous tandis que je fonce, les doigts serrés sur le volant. Je conduis dangereusement en me faufilant entre les voies et mes mains tremblent tellement que j'ai du mal à garder le volant droit.

Gale semble vouloir dire quelque chose, assis dans le siège passager, mais il ne le fait pas. Ash est à l'arrière avec Pax, me donnant des indications en suivant le trajet sur son portable.

« À gauche », dit-il et je tire la voiture dans cette direction, heurtant un peu le trottoir en prenant une rue latérale.

Je grille un stop et c'est une bonne chose qu'il soit assez tard pour qu'il n'y ait pas beaucoup de gens sur la route. Parce que je ne peux pas me soucier du code de la route quand la vie de Preacher est en jeu comme ça.

À un moment donné, Gale tend la main et redresse le volant, me guidant loin du bord de la route et me ramenant sur ma propre voie. J'ai tellement d'adrénaline en moi et mon cerveau ne fait que jouer des souvenirs avec Preacher en boucle.

Je pense au fait qu'on ne s'entendait pas du tout quand je suis arrivée ici, à quel point il me détestait et combien il voulait me tuer. C'est encore plus douloureux d'y penser parce qu'on a fait tellement de chemin. Je ne pense qu'aux conneries que je ne lui ai pas dites et au désespoir sur le visage de Julian.

Il nous a dit qu'il ne serait pas indulgent la prochaine fois qu'on s'en prendrait à lui et on l'a fait de manière grandiose.

Nous débouchons dans un quartier d'entrepôts près des docks et j'arrête la voiture devant une rangée de bâtiments qui s'étend sur plusieurs pâtés de maisons, puis j'arrache mon masque. Les hommes ont déjà enlevé le leur et leurs visages sont ombragés dans l'habitacle de la voiture.

Il fait sombre tout autour de nous, à l'exception de la lumière des quelques lampadaires qui bordent les côtés de la rue, et celle-ci semble déserte à cette heure de la nuit.

L'endroit est silencieux et le silence est presque sinistre.

« Lequel ? » dis-je en regardant Ash dans le rétroviseur.

« Je ne sais pas », murmure-t-il en grimaçant. « Je n'arrive pas à déterminer quel bâtiment. Mais il est ici quelque part. »

La tension dans mon corps ne fait qu'augmenter. Il y a une tonne de bâtiments sur cette rangée et ils pourraient être dans n'importe lequel. Ça n'aide pas du tout, putain.

Nous sommes proches. On est si proche de Julian, et pourtant si loin. Et Julian avait une longueur d'avance sur nous. Une avance considérable. Il a eu trop de temps. N'importe quoi aurait pu arriver, et plus on attend, plus il y a de chances qu'une mauvaise chose arrive.

Je sors de la voiture et commence à marcher vers le bâtiment le plus proche. Les fenêtres sont sombres, et lorsque je jette un coup d'œil à travers, je ne vois que des boîtes poussiéreuses et de vagues formes couvertes.

Pas celui-là.

Nous descendons l'allée, vérifiant chaque bâtiment pour voir s'il y a des signes de vie ou de bagarre, mais nous ne trouvons rien. Plus cela prend du temps, plus il devient clair que nous ne pourrons pas tout chercher à pied. Il y a trop de bâtiments à fouiller.

Mais que pouvons-nous faire d'autre ? Cette pensée me vient à nouveau et j'en suis presque malade. Nous devons continuer à chercher. Nous devons...

La sonnerie d'un portable retentit dans le silence de la nuit et je jette un coup d'œil pour voir Gale sortir son portable de sa poche.

Il regarde l'écran d'un air renfrogné et je sais tout de suite que c'est Julian et je m'approche rapidement.

« Putain, t'es où ? » dit Gale dès qu'il répond, mettant le portable sur haut-parleur.

Au début, il n'y a pas de son, à part le léger grésillement de l'appel. Puis l'écran devient noir pendant une fraction de seconde avant que le visage de Julian n'apparaisse.

Il l'a mis en vidéo.

Il balance le portable et on voit Preacher. Il est enchaîné, ensanglanté et affaissé dans ses liens. Julian réapparait dans l'écran et frappe le bras de Preacher avec son doigt, l'enfonçant dans une blessure.

Preacher tressaille sous la douleur, mais ne crie pas. Je peux voir les muscles de sa mâchoire bouger et il s'efforce de retenir son cri.

Je ne sais pas ce que Julian lui a fait, mais il y a du sang qui coule le long de ce bras et la poitrine de Preacher se soulève pendant qu'il respire.

« Je sais que vous avez pris mon argent », dit Julian. « Je sais que vous l'avez fait. Je veux le récupérer. Vous me rendez mon putain d'argent ou je le tue. On a passé un bon moment à apprendre à se connaître. » Il enfonce son doigt encore plus fort dans cette blessure et Preacher ferme les yeux, l'agonie se lisant sur son visage. « Mais je vais en finir ici si vous ne me rendez pas tout. »

L'agonie sur le visage de Preacher me brise le cœur. Il pourrait être n'importe où et il n'y a rien que nous puissions faire si nous ne savons pas où il est.

Quelque chose de monstrueux monte en moi après ce sentiment d'agonie. J'ai l'impression que je suis sur le point d'exploser hors de ma peau. Je n'ai jamais eu autant envie de tuer quelqu'un que j'ai envie de tuer Julian Maduro en ce moment.

« Va te faire foutre », je crache, laissant toute ma rage et ma haine sortir dans ces mots.

Julian ricane. « J'aurais dû te tuer quand j'en avais l'occasion », dit-il. « Toi et cette salope que j'ai épousée. Sa chatte était la seule chose dont j'avais besoin et j'aurais dû me débarrasser d'elle dès qu'elle m'a donné ce que je voulais. »

Le sang gronde dans mes oreilles et j'entends à peine ce que dit Julian à cause de toute la rage que je ressens.

« Votre ami ne compte-t-il pas plus pour vous que l'argent ? » dit-il, se moquant de nous tous maintenant. « Je pensais que vous étiez tous une famille ou une connerie de ce genre. Vous le laisseriez vraiment mourir pour de l'argent qui ne vous appartient même pas, putain ? »

Il a l'air en colère, mais tellement confiant. Tellement sûr d'avoir le dessus. Il sait à quel point nous tenons les uns aux autres et que c'est le meilleur moyen de nous manipuler.

La rage monte en moi, et s'il y avait un moyen de tuer quelqu'un à travers un portable, je le ferais sans hésiter. De l'autre côté, il fait autre chose à Preacher et on entend son grognement de douleur qui suit.

Je fixe le portable, j'observe ce que je peux voir, et puis, tout à coup, j'ai un moment de clarté parfaite. Comme si tout le désespoir, la colère et l'inquiétude se résumaient à quelque chose qui m'indique exactement ce que je dois voir.

Il y a une fenêtre sur le côté de la pièce où Julian retient Preacher. Juste dans le coin de la fenêtre, je peux voir un panneau d'autoroute vert. Je ne peux pas lire ce que dit le panneau, mais ça n'a pas d'importance. Le bâtiment a une vue sur l'autoroute, ce qui signifie qu'il n'y a pas d'autres structures de ce côté pour bloquer la vue.

Seule la dernière rangée de bâtiments de cette zone est assez proche pour voir l'autoroute et il n'y en a que deux dans cette rangée. L'un d'entre eux est barricadé et abandonné, et je ne pense pas que Julian aurait pris le temps d'enlever les planches des fenêtres et des portes alors qu'il avait Preacher avec lui et qu'il savait que nous allions le poursuivre.

Ce qui veut dire qu'il ne peut être qu'à un seul endroit.

« Rendez-moi mon argent ou je le tue », dit Julian. « Et je vais adorer ça, putain. » Il termine l'appel et l'écran redevient noir.

Pax semble sur le point d'exploser, et Gale et Ash ont l'air à la fois furieux et malade. Je les regarde tous les trois.

« Je sais où est Preacher. »

36

RIVER

« Comment ça, tu sais où il est ? » demande Gale. Il fronce les sourcils, mais il y a une étincelle d'espoir dans ses yeux. Il espère que je dis la vérité.

« J'ai vu la fenêtre quand Julian jubilait », lui dis-je. « Je pouvais voir un panneau d'autoroute. Seuls deux bâtiments ici ont une vue sur l'autoroute. »

Je lui explique qu'il y a un bâtiment barricadé et que Julian était probablement trop désespéré pour essayer de l'enlever. Ce qui nous laisse un seul bâtiment à vérifier.

Gale me lance un regard remplit de fierté. Ash a l'air soulagé et Pax a l'air d'être prêt à entrer dans ce bâtiment et à tuer des gens.

Je ressens la même chose.

Nous remontons dans la voiture parce que c'est plus rapide que de marcher. Je conduis jusqu'à ce bâtiment en un temps record, nous garant un peu à l'écart pour que nous puissions examiner l'endroit.

Julian a eu assez de temps pour organiser quelque

chose s'il le voulait, donc nous devons être prudents, même si je sais que nous avons tous envie d'entrer et de commencer à tirer.

Il y a un garde posté à l'extérieur du bâtiment et je réalise soudainement que c'est un endroit que Julian connaît bien. Ce n'est pas par hasard qu'il a choisi cet endroit. C'est probablement l'endroit que Lorenzo utilisait pour ses affaires de trafic. C'est pourquoi Julian a amené Preacher ici. Parce qu'il y a déjà des gardes autour de cet endroit.

Pax bouge déjà avant que nous n'ayons le temps de trouver un plan. Il se déplace plus silencieusement que je ne l'aurais cru possible pour quelqu'un de sa taille, se glissant derrière le garde avant que celui-ci n'ait le temps de se retourner et de le voir.

Le garde a environ deux secondes pour se débattre avant que Pax ne lui brise le cou et le laisse en tas sur le sol.

On s'approche de son corps et Ash fouille jusqu'à ce qu'il trouve une carte magnétique.

« Bon travail », murmure Gale. Il prend la carte et la glisse dans la serrure de la porte. La lumière du capteur clignote en vert et la porte s'ouvre.

Nous nous glissons à l'intérieur en essayant d'être silencieux et de ne pas révéler notre présence pour l'instant.

C'est un endroit immense. Il y a des couloirs qui le traversent et beaucoup de pièces, d'alcôves et d'impasses éparpillés.

Nous ne pouvons pas aller aussi vite que je le

voudrais, car nous ne voulons avertir personne de notre présence, et c'est frustrant.

Chaque fois que nous ouvrons une porte et que nous ne trouvons rien d'autre que des boîtes, des sacs et des bâches, j'ai l'impression d'être poignardée au cœur.

Mais alors que nous nous dirigeons vers l'arrière du bâtiment, le son de la voix de Julian devient audible. Il parle à quelqu'un. Il monologue, en fait, ce qui signifie qu'il est probablement en train de tourmenter Preacher. Cette idée fait bondir mon cœur dans ma gorge et je serre les dents alors que nous continuons à avancer.

Après un autre moment, Pax regarde au coin devant nous et lève la main pour nous faire signe d'arrêter.

« Des gardes », murmure-t-il à voix basse lorsque nous nous rassemblons autour de lui. « Il y en a au moins cinq, alignés dans le couloir avec une porte au bout. Ça doit être là que Julian retient Preacher. »

Nous sommes moins nombreux, donc nous devons rester discrets pendant que nous éliminons les gardes. Nous coordonnons notre attaque avec quelques mots chuchotés et des gestes silencieux en élaborant une stratégie pour en abattre le plus possible rapidement. Si nous pouvons tous les attaquer avant que l'un d'entre eux n'alerte Julian, nous pourrons peut-être le prendre par surprise.

Pax passe en premier et il se colle contre le mur à côté du coin qu'il a contourné, préparant son arme. Il est habituellement du genre à foncer tête baissée, sans hésitation, alors je sais qu'il est nerveux. C'est la vie de son cousin qui est en jeu, le seul de ses *frères* avec qui il partage un ADN réel, et je suis sûre qu'il donnerait n'importe quoi pour échanger sa place avec Preacher, pour être celui que Julian a pris en otage, si cela signifiait que Preacher était toujours libre et indemne.

On va le faire sortir. Nous pouvons le faire.

Gale prend sa place juste à côté de Pax, et Ash et moi sommes prêts derrière lui avec nos armes dégainées.

Mon regard se porte sur Pax et ses yeux brillent dans la lumière tamisée alors qu'il lève une main, comptant à rebours avec ses doigts.

Trois.

Deux.

Un.

Se déplaçant ensemble, nous nous précipitons autour du coin. Pax élimine le premier garde, tandis que Gale s'occupe du deuxième. Ash et moi les dépassons et nous nous dirigeons vers les troisième et quatrième gardes. Notre attaque est si soudaine et inattendue que nous parvenons à éliminer les quatre avant qu'ils ne puissent sonner l'alarme, mais le cinquième homme s'esquive alors que Pax lâche le corps du premier et se déplace pour l'attaquer.

Le garde restant saisit son arme et commence à tirer dans notre direction, et nous reculons, essayant de nous mettre à l'abri.

« Putain ! » jure Pax.

D'autres gardes de Julian sortent en trombe de la pièce, armés et prêts à se battre. C'est le chaos. Les gardes se crient après, nous tirant dessus. Ils se précipitent dans le couloir, essayant de nous rattraper de la même manière que nous venons d'essayer de rattraper leurs copains.

Pax rugit de fureur, maintenant qu'être silencieux n'en vaut plus la peine, et il se déchaîne, faisant reculer les gardes et en prenant quelques-uns à mains nues, ne semblant pas vraiment se soucier qu'ils lui tirent dessus.

« Pax ! » crie Gale en se réfugiant dans une des pièces vides alors que les balles se mettent à voler. « Reviens ici avant de te faire tirer dessus ! »

Il est difficile de voir si Pax est blessé, mais quand il se retrouve à côté de moi, il semble aller bien. Il respire fort et ses yeux brûlent. Ces enfoirés se dressent entre nous et la fin de tout ça. Entre nous et sauver Preacher.

On ne peut pas laisser faire ça.

Les balles volent tandis que nous ripostons, éliminant les gardes que nous pouvons. Ils ripostent et ils sont si nombreux que nous ne pouvons pas avancer. Ils nous ont coincés dans un petit coin et nous ne pouvons rien faire pour nous défendre.

Pendant que je tire pour faire avancer les choses, je ne peux pas empêcher le sentiment de terreur qui s'installe dans mes tripes comme de l'acide.

Et si Julian avait entendu l'agitation et était en train de tuer Preacher ?

Logiquement, je sais qu'il ne le fait probablement pas. Il n'aurait pas recours à ça à moins d'y être obligé, puisque Preacher est le seul moyen de pression qu'il a. S'il le tue, il n'aura rien pour négocier.

Alors je continue d'avancer en m'accrochant à cette pensée et en la laissant me guider.

Preacher est toujours en vie et je dois le trouver.

Quand Gale élimine un des gardes de Julian, le faisant foncer dans un mur avec un trou dans la tête, je vois une ouverture. Sans réfléchir, sans hésiter même une fraction de seconde, je la saisis.

« Couvre-moi ! » dis-je à Gale en m'avançant, me glissant dans le couloir vers la pièce où Preacher est gardé.

Gale jure, mais il fait ce que je lui demande. Ash, Pax et lui s'attaquent aux autres gardes et les maintiennent à distance pendant que je me glisse dans la pièce. Je jette un rapide coup d'œil pour me repérer et mon cœur se serre quand je vois l'endroit où Preacher est enchaîné au mur.

Julian se jette sur Preacher, je dégaine à nouveau mon arme et lui tire dessus. Je veux désespérément l'éloigner de l'homme blond.

Je réussis à toucher l'épaule de Julian et je me jette en avant pour finir le travail, en visant sa tête. Avant que je puisse tirer, Julian se précipite sur moi. La haine et le dédain purs se lisent sur ses traits, et j'essaie de m'esquiver, mais il me cloue au sol avant que je puisse aller trop loin.

J'ai presque le souffle coupé quand on atterrit sur le sol en béton dur. Mon arme vole et quand j'essaye de la récupérer, Julian me plaque au sol.

« Lâche-moi, putain ! » je crie en m'accrochant à lui.

« Je vais te tuer, espèce de salope », grogne-t-il. « Tu pourras enfin être avec ta sœur en enfer. »

En d'autres temps, j'aurais été choquée à l'idée

qu'Anna puisse se retrouver en enfer, si un endroit comme ça existe. Mais maintenant je suis trop concentrée sur le combat.

Mon arme est tombée au sol dans la lutte et je ne vois pas où elle est allée. Il ne me reste que mes mains nues pour essayer de repousser Julian. Je mets une main sur son visage et le pousse loin de moi en essayant de renverser nos positions pour pouvoir être au-dessus.

Il me faut deux essais, mais je réussis finalement à nous faire rouler. Je l'enjambe, saisis une poignée de ses cheveux et écrase sa tête contre le sol dur en faisant un bruit sourd. Il hurle de douleur, mais au lieu de l'étourdir comme je l'espérais, la douleur semble lui donner une poussée d'adrénaline. Il se jette sur moi, me giflant assez fort pour que mes oreilles bourdonnent.

J'enfonce mon genou, visant son aine, et il roule juste à temps pour l'éviter.

« Espèce de salope ! » hurle-t-il, l'air sauvage et déséquilibré. « Espèce de salope ! »

Je ne perds pas mon temps à échanger des insultes avec lui. Et je ne lui laisse aucune chance de s'éloigner de moi, je l'attrape de toute mes forces. Il se débat sous moi et finit par me donner un coup de coude dans l'estomac, me coupant l'air suffisamment longtemps pour qu'il puisse retourner nos positions et prendre le contrôle.

D'un seul coup, je suis frappée par un souvenir. C'est si réel que j'ai l'impression d'avoir été ramenée en arrière.

Le visage de Julian plane au-dessus du mien, rempli de rage et de désespoir, et ça me rappelle son père et la nuit où je l'ai tué.

Lorenzo et moi nous sommes battus comme ça, en nous agrippant et en essayant de prendre le dessus sur l'autre. Tout ce que je savais à ce moment-là, c'est que Lorenzo ne pouvait pas survivre au combat. Il ne pouvait pas être autorisé à sortir de ces toilettes et continuer sa vie. Je devais le tuer. Il n'y avait pas d'autre option.

C'est la même chose maintenant.

Julian doit mourir ici. Ce soir.

S'il se libère, s'il parvient à prendre le dessus sur moi, il tuera probablement tous ceux que j'aime pour s'en sortir. Pour avoir sa propre vengeance. Et ce *n'est pas* comme ça que cette histoire va se terminer.

C'est impossible.

Je ressens une nouvelle poussée d'énergie et je me bats avec tout ce que j'ai, comme cette nuit-là, il y a des années. Me tortillant sur le sol, j'empêche Julian de mettre ses mains autour de mon cou et j'essaie à nouveau de lui mettre un coup de genou dans les couilles.

Mais il est rapide. Et encore plus que ça, il se bat comme si tous les coups étaient permis.

Lorenzo a été pris au dépourvu quand je me suis pointée. Il était au sommet de son art et il pensait qu'il était intouchable. Mais Julian a déjà tout perdu. La seule chose qu'il lui reste à perdre est sa vie et ça lui donne une force difficile à surpasser.

Il réussit à me faire tomber contre le sol avec assez de force pour que je doive cligner des yeux. Avant que je puisse m'en remettre, il met ses mains autour de ma gorge.

Je me débats sous lui, essayant de lui donner un coup

de pied, de le griffer ou n'importe quoi. Mais il utilise son poids pour m'immobiliser et il resserre ses doigts pour m'étouffer.

Je m'essouffle et la peur m'envahit tandis que mes poumons brûlent. Pendant une seconde, j'ai l'impression de redevenir la petite fille sans défense que j'étais autrefois. Piégée quelque part, blessée et utilisée sans espoir de se défendre. Le visage de Julian se brouille à mesure que la peur monte et il pourrait être son père, penché sur moi, me murmurant des petits mots doux de merde.

Ce serait facile de céder à cette peur et à ces souvenirs, mais je me rends compte que je ne suis plus la même personne. Je ne suis plus une petite fille sans défense et je ne suis plus seule dans cette situation.

Je pense à Preacher qui est toujours enchaîné au mur, regardant tout cela sans pouvoir faire quoi que ce soit pour m'aider ou l'arrêter. Je pense aux autres Rois qui se battent toujours contre les gardes étant donné qu'il y a toujours des coups de feu qui résonnent autour de nous.

Je pense à Pax et à ses leçons sur la façon d'infliger la douleur. Comment il m'a dit que n'importe quoi pouvait être une arme si tu sais comment l'utiliser.

Crochets.

Les crochets.

Avec un élan d'inspiration, j'arrache une de mes boucles d'oreille et je poignarde Julian dans l'œil avec.

Il hurle comme un animal blessé et recule, et c'est l'ouverture dont j'ai besoin. Je brise son emprise sur mon cou, haletant et essayant de trouver mon équilibre. Je ne peux pas céder maintenant. C'est peut-être la seule chance que j'ai.

Du coin de l'œil, je vois mon arme sur le sol taché et sale. Elle est tout près. Elle est juste hors de portée, mais assez proche pour que je puisse me jeter dessus. Je regarde Julian et il s'approche à nouveau, le sang coulant sur son visage de son œil percé.

Mes doigts se referment autour de l'arme.

Je me retourne et vise dans le même geste, appuyant sur la gâchette et tirant sur Julian Maduro en plein front.

Le temps semble ralentir alors que sa tête est projetée en arrière par la force du coup.

Puis il tombe au sol.

Mort.

Mes oreilles bourdonnent à cause du bruit du coup de feu et mon cou me fait mal où Julian essayait de m'étrangler, mais je n'ai pas le temps de reprendre mon souffle.

Les gars continuent de se battre contre les gardes, et plutôt que d'abandonner, les gardes montent d'un cran lorsqu'ils se rendent compte que Julian est à terre. Ils réalisent probablement que c'est impossible d'avoir un cessez-le-feu maintenant et que c'est vraiment une situation où il faut tuer ou être tué.

Je bondis dans la mêlée, tirant sur un garde dans le dos avant qu'il ne puisse s'élancer vers Ash, puis je tourne pour donner un coup de coude dans le visage d'un autre afin que Pax puisse l'éliminer.

Il n'en reste pas beaucoup et nous parvenons à les

éliminer un par un jusqu'à ce que nous soyons les seuls qui restent.

Un silence soudain s'installe dans l'entrepôt lorsque le dernier garde s'écroule.

C'est presque bizarre, vu tout le bruit qu'il y avait avant. Pas de coups de feu, pas de cris, aucun des discours terribles de Julian sur la façon dont il va tous nous tuer.

Juste le silence et le battement de mon cœur.

Je ne regarde pas le corps de Julian. Je sais qu'il est mort, putain. J'ai vu le trou de balle dans son front et ça me suffit. Il ne va pas se relever après ça.

Au lieu de ça, mon regard se lève vers Preacher. Et mes pieds suivent, me portant vers lui aussi vite que je peux.

37

PREACHER

Mon corps a mal et palpite à cause de tout ce que Julian a fait pour me torturer. Il m'a coupé avec des couteaux et a enfoncé ses doigts dans les coupures. Il m'a frappé, m'a posé des questions et m'a giflé quand il n'a pas eu les réponses qu'il voulait.

J'ai encaissé tout cela aussi silencieusement que possible, sans lui donner la satisfaction de lui montrer ma douleur tandis qu'il passait sa colère et son désespoir sur moi.

Mais peu importe l'agonie que les blessures de mon corps ont causée, ce n'était rien comparé au fait d'être enchaîné au mur, sans pouvoir rien faire, pendant que Julian essayait de tuer River.

Dès que je la vois venir vers moi, je me débats contre les liens pour essayer de l'atteindre. Pour la toucher et m'assurer qu'elle va bien. Rien n'a jamais été plus important.

Elle attrape la clé des chaînes sur le mur, là où Julian

l'a cachée et elle commence à me libérer. Ses mouvements sont saccadés et désespérés.

À la seconde où je suis libre, je l'attrape. L'avoir ici, avoir mes mains sur elle, ça aide un peu. Elle est solide, réelle et vivante.

Tout le temps où je la regardais se faire blesser par Julian, se battre contre lui et lutter pour garder le dessus, je ne pensais qu'au fait que je ne pouvais rien faire.

Tout comme avec Jade.

J'étais coincé à la regarder et mon cerveau me demandait de faire quelque chose, n'importe quoi, pour qu'elle ne meure pas.

Mes poignets sont écorchés et meurtris par la force avec laquelle je me suis battu contre ces chaînes, mais rien de tout cela n'a d'importance maintenant. Je ressens à peine les blessures que Julian m'a infligées alors que j'ai River dans mes bras.

Elle m'attrape et passe ses mains sur moi, soit pour s'assurer que je ne suis pas plus blessé qu'elle ne peut le voir, soit parce qu'elle veut simplement me toucher.

L'un ou l'autre, c'est bien.

Nous nous tripotons, juste pour nous toucher, passant d'une étreinte à s'examiner l'un l'autre.

Les yeux bleu foncé de River sont un peu frénétiques alors qu'elle fouille mon visage. L'inquiétude brûle au fond d'eux et je peux imaginer à quel point ça l'a blessée quand Julian a passé l'appel vidéo pour leur montrer ce qu'il me faisait. Je n'aurais jamais voulu qu'elle voie ça, mais c'est le genre de salaud qu'est Julian.

Était.

Maintenant, il n'est plus qu'un tas de sang et d'os sur le sol.

« Putain. Je suis tellement contente que tu ailles bien », dit River. « Merde, j'étais tellement... »

Elle s'interrompt, secouant la tête, et quand elle lève les yeux vers moi, ils sont brillants et vitreux.

Au lieu de lui dire que tout va bien, je me penche et l'embrasse. Cela empire la douleur de ma lèvre fendue et des bleus sur ma joue, mais je n'en ai rien à foutre. Le baiser est teinté de sang cuivré et du goût de River, et je mords ses lèvres comme si j'essayais de fendre la peau, de laisser sortir son âme pour pouvoir la capturer.

Je veux chaque partie d'elle. Chaque petite chose que je peux obtenir. Je ne veux rien retenir entre nous. La peur de la perdre, de ne pouvoir rien faire d'autre que de la regarder mourir, fait monter en flèche toutes les émotions emprisonnées en moi. Je l'embrasse comme un homme affamé, comme si je me noyais et que je devais continuer à la respirer pour survivre.

Mes mains parcourent son corps, trouvant de la peau nue à travers les lambeaux de tissu déchirés et en cherchant davantage. Tout en moi m'appelle à continuer. À ne jamais m'arrêter.

Quelque chose s'est brisé en moi : le même genre d'émotion que celle que j'ai ressentie après qu'elle a été enlevée et retenue captive par Julian, il y a maintenant une éternité. C'est un besoin sauvage, déséquilibré, qu'elle m'appartienne si complètement que rien ne pourra jamais me l'enlever.

Il y a tellement d'émotions brutes, plus que ce dont

j'ai l'habitude, qui me traversent. Et au lieu d'essayer de retenir cette marée, je la laisse couler en moi. Je la laisse prendre le dessus, y allant avec mon instinct et mon besoin au lieu d'essayer d'y penser.

River s'accroche à moi et je tourne nos corps pour la plaquer contre la brique rugueuse du mur où j'étais attaché auparavant. Mes lèvres vont de sa bouche jusqu'à son cou, embrassant et mordant, léchant et suçant sa peau.

Elle gémit mon nom, s'accrochant à ma chemise, et je laisse échapper un souffle rauque au son parfait.

Je peux déjà sentir ma bite s'épaissir, devenir dure et douloureuse dans mon pantalon, et je me frotte contre River, pressant ma bite entre ses jambes.

Elle gémit à nouveau, écartant un peu les jambes, et je cale ma cuisse entre elles, l'appuyant exactement là où je sais qu'elle la veut.

« Preacher ! » Elle halète, les yeux fous de désir. « Putain. »

« Allez », je marmonne contre ses lèvres quand je reviens pour un autre baiser. « Montre-moi. Montre-moi ce que tu veux. »

River se frotte contre ma cuisse avec un abandon sauvage. Elle ne semble pas se soucier du fait que nous sommes dans cet entrepôt et qu'il y a des corps de personnes qu'elle et mes frères ont tuées éparpillés tout autour. Moi non plus. Il n'y a qu'elle que je puisse voir, sentir ou penser.

Elle et la chaleur incroyable quand elle se frotte à ma cuisse, cherchant plus de friction, plus de plaisir.

Je l'embrasse profondément, enfonçant ma langue dans sa bouche et cherchant le goût exquis de River. Cette saveur indéfinissable, addictive, dont je ne me lasse jamais. Je peux sentir à quel point elle aime ça, à quel point elle devient trempée pour moi quand elle fait glisser sa chatte sur ma cuisse, et j'aime ça aussi.

Mais ce n'est pas suffisant.

Ce ne sera jamais suffisant.

Je me penche entre nous et je pousse mon pantalon, défaisant ma braguette et mon bouton pour libérer ma bite. Ma queue est dure et coule à l'extrémité, ne demandant qu'à être en elle. Il m'est impossible de me souvenir d'une fois où j'ai été excité aussi vite, mais les circonstances sont différentes.

C'est nous qui sommes poussés par le besoin d'être ensemble, de réaffirmer que nous sommes vivants et que nous respirons encore. Et pour une fois, je ne me retiens pas.

Je pousse ses vêtements hors du chemin, déchirant le tissu de sa robe pour faire de la place pour ce que je veux. Ce dont nous avons tous les deux besoin. J'arrache sa culotte et la soulève, ignorant la douleur qui hurle dans mon corps et je la pénètre sans hésiter.

River grogne profondément. Elle est presque aussi bestiale que je le suis en ce moment.

« Oh mon dieu », elle halète. « Putain ! »

Elle s'accroche à moi. Ses bras sont autour de mon cou et son corps est calé entre le mien et le mur. Ses jambes passent autour de ma taille et nous sommes pris ensemble, corps contre corps, avec ma queue si profondément enfoncée en elle que j'ai l'impression de pouvoir sentir chaque partie d'elle.

C'est la première fois que je suis en elle comme ça. La première fois qu'on baise. Nous sommes tous les deux recouverts de sang, le mien en grande partie, mais nous ne nous en soucions pas.

Son corps est serré, humide et parfait, et c'est tout ce sur quoi je peux me concentrer. La façon dont il s'accroche à moi, la façon dont il réagit à chacun de mes mouvements.

« C'est tellement bon, putain », je grogne. « Mieux que je ne l'ai jamais imaginé. »

Ses yeux sont sombres de désir et elle gémit, se frottant contre moi et essayant de me faire bouger davantage.

« S'il te plaît. Merde, Preacher, s'il te plaît », elle halète, me suppliant avec des mots désespérés. « J'en veux plus ! S'il te plaît. »

Je me retire lentement, savourant la sensation de ses parois chaudes et humides qui tentent de m'aspirer à nouveau. Puis je pousse mes hanches vers l'avant et je rentre en elle, la baisant à fond. Je n'ai pas fait ça depuis si longtemps, mais c'est difficile d'oublier le rythme. Surtout quand je suis poussé par mes instincts les plus bas, que je cède à ce que mon corps veut et que je le laisse prendre le dessus.

Je ne pourrais pas m'arrêter si je le voulais à ce stade et chaque poussée le prouve.

Je suis essoufflé et endolori, mes blessures saignent

plus fort à cause de l'effort que nous faisons, mais cela n'a aucune importance.

River ne semble pas s'en soucier non plus, s'accrochant à moi comme si rien ne pouvait l'en empêcher. Ses ongles s'enfoncent dans mes épaules, et quand elle se redresse pour m'embrasser à nouveau, je peux sentir le goût du sang.

Cela ne nous arrête pas non plus. Rien ne peut nous arrêter.

« Putain », je gémis. « River. Tu es si... »

Je m'interromps et je la pénètre encore plus fort, la plaquant contre le mur. Je mords sa lèvre inférieure, puis je fais glisser ma bouche vers son cou en la mordant là aussi.

« Quoi ? » dit-elle. « Dis-moi. »

« Tu es incroyable, putain. Tellement bonne, putain. Tendue, chaude et parfaite. Comme je savais que tu le serais. »

Elle gémit en entendant ça et je peux sentir sa chatte palpiter, se serrant autour de moi comme un étau.

Je sais à peine ce que je dis à ce stade. Les mots continuent de sortir de ma bouche et j'ai l'impression qu'une bête est sortie de moi, qui ne veut qu'une seule chose : la dévorer. La consommer et la garder près de moi pour toujours.

Rien ne peut me la voler.

Rien ni personne.

Je ne la laisserai jamais partir.

« Jamais », lui dis-je brutalement en haletant contre son oreille. « Jamais. Tu ne vas jamais me quitter. »

Elle secoue la tête et se serre à nouveau autour de moi.

« Je ne veux pas », dit-elle en gémissant. « Je veux rester avec toi. Putain. Preacher, s'il te plaît. Je suis si... putain, je suis si proche. »

En l'entendant dire cela, mon sang bat plus vite dans mon corps. J'ai envie de la voir jouir pour moi. De la voir craquer et de savoir que c'est moi qui en suis responsable. De la sentir se convulser autour de ma bite.

Mes hanches bougent plus vite, je la baise plus fort et je m'enfonce dans son corps avec tout ce que j'ai.

Sa voix devient plus aiguë quand elle gémit mon nom et il n'en faut pas plus pour qu'elle jouisse en poussant un cri.

Je peux sentir la façon dont elle se serre autour de moi. La façon dont les frissons de plaisir parcourent son corps, la faisant trembler contre moi. Elle halète avec la bouche ouverte et le regard perdu dans le vide. Elle n'a jamais été aussi belle qu'en ce moment.

Cela ne fait qu'augmenter mon désir et je presse mon front contre le sien. Je me jette sur elle. Nous sommes tous les deux en sueur et couverts de sang.

« Oh mon Dieu », gémit-elle et son corps n'arrête pas de trembler. Ses yeux se ferment, et on dirait que si je ne la tenais pas, elle serait déjà tombée au sol.

Je sens son corps se contracter à nouveau et soit elle jouit pour la deuxième fois, soit c'est le même orgasme qui continue. Les répliques se transforment en une seconde vague qui la fait crier tandis que des larmes coulent sur ses joues.

Je suis emporté dans son plaisir et le mien. Dans son regard, épuisé et excité, et dans ce que je ressens. Je ne me suis jamais senti aussi lié à elle qu'en ce moment, et après tout ce qui s'est passé, c'est logique.

C'est tellement fort et je ne peux plus me retenir. Le plaisir grandit, puis déborde, et je jouis en elle en gémissant.

Ça semble aussi durer une éternité. Quand je jouis, le temps semble ralentir et mon souffle se mêle au sien. Nous nous regardons dans les yeux, presque collés l'un sur l'autre, nos lèvres se frôlant. C'est un moment parfait et chaud, nous rapprochant terriblement.

Je frissonne, ma bite tremblant alors que je me vide en elle, lui donnant tout. Tout ce que j'ai gardé en moi tout ce temps. C'est comme une libération à bien des niveaux et même si ce n'est pas la première fois que je jouis avec elle, c'est presque comme si ça l'était. C'est nouveau et différent, comme si quelque chose en moi avait été reconstruit.

Je pousse dans son corps quelques fois de plus, sentant mon sperme se répandre un peu plus à chaque poussée saccadée.

Mon cœur bat la chamade, et en cet instant, je ne ressens pas du tout mes blessures. Juste la façon dont River frissonne contre moi et ses respirations irrégulières alors qu'elle se calme.

Tout ce que je peux sentir, c'est elle.

38

RIVER

Mon corps bourdonne de plaisir et je lutte pour respirer alors que mes poumons tentent d'obtenir assez d'oxygène. C'est une sensation si intense, d'avoir Preacher en moi, sa bite encore un peu dure et enfouie complètement.

Même si j'ai baisé plus récemment que Preacher, je ne l'ai jamais fait avec lui, et l'immensité de ce moment mélangé à l'intensité de mes sentiments quand je pensais que j'allais le perdre rend le tout vraiment intense.

Mais bon.

Tellement bon.

Je fixe les yeux de Preacher quand il se retire lentement. Ils sont d'un bleu si pâle, glacés même s'ils brûlent de plaisir et de chaleur. Sa bite palpite toujours doucement en moi, son corps pressé contre le mien, me plaquant au mur.

Il y a des taches de sang sur son visage qui s'écoulent de sa lèvre. Il a aussi des bleus et des coupures qui apparaissent à travers les endroits où ses vêtements sont déchirés et sales.

C'est clair qu'il a traversé l'enfer, mais il est magnifique selon moi.

Je lève la main et passe mes doigts sur sa joue. Il soutient mon regard tandis que quelque chose de silencieux passe entre nous. Quelque chose qu'aucun de nous ne peut nommer, mais dont nous avons clairement besoin.

Lentement, j'oublie le plaisir et le soulagement total. Je réalise l'endroit où nous sommes et ça me frappe de plein fouet. Dans un entrepôt au milieu de la nuit, entourés d'un tas de cadavres. Les autres Rois du Chaos sont tous là aussi et je cligne des yeux, puis je regarde par-dessus l'épaule de Preacher.

Tous les trois avaient commencé à nettoyer le désordre de la bagarre pendant que je libérais Preacher, mais maintenant ils se sont arrêtés et leurs regards sont tournés vers nous. Ils sont clairement excités par ce qu'ils ont vu. La luxure et la chaleur brillent dans leurs yeux.

« Tu sais », murmure Ash, rompant le silence comme il le fait habituellement. « J'ai presque envie d'aller trouver un autre dangereux trafiquant de drogue à affronter, juste pour pouvoir voir ça à nouveau. »

Il sourit et c'est un soulagement de le voir sourire, après la tension et l'inquiétude que nous ressentions tous avant d'arriver ici pour sauver Preacher.

Gale roule les yeux, mais même lui ne peut cacher la chaleur dans son regard alors qu'ils nous fixent tous.

Je me concentre à nouveau sur Preacher pendant une seconde, lui caressant la joue.

« Tu vas bien ? » je murmure.

Tous les hommes savent que Preacher a un problème avec le sexe, d'où son surnom, mais quelque chose s'est passé entre nous. Ce que nous venons de faire était follement intense et nous en frémissons encore tous les deux. Je n'arrive pas à croire que Preacher se tienne encore debout après tout ce qu'il a vécu ce soir.

Il se penche et pose son front contre le mien, fermant les yeux pendant une seconde. Ses épaules se soulèvent et s'abaissent tandis qu'il inspire profondément, puis il me regarde à nouveau.

« Je le suis maintenant », murmure-t-il. « Tu es en vie. »

Je souris doucement et acquiesce parce qu'il a raison. Je suis vivante. Et lui aussi.

« Je promets que je vais essayer de rester comme ça », lui dis-je. « Fais la même chose. S'il te plaît. Je ne peux pas te perdre. »

Preacher acquiesce et se rapproche de moi, m'embrassant à nouveau. Je peux sentir toutes ses émotions, toutes les choses qu'il ne sait pas comment dire ou pour lesquelles il n'a pas les mots. Je l'embrasse en retour, essayant de lui rendre tout cela et de m'assurer qu'il sait que je ressens la même chose.

Finalement, nous nous séparons.

Je ne prends même pas la peine de nettoyer son sperme, je le laisse couler le long de ma cuisse pendant que j'arrange mes vêtements. Ma robe est déchirée à certains endroits et ma culotte est quelque part sur le sol de l'entrepôt, mais je n'en ai rien à foutre.

Preacher range sa bite, s'appuyant un peu sur moi pendant qu'il referme son pantalon. Il est clairement blessé et épuisé, et j'enroule un bras autour de lui pour le soutenir lorsque nous rejoignons les autres.

« Doit-on faire quelque chose avec son corps ? » je demande en secouant la tête en direction de l'endroit où le cadavre de Julian est toujours étalé là où je l'ai fait tomber.

« Non. On devrait juste brûler tout cet endroit », dit Pax. « C'est plus facile que d'essayer de déplacer tout ça et je ne vais pas jeter un autre corps dans la rivière pour qu'il réapparaisse ensuite. »

C'est un très bon point.

« Nous avons encore de l'accélérant », poursuit-il. « L'entrepôt devrait s'enflammer rapidement. Il n'y a que des boîtes. »

Ses mots me font penser à Ivan Saint-James. On ne sait toujours pas qui a déterré son corps. On devra se remettre à creuser là-dessus une fois que cette histoire sera réglée. Une partie de moi se demande si c'était Julian et s'il a menti à ce sujet, comme il a menti à propos de tant de choses.

Ce serait pratique si c'était lui, puisqu'il est mort maintenant, mais ce n'est pas comme si on pouvait lui demander pour être sûr.

Le plan de Pax est le plus simple, alors on fait comme il a suggéré. Comme pour la salle de sport de Julian, on vaporise l'accélérant dans l'entrepôt en essayant de tout l'utiliser, puis on met le feu au bâtiment et on s'éloigne pendant qu'il brûle.

Ça fait du bien de sortir d'ici tous ensemble. D'être tous en un seul morceau et de savoir que Julian est vraiment mort. Il a peut-être fait durer cette nuit plus longtemps que prévu, mais au moins il payé le prix au final.

Preacher va guérir et peut-être qu'un jour nous pourrons tous nous détendre enfin.

C'est un soulagement de rentrer à la maison après la nuit que nous avons eue. J'ai l'impression que nous sommes allés à la soirée il y a des jours et que toute cette épreuve n'a été qu'une pagaille sans fin qui aurait pu durer une éternité. Je n'ai pas l'impression que ça n'a duré que quelques heures.

Harley aboie avec excitation dès que nous passons la porte, sautant partout et remuant la queue comme s'il ne nous avait pas vus depuis des semaines.

Je ne lui en veux pas pour ça.

Après tout, je suis complètement crevée et les autres ont l'air aussi épuisés que moi.

Je me souviens de me tenir là, dans le salon, avant de partir pour la soirée, à embrasser chacun des gars, avec le sentiment d'être invincibles. C'est un sentiment différent maintenant, mais je suis soulagée de les avoir encore tous ici avec moi.

Je me dirige vers Gale qui a des éclaboussures de sang sur sa chemise blanche. Sa cravate a disparu depuis longtemps et ses cheveux sont ébouriffés. Ses yeux verts sont un peu dingues quand je le regarde de près et je sais que c'était dur pour lui de voir le plan déraper de façon aussi horrible ce soir, tout comme à l'église. Il se considère comme le leader et nous le considérons tous comme tel et ça lui pèse plus lourd quand les choses ne marchent pas.

Je lève la main et je touche son visage en lissant une main sur sa joue. Gale me fait un petit sourire qui atteint même presque ses yeux. Il me serre contre lui et m'embrasse sur le front avant de se retirer pour me regarder à nouveau.

« Tu es une putain de guerrière », murmure-t-il. « Ne pense jamais le contraire. Après ce que tu as fait ce soir, rien ne peut t'arrêter. »

« Non, pas quand je vous ai tous derrière moi », je murmure et il sourit toujours en me libérant.

Je passe ensuite à Ash. J'ai l'impression qu'il y a très, très longtemps, nous étions tous les deux en train de baiser dans le placard de la maison d'Alec Beckham, mais quand je le regarde, je sais qu'il y pense aussi.

Il sourit d'un air fatigué et prend ma main. Il embrasse ma paume, puis chacun de mes doigts, ignorant le fait qu'ils sont sales et couverts de sang.

« Je te dirais bien toutes les choses que j'ai envie de te faire après t'avoir vue si déchainée ce soir, mais je pense que je m'endormirais à mi-chemin. » Il glousse. « On remet ça à une autre fois ? »

« Toujours », lui dis-je en me penchant pour embrasser sa joue.

Pax est le suivant. Je ne l'ai jamais vu aussi furieux que ce soir, debout, impuissant, pendant qu'on regardait Julian traîner Preacher.

Ce n'est pas son style d'abandonner et il y a encore un peu de cette colère sur son visage, dans sa façon de se tenir. Je sens qu'il va avoir besoin d'évacuer cette frustration d'une manière ou d'une autre, même si les choses sont terminées.

Dès que je m'approche de lui, il me tire contre son corps et enfouit son visage dans le creux de mon cou. Il me respire, ses doigts s'enfonçant dans ma hanche alors qu'il me tient fermement.

Aucun de nous ne dit rien pendant un long moment, puis il se retire et a l'air un peu mieux. De tous les hommes, à l'exception de Preacher, c'est celui qui a le plus de sang et je sais qu'il s'est jeté dans ce combat parce qu'il avait besoin de tuer, de frapper et de blesser pour gérer ses sentiments.

« Tu as tué cet enfoiré », dit-il en tendant la main pour saisir mon menton. Il y a tellement de fierté dans sa voix et je souris en l'entendant.

« Je ne l'ai pas fait souffrir comme il le méritait », j'admets en grimaçant.

Pax secoue la tête. « Non. Il a souffert. Il pensait qu'il allait prendre le dessus sur nous et tu l'as battu à son propre jeu. Il est mort en sachant qu'il ne valait rien, en se pissant dessus, car il craignait ce qui allait arriver. C'est ce qui compte. »

En entendant ces mots, je me sens mieux par rapport à la façon dont la mort de Julian s'est déroulée. De tous les gars, Pax est celui qui comprend le mieux cette partie de moi, et s'il dit que c'était bien, alors peut-être que ça l'était.

Je laisse échapper un petit soupir et je passe à Preacher.

Il est toujours debout, mais c'est clair qu'il est épuisé et qu'il souffre.

J'attrape sa main et il prend la mienne, enlaçant nos doigts. « On devrait te nettoyer », lui dis-je. « Tu as l'air terrible. »

Un petit sourire illumine son visage et il me rapproche de lui. « Je sais. »

Je l'embrasse, m'attardant doucement avec ma bouche contre la sienne. Quelque chose a évolué entre nous après tout ce qui s'est passé ce soir, comme si quelque chose prenait enfin sa place. Ça rend tout le reste plus intense.

On s'est embrassés plein de fois, mais le faire maintenant, c'est comme rentrer à la maison.

« Viens », dis-je en le tirant vers le haut des escaliers derrière moi.

Il avance lentement, grimaçant de temps en temps lorsque ses blessures lui font mal, mais il ne s'arrête pas. Nous arrivons dans sa chambre et je l'aide à se déshabiller lentement.

Sans eux, on voit clairement ce que Julian lui a fait. Il y a des coupures le long de ses bras qui saignent et des bleus sur son visage et sa poitrine, là où Julian l'a frappé, qui commencent à prendre différentes couleurs.

Ses vêtements sont couverts de sang et de sueur, je les jette sur le sol et les mets de côté.

Heureusement, aucune de ses coupures n'est assez importante pour nécessiter des points de suture. Julian voulait lui faire le plus mal possible, mais il n'essayait pas de le tuer ou de le faire saigner pendant qu'il le torturait.

« Va dans la douche », dis-je à Preacher. « Je serai là dans une seconde. »

Il fait ce que je lui dis et entre dans la salle de bains. Une seconde plus tard, j'entends l'eau couler et il laisse échapper un faible sifflement, probablement lorsque l'eau chaude touche certaines de ses coupures.

Je me déshabille rapidement, laissant les morceaux de ma robe tomber sur le sol, puis je me dépêche de le rejoindre sous la douche.

Il m'observe pendant que je m'approche sans rien dire. J'entre sous le jet avec lui et l'eau devient rouge lorsqu'elle s'écoule pour tourbillonner dans le syphon.

Les yeux de Preacher sont intenses, ils voient tout comme d'habitude, mais il n'y a rien que je n'aime pas à propos de ça maintenant. Ce n'est pas la même façon qu'il avait de me regarder, comme s'il essayait de voir à travers moi et de trouver quelque chose, n'importe quoi, qui lui donnerait une raison de mettre à exécution ses menaces de me tuer.

Maintenant il ne fait que... me regarder.
Parce qu'il le veut.
Parce qu'il aime ce qu'il voit.

Nous restons là en silence pendant un moment, laissant l'eau de la douche effacer les douleurs et les courbatures du combat de ce soir.

Preacher est le plus amoché, c'est sûr, mais je peux sentir les séquelles de ma bagarre avec Julian. J'ai mal au cou, là où il a essayé de m'étrangler, et j'ai des bleus sur le corps, là où on s'est cogné contre le sol en béton.

Cette fatigue est encore plus apparente avec la chaleur de la douche que je ressens dans mes muscles, mais je me retiens de m'y abandonner pour l'instant.

Après quelques instants de silence, Preacher prend la parole.

« J'ai envie de faire ça avec toi depuis si longtemps », dit-il, la voix douce. « J'avais peur et c'est ce qui me retenait. Mais dans cet entrepôt, te regarder combattre Julian et ne pas pouvoir t'aider... » Il secoue la tête, frissonnant un peu comme si le seul fait d'y penser lui était horrible. « J'ai eu tellement de regrets d'avoir laissé la peur m'empêcher de faire les choses que je voulais faire. De te montrer ce que je ressens pour toi. »

« Il n'y a rien à regretter », lui dis-je, ma gorge se serrant. « Même si... si les choses s'étaient passées différemment avec Julian et que nous n'avions jamais eu la chance de faire quelque chose de plus, je savais déjà ce que tu ressentais pour moi. Je *le sais*. Tu me le montres chaque jour, de tant de petites façons. »

Preacher cligne des yeux, comme s'il était surpris par mes paroles. Je pense que parfois il se voit encore comme un homme froid et fermé, un homme de glace indéchiffrable. Mais la vérité est que ce n'est plus qui il est. Il est toujours moins expressif que les autres hommes et cela ne changera probablement jamais. Mais par bribes, par petits moments et petits gestes, il m'a laissé voir qui il était.

Et même si je mourais d'envie qu'il me baise, de

ressentir cette connexion avec lui, ce n'est pas parce que je ne savais pas ce qu'il ressentait pour moi.

J'avais juste… envie de lui.

J'en ai toujours envie.

En posant légèrement mes mains sur son torse, j'incline ma tête vers le haut, me levant un peu sur mes orteils alors que je touche ses lèvres.

Le baiser s'approfondit et nous le savourons tous les deux, donnant tout ce que nous avons.

Il est blessé et je ne veux pas aggraver la situation, alors j'essaie de m'éloigner de lui. Mais il ne me laisse pas faire. Il enroule ses bras autour de moi, me gardant près de lui.

« J'ai besoin de toi, River », murmure-t-il et je peux entendre la vérité qui résonne dans ses mots. « J'ai tellement besoin de toi, putain. »

Mon corps y répond immédiatement, bourdonnant du même désir. On vient de baiser dans cet entrepôt, mais c'était différent. C'était le désespoir et la peur qui nous poussaient à nous prouver l'un à l'autre que nous étions toujours en vie et en bonne santé.

Ceci est différent.

Quelque chose de plus profond et de plus délibéré.

Un choix, pas seulement une réaction instinctive au fait d'avoir failli se perdre.

Nous nous lavons rapidement en passant nos mains l'un sur l'autre. Preacher ne bronche même pas quand je touche ses blessures, il est tellement occupé à glisser ses mains sur moi, à toucher et embrasser chaque centimètre de peau qu'il peut atteindre.

Nous nous retrouvons sur le lit une fois que nous sommes sortis de la douche et séchés, et j'aide Preacher à s'allonger sur le dos pour qu'il n'ait pas à trop bouger son corps endolori. Une fois qu'il est installé, je me mets à quatre pattes et le chevauche.

Il est à nouveau complètement dur. Sa bite sort d'entre ses jambes, rougie et déjà humide au bout. Et c'est juste pour moi. Je me lèche les lèvres et je souris, m'installant sur lui pour sentir cette chaleur dure contre ma chatte.

Preacher gémit, il en veut clairement plus, mais je ne cède pas tout de suite. Je le taquine en faisant glisser ma chatte le long de son corps dur, mais sans le laisser me pénétrer.

Sa bite pulse contre moi, devenant encore plus épaisse, et j'aime ça.

Je ne peux pas continuer à le taquiner très longtemps, cependant. Pas quand mon corps a besoin de lui, ma chatte palpitante, serrée et trop vide.

Je stabilise sa bite d'une main et je me baisse dessus pour l'enfoncer en moi.

« Putain », gémit Preacher. Il renverse sa tête contre l'oreiller et ferme les yeux, respirant de façon irrégulière. Il n'a pas l'air de souffrir, il est juste en train de s'habituer à avoir sa bite en moi, et je lui donne un peu de temps avant de commencer à bouger.

« C'est tellement bon de t'avoir en moi », lui dis-je. « J'ai attendu si longtemps pour ressentir ça. Pour te sentir. Putain. J'en avais tellement besoin, Preacher. »

Ses yeux s'ouvrent et la couleur bleu pâle habituelle est sombre et intense.

Nous nous regardons dans les yeux tandis que je commence à bouger, montant et descendant sur sa queue, l'emmenant jusqu'au bout à chaque fois. Ses mains agrippent ma taille et ses lèvres s'écartent tandis qu'il gémit.

Il est tellement beau comme ça. Il se laisse aller, ne retenant rien.

« River… » Il gémit mon nom, semblant presque délirer.

« Je suis là », lui dis-je. Je pose mes mains sur sa poitrine, sentant les battements forts et réguliers de son cœur sous ma paume. « Je suis là, avec toi. »

Il acquiesce d'un mouvement saccadé en faisant rouler ses hanches vers le haut.

« Je n'en aurai jamais assez », dit-il en haletant. « Jamais. Il n'y a jamais assez de ça. De toi. »

« Tu peux en avoir autant que tu veux », je gémis. Je me serre autour de lui, le laissant me sentir, et il gémit bruyamment. « Je ne cesserai jamais de te désirer comme ça. Te regarder perdre le contrôle est tellement chaud, putain. »

« Comment pourrais-je faire autrement avec toi ? » souffle-t-il. « Quand tu es si… »

Il n'arrive pas à prononcer le mot. Il ne fait que gémir quand je m'empale à nouveau sur sa queue.

Je vois bien que Preacher se rapproche, qu'il est excité au-delà de toute mesure et qu'il atteint le point de non-retour.

Ses doigts se resserrent sur mes hanches et il commence à s'agiter, perdant le contrôle et s'enfonçant en moi. Nos corps s'entrechoquent, le bruit de la peau sur la peau résonnant dans sa chambre. Je ne veux pas qu'il ait à bouger, parce que même s'il est excité maintenant, je peux lire la douleur sur son visage.

Alors je fais tout le travail, je le repousse sur le lit et je monte et descends plus vite et plus fort. Je le chevauche comme si je n'en avais jamais assez. Je me lève et je redescends encore et encore en le baisant fort.

« River ! » Il crie pratiquement mon nom et s'accroche à moi, submergé par le plaisir de ce qu'on fait.

Je suis juste là avec lui. Une chaleur étincelante me traverse, intense et dévorante. Tout ce que je peux faire, c'est continuer à bouger, à chasser le sentiment de désir qui menace de me faire basculer.

J'aime comment Preacher perd le contrôle quand il est avec moi. Toute cette passion refoulée se déverse. C'est clair sur son visage, c'est clair dans sa façon de bouger, dans la façon dont il s'accroche à moi comme s'il allait s'effondrer s'il me lâchait.

Tout s'accumule jusqu'à la frénésie, jusqu'au point de basculement, et je crie presque son nom quand je jouis, la sensation me frappant de plein fouet. Ma chatte se serre autour de lui et Preacher jouit juste après moi.

Mon cœur bat la chamade dans ma poitrine et je peux sentir les tremblements qui secouent le corps de Preacher tandis que nous reprenons notre souffle et commençons à redescendre. De temps en temps, une secousse de plaisir me frappe, et je frissonne à chaque fois. Je me lèche les lèvres et laisse échapper un souffle.

Je m'installe sur le torse de Preacher en faisant attention à ses blessures, sa bite toujours en moi.

« Merci », murmure-t-il, le son vibrant contre mon oreille alors que je place ma tête sous son menton.

« Pour quoi ? »

« Pour être venue me chercher. » Sa main caresse les mèches encore humides de mes cheveux. « Pour m'avoir sauvé. »

D'une certaine manière, je sais qu'il ne parle pas seulement de ce soir. Il parle de tout, de tout ce qui s'est passé entre nous depuis le jour de notre rencontre.

Et la vérité est qu'il m'a aussi sauvée.

« Je le ferai toujours », je murmure. « Je te le promets. »

Il m'entoure de ses bras et laisse échapper un petit soupir, et nous nous endormons comme ça, nos battements de cœur battant au même rythme.

39

RIVER

Le lendemain matin, je me réveille avec le sperme de Preacher séché sur ma jambe et ses bras autour de moi. Il est déjà réveillé, caressant mes cheveux légèrement.

C'est si confortable et apaisant, et pendant une seconde, il est difficile de croire que la terreur et la colère de la nuit dernière ont eu lieu. La lumière du soleil passe à travers les stores, baignant la pièce de chaleur, et lorsque je lève la tête, je peux voir qu'elle éclaire également le visage de Preacher.

Elle se reflète sur ses pommettes et ses yeux, les faisant briller d'une pâleur glaciale. Les bleus et les coupures sont encore là sur son visage, prouvant ce qu'il a vécu la nuit dernière, mais il a l'air heureux.

Il a l'air de ne vouloir être nulle part ailleurs qu'ici avec moi en ce moment, et cela fait monter une vague de chaleur dans ma poitrine qui se répand jusqu'à mes doigts et mes orteils.

« Bon matin », murmure-t-il, la voix enrouée à cause du sommeil.

Ça me fait frissonner un peu de l'entendre. Mon corps est agréablement endolori par notre baise de la nuit dernière et je suis d'accord avec lui. C'est un très bon matin en effet.

« Bon matin », je chuchote. Je me penche pour mieux voir son visage, à la recherche de signes de regret ou de douleur.

Il n'y a rien d'autre que du contentement. Je lui souris et je penche la tête pour l'embrasser doucement.

La main dans mes cheveux se resserre un peu et Preacher m'embrasse en retour, murmurant mon nom contre mes lèvres. Il me tire vers le bas, comme s'il ne voulait pas me laisser partir.

« Tu vas bien ? » je lui demande, car je veux juste être sûre. Juste pour l'entendre le dire.

Il glousse un peu, ses bras se resserrant autour de moi.

« Peut-être que c'est étrange de dire ça le lendemain d'un jour où j'ai été torturé, mais ça fait très longtemps que je ne me suis pas senti aussi bien », me dit-il. « Donc oui. Je vais bien. »

Il dépose un baiser sur le sommet de ma tête et j'entends un soupir doux et satisfait dans mes cheveux.

J'adore ça. J'aime le sentir si près de moi et je pourrais rester ici pour toujours dans cette chaleur. Mais malheureusement, nous ne pouvons pas. Pas encore.

« On devrait se lever », je murmure après un moment. « Je veux descendre et faire le point avec les autres. »

« Bonne idée. Il devrait y avoir des nouvelles des retombées de la mort de Julian maintenant. »

Preacher m'embrasse encore une fois pour faire bonne mesure, puis nous sortons du lit et nous nous habillons avant de descendre.

Tout semble différent et plus lumineux après la mort de Julian. Le fait d'en avoir fini avec sa mort, qu'elle ne soit plus suspendue au-dessus de nos têtes, rendant tout tendu et urgent, fait du bien.

Je vois bien que les autres ressentent la même chose quand nous descendons à la cuisine. Pax siffle en cuisinant, Ash et Gale sont à table en train de discuter. Je ne sais pas de quoi ils parlent, mais ça fait rire Gale, dont l'expression est insouciante.

C'est probablement l'air le plus léger que je leur ai jamais vu.

Depuis que je suis ici, nous avons vécu plein de crises. Passant de la mission à la planification et de la planification à la mission. Mais maintenant, l'avenir s'étend devant nous, brillant et plein de potentiel. On a l'impression d'être au sommet, même après la nuit dernière.

Parce que l'important, c'est qu'on s'en est sortis. Nous en sommes tous sortis en un seul morceau et plus forts ensemble que nous ne l'aurions été séparément.

« Alors », dit Gale en nous voyant entrer, Preacher et moi. « J'ai vérifié l'argent qu'on a détourné de Julian. »

« Tu n'as pas l'air énervé, donc je suppose que c'est une bonne nouvelle », je commente en me laissant tomber sur la chaise en face de lui.

Il sourit et tourne son ordinateur portable pour que je puisse voir l'écran. C'est une sorte de site bancaire et je vois que le compte est à mon nom. Et le solde a plus de zéros que je ne pense avoir jamais vu dans ma vie.

« Putain de merde », je souffle.

Gale recule sur son siège, un sourire satisfait sur le visage.

« C'est intraçable », dit-il. « Ce serait très difficile à tracer, du moins. Quelqu'un avec les bonnes compétences pourrait le faire, mais je ne pense pas que nous aurons à nous en inquiéter. »

« Nous avons dû accorder à Harry une part significative », poursuit-il. « Pour toute son aide et pour qu'il se taise sur tout ça. Mais c'est le meilleur du métier, alors ça vaut le coup. »

« Même si c'est un petit merdeux hargneux », ajoute Pax en apportant des assiettes d'œufs, de toasts et de bacon pour nous tous.

« C'est un petit merdeux hargneux sans qui nous n'aurions pas pu faire ça », souligne Gale.

Personne ne peut le contester.

Nous nous régalons tous du repas qui a encore meilleur goût maintenant que tout cela est derrière nous. Je ne peux m'empêcher de fixer l'écran de l'ordinateur portable de temps en temps, tout simplement époustouflée par la quantité d'argent que cela représente.

Même avec les parts qu'ils ont dû donner, c'est plus d'argent que je n'en ai jamais eu dans ma vie.

« Vous savez que je ne vais pas garder tout ça, hein ? » je leur dis en jetant un coup d'œil autour de la table. «

C'est à mon nom, mais c'est notre argent. Si je dois faire partie de votre entreprise, alors cet argent aussi. Ça en fait partie aussi. » Je baisse les yeux sur mon assiette. « J'aimerais en utiliser une partie pour Cody. Pour m'assurer qu'on s'occupe toujours de lui. C'est ce qu'Anna voudrait. »

« Bien sûr », répond Gale. « Tout ce que tu veux utiliser pour lui est parfait. Et en parlant de ça. Nous avons trouvé où il est. »

Ça attire mon attention et je lève les yeux. « Où est-il ? »

« Après ce qui s'est passé avec Anna, Julian l'a envoyé dans ce... type de pensionnat. »

« Un pensionnat ? » je demande. « Il a quatre ans ! Qui envoie un putain de gamin de quatre ans en pensionnat ? »

« Ça montre à quel point Julian s'en fout, je suppose », ajoute Ash en haussant les épaules. « Il tenait à avoir un héritier, mais il se fichait que son fils soit une vraie personne. »

« Honnêtement, c'est probablement pour ça qu'il a gardé Anna si longtemps », dit doucement Preacher. Il me regarde et il a l'air désolé de l'avoir formulé de cette façon.

Mais je sais ce qu'il veut dire.

« Exact. Il ne voulait pas élever son propre fils, alors il l'a gardée pour qu'elle le fasse à sa place. Et dès qu'elle est partie, il a expédié le gamin pour que quelqu'un d'autre reprenne là où elle s'était arrêtée. » Je secoue la tête. « Si cet enfoiré n'était pas déjà mort, je voudrais le tuer à nouveau. »

« On ne peut pas changer ce que Julian a fait avant », dit Gale. « Mais on peut agir maintenant. On a trouvé où est l'école, on va aller chercher Cody et le sortir de là. »

Je hoche la tête, reconnaissante pour ce qu'ils ont fait pour faire avancer les choses.

On continue à manger en faisant des plans pour partir et aller là où est Cody, et alors qu'on termine, on frappe à la porte.

Instinctivement, nous nous crispons tous un peu.

Nous n'attendons personne, et après la nuit dernière, il est difficile de dire si un visiteur inattendu est une bonne chose ou non.

Ash se lève, affichant son habituel sourire insouciant, même si je vois bien que c'est de la comédie.

« Si c'est quelqu'un qui vend quelque chose, je vais être très énervé », plaisante-t-il, mais il y a dans sa voix un soupçon de menace réelle.

« À moins que ce soit des scouts », Pax lui crie après alors qu'Ash va ouvrir la porte. « Alors achète-moi des biscuits. »

Je pouffe de rire et ça détend un peu la tension.

Du moins, jusqu'à ce qu'Ash revienne dans la cuisine un moment plus tard avec Mitch Carter à ses côtés. Le regard du beau Roi n'est plus amusé et sa mâchoire est crispée.

« Bonjour », dit l'agent Carter en nous regardant tous. Ses larges épaules sont enfoncées dans un costume à l'allure professionnelle et il a le même comportement froid que d'habitude. « Je ne voulais pas interrompre votre petit déjeuner. J'ai juste besoin d'un peu de votre temps, si ça ne vous dérange pas. »

« Bien sûr », dit Gale. Il s'adosse à sa chaise, avec l'air du roi qu'il est, détendu, sans rien à cacher. « Que pouvons-nous faire pour vous ? »

Carter me regarde. « J'ai fait quelques recherches sur le tuyau que vous m'avez donné l'autre jour et il s'avère que les comptes offshore de Julian Maduro ont tous été vidés. »

Je hausse les épaules en penchant la tête sur le côté. « C'est étrange. Je me demande ce qui l'aurait poussé à faire quelque chose comme ça. »

« Donc vous ne savez rien à ce sujet ? »

« Non, je ne sais pas. »

« Je vois. » Carter me regarde. « Ce qui est aussi étrange, c'est que le corps de Julian a été retrouvé dans un entrepôt hier soir. »

Je garde une expression neutre quand il dit ça. « La haute société de Détroit a découvert que Julian baisait sa sœur hier soir. Alors peut-être qu'il ne voulait pas vivre avec ce genre de honte. »

Les sourcils de Carter s'élèvent à la racine de ses cheveux. « Vous pensez qu'il s'est suicidé ? »

Je hausse encore les épaules. « Je ne peux pas le dire. Tout ce que je sais, c'est que le genre de personne qu'était Julian n'aurait probablement pas pu supporter ce genre de honte. C'est juste une supposition. »

« Je vois. » Ses yeux s'attardent sur moi et je peux

sentir Pax se hérisser de l'autre côté de la table. « Mais je n'imagine pas que vous ayez de la peine pour lui. »

« Non », je réponds à cette partie honnêtement. « Ce n'était pas une bonne personne. Les mauvaises personnes obtiennent généralement ce qu'elles méritent d'une manière ou d'une autre. »

Je révèle peut-être un peu trop, mais je le pense vraiment, et Carter ne va pas beaucoup plus loin.

Il regarde les gars à la place. « Vous n'avez pas fait affaire avec Julian, n'est-ce pas ? »

Gale secoue la tête. « Pas vraiment. Il a été question de nous associer de différentes manières, mais rien n'a vraiment abouti. Ce n'est pas le genre de personne avec qui nous aimons nous associer. »

« Vraiment ? » demande Carter. « Il n'est pas assez bien pour vous ? »

« Non », dit Gale, et encore une fois, c'est une réponse honnête. « On n'aime pas faire des affaires comme lui. Comme il le faisait. Il traitait ses employés comme de la merde et ce n'est pas une bonne façon de donner envie aux gens de rester dans le coin. »

« Très bien », dit Carter. « Savez-vous quelque chose sur le bloc d'entrepôts près des docks ? »

« Nous savons qu'il existe », dit Preacher. « Pas grand-chose d'autre. On ne s'occupe pas du transport maritime ou autre. »

« C'est là que le corps de Julian a été trouvé. Dans un entrepôt qui avait pratiquement brûlé jusqu'aux fondations. On a dû identifier son corps avec le peu qui restait. Je me demandais juste si vous aviez des liens avec ça. »

Gale secoue à nouveau la tête. « Pas nous. Peut-être des gens qu'on fréquente, mais on ne l'a jamais utilisé personnellement pour quoi que ce soit. »

Rien d'autre qu'un endroit pratique pour tuer Julian, mais ce n'était pas notre faute.

Carter nous observe tous très attentivement et je vois bien qu'il pose des questions spécifiques exprès. Il sait que nous avons quelque chose à voir avec ça, mais il ne peut pas le prouver. Sans preuve, ce ne sont que des intuitions.

Nous sommes bons à cela maintenant, nous répondons à ses questions par des réponses qui ne révèlent rien et il est clair qu'il sait qu'il ne tirera rien de nous.

« D'accord », dit-il avec un petit soupir. « Je vais vous laisser retourner à votre journée alors. Je suis sûr que vous êtes tous des gens occupés. » Il y a quelque chose de chargé dans la façon dont il dit ça, mais aucun de nous n'y réagit.

Ash se lève, comme s'il allait montrer la porte à Carter, mais Carter se retourne et nous regarde à nouveau.

« Encore une chose », dit-il. « Un car-jacking a également été signalé la nuit dernière. Une femme et trois hommes ont volé une voiture à un homme sous la menace d'une arme. Ils étaient masqués, mais l'homme a déclaré qu'il pense que la femme avait des cheveux clairs, soit blanc-blond, soit argenté. Vous ne savez rien à ce sujet, n'est-ce pas ? »

Je secoue la tête. « Non. J'espère que ce type va bien, cependant. »

« Il va bien. Juste secoué, d'après ce que j'ai entendu », répond Carter. Il pince les lèvres, laissant le silence s'installer pendant un long moment comme il le fait souvent. Puis il acquiesce. « Eh bien, je vous remercie pour votre temps. Je vous laisse retourner à votre journée. »

Il se dirige vers la porte, et une fois de plus, Ash le suit pour le raccompagner. J'attends que la porte d'entrée se referme derrière lui et qu'Ash revienne pour expirer et me détendre complètement.

« Je vais juste le redire », commente Pax en fixant avec des yeux plissés l'endroit où nous avons vu Carter pour la dernière fois. « Putain, je n'aime vraiment pas ce type. »

Je roule les yeux. « On sait, Pax. »

Il ne l'aime pas parce qu'il ne veut pas qu'un autre homme me reluque. Ce que j'apprécie.

Mais je ne déteste pas l'agent Carter. Il y a quelque chose en lui qui me donne presque l'impression qu'il me comprend plus qu'il ne le laisse paraître.

Je me souviens de ce qu'il a dit quand je l'ai rencontré pour lui donner les infos sur les comptes de Julian. Sur le fait que ce qu'il comprendrait pourrait me surprendre.

Une partie de moi pense qu'il est peut-être content que

Julian soit mort et que ses affaires aient été interrompues. Peut-être qu'être dans une position comme celle d'un agent du FBI signifie choisir le moindre mal parfois. Et comparé à Julian et à toute la merde qu'il préparait, les Rois et moi sommes définitivement le moindre mal.

« Il faut être prudent avec lui », dit Gale, attirant mon attention sur lui. « Il fouine beaucoup et j'ai l'impression qu'il en sait plus qu'il ne le dit. »

Preacher acquiesce. « Il ne semble pas être une menace immédiate, mais nous devrions être vigilants. »

« Et s'il devient une menace... » Pax fait craquer ses articulations de manière sinistre et sourit.

« Espérons qu'on n'en arrive pas là », lui dis-je. « Je pense qu'essayer de couvrir le meurtre d'un agent du FBI serait une grosse affaire. Et nous avons assez à faire en ce moment. »

« Exactement », acquiesce Gale. « En parlant de ça, on devrait aller chercher Cody. »

On se prépare et on part, prenant la voiture pour aller à l'école où Julian a envoyé Cody.

C'est difficile de savoir comment se sentir maintenant que nous sommes en route, mais j'essaie de refouler ces sentiments contradictoires. J'ai tué deux des hommes de Maduro et j'espère que ça a interrompu le cycle de leur transformation en trous du cul cruels et manipulateurs. Sans l'influence de Julian, j'espère que ça n'arrivera pas à Cody. Je vais m'assurer qu'il ne finisse pas comme ça.

Il mérite mieux que ça, et Anna mérite mieux que de voir son fils, auquel elle tenait tant, devenir quelqu'un comme Julian ou Lorenzo. Deux hommes qui ont abusé d'elle et l'ont traitée comme de la merde.

Avoir Cody heureux avec Anna aurait été la meilleure chose, mais l'avoir en sécurité avec moi est le meilleur plan et ça me rend heureuse d'y penser.

Se venger, ruiner l'empire de Julian et prendre son argent est une chose. Mais ceci est la vraie chose que je fais pour Anna. Protéger son fils. Ça prend le dessus sur tous les sentiments bizarres que je pourrais avoir à propos de tout ça parce que c'est de ça dont il s'agit. Il s'agit d'aider Anna à reposer en paix en sachant que son fils va bien.

On arrive à l'école où est Cody et c'est un grand campus.

Ash laisse échapper un petit sifflement en regardant autour de lui. « C'est un endroit chic. Je suppose que Julian n'allait pas envoyer son enfant dans un trou perdu. »

« Il ne l'aurait pas fait », lui dis-je. « Parce que ça aurait donné une mauvaise impression de lui. Il devait s'assurer que son fils soit dans un endroit agréable s'il n'allait pas s'en occuper lui-même. »

Nous nous préparons à sortir pour aller à l'intérieur et chercher le gamin, en parlant de nous séparer pour couvrir plus de terrain. Ash fait remarquer que de nous tous, je suis la seule que Cody connaisse vraiment, donc c'est probablement mieux pour lui de me voir que de voir un des gars qui sont tous des étrangers pour lui pour le moment.

Ça fait bizarre d'être celle que Cody connaît, mais c'est un bon point.

Avant que nous puissions sortir de la voiture, nous voyons deux silhouettes avancer à grands pas sur la pelouse en se déplaçant rapidement.

L'un d'eux ressemble à une femme, marchant d'un pas rapide, avec un enfant derrière elle. Au fur et à mesure qu'ils se rapprochent, c'est clair que la femme traîne presque l'enfant, essayant de l'inciter à marcher plus vite et à la suivre.

Puis ils s'approchent suffisamment pour que nous puissions voir leurs visages et mon cœur s'arrête.

C'est Nathalie.

Elle nous a devancé. Et elle essaie de nous enlever Cody.

40

ASH

Nathalie traîne Cody jusqu'à une voiture garée dans le parking près du campus de l'école, sa poigne ferme sur son bras et un regard dur sur son visage. Elle ouvre la porte arrière de la voiture et le fait entrer, puis fait le tour du véhicule rapidement, se glisse derrière le volant du côté conducteur, démarre sa voiture et s'en va.

« Suivez-la », dit River d'un ton tranchant.

Gale le fait déjà avant même qu'elle ne parle, s'éloignant du trottoir pour suivre Nathalie à une certaine distance : assez pour qu'elle ne nous voie pas derrière elle.

« C'est quoi ce bordel ? » souffle River. « Putain, qu'est-ce qu'elle fait ? Qu'est-ce qu'elle lui veut ? »

Son corps est si tendu qu'elle donne l'impression d'être une statue à côté de moi et sa mâchoire se serre en fixant le parebrise avant. Nous ne perdons pas la voiture de vue, mais elle continue à tordre le cou pour essayer de la garder en vue. Je sais qu'elle panique un peu parce que ça ne faisait pas partie du plan. Et après que la nuit dernière s'est transformée en un fiasco assez rapidement, je ne peux pas vraiment lui reprocher d'être inquiète à ce sujet.

On n'a pas pensé à prendre ça en compte. Je ne pensais pas que Nathalie s'intéresserait au fils d'Anna, surtout qu'elle détestait clairement Anna.

Toute la merde qu'on a faite pour démanteler la vie de Julian avant de le tuer a aussi bien bousillé sa sœur, et je me suis dit qu'elle serait trop occupée à gérer les retombées de tout ça pour s'inquiéter de l'enfant de son frère.

« Cette putain de salope », murmure River. Elle se recule dans son siège pendant une seconde, mais ne cesse de fixer la voiture devant nous, comme si elle craignait que si elle sortait de son champ de vision, ils disparaissent à jamais.

Son inquiétude est palpable, remplissant la voiture comme un sixième passager. Je sais que tuer Julian était l'objectif principal de nos sessions de planification ces dernières semaines, mais récupérer Cody est la partie qui compte le plus pour elle. Si on échoue, elle ne se le pardonnera jamais.

« Nathalie ne s'en tirera pas avec Cody », dit Gale du siège avant, comme s'il lisait dans mes pensées. « Ça n'arrivera pas. »

« Mais quel est le plan ? » je lui demande, mes doigts bougeant sans cesse. Je n'ai pas de pièce de monnaie dans ma main pour le moment, mais l'habitude est instinctive à présent. « Nous ne pouvons pas simplement attaquer la voiture. Le gamin est dedans. C'est trop risqué, putain. »

Gale laisse échapper un souffle. « Je sais. Pour l'instant, on va juste la suivre. Voir où elle va. Si on peut éloigner le gamin d'elle, on trouvera un plan à partir de là. »

River grince des dents à côté de moi et je pose ma main sur son genou, le pressant légèrement. Je sais à quel point elle déteste ça.

Je pense à cette conversation que nous avons eue sous la douche il y a longtemps, sur le fait qu'elle n'était pas sûre de pouvoir voir Cody sans voir son père et son grand-père en lui. C'était juste, vu son passé avec eux et tout ce qu'ils lui ont fait subir. Après que Julian l'a presque tuée, sa haine pour les Maduro n'a probablement fait que grandir.

Mais en cet instant, la voir devenir si protectrice avec ce petit garçon, prouve que ce n'est pas vrai. Elle a en elle la capacité d'aimer cet enfant. Elle l'aime probablement déjà sans s'en rendre compte, juste parce qu'il est le dernier souvenir vivant de sa sœur.

Cela me rend tout aussi déterminé à protéger Cody. Il compte pour River, donc il compte pour moi aussi. Je ne vais pas laisser quoi que ce soit arriver au gamin.

Aucun de nous ne le fera.

« Reste en arrière un peu plus », dit Preacher à Gale. « On ne peut pas laisser Nathalie savoir qu'on la suit. Si elle réalise qu'on la suit, ça pourrait mal tourner pour Cody. »

« Ouais. » acquiesce Gale et il ralentit un peu.

Nous continuons à suivre la voiture de Nathalie, nous penchant tous un peu en avant pour regarder par le pare-brise. Je m'attends à ce qu'elle tourne vers l'un des quartiers qu'elle et son frère ont l'habitude de fréquenter et je me mords la lèvre distraitement tandis que nous la suivons à une bonne distance. Je continue d'attendre qu'elle emmène Cody chez elle, chez Julian ou dans n'importe quel endroit en rapport avec leurs anciennes affaires, mais elle continue de conduire.

River est de nouveau assise droite sur son siège, jetant un coup d'œil à l'endroit où nous sommes pour essayer de comprendre ce que Nathalie prépare.

Elle n'est pas la seule dans ce cas. Je n'ai aucune idée de ce que Nathalie pourrait vouloir avec Cody et la reine des glaces est passée à côté de la plupart des endroits où je pensais qu'elle l'aurait emmené.

Finalement, elle quitte la route principale et se dirige vers un petit endroit abandonné au bord de la rivière. Nous sommes pratiquement en dehors de la ville maintenant, dans une zone où je ne suis jamais allé auparavant.

« Putain, qu'est-ce qu'elle fait ? » demande River en jetant un coup d'œil autour d'elle alors que Gale ralentit notre voiture.

Il n'y a rien ici. Juste quelques arbres, en retrait de la route, et le flot de la rivière qui s'écoule. Ce n'est même pas une belle partie de la rivière, car c'est trop proche de l'autoroute pour être paisible et l'eau semble profonde et trouble.

Nous nous arrêtons assez loin pour que Nathalie ne

puisse pas nous voir, notre voiture étant cachée par quelques arbres. Nous sommes tous tendus et prêts, et je penche mon cou pour regarder à travers le petit espace dans les arbres où Nathalie s'est arrêtée.

Après une seconde, la sœur de Julian sort de la voiture. Mais au lieu de faire sortir Cody aussi, elle ne fait que claquer la porte une fois qu'elle est sortie.

Il y a un bip lorsqu'elle verrouille les portes et j'ai une seconde pour me demander ce qu'elle est en train de faire avant que la voiture ne commence à avancer. Elle n'a jamais coupé le moteur et elle a dû laisser le frein à main aussi, parce que la voiture commence à rouler le long du talus vers la rivière.

« Merde ! » jure River et elle a raison. Qu'est-ce que cette salope est en train de faire ?

Question idiote, je me dis. *Elle essaie de le tuer*.

Nous nous activons tous en même temps, sautant de notre voiture et courant vers la rive de la rivière. Tant pis pour la subtilité. Si nous avions su qu'elle allait essayer de tuer Cody, nous n'aurions pas suivi à distance du tout. On l'aurait abattue sur la route et on aurait trouvé un moyen de sortir le gamin de la voiture en toute sécurité.

Nathalie lève les yeux et nous voit arriver, et elle se met à froncer des sourcils.

« Toi ! » hurle-t-elle en se concentrant sur River. « Toi, *salope* ! Tu me l'as pris ! »

Elle sort un petit pistolet de son sac à main et commence à tirer sur nous, mais elle ne sait pas viser.

Une balle siffle près de River, assez loin pour qu'elle ne l'effleure même pas, mais encore bien trop près à mon goût. J'écarte River du chemin, me mettant dans la ligne de mire alors que la voiture prend de la vitesse derrière Nathalie, s'écrasant dans la rivière avec un plouf.

« Non ! » crie River d'un air horrifié.

La Bentley commence à s'enfoncer sous la surface et je tire sur Nathalie, la forçant à se mettre à l'abri derrière quelques rondins pourris qui se trouvent sur la rive. Ma balle frappe l'un des troncs alors qu'elle se cache derrière, faisant voler des morceaux de bois mort.

« Sortez le gamin de la voiture ! » je crie aux autres.

Puis je me dirige vers Nathalie.

Je ne laisserai pas cette salope faire du mal à River et je sais que c'est exactement à elle qu'elle s'en prendra si je ne l'occupe pas.

Nathalie surgit de derrière les troncs d'arbres tombés au moment où mes frères et River se dirigent vers la voiture qui s'enfonce dans l'eau. Son pistolet est pointé sur ma tête, mais avant qu'elle ne puisse me tirer dessus, j'esquive et m'élance vers elle pour essayer de la déséquilibrer.

Les troncs d'arbres me gênent, et bien que je parvienne à enfoncer mon épaule dans son plexus solaire, le coup n'est pas aussi fort que je l'aurais voulu. Elle siffle quand je la frappe, mais elle ne s'effondre pas. Au lieu de ça, elle m'attaque avec ses ongles longs, les faisant glisser sur mon bras comme des griffes.

« Tu l'as aidée ! » grogne-t-elle, son masque froid se transformant en quelque chose d'horrible et de féroce. « Ne l'as-tu pas fait ? Tu as tué mon putain de frère ! »

Je grogne en m'agrippant à elle alors que j'essaie de

faire tourner mon arme pour aligner un tir. Je vais lui tirer dessus à bout portant si je le dois.

Nathalie hurle comme une banshee. Elle a laissé tomber son arme quand je l'ai plaquée, alors nous nous battons maintenant pour le contrôle de la mienne et elle me griffe à nouveau, laissant des marques rouges et sanglantes sur ma peau.

« Je te tuerai », dit-elle en grinçant des dents. « Je vous tuerai tous. »

Sa voix est rauque et ses pupilles sont tellement dilatées qu'elle ressemble à un putain de requin. Elle a perdu autant que Julian avant de mourir et même plus, depuis qu'il est parti lui aussi, et il est clair qu'elle le ressent.

Elle est vicieuse. Elle se bat de manière sale comme l'enfer et elle s'acharne.

Elle vise mon entrejambe avec son genou et je me décale sur le côté pour tenter d'esquiver son coup.

Je parviens à la bloquer en grande partie et son genou effleure le bord au lieu de me frapper de plein fouet. La douleur est toujours là, mais elle n'est certainement pas aussi forte que si elle m'avait frappé en plein dans les couilles.

« Il *lui a* donné un bébé », dit-elle, la douleur rendant sa voix rauque. « Mais il n'a pas voulu *m'en* donner un. »

C'est dégueulasse.

Elle voulait tuer Cody parce qu'il lui rappelait que son frère avait eu un enfant avec une autre. Je n'ai rien à répondre à ça, alors je la frappe au visage avec mon coude, lui fendant le nez et faisant gicler le sang en cascade sur sa bouche et son menton. Elle grogne, montrant ses dents rouges vers moi.

Nathalie se bat comme quelqu'un qui n'a rien à perdre, et ça la rend sauvage et intense.

Mais ça la rend aussi négligente.

Lorsqu'elle essaie de me reprendre l'arme, je recule brusquement, créant un petit espace entre nous tandis que je tire.

« Ah ! » elle hurle quand la balle la touche sur le côté, ses doigts griffus s'accrochant à moi alors qu'elle tombe.

Elle me déséquilibre et nous touchons le sol de plein fouet, glissant et dérapant jusqu'au bord de la rivière, tout en essayant de prendre le dessus l'un sur l'autre.

Les pierres tranchantes et la saleté m'écorchent la peau, puis nous atteignons l'eau qui est comme un choc de froid d'un seul coup. Le pistolet me tombe des mains, puis je dois fermer la bouche avant d'aspirer une gorgée d'eau de la rivière.

Nathalie halète, nageant en essayant de trouver un endroit où elle a pied dans la rivière profonde et boueuse, et j'utilise cela à mon avantage. J'empoigne ses cheveux et pousse sa tête sous la surface.

Elle se débat comme une folle, éclaboussant et envoyant de petites vagues d'eau grisâtre et trouble en se débattant.

Des bulles remontent à la surface et je sens qu'elle me donne des coups de pied pour que je la lâche. Elle se tortille, essayant de mordre ma main, ses ongles traînant sur ma peau encore et encore.

Mais je garde ma prise sur ses cheveux et je la pousse plus profondément sous l'eau.

J'ai dit une fois à River qu'elle était la personne la plus forte que je connaisse, mais je déteste qu'elle *doive* être forte. Je déteste que le monde l'ait forcée à traverser tant d'épreuves pour survivre.

Donc je lui épargnerai ça. Je ne lui ferai pas porter cette mort, même s'il n'y a aucun doute dans mon esprit que Nathalie le mérite.

Je serai celui qui la tuera.

Plus de bulles s'élèvent à la surface et je peux sentir les mouvements de Nathalie s'affaiblir sous l'eau. Ses membres se contractent un peu, son corps tout entier tremblant alors qu'elle se bat pour respirer. Puis, finalement, elle s'immobilise.

Je la maintiens immergée pendant quelques longs instants, puis je relâche mon emprise sur elle, laissant échapper une lente inspiration. Je suis trempé, couvert de terre et de sang, et les coupures sur mes bras me brûlent.

Mais c'est fait.

Alors que la forme sans vie de Nathalie flotte dans l'eau devant moi, ses cheveux blonds se tordent et tourbillonnent autour de son visage, je jette un coup d'œil pour voir les autres sortir Cody de la voiture en frissonnant.

« Merci putain », je marmonne.

41

RIVER

Cody s'accroche à moi, tremble et pleure un peu. Il a visiblement peur et je ne peux pas le blâmer pour ça. Si quelqu'un de ma famille m'emprisonnait dans une voiture et essayait ensuite de me noyer, j'aurais peur aussi.

Je n'ai aucune idée de la façon d'être maternelle ou réconfortante, mais je m'accroche à lui fermement tandis que nous sortons de l'eau.

Ash est là, près de la rive, en train de s'extirper de la rivière lui aussi. Il est trempé, il enlève ses lunettes et fronce les sourcils, essayant de trouver un morceau de vêtement sec pour essuyer les verres.

« C'est fait ? » je lui demande.

Il acquiesce.

« Ouais. Elle est là-dedans », dit-il en faisant un signe de tête vers la rivière. « Elle s'est bien battue. J'espère que ça ne va pas s'infecter avec quelque chose de cette rivière. »

Il remonte sa manche et je peux voir les lignes des ongles de Nathalie qui descendent le long de son bras.

« Je pense que ça va aller », lui dis-je. Je me penche et l'embrasse, me fondant contre lui pendant juste une seconde malgré le fait que nous sentons tous les deux l'eau de rivière boueuse. « Merci. »

Il sourit, puis fait une grimace.

« Je n'ai jamais été dans ce genre de truc comme Pax », admet-il. « La mort. La torture. La vengeance. Mais même moi, je peux voir que c'était une fin appropriée pour cette salope. »

De tous les Rois, Ash est celui qui se salit le moins les mains, c'est vrai. Il fait les poches et charme les gens qui ont besoin d'être charmés, et je l'ai déjà vu tirer sur des gens quand la situation l'exigeait. Mais c'est différent de maintenir quelqu'un sous l'eau jusqu'à ce qu'il soit mort. Il ne prend pas son pied comme le fait Pax et c'est très bien ainsi.

Quand ça comptait, il a fait ce qu'il devait faire.

Pour Cody.

Pour *moi*.

« Je le pense », je répète. « Merci. »

Personne ne va pleurer Nathalie Maduro et elle peut rejoindre son frère en enfer en ce qui me concerne.

Dans la rivière, Pax, Preacher et Gale repêchent le corps de Nathalie. Ils le traînent et le mettent dans la voiture, referment la porte avant de pousser le tout plus profondément dans l'eau, jusqu'à ce qu'il coule complètement.

Puis ils pataugent tous vers le rivage.

« Au lieu de ressembler à une tentative de meurtre, ça ressemblera à un suicide *réussi* », dit Pax en haussant les épaules. Il passe une main dans ses cheveux noirs hirsutes faisant glisser des gouttes d'eau sur son avant-bras tatoué. « Vu ce qu'on a appris sur elle et Julian hier soir, ce sera une histoire facile à croire. Ils ne pouvaient pas supporter la pression et se sont suicidés. »

Je lui fais un grand sourire et le soulagement m'envahit. C'était incertain pendant une seconde, mais on a récupéré Cody. Et Julian et Nathalie sont tous les deux morts.

C'est fini.

Putain, enfin.

Cody a cessé de pleurer, mais il s'accroche tout de même à moi. Ses petits bras sont enroulés autour de mon cou et de légers tremblements parcourent son corps.

« On a quelque chose pour lui ? » je demande en regardant les gars. « Je pense qu'il a froid. »

Gale sort une couverture du coffre de la voiture et je lui lance un regard en haussant les sourcils, lui demandant sans rien dire si cette couverture a été utilisée pour envelopper des cadavres ou quelque chose du genre.

Il sourit à moitié et secoue la tête en la tendant pour que nous puissions envelopper Cody dedans.

« Tout va bien », dis-je au petit garçon. « On va te mettre au chaud et au sec à la maison. Je te le promets. Tout va bien se passer. »

Ces mots semblent un peu vides à la lumière de tout ce que ce pauvre enfant a traversé, mais je dois espérer que la disparition de Julian et Nathalie de sa vie ne l'affectera pas autant que la perte de ma sœur. Julian avait l'air d'un connard de père qui était parfaitement heureux d'ignorer son enfant, sauf pour le rabaisser parce qu'il était trop faible, et Nathalie ne lui a probablement jamais dit plus de dix mots de toute sa vie.

Sa mère semble avoir été la seule personne qui s'est vraiment occupée de lui, et même si je ne peux pas la lui rendre, je peux au moins essayer de faire en sorte qu'il se sente à nouveau pris en charge et protégé.

On remonte dans la voiture et je garde Cody sur mes genoux pendant que Gale nous ramène à la maison.

Tout le monde est silencieux alors que nous retournons au cœur de la ville, et comme cette nuit où nous nous sommes arrêtés sur le bord de la route sous la pluie, Gale se retient de râler à propos du fait que nous sommes tout mouillés sur les sièges en cuir de sa voiture. Je remarque qu'Ash et Pax jettent des regards curieux à Cody, et je me demande à quand remonte la dernière fois où l'un d'entre eux a été en présence d'un enfant.

Pour moi, c'est une question facile à répondre : pas depuis que j'étais enfant.

Je ne sais pas quoi dire à Cody, mais heureusement, il n'a pas l'air d'être d'humeur à parler de toute façon. Alors je m'accroche à lui, essayant de le sécher un peu et de le garder au chaud alors que nous approchons de la maison des Rois.

La maison est assez grande pour qu'il y ait une autre chambre d'amis, alors une fois à l'intérieur, nous installons Cody dans celle-ci. J'ai pris quelques affaires dans mon placard pour qu'il puisse mettre des vêtements secs, et bien qu'ils soient beaucoup trop grands pour lui, ils lui vont mieux que tout ce que j'aurais pu emprunter aux gars.

« C'est mieux comme ça ? » je lui demande en l'emmitouflant dans mes vêtements dépareillés. « Je me souviens que ta mère a dit que tu aimais porter des pyjamas pendant la journée parfois. C'est un peu comme ça. »

« Ouais. » Il acquiesce d'un ton timide. « J'aime ça. »

« Bien. As-tu faim ? »

Il acquiesce à nouveau.

« D'accord. On va descendre manger quelque chose. »

Je me lève et lui tends la main, et je suis très surprise quand il la prend. Je me serais attendue à ce qu'il soit plus distant et méfiant envers une bande d'étrangers… mais encore une fois, il peut probablement voir la ressemblance entre moi et sa mère, alors peut-être que ça l'aide que je lui fasse penser à elle.

« On va devoir lui acheter des trucs », dis-je à Ash qui s'attarde dans l'entrée de la chambre d'amis. « Des vêtements, des jouets et d'autres choses. »

« Ouais. » Il sort son portable, tapotant quelque chose sur l'écran. « Je vais commencer à faire une liste. »

En bas, nous trouvons Pax dans la cuisine en train de préparer à manger. Quand c'est terminé, j'assois Cody dans le salon pour manger. Je trouve des dessins animés à la télé pour qu'il les regarde et puis je suis un peu… désemparée.

J'essaie de rester avec lui, mais je n'ai aucune idée de

ce qu'il faut dire aux enfants. Je ne savais pas comment me comporter avec eux, même quand j'en *étais* un et je ne le sais certainement pas maintenant.

Pax entre et s'assoit sur le canapé à côté du petit garçon, et il y a un moment amusant où ils se jaugent mutuellement. Au début, Cody ne semble pas savoir quoi faire de cet homme énorme, mais il ne recule pas devant lui.

« Comment sont les nuggets ? » demande Pax en faisant un signe de tête vers l'assiette de Cody.

Je ne saurai jamais où il a trouvé des nuggets de poulet, mais je ne suis pas surprise qu'il en ait eu dans le congélateur, prêts à être utilisés.

« Bon », marmonne Cody et sa petite voix est presque un murmure.

« Super », répond Pax. « J'adore les nuggets. Je ne savais pas quel genre de sauce tu voulais, alors je t'ai donné un petit échantillon de toutes celles que nous avons. Moi, je suis plutôt du genre moutarde au miel. »

Cody prend un nugget et le trempe dans la petite tasse de moutarde au miel sur l'assiette. Il prend une bouchée et mâche pensivement, puis fait un signe de tête à Pax. « C'est bon. »

Pax sourit. « Tu as bon goût, petit. »

C'est surprenant de les voir ensemble comme ça. Je n'aurais pas pensé que Pax serait celui qui sait s'entendre avec les enfants. D'une certaine manière, l'homme qui porte fièrement le surnom de *boucher de Seven Mile* est la dernière personne que j'aurais imaginée s'entendre aussi bien avec un enfant de quatre ans. Mais là encore,

Pax a parfois une personnalité loufoque, et en dehors de sa volonté de découper une personne si elle le mérite, c'est en fait un gars qui aime s'amuser et qui est facile à vivre. Presque comme un grand enfant lui-même.

Les autres Rois arrivent aussi et je les regarde tous interagir avec Cody. Ash a cette personnalité facile à vivre qui rend les choses plus faciles pour lui, tandis que Gale et Preacher restent en retrait. Ils se présentent tous et lui disent qu'il va rester avec nous.

Cody hoche la tête et jette un regard méfiant à chacun d'entre eux.

Ce n'est qu'un enfant et il s'est passé beaucoup de choses ces dernières semaines, alors je ne peux pas vraiment lui reprocher d'être aussi méfiant. Mais les gars font de leur mieux, ils lui parlent d'une voix calme et lui posent des questions sur les dessins animés et sur ce qu'il aime manger et faire.

J'aime ça, les regarder avec lui.

C'est tellement étrange et je n'ai aucune idée de ce que nous prévoyons pour Cody à long terme. Mais ça me rend heureuse de le voir ici, de savoir qu'il n'est plus avec Julian, et qu'aucun de nous ne le traitera comme un pion ou n'essaiera de le noyer dans une voiture comme cette putain de Nathalie.

Nous passons la majeure partie de l'après-midi à traîner avec le petit garçon pour essayer de l'habituer à nous.

Le soir, Ash prépare le dîner et nous mangeons tous dans la cuisine. Puis j'emmène Cody à l'étage pour le mettre au lit. Je note mentalement qu'il faut vraiment qu'on lui trouve un vrai pyjama ou autre chose, pour qu'il ne dorme pas seulement dans ces mêmes vêtements empruntés.

Preacher vient m'aider et c'est peut-être la chose la plus surprenante de voir à quel point il est bon avec Cody.

« Tu as besoin d'un autre oreiller ? » demande-t-il au petit garçon avec une grande patience que je ne pense pas l'avoir vu utiliser avec quelqu'un d'autre auparavant.

Cody acquiesce et Preacher va lui en chercher un. Il l'ajoute sur le lit, souriant un peu quand Cody s'y accroche et le serre contre lui.

« J'ai mis une lampe près de ton lit », dit-il au garçon. « Si c'est trop sombre, tape dessus, comme ça. »

Il fait une démonstration en tapant sur la petite balle en plastique qu'il a posée sur un support sur la table de nuit à côté du lit.

Quand il tape dessus, elle s'allume d'une lumière blanche et douce. Je ne pense pas que son but initial était d'être une veilleuse pour les enfants, mais cela ne semble pas déranger Cody du tout.

« C'est joli », murmure-t-il en l'éteignant puis en la rallumant.

« C'est à toi », lui dit Preacher. « Ça éloignera les ténèbres. »

Mon cœur se serre dans ma poitrine, une bouffée d'émotion inattendue faisant se former une boule dans ma gorge.

Je finis de border Cody et on ferme la porte doucement une fois qu'il s'est endormi. Avec un peu de chance, le fait qu'il ait eu une putain de journée de dingue lui permettra de dormir plus facilement la nuit.

« Comment as-tu su faire tout ça ? » je demande curieusement à Preacher alors que nous sommes dans le couloir.

Il hausse une épaule en jetant un regard vers la chambre de Cody, puis revient vers moi. « Avant sa mort, j'avais une bonne relation avec ma mère. Elle avait beaucoup d'astuces parentales différentes qu'elle utilisait sur moi quand j'étais enfant. Je me suis juste souvenu de certaines d'entre elles. »

Je me rapproche de lui, posant mon front contre sa poitrine tandis que mes bras s'enroulent autour de lui. Les siens m'entourent aussi et nous restons là un moment, à nous respirer l'un l'autre.

« Je suis contente que tu aies eu une bonne mère », je murmure. « Je suis désolée que tu l'aies perdue. Je me souviens à peine de la mienne, mais je pense que c'était une bonne mère aussi. Je pense qu'elle se souciait beaucoup d'Anna et de moi. »

Cela semble être un thème commun entre moi et les quatre Rois du Chaos. Même si nous avions des gens qui nous aimaient et voulaient prendre soin de nous, nous les avons perdus, ne et seuls ceux qui voulaient nous utiliser ou nous faire du mal sont restés.

C'est pourquoi les quatre ont fini par construire leur propre famille, créant une petite unité plus incassable que les liens du sang.

Et bien que j'en aie été terrifié au début, que j'aie

craint de baisser ma garde, je suis devenue un membre de cette famille.

Maintenant, Cody aussi.

« Nous devrions le laisser se reposer », je murmure en me penchant enfin en arrière et en prenant la main de Preacher.

Il acquiesce. « Je suis sûr qu'il en a besoin. »

Nous redescendons vers les autres Rois et quelque chose me vient en les regardant tous. Ils sont vraiment une famille et maintenant cette petite famille soudée s'agrandit. Ils ont pris Cody en charge pour la seule raison qu'il compte pour moi, et penser à ça me fait ressentir des choses étranges dans mon cœur.

Je me soucie d'eux, plus que je ne peux le dire. Plus que je ne sais *comment* le dire.

Mais je veux leur montrer ce que je ressens.

Alors quand ils lèvent tous les yeux lorsque Preacher et moi entrons dans le salon, je n'hésite pas. Je me glisse sur les genoux d'Ash, enjambant ses hanches tandis que mes genoux s'enfoncent dans les coussins du canapé de chaque côté de lui.

Il lève les sourcils, mais avant qu'il ne puisse faire une blague ou un commentaire taquin comme il le fait habituellement, je l'embrasse en y déversant tous mes sentiments.

Je l'embrasse passionnément.

42

RIVER

Je continue à embrasser Ash et je peux sentir et entendre les sons dans la pièce changer alors que les autres hommes le remarquent.

Pax est déjà assis sur le canapé avec Ash et Preacher vient s'asseoir de l'autre côté d'Ash. Pendant que ma bouche se déplace avec celle d'Ash, Pax et Preacher laissent leurs mains errer, le long de mon dos, dans mes cheveux, jusqu'à mes fesses.

Je me sens chez moi quand ils me touchent comme ils le font. On dirait que les choses sont censées être comme ça.

Ash gémit dans le baiser et je le sens déjà durcir sous moi, alors je me frotte contre lui. Il se redresse, puis passe sa langue sur mes lèvres, cherchant la chaleur de ma bouche.

Des doigts se glissent sous l'ourlet de mon t-shirt et je ne sais pas à qui ils appartiennent, mais cela n'a pas vraiment d'importance. Ils sont tous les bienvenus pour me toucher comme ils le veulent. Mon corps se met à réagir, mes mamelons se durcissent et ma chatte palpite déjà de besoin.

Les baisers et les caresses deviennent de plus en plus intenses et je sens mon pouls s'accélérer lorsque des doigts viennent pincer mes mamelons percés. Je halète dans la bouche d'Ash qui glousse légèrement et saisit mes fesses à deux mains afin de m'entraîner et de me serrer plus fort contre lui.

Avant d'aller plus loin, je lui mordille la lèvre inférieure et je glisse de ses genoux. Je me laisse tomber sur le sol devant lui et il écarte ses jambes pour m'accueillir.

Sa bite se presse contre le devant de son pantalon, montrant clairement qu'il en veut plus, alors je défais sa braguette et sors sa bite, chaude et dure dans ma main.

J'en ai l'eau à la bouche en le voyant. Je ne perds pas de temps, plonge ma tête et le prends dans ma bouche. La tension dans la pièce augmente encore plus à mesure que je fais cela, remuant la tête et faisant tournoyer ma langue autour de sa tige.

Je fais exactement ce que j'ai dit que je ferais, le jour où j'ai décrit comment je le sucerais. Mais maintenant ce n'est pas par dépit ou pour énerver quelqu'un. Maintenant c'est juste parce que j'ai vraiment envie de le faire.

Les autres aiment manifestement regarder ça et j'aime leur donner un spectacle, les laisser voir à quel point je prends mon pied à faire ça.

Pax et Preacher sont toujours de part et d'autre

d'Ash, et j'enlève une main de la bite d'Ash et la glisse par-dessus pour pouvoir frotter et caresser Pax à travers son pantalon. Mon autre main fait de même et je trouve Preacher déjà à moitié dur lui aussi.

Ma bouche est occupée, remuant sur la bite d'Ash, l'emmenant aussi profond que possible et remontant pour en prendre de plus en plus à chaque fois.

Très vite, toucher Pax et Preacher dans leur pantalon n'est plus suffisant. J'ai besoin de plus. J'ai besoin de les toucher et de sentir leur peau contre la mienne.

Je commence à défaire la braguette de Preacher avec mes doigts, sans même regarder, juste en le sentant. De l'autre côté d'Ash, Pax comprend ce que je suis en train de faire, et il baisse son propre pantalon, le dégageant pour libérer sa bite.

« Putain oui », gémit-il, et je peux entendre le désir dans sa voix. Quand j'enroule ma main autour de sa bite, il palpite et je la serre un peu.

« River », gémit Preacher et il a l'air déjà proche de craquer.

J'adore ça. J'aime entendre ce que je leur fais, à quel point ils sont dedans. J'aime la façon dont Ash plonge ses doigts dans mes cheveux, prenant un peu le contrôle de la fellation, assez pour pouvoir m'enfoncer plus bas et me garder là une seconde avant de me laisser respirer.

C'était peut-être difficile de me concentrer sur trois d'entre eux en même temps avant, mais là, je ne pense qu'à eux. La sensation de Pax et Preacher, la texture soyeuse de leurs bites contre mes paumes. Le goût d'Ash, le goût salé de son liquide qui coule sur ma langue.

Pax continue de se déhancher et Preacher enroule sa main autour de la mienne, m'aidant à le branler comme il l'a fait auparavant. Il semble aimer le lien qui existe entre nous, le fait que nous soyons ensemble, et il gémit à nouveau, sa respiration déjà irrégulière alors qu'il caresse sa bite avec nos mains.

Je me sens puissante comme ça, répartie entre eux, les faisant tous se sentir bien. Je sais ce qu'ils aiment et je m'y plonge de plus en plus. J'oublie toute pensée autre que celle de prendre plus d'eux et de bouger mes mains et ma bouche plus rapidement.

Ash se soulève, frappe le fond de ma gorge, et j'avale, ronronnant autour de sa bite. Ses doigts se resserrent dans mes cheveux et maintenant il semble qu'il ait juste besoin de quelque chose à quoi s'accrocher pour un moment.

« Ta bouche, River », gémit-il. « Ta putain de bouche. J'ai su dès le moment où je t'ai vue que tu serais parfaite comme ça. Tellement bien pour nous, putain. »

C'est ce que je veux. Être bonne pour eux et envers eux. Parce qu'ils ont été si bons pour moi.

Je pourrais facilement m'y perdre, mais alors je sens quelqu'un baisser mon pantalon sur mes fesses par derrière.

Gale.

Il passe ses mains sur mes fesses nues, les caressant et les pressant comme s'il voulait savourer cette sensation. Ses doigts glissent le long de ma fente, me taquinant et allumant un chemin de chaleur et de désir dans son sillage. Tout ce que je peux faire, c'est gémir autour de la bite d'Ash et la façon dont il bouge ses hanches en réponse est la preuve qu'il aime les vibrations de cela.

La bouche de Gale trouve ma chatte par derrière et je gémis à nouveau, fermant les yeux une seconde pendant que je m'habitue à la sensation qu'il me dévore en plus de tout ce qui se passe.

Il y a tellement de sensations. Tant de plaisir qui me traverse et qui me coupe le souffle, ce qui rend difficile de garder le rythme pour faire plaisir aux autres gars.

Heureusement, ça ne semble pas les déranger outre mesure. Quand je lève les yeux vers eux, ils sont tous aussi béats, absorbés par la situation autant que par le contact avec leurs bites.

L'excitation monte en moi et je continue à prendre la bite d'Ash dans ma bouche. De la bave et de son liquide s'écoulent de mes lèvres quand je lève la tête, des fils désordonnés reliant mes lèvres à sa queue. Les yeux d'Ash s'assombrissent et s'échauffent à cette vue, et il lève sa main libre pour passer son pouce sur ma lèvre inférieure, ramassant cela et le repoussant dans ma bouche.

Je gémis profondément et ma chatte palpite à cause de ce geste. Cela incite Gale à enfoncer sa langue plus profondément, passant de taquiner mon clito à pénétrer mon trou.

Je reprends mon souffle et me remets à sucer Ash en essayant de garder le contact visuel avec lui pour voir s'il est sur le point de s'effondrer, mais c'est difficile à faire quand il se passe tant de choses.

Je me rapproche de plus en plus de ce point de non-retour et je veux toucher mon clito, pour me donner ce dernier petit coup de pouce, mais mes mains sont actuellement occupées.

Bien sûr, Gale comprend ce dont j'ai besoin. Je pousse en arrière, me frottant contre son visage et il glousse. Le son est étouffé par ma chatte humide, mais je le sens quand il le fait. Il commence à me lécher sérieusement, léchant ma chatte du trou au clito, trouvant ce bouton sensible et le touchant avec le bout de sa langue.

La chaleur monte en moi, se propageant à partir de mon centre. Je sens que je tremble un peu, les légers tremblements qui précèdent le moment où je vais perdre la tête. Mes caresses et mes succions perdent leur rythme et je sursaute lorsque mon orgasme me submerge.

Je me tords sur place, essayant de rester au moins un peu calme. C'est si bon, putain, et Gale me lèche pendant tout ce temps, faisant rouler ces répliques dans mon corps jusqu'à ce que je puisse à peine respirer. Si je n'étais pas déjà à genoux, je me serais effondrée sur le sol sous le poids de toutes ces sensations.

Je me retire d'Ash et je lutte pour reprendre mon souffle pendant une seconde. Je veux les sentir tous jouir aussi, mais avant que je puisse reprendre ou suggérer que nous continuions, Gale me gifle légèrement les fesses et se retire.

« On devrait emmener ça dans la chambre », dit-il, la voix basse et rauque. « Je veux te baiser comme il faut et je ne veux pas qu'un putain de gamin le découvre. »

J'acquiesce et fais un geste pour me lever, mais avant

même que je puisse me lever, Pax m'attrape par la taille et me soulève. Il me fait passer par-dessus son épaule avec facilité, mon pantalon étant toujours serré autour de mes cuisses et mes fesses à l'air.

Il ne prend même pas la peine de ranger sa bite, il me porte juste jusqu'à ma chambre.

Les autres suivent et je peux sentir la chaleur planer autour de nous comme un nuage. Peu importe dans quelle pièce de la maison nous nous trouvons. Si nous sommes tous ensemble, alors l'ambiance suit, je suppose. Ça aide qu'ils aient tous une bonne vue de mon cul et de ma chatte trempée avec la façon dont Pax me porte.

Il me jette sur le lit quand nous l'atteignons et je rebondis un peu alors que les trois autres entrent, ferment et verrouillent la porte.

J'ai à peine le temps de m'orienter qu'ils grimpent tous sur le lit pour me rejoindre. Les mains et les bouches se promènent sur ma peau, et je frissonne, respirant difficilement et me cambrant à chaque contact.

Quelqu'un remonte mon t-shirt, dévoilant mes mamelons pour qu'ils les voient tous. Des doigts pincent les boutons durs, puis une bouche chaude se pose sur eux, taquinant les anneaux argentés avec une langue chaude et humide.

Preacher.

Il mordille légèrement ma chair sensible et je frissonne et me tourne vers le baiser que Pax presse sur ma bouche.

Les doigts de Gale sont dans mes cheveux, ils se glissent

dans les mèches argentées et je perds rapidement la notion de tout, car chaque contact et chaque sensation se fondent dans la suivante, devenant ce raz-de-marée d'excitation qui menace de m'aspirer. Mais je ne m'en plains aucunement.

Mes yeux se ferment et mes mains glissent, essayant de les toucher à leur tour. Mes doigts glissent sur tout ce qu'ils peuvent atteindre et la pièce est remplie du son de mes gémissements. Je souffle leurs noms, chacun d'eux étant presque un appel à en redemander, même si je ne sais plus qui fait quoi.

Ça n'a pas d'importance. Tout ce qui compte, c'est que je les ai ici et je veux qu'ils me fassent sentir bien pour que je puisse les faire sentir bien en retour.

Tout à coup, je sens une langue glacée sur ma chatte et je pousse un cri de surprise, mes yeux s'ouvrant brusquement.

« Putain de merde ! » dis-je, le souffle coupé. « Qu'est-ce que... »

Je baisse les yeux pour voir Ash qui sourit. Il a un glaçon entre les dents qu'il a dû prendre dans la cuisine pendant que Pax me portait dans les escaliers.

« Tu aimes ça, tueuse ? »

« Oui », je gémis, mon clito palpitant fort. « Je n'ai jamais ressenti quelque chose comme ça avant. »

« Bien. J'ai pensé qu'un peu de glace pourrait être amusant. » Il me fait un clin d'œil. « Puisque tu es si chaude, j'ai pensé que tu aurais besoin de quelque chose pour te rafraîchir. »

Je commence à rouler les yeux en remarquant son jeu

de mots horribles, mais avant que je puisse le faire, il baisse à nouveau la tête et je me cambre sur le lit.

« Merde ! » dis-je entre un chuchotement et un cri.

Il fait glisser la glace sur la peau de l'intérieur de ma cuisse, laissant une trace froide et humide qui contraste parfaitement avec la chaleur qui s'est installée. Sa langue est encore plus froide lorsqu'il recommence à lécher ma chatte et je frissonne. Le jeu de température me fait mal au centre et je me tords et gémis sur le lit.

Les autres n'arrêtent pas leur assaut non plus. Une bouche passe d'un mamelon à l'autre, léchant et mordant jusqu'à ce qu'ils soient si sensibles qu'une simple bouffée d'air chaud suffit à me faire trembler et gémir.

Ash continue de me lécher, et Gale et Pax continuent de me toucher, et c'est suffisant pour que je jouisse à nouveau, à cet instant précis.

Je crie, sans dire un mot et dans le besoin, me cambrant et tremblant sous la force de mon orgasme. Celui-ci me frappe encore plus fort que le premier et mes orteils se recroquevillent à cause de son intensité.

« Bonne fille », dit Gale. « Tellement bonne, putain. Tu en veux encore ? »

J'ouvre les yeux pour le regarder et il est debout à côté du lit, me regardant avec ses yeux verts intenses. Même si je viens juste de jouir, mon corps en veut plus. Deux orgasmes, et je n'en ai encore eu aucun en moi, et je le veux.

Je le veux tellement, putain.

« S'il te plaît », je gémis en tendant la main vers lui. « J'ai besoin... »

J'ai à peine assez de souffle pour parler, me remettant de mon orgasme, mais Gale sait ce que je veux. Il sourit, lentement et presque malicieusement.

« Tout pour toi, bébé », me dit-il et il commence à se déshabiller.

Il est tellement sexy et mon regard reste rivé sur son corps alors qu'il le dévoile petit à petit. Les hommes ont tous des cicatrices de leurs diverses escapades, mais j'aime leur apparence. Ces imperfections et ces marques les rendent plus humains, plus durs et plus beaux à mes yeux.

Une fois qu'il est nu, les gars échangent leurs positions pour que Gale s'allonge sur le lit, et je grimpe sur lui, le chevauche et m'empale sur sa bite dure. Je suis tellement mouillée que c'est facile, mon corps l'acceptant comme si c'était sa place.

Gale met ses mains sur mes hanches et je le chevauche, rebondissant de haut en bas, roulant mes hanches en cercles ondulants.

« Putain », il jure. Ses doigts s'enfoncent dans mes hanches et j'espère que ça laisse des marques. J'espère que je pourrai les regarder demain et me souvenir de ça. « Regarde-toi. Tu es si... », il halète.

Il s'interrompt en gémissant lorsque je redescends sur lui, le chevauchant avec force et rapidité.

Je sens que les autres me regardent, les yeux fixés sur le lit. Quand je tourne la tête pour les voir, je vois Pax debout sur le côté, sa main enroulée autour de sa bite qu'il caresse.

Il sourit quand il voit que je regarde et me fait un clin d'œil.

« Tu es si sexy comme ça », murmure-t-il d'un ton bourru, les tatouages sur son avant-bras ondulant tandis qu'il serre sa bite plus fort. « Tu chevauches cette bite comme si tu en avais besoin. Comme si c'était tout ce que tu voulais. »

Je gémis et je continue, mais avant que je puisse atteindre mon orgasme, Pax vient me soulever de la queue de Gale, comme si je ne pesais rien. Je fais un bruit déçu, mais il rit et me renverse sur le dos avec ma tête qui dépasse du bord du lit.

Puis Pax grimpe sur le matelas et s'installe entre mes jambes. Il s'enfonce dans ma chatte, et même si elle est déjà humide pour lui, sa taille rend la chose un peu difficile.

« Si serré », gémit-il. Il a l'air presque délirant, comme s'il était défoncé.

À l'envers, je vois Ash s'approcher, la bite à la main. Avant même qu'il puisse dire quoi que ce soit, j'ouvre ma bouche pour lui et il se glisse à l'intérieur.

Les avoir tous les deux en moi comme ça me fait frissonner de plaisir et je reste allongée pendant qu'ils me baisent, utilisant ma chatte et ma bouche de manière rude et exigeante.

Pax attrape mes cuisses et les écarte presque douloureusement et je le laisse faire, gémissant autour de la bite d'Ash dans ma bouche. Pax ne fait *rien vraiment avec douceur* et je vois bien qu'il a dépassé le stade de se retenir. Il s'enfonce dans ma chatte, atteignant un point profond qui me fait me tordre de douleur sur le lit.

« Merde, c'est bon », grogne-t-il en poussant plus fort, son bassin frappant le mien.

Ash baise ma bouche, mais heureusement pas avec la même force. Il se retire lentement et repousse ensuite, et j'essaie de déplacer ma langue le long du dessous de sa queue pour lui donner plus de sensations.

Il gémit mon nom et me fait un grand sourire.

« Tu as l'air d'une putain de déesse du sexe », dit Ash en haletant. « Tu es parfaite pour ça. Putain, tu es faite pour ça. Faite pour *nous*. »

Ses mots me vont droit au cœur et je me cambre un peu, rencontrant Pax alors qu'il pousse.

Je sens des doigts sur mon clito qui m'excitent encore plus et j'essaie de me cambrer, en voulant plus, même si j'ai déjà deux bites en moi. Ces doigts ne s'arrêtent pas à mon clito, cependant. Ils s'enfoncent un peu dans mon corps, là où Pax me baise, m'étirant presque douloureusement.

Mais j'aime la douleur. J'aime la sensation d'être si pleine, d'être submergée par ces hommes.

La voix grave de Gale s'élève au-dessus des gémissements et du bruit que je fais en suçant Ash.

« Est-ce que tu nous laisserais te baiser à deux ici un jour ? » demande-t-il sur un ton obscène. « Tu nous prends si bien ensemble, dans ton cul et dans ta chatte. Est-ce que tu nous laisserais tous les deux baiser ta douce chatte ? Tu t'ouvrirais pour nous laisser entrer comme ça ? Tu nous laisserais t'ouvrir sur nos bites ? »

Ses mots cochons m'excitent encore plus, tout comme la sensation de ses doigts en moi. La question m'y fait penser et je ne peux m'empêcher de penser à eux dans différents scénarios, s'enfonçant dans ma chatte jusqu'à ce que je sois si pleine que je ne puisse plus le supporter.

Gale ne semble pas attendre une vraie réponse, ce qui est bien puisque ma bouche est occupée, mais je gémis tout de même pour lui.

Je suis si excitée, si désespérée de jouir, et je sens la bouche de Preacher revenir pour lécher et sucer mes mamelons, jouant avec les piercings.

Ils ont tous une partie de moi et je me sens tellement liée à eux. C'est suffisant pour que je ne puisse plus me retenir et je jouis fort, manquant de m'étouffer avec la queue d'Ash.

Je me serre autour de Pax et il siffle alors qu'il jouit lui aussi, me remplissant quelques secondes avant qu'Ash ne finisse dans ma bouche.

Des giclées de sperme frappent ma langue et je prends une seconde pour reprendre mon souffle, avalant tout ce qu'Ash m'a donné. Ils se retirent, me laissant frissonnante et vide pendant que je me remets de la force de mon orgasme.

Puis je me retourne, me levant pour m'agenouiller sur le lit.

Preacher est juste là et je le pousse sur le dos, m'enfonçant sur sa bite. Gale s'avance et me taquine le cul et je frissonne à cette sensation avant de regarder Preacher, essayant de voir si c'est quelque chose qu'il accepte.

C'est encore nouveau pour nous deux, même s'il a déjà été impliqué lorsque nous étions tous les cinq, alors je veux m'assurer que je n'en fais pas trop, trop tôt.

Mais quand nos regards se croisent, je ne vois que de la chaleur dans ses yeux. Je lui fais un sourire, mon cœur battant la chamade.

Puis j'arque mon dos, donnant à Gale plus d'accès. Il utilise l'humidité entre mes jambes pour m'aider à ouvrir mon cul et la sensation qu'il m'ouvre, qu'il me prépare, fait couler ma chatte encore plus.

Je ne sais pas comment j'ai l'endurance pour continuer. Je ne sais pas comment mon corps trouve toujours plus de choses à vouloir de ces hommes, mais il le fait. Je serai toujours affamée d'eux, toujours affamée et prête.

« Avide », murmure brutalement Gale alors que je commence à me cogner contre lui, l'incitant à aller plus vite. Il s'enfonce dans mon cul, me remplissant complètement, et je penche la tête pendant une seconde, appréciant la sensation d'être réclamée comme ça.

Je ne peux pas bouger pendant un petit moment, mais ça n'empêche pas Gale et Preacher de commencer à trouver leur rythme. Gale entre et sort lentement de mon cul, prenant son temps pour ne pas me faire mal. Et Preacher soulève ses hanches, s'enfonçant dans mon corps et atteignant ce point qui me fait voir des étoiles, même si je viens de jouir.

C'est suffisant pour m'exciter et je me balance entre eux, en commençant lentement et doucement.

Leur rythme est contrôlé et doux, et leurs mains

parcourent mon corps. Preacher lève les bras pour tripoter mes seins, les presser et les frapper doucement, juste assez pour que je gémisse pour lui. Gale me gifle les fesses et fait glisser ses ongles le long de mon dos, ce qui augmente les sensations.

Comme c'est souvent le cas avec ces deux hommes intenses, les choses accélèrent rapidement. C'est comme si Gale était le feu et Preacher la glace, et ils brûlent tous les deux aussi intensément.

Au bout d'un moment, je n'ai même plus besoin de me déplacer. Ils me déplacent entre eux, me baisant en tandem. Preacher me tire vers le bas sur sa bite et Gale pousse vers l'avant, alternant entre des poussées peu profondes qui me maintiennent au bord du plaisir et des poussées profondes que je ressens jusqu'au plus profond de mon être.

Je me perds dans la sensation d'être baisée par les deux, me perdant dans le plaisir.

« Tu es si serrée », grogne Gale et il me gifle plus fort cette fois, laissant une empreinte de main derrière lui.

Je retiens un gémissement de plaisir à ce moment-là et il recommence en gloussant.

« Je sais à quel point tu aimes ça », dit-il. « Je sais que tu n'en as jamais assez. Dis-le. Dis-nous à quel point tu aimes ça. »

J'ouvre la bouche pour obéir, mais aucun son n'en sort. J'ai à peine assez de souffle pour respirer, encore moins pour parler, mais ils ne lâchent rien. Preacher pince durement mon mamelon et je crie, ne sachant pas si je dois me retirer ou savourer cette délicieuse flambée de douleur.

« Dis-le », il me presse, sa voix dure et autoritaire. « Nous voulons l'entendre. »

« J'aime ça ! » dis-je d'une voix étranglée. « Putain, j'adore ça. C'est tellement bon, putain. S'il te plaît ! »

« S'il te plaît quoi ? » Ash demande d'où il regarde. Sa bite a légèrement ramolli depuis son orgasme, mais elle est toujours sortie et la chaleur brûle toujours dans ses yeux ambrés. « Dis-leur ce que tu veux. »

« Baise-moi ! Plus fort. Encore. S'il te plaît ! Je suis tellement... ahh ! »

C'est difficile de rester cohérente alors qu'ils me tiennent en haleine comme ça. Gale et Preacher se jettent sur moi, m'excitant jusqu'à la frénésie. Le plaisir monte et je suis prise entre eux, me faisant baiser à fond et en appréciant chaque putain de seconde.

Je pense à ce que Gale a dit sur le fait d'en avoir deux dans ma chatte et je ne sais même pas comment je survivrais à ça.

Mais bon sang, je suis prête à essayer.

Preacher étouffe un gémissement et je le regarde à temps pour le voir jouir. Il se mord la lèvre et jouit durement, le visage rougi et les muscles de son cou tendus.

« River... » Les doigts de Gale s'enfoncent dans ma chair et il jouit aussi, gémissant mon nom alors qu'il perd pied.

Ils restent tous les deux enfouis en moi, et après un moment, des doigts habiles trouvent mon clito. Je regarde en bas et je vois que ce sont les doigts de Preacher et il taquine ce petit bouton pendant une seconde avant de le frotter avec détermination. Il alterne entre cela et le pincer, me donnant juste l'impulsion dont j'ai besoin pour me faire basculer une fois de plus.

Je frissonne fort et je n'ai plus le souffle pour crier alors que je jouis à nouveau. Cet orgasme rend ma vision floue et il semble durer une éternité, me faisant trembler jusqu'à ce que je puisse reprendre mon souffle et redescendre.

On s'écroule tous sur le lit, épuisés et bien baisés. Je suis collante, mais j'aime le fait qu'ils aient tous joui en moi dans un trou ou un autre. C'est tellement bon.

« Il nous faut un plus grand lit », dit Ash, l'air fatigué mais avec sa bonne humeur habituelle.

Je glousse, me sentant tout aussi fatiguée et complètement rassasiée.

Il n'a pas tort, en fait.

Parce que la chose qui vient de se passer entre nous tous ?

Je veux que cela se reproduise encore et encore.

43

GALE

C'est difficile de dire que les choses reviennent à la normale après la mort de Julian et Nathalie, mais au moins elles prennent un rythme. Après le rythme rapide des jours précédant la phase finale du plan, les jours suivants semblent presque lents et paresseux.

Ce qui n'est pas une mauvaise chose.

Je descends le soir presque une semaine plus tard pour voir River assise sur le canapé, regardant la télé. Je suis heureux qu'elle puisse avoir ce temps d'arrêt après tout ce qui s'est passé, et la voir détendue et satisfaite me rend paisible.

« Je suis sur le point d'aller au club », lui dis-je, attirant son attention. « Tu veux venir avec moi ? »

Elle lève les yeux et sourit, ses yeux bleus s'illuminant d'excitation. « Bien sûr. J'aimerais beaucoup. »

« Le gamin est endormi ? »

Elle acquiesce. « Oui, il s'est endormi tout de suite. Je

pense que tout ce nouvel environnement l'épuise encore. »

J'acquiesce parce que ça a du sens. C'est très étrange d'avoir un enfant à la maison, mais je ne déteste pas ça. Il faut juste un peu de temps pour s'y habituer. S'il s'agissait d'un autre enfant que celui-là, je n'aimerais probablement pas du tout, mais avec lui nous nous installons tous dans une nouvelle normalité.

Pax adore ce petit bonhomme. Il le divertit d'une manière qui ferait probablement flipper les mamans des associations de parents d'élèves. Ash s'entend bien avec lui aussi, lui montrant des tours de cartes qui font briller les yeux du petit garçon avec émerveillement. Même Preacher, qui est habituellement le plus rigide et le plus réservé d'entre nous quatre, devient plus doux avec Cody.

Aucun d'entre nous ne s'y attendait, mais nous faisons en sorte que ça marche parce que c'est important pour River.

« Laisse-moi juste me changer rapidement et je serai prête à partir », dit River.

Elle saute du canapé et court à l'étage pour enlever le t-shirt et le pantalon de survêtement qu'elle portait pour se prélasser et tous les deux nous montons dans la voiture et nous nous dirigeons vers le club, laissant les autres garder un œil sur Cody.

« Est-ce que tu gardes tout séparé à Péché et Salut ? » demande-t-elle. « Genre, tous les trucs légaux restent d'un côté et tout le reste de l'autre ? »

« On essaie », lui dis-je. « Il y a quelques croisements,

juste parce que parfois nous avons besoin d'argent d'un côté pour couvrir quelque chose de l'autre, mais c'est mieux quand tout peut être séparé. »

« Au cas où quelqu'un deviendrait trop curieux ? »

« Exactement. De cette façon, tout ce qui figure dans les livres du club est légal, et si quelqu'un fouille dans nos affaires, il peut retracer tout l'argent jusqu'à la source légale d'où il provient. Pas de questions, pas de doutes. »

Elle acquiesce à cela. « Ça doit vous rendre populaire auprès des gens qui veulent utiliser vos services pour des trucs illégaux, non ? Puisqu'il y a moins de chance que vous vous fassiez prendre. »

Je souris parce qu'elle est clairement excitée à l'idée d'être plus impliquée dans tout et qu'elle a un bon instinct pour ce genre de choses.

« En gros, oui. Nous avons une bonne réputation et personne n'a jamais essayé de nous dénoncer pour des pratiques douteuses ou autre. C'est plutôt sûr de nous faire confiance pour faire de la contrebande, du blanchiment ou tout ce dont les gens ont besoin. Il y a toujours quelque chose dans cette ville. »

River acquiesce à nouveau et je sais qu'elle comprend ce fait mieux que quiconque. Elle a dû côtoyer ou combattre un grand nombre de personnes qui maintiennent en vie le réseau criminel souterrain de Détroit.

Nous parlons de certaines des choses que les autres Rois et moi avons faites sur le côté plus illégal de nos affaires et j'explique les différentes connexions que nous avons créées grâce à cela. Des événements comme celui chez Alec Beckham sont toujours bons pour créer des réseaux et faire connaître notre nom, et je la taquine en lui disant qu'un jour ce serait bien d'aller à un de ces événements et de ne pas se retrouver au beau milieu d'un merdier.

Elle rit en secouant la tête. « Peut-être que le prochain sera une affaire comme les autres, maintenant qu'on s'est débarrassés des ordures. »

« Exactement », lui dis-je avec un petit rire. « J'ai des idées et des projets pour l'avenir, et nous aurons besoin de gens qui pourront nous aider à y parvenir. Avoir cet argent de Julian nous aidera à étendre notre empire. »

« C'est ce que tu veux ? » demande-t-elle. « Un empire ? »

« Nous voulons être des acteurs majeurs », lui dis-je en haussant les épaules. « Nous voulons avoir une base solide. Comme ça, si quelqu'un veut nous emmerder, il y réfléchira à deux fois parce qu'on n'est pas juste une poignée de voyous. Nous sommes liés à la fois à la communauté légale et illégale de sorte qu'ils ne peuvent pas nous affronter sans que ça leur retombe dessus. Cela signifie que nous devons étendre notre influence et faire des coups qui apportent plus d'argent et plus de pouvoir. Nous avons besoin d'amis puissants et de personnes qui nous doivent des faveurs. Et nous devons être impliqués dans plus d'affaires que nous le sommes maintenant. »

River acquiesce en prenant tout ça en compte. « Cela semble être une bonne idée. Et une bonne façon d'utiliser l'argent. »

Je lui lance un regard. « Je suis content que tu le

penses. Je pensais à ouvrir un deuxième club. Ça nous donnerait plus de business légal et aussi un autre établissement par lequel on pourrait faire de la contrebande et utiliser comme couverture pour d'autres trucs. »

Elle semble enthousiaste à ce sujet, tambourinant ses ongles colorés contre la console centrale tout en inclinant la tête. « Qu'est-ce qui t'a décidé à choisir un club comme façade en premier lieu ? »

« J'aime l'atmosphère », j'admets. « La façon dont les gens peuvent venir et juste bouger au rythme de la musique pour oublier tout le reste pendant un petit moment. »

« Hum. » Elle fronce le nez. « Tu sais, ce n'est pas la réponse que je pensais que tu donnerais, mais je l'aime bien. »

Elle me sourit et je ne peux pas empêcher mes lèvres de se retrousser sur un côté. J'ai laissé River voir mes démons, tout comme elle m'a laissé voir les siens. Je suppose qu'il n'y a pas de mal à la laisser voir les autres côtés de moi-même que je garde habituellement cachés.

Nous arrivons au club après quelques minutes, et quand je conduis River à l'intérieur, c'est bondé comme d'habitude.

Les gens dansent et boivent, et la basse de la chanson diffusée par les haut-parleurs résonne dans tout l'endroit comme un pouls.

D'habitude, je me dirige directement vers l'arrière quand j'arrive ici, prêt à me plonger dans une nuit d'affaires, de paperasse et tout ce qui m'attend.

Je commence à accompagner River au bureau, mais elle pose une main sur mon bras pour m'arrêter.

« Attends », dit-elle en souriant et en criant à moitié par-dessus la musique. « Danse avec moi. »

« Quoi ? »

Elle m'entraîne sur la piste de danse où il y a déjà une foule de gens qui se bousculent et s'amusent.

« Danse avec moi », dit-elle encore en pressant son corps contre le mien pour que ses seins frottent contre ma poitrine.

Honnêtement, je ne me souviens pas de la dernière fois où j'ai juste… dansé dans ce club. J'ai été trop occupé à diriger ce foutu endroit, à tout prendre au sérieux et à m'occuper de ma famille. Ça n'a pas laissé beaucoup de temps pour autre chose.

Je sens le barman, qui me connaît bien, me regarder d'un air étonné quand je cède et attire River encore plus près de moi, en bougeant au rythme de la musique.

Ce n'est certainement pas quelque chose que l'ancien moi aurait fait, mais je ne suis plus cette personne.

Grâce à la femme qui se trouve maintenant dans mes bras.

River rit, laissant échapper un son ravi, et commence à bouger son corps au rythme. La chanson passe à un rythme plus lent et quelque chose clignote dans ses yeux alors que ses mouvements changent avec. Elle se déhanche, se balance avec le rythme. Elle est tellement sexy que je ne peux m'empêcher de la tirer contre moi pour bouger avec elle.

C'est si facile de se perdre là-dedans. Dans la

musique et la façon dont son corps se frotte contre le mien.

Elle bouge si librement, comme si elle n'avait rien d'autre à faire que de se frotter contre moi. C'est tellement loin de ce à quoi elle ressemblait avant : soit quand elle était crispée et en colère contre tout et tout le monde, soit quand elle était vide et engourdie juste après la mort de sa sœur.

Maintenant, elle a un sourire taquin et elle soulève nos mains jointes et tourne sous elles, se rapprochant quand elle termine son tour.

Je penche la tête et embrasse son cou, et elle penche la tête sur le côté, me donnant plus d'espace. Je peux à peine l'entendre avec le rythme de la musique, mais elle fredonne de plaisir, ses yeux brillants et à moitié fermés alors que nous continuons à danser.

Je fais courir mes mains sur son corps en descendant sur ses hanches, puis en remontant sur ses fesses. Elle rit à en perdre haleine, mais je vois bien qu'elle aime ça. Je sais qu'elle en veut plus.

Une partie de mon cerveau pense à la pile de paperasse sur le bureau qui m'attend, mais je l'oublie. Les affaires peuvent attendre un peu plus longtemps.

Alors que nous bougeons ensemble, nous sommes assez proches pour que je puisse sentir le portable de River vibrer dans sa poche. Elle fait une grimace et s'éloigne à contrecœur pour le regarder.

Je vois bien qu'elle ne s'attendait pas à ce que la personne appelle, car ses lèvres se pressent ensemble.

Je ressens une pointe d'inquiétude et je remue le menton vers son portable. « Qu'est-ce que c'est ? »

Avec sa lèvre inférieure coincée entre ses dents, elle tourne le portable pour me montrer l'écran.

L'agent Carter l'appelle.

44

RIVER

Gale me conduit rapidement à l'arrière, là où se trouve leur bureau, pour que je puisse prendre l'appel sans crier par-dessus la musique.

Mon estomac bouillonne d'anxiété alors que nous entrons dans le bureau. Je crains que ça ait quelque chose à voir avec la mort de Nathalie. Peut-être que nous n'avons pas assez nettoyé la scène et qu'elle a été liée à nous d'une manière ou d'une autre. Ou peut-être que le FBI a trouvé un moyen de nous relier à la mort de Julian.

Toutes sortes de choses me passent par la tête, mais je prends une profonde respiration et je réponds à l'appel.

« Agent Carter », dis-je en essayant de paraître surprise et nonchalante. « Qu'est-ce qui se passe ? »

Je me prépare à ce qu'il me demande où j'étais le jour de la mort de Nathalie ou qu'il commence à me demander des détails sur les Rois.

« Il faut que je vous parle », dit Carter en allant droit au but.

Il semble agité et différent de la normale. D'habitude, il est très posé et il pose ses questions d'une manière calme et professionnelle.

Mais maintenant, il semble juste... bizarre.

« On *est en train de* parler », lui dis-je. « Vous me parlez en ce moment même. »

« Non », dit-il, en laissant échapper un souffle. « En personne. Au plus vite. »

« Je n'ai pas d'autres informations pour vous. Je ne sais rien d'autre sur Julian. »

« Il ne s'agit pas de ça », me dit Carter et on dirait qu'il va bientôt craquer. « Il y a des choses que vous devez savoir. Des choses que j'aurais dû vous dire avant. Ou peut-être pas. Putain. Je ne sais pas. »

On dirait presque qu'il se parle à lui-même, comme s'il révélait une sorte de débat interne.

Cela ne fait qu'ajouter à la façon étrange et distraite dont il parle, et l'inquiétude me traverse l'estomac comme de l'acide.

« Ce que vous dites n'a aucun sens. » Je secoue la tête, resserrant ma prise sur le portable et regardant Gale. « Qu'est-ce que je dois savoir ? »

« Je veux vous rencontrer en personne », insiste l'agent Carter. « Nous pourrons alors parler. Je ne peux pas dire ça au téléphone. »

Je soutiens le regard de Gale, sachant qu'il est assez proche pour entendre la voix de Carter dans le petit haut-parleur du portable. Il a l'air aussi inquiet que moi, mais nous savons tous les deux que nous devons y aller.

Dire non ou raccrocher n'est pas vraiment une

option, car quel que soit le sujet dont Carter veut parler, il nous affecte déjà ou il le fera, que nous essayions de l'éviter ou non.

Gale acquiesce et je laisse échapper un soupir.

« Ok », dis-je en tapant du pied en signe d'agitation. « On peut se rencontrer. »

« Ce soir ? » demande Carter immédiatement.

« Ouais, ok. Donnez-nous une heure. »

« Bien. Une heure. Retrouvez-moi aux docks. » Il me donne des indications sur un endroit précis près de la rivière et nous convenons de nous y retrouver.

Dès que je raccroche, Gale passe ses doigts dans ses cheveux bruns.

« Je n'aime pas ça », murmure-t-il. « Qu'est-ce qu'il te veut, maintenant ? Pourquoi cette réunion clandestine ? Quelque chose me semble... étrange. »

« *Tout* semble étrange », je réponds en me mordillant la lèvre. « Carter n'est pas comme ça d'habitude. Quelque chose l'a effrayé ou ébranlé. »

« Je vais appeler les autres », dit Gale. « Je veux qu'ils soient tous là en renfort. Et je vais demander à l'un des nôtres d'aller à la maison pour surveiller Cody pendant qu'on s'occupe de ça. »

« Merci. »

Je suis très reconnaissante de son offre à la fois parce que les Rois veulent assurer mes arrières, mais aussi parce qu'il sait que je ne voudrais pas que le petit garçon soit laissé seul dans la maison.

Nous nous dirigeons vers la porte et sortons du club. Nous remontons dans la voiture pendant que Gale s'arrange pour que quelqu'un garde Cody, puis appelle les autres hommes pour leur dire ce qui se passe. Ils disent qu'ils partiront dès que la baby-sitter improvisée se présentera et qu'ils nous retrouveront sur les quais.

« Pax dit que Harley aidera à surveiller Cody aussi », me dit Gale quand il raccroche en roulant des yeux. « On va essayer de faire ça vite. »

Nous sommes tous les deux silencieux alors que Gale nous conduit à l'endroit où l'agent Carter nous a dit de le rencontrer. Je me mordille la lèvre en regardant par la fenêtre, incapable d'empêcher mon esprit de s'emballer. Je ne peux même pas deviner de quoi il s'agit et cela me rend nerveuse.

J'avais espéré que ma conversation avec Carter dans le parc serait la dernière fois que je le verrais. Il était utile pour ce que nous devions accomplir à ce moment-là, mais la dernière chose que je veux, c'est m'embrouiller avec un agent du FBI.

Pax, Ash et Preacher arrivent sur les quais presque en même temps que nous, puisqu'ils étaient plus proches que nous.

« Qu'est-ce qui se passe, bordel ? » demande Pax, faisant glisser son arme en douceur hors de son étui et jetant un regard méfiant autour de lui.

« Nous ne savons pas », dit Gale brièvement. « Nous sommes ici pour le découvrir.

Restant groupés, nous laissons nos voitures derrière nous et marchons sur le quai en bois. Il y a deux longues et larges passerelles qui s'avancent au-dessus de la rivière, reliées par une autre passerelle à l'extrémité de sorte que l'ensemble forme un U au-dessus de l'eau. De petites vagues viennent clapoter contre le bois sombre, luisant dans la lumière faible et lointaine des lampadaires près de la route.

L'agent Carter nous attend au bout du quai, à l'endroit où une passerelle rencontre celle qui la croise. Ses larges épaules sont droites et ses bras sont croisés.

Il n'a pas d'arme dégainée, donc c'est bien, je suppose. Les Rois sont tous armés et en alerte, et je peux pratiquement sentir la tension vibrer comme un fil électrique dans notre petit groupe. Il est clair qu'aucun d'entre nous n'est à l'aise avec ce qui se passe.

Carter a même *l'air* différent quand je le vois. D'habitude, il a une présentation professionnelle : chemise cintrée, cheveux bien coiffés, chaussures brillantes. Maintenant, on dirait qu'il a traversé une période difficile et qu'il a eu du mal à s'en sortir en un seul morceau. Il y a des poches sous ses yeux et ses cheveux sont en désordre. Sa chemise est tachée et n'est qu'à moitié rentrée, et ses yeux regardent partout lorsque nous nous approchons de lui.

Il décroise les bras, l'air tout aussi agité, même lorsque nous nous arrêtons devant lui.

« Très bien, nous sommes là. Comme vous l'avez demandé. Qu'est-ce qui se passe, bordel ? » je lui demande, ne perdant pas de temps en civilités.

« Vous êtes-vous déjà demandé qui a exposé le corps d'Ivan Saint-James comme ça au gala il y a quelques semaines ? » demande-t-il sur un ton tendu.

Mes sourcils se rapprochent et se froncent.

Ce n'est pas du tout une réponse à ma question et je ne comprends pas où il veut en venir. Je ne pensais pas non plus que l'agent Carter savait qui l'avait fait, puisqu'il est venu à la maison nous poser des questions sur l'incident après qu'il s'est produit. C'était la première fois que nous le rencontrions, en fait.

À moins qu'il n'ait trouvé le coupable entre temps.

« Ouais, bien sûr que je me suis posée la question », lui dis-je en plissant les yeux. « Mais on avait d'autres problèmes urgents à régler, alors on n'a jamais trouvé la réponse. Pourquoi ? Vous savez qui c'était ? Qu'est-ce que ça a à voir avec notre rencontre de ce soir ? »

Les doigts de Carter se serrent et se desserrent, formant des poings avant de s'ouvrir. Il semble toujours agité, même s'il s'est planté à quelques mètres de nous, ne faisant plus les cent pas.

« Peut-être que ça aurait été mieux si vous aviez découvert qui c'était », dit-il. « Ou peut-être que ça n'aurait fait aucune différence. Je ne sais pas. » Il secoue la tête. « Il vous a observés. Il a vu ce que vous aviez fait à Julian. »

Mon estomac se serre à ce moment-là. « De qui parlez-vous ? » je lui demande, sans même prendre la peine de nier que j'ai fait quoi que ce soit à Julian.

Carter prend une inspiration, et sa pomme d'Adam oscille pendant qu'il avale. « Avez-vous déjà entendu parler de la Société Kyrio ? »

La question semble presque absurde et je secoue la tête parce que je ne sais pas quoi faire d'autre à ce stade. « Non. Je ne sais pas ce que c'est. »

« C'est vrai. C'est parce que vous n'êtes pas censé le savoir », dit-il. « Personne, sauf un très petit nombre de personnes, ne sait qu'elle existe. »

Tout ça n'a aucun sens, mais plus il parle, plus je deviens inquiète.

« Mais de quoi parlez-vous, Carter ? » je lui demande, épuisée de ses réponses décousues.

« La Société Kyrio contrôle une grande partie de ce qui se passe dans cette ville. Ils opèrent dans les coulisses, ce sont les personnes derrière les principaux acteurs. Les criminels, grands et petits, font leurs affaires à Détroit. Vente de drogue, contrebande de biens illégaux, guerres de territoire, lutte pour le territoire. Mais derrière tout ça, à l'insu de la plupart d'entre eux, ce sont les membres de la société qui tirent les ficelles. » Il prend une autre grande inspiration avant d'expirer. « Ivan Saint-James faisait partie de la société, l'une des personnes les plus puissantes de Détroit. Il y a sept membres et sa mort a laissé une ouverture. Julian Maduro voulait en faire partie. »

Julian voulait rejoindre une société secrète ?

Je savais qu'il essayait de se faire une place dans les hautes sphères de la société de Détroit, mais je ne savais pas qu'il essayait aussi de rejoindre une puissante organisation criminelle clandestine.

Carter a l'air aussi sérieux qu'une crise cardiaque à propos de tout ça, et ça me laisse un peu perplexe alors que j'essaie de suivre tout ce qu'il dit.

« Pourquoi me dites-vous cela ? » j'insiste en étudiant son visage tendu.

« Parce que vous avez attiré l'attention de la société », répond-il en secouant la tête. Ses cheveux habituellement coiffés ne sont pas soignés, une mèche tombant sur son front. « Et vous ne voulez pas de ça. Croyez-moi. Je peux essayer de vous aider, mais vous devez m'aider. »

« Qu'est-ce que vous voulez dire ? » je lui demande, mon cœur battant la chamade maintenant. « Vous aider à quoi ? Et comment savez-vous tout ça, putain ? »

Il se mord la lèvre et passe ses doigts dans ses cheveux, l'air presque désespéré. « Parce que je suis aussi dans la société », me dit-il, les dents serrées. « Et je veux en sortir. »

Quoi ?

J'ouvre la bouche avec un demi-million de questions que j'ai envie de lui poser. Il y a tellement de choses que je veux savoir et je suis sur le point de presser Carter pour avoir plus de réponses, mais avant que je puisse dire quelque chose, son corps est secoué.

Son visage se relâche, puis il s'écroule sur les lattes de bois du quai, sans vie.

Mon estomac se noue et une poussée d'adrénaline me glace le sang.

Putain.

Quelqu'un vient de lui tirer dessus, mais je ne l'ai pas entendu et je n'ai vu personne.

Les Rois réagissent tous immédiatement, dégainant leurs armes et se rapprochant de moi tout en scrutant les docks faiblement éclairés autour de nous, essayant de trouver la source de la menace.

« Je ne ferais pas ça si j'étais vous », dit une voix, sortant de l'ombre là où le quai rencontre la rive.

Mon regard se dirige vers le son de la voix et je cligne des yeux en voyant quelqu'un s'avancer vers nous, éclairé par les lampadaires au loin.

« J'ai posté des hommes tout autour », poursuit-il sur un ton calme et posé. « Si l'un d'entre vous tire, vous serez tous morts avant d'avoir pu appuyer à nouveau sur la gâchette. »

Lorsqu'il termine de parler, l'homme fait un pas en avant et je peux enfin distinguer ses traits. Il est d'âge moyen, avec des cheveux châtain clair et un visage aristocratique.

C'est un visage que je reconnais.

Alec Beckham.

45

RIVER

Je cligne des yeux, fixant l'homme de grande taille que je n'ai vu que deux fois. Je le connais en tant que milliardaire, l'homme qui a organisé la soirée à laquelle Julian voulait aller faire de la lèche, un homme en tête du peloton des acteurs fortunés de Détroit.

Mais qu'est-ce qu'il fait ici ?

Une seconde plus tard, il devient évident qu'il ne mentait pas. Il est accompagné d'un groupe d'hommes qui sortent de l'ombre pour nous entourer, les autres et moi, dans le coin du large quai en bois, tandis que l'eau clapote en dessous de nous.

Je n'ai même pas besoin de me demander s'ils sont tous armés, puisque leurs armes sont dégainées et pointées sur nous. Je peux sentir les Rois déplacer leur poids de tous les côtés de moi, tendus et en colère, ne sachant pas trop quoi faire de tout ça.

Ouais. Moi non plus.

Alec jette un coup d'œil au corps de Carter et secoue

la tête avant de lui donner un coup de pied. Le corps de l'agent du FBI est aussi mou et sans vie qu'un sac de pierres, et mon estomac se noue à la façon dont Alec le regarde comme un déchet.

Puis Alec lève les yeux vers moi, souriant calmement. Quelque chose en moi se détourne de ce sourire. Il n'y a aucune joie, aucun bonheur réel. Il est trop lisse, trop froid. Totalement calme et contrôlé.

« Vous savez, pendant longtemps, j'ai pensé que vous agissiez sur les ordres de quelqu'un d'autre quand vous avez tué Ivan Saint-James », me dit-il. « Je pensais que vous n'étiez qu'un pion, qui suivait les ordres, bien qu'il faille admettre que vous étiez douée pour cela. Je n'avais pas réalisé que vous étiez la *reine de l'*échiquier. »

Mon cœur s'emballe et ma bouche devient sèche. Tout en moi me pousse à courir, à me battre, à faire *quelque chose*, mais je ne peux pas. On est piégés, encerclés, et Alec Beckham n'est clairement pas en train de déconner. Il vient de demander à ses hommes de tirer et de tuer un agent du FBI, donc il n'hésiterait pas à nous tuer tous.

Je suis figée, essayant d'assimiler tout ça aussi vite que possible.

« De quoi parlez-vous, bordel ? » dis-je d'un ton tranchant, ma peur se manifestant sous forme de colère comme souvent.

Alec continue de sourire, sans se presser et sans être dérangé.

« C'est moi qui ai sorti le corps d'Ivan de la rivière et l'ai exposé », dit-il. « Je savais qu'il y avait un mouchard dans mon organisation, un traître qui ne respectait plus les règles. Quelqu'un qui essayait de quitter la Société Kyrio, de s'en sortir. Je pensais que la mort d'Ivan était liée à cela et j'essayais de faire se révéler cette personne. »

Entendre ça, c'est comme un coup de poing dans les tripes. Pendant tout ce temps, nous pensions que le corps d'Ivan déterré et exposé sur cette œuvre d'art au gala nous concernait. Mais c'était plus que ça. Plus que nous n'aurions jamais pu imaginer.

« Je n'avais pas réalisé que c'était Carter jusqu'à maintenant », poursuit Alec. Il jette un autre coup d'œil au corps de l'homme pendant qu'il parle, puis soupire. « C'est dommage. Il était utile. »

Il me regarde à nouveau et il y a quelque chose qui brille dans ses yeux gris foncé. Un nouveau genre d'intérêt pour moi.

« Vous pourriez être utile aussi, je pense. J'ai gardé un œil sur tout ce que vous avez fait à Julian Maduro. Comment vous avez démantelé sa vie entière. Il y avait des parties un peu bâclées, bien sûr, mais votre talent pour jouer à ce genre de jeux est impressionnant. »

Ce n'est pas un compliment et j'ai du mal à me retenir de frissonner à la façon dont il me regarde. Comme si j'étais un jouet avec lequel il voulait jouer. Un jouet qu'il veut *casser*.

« Qu'est-ce que vous voulez ? » je lui demande, ma voix tendue.

Mon esprit pense à plein de trucs, essayant de trouver un moyen de s'en sortir. Tout ce que je peux penser, c'est qu'il va nous tuer, moi et les autres. Je ne comprends pas ce qu'il pourrait chercher d'autre. Il n'a pas l'air énervé par la mort de Julian, donc ce n'est pas comme s'il voulait se venger, mais il doit savoir que Carter nous a déjà parlé de la Société Kyrio.

Nous en savons trop maintenant.

Il *ne peut pas* nous laisser vivre.

« Julian voulait rejoindre notre société », me dit Alec. « Il l'a découvert et il savait qu'on avait un siège vide à remplir. Il voulait en faire partie. Mais il n'avait pas les qualités que nous recherchions. Il était trop enthousiaste, trop imbu de lui-même et il n'aurait rien ajouté à nos rangs. Mais il en savait trop pour qu'on le laisse vivre, alors il devait mourir. » Il sourit à nouveau et ça me donne la chair de poule. « Et vous vous êtes occupée de ça pour moi de façon magnifique. »

Quelque chose change dans son expression et il se penche plus près de moi, penchant un peu la tête pour m'examiner.

La sensation de ses yeux qui parcourent mon visage me donne envie de faire un grand pas en arrière, mais je ne bouge pas, je crains de faire autre chose.

Un faux mouvement et il pourrait tous nous tuer sur le champ.

« Je n'avais pas réalisé qui vous étiez au début », dit Alec avec désinvolture. Sa voix est étrangement calme et détachée, comme s'il parlait de la météo ou de la croissance de ses actions ou d'une connerie quelconque. « Même après avoir réalisé que vous aviez tué Ivan de votre propre chef, sans avoir reçu d'ordre de qui que ce soit, je n'ai pas tout de suite fait le rapprochement. Il ne m'est pas venu à l'esprit qu'un pauvre petit agneau maltraité aurait des dents et des griffes et reviendrait pour arracher la gorge de ses anciens ravisseurs. »

Mon estomac se serre en un nœud dur quand Alec parle, mon souffle se bloquant alors que ma gorge se serre.

Il parle de l'époque où Anna et moi étions retenues en captivité.

Il en parle comme s'il en *faisait partie* ou du moins comme s'il savait tout.

Derrière moi, j'entends un faible grognement d'un des gars. Pax.

« Comment vous... » Ma bouche est sèche et je dois forcer les mots à sortir. « Comment êtes-vous au courant de ça ? »

Mon cœur s'emballe, battant si vite que je peux sentir mon pouls dans ma gorge. Des taches grises teintent les bords de ma vision, mais je repousse les souvenirs du temps passé en captivité avec Anna qui tentent de refaire surface. Je ne peux pas me permettre de me perdre dans ces souvenirs douloureux maintenant.

J'ai besoin d'avoir les idées claires, de rester calme.

Alec agite une main en haussant les épaules. « Au fil des ans, j'ai orchestré des centaines d'affaires de ce genre. Des petites brebis, des filles innocentes, enlevées pour payer des dettes dues ou pour expier des transgressions. C'est l'une des façons dont la Société Kyrio aide à maintenir l'ordre à Détroit. Une tactique très efficace. »

Il plisse les yeux, louchant sur moi pendant qu'il parle, comme s'il essayait encore de me comprendre.

C'est la seule émotion qu'il montre dans tout ça, sa fascination maladive pour moi.

« Pendant tout ce temps », continue-t-il. « Je n'ai jamais vu aucune d'entre elle faire ce que vous avez fait. S'élever au-dessus de tout ça et devenir quelque chose de plus affûté, de plus fort. La plupart d'entre elles ont simplement... craqué sous la pression de tout ça. »

Mon cœur s'arrête presque de battre quand je comprends ses mots.

J'ai orchestré des centaines d'affaires...

Oh. Merde.

C'est lui qui est responsable de mon enlèvement comme punition pour les péchés de mon père. C'est à cause de lui qu'Anna et moi avons été enlevées, utilisées et maltraitées par six hommes violents et cruels. Il n'était peut-être pas là pour nous torturer et nous faire du mal, mais il est aussi complice qu'Ivan, Lorenzo et les autres. Et le pire, c'est qu'il se fout de tout ce qu'il a fait, parlant de mettre des jeunes filles en captivité sans se soucier de la façon dont cela les affecte.

Il m'a arraché ma vie.

Il m'a arraché Anna.

Pendant une fraction de seconde, tout ce que je peux ressentir c'est de la rage. De la colère pure et dévorante. C'est comme si la rancune que j'avais envers ces six hommes et Julian réunis, montait en moi et me donnait envie d'arracher le cœur de ce connard à mains nues.

J'entends ma propre respiration, rauque dans mes oreilles, et mon cœur s'emballe à cause de l'adrénaline qui grimpe dans mes veines.

Mais comme s'il devinait que je suis sur le point de me jeter dans la trajectoire d'une douzaine de balles juste pour enrouler mes mains autour de sa gorge, Alec sourit à nouveau en levant une main.

« Relax. J'ai un marché à vous proposer », dit-il, la voix toujours aussi froide et égale, comme s'il ne venait pas de chambouler mon monde avec un seul aveu. « Tout ce qui est du passé peut être de l'eau sous le pont entre nous. Tu pardonnes et laisses tomber le fait que j'ai orchestré ta captivité et je te donnerai une chance de rejoindre l'organisation la plus influente de Détroit. Ou je peux vous tuer. Chacun d'entre vous. »

Mon estomac se retourne.

La façon dont il le dit montre clairement qu'il s'en fiche d'une façon ou d'une autre. Il a un intérêt malsain pour moi, mais il n'hésiterait pas à me tuer ici même et à jeter mon corps dans l'eau avec celui de Carter.

Gale, Preacher, Ash et Pax ne se laisseraient pas faire sans se battre, et ils finiraient tous morts aussi.

Ce serait juste une soirée comme une autre pour Alec Beckham, je parie.

Je ne veux pas avoir à faire ce choix, mais je ne vois pas d'autre option. Il ne va pas nous laisser partir sans accepter son marché et je veux sortir d'ici vivante.

Je veux qu'on sorte *tous* d'ici vivants.

En me léchant les lèvres, je prends une grande inspiration. J'ai l'impression de m'étouffer avec du verre, mais je me prépare à dire les mots pour accepter son marché. Pour lui donner ce qu'il veut.

Mais j'aurais dû savoir que ce serait trop facile, putain.

Alec reprend la parole avant que je puisse dire quoi que ce soit.

« Bien sûr, j'aurai besoin de la preuve que vous êtes prête à être loyale envers la société », dit-il. « Un frais doit être payé avant que vous puissiez vous joindre à nous. Vous devez faire vos preuves. »

Je ne sais pas ce qu'il pourrait vouloir de plus de moi. Je déteste cet homme et tout ce qu'il représente et l'idée d'oublier ce qu'il a orchestré pour moi et ma sœur est presque impossible. Je le détesterai toujours, même si j'accepte de rejoindre sa société. Tuer Julian aurait dû être suffisant pour prouver que je peux faire tout ce qui doit être fait, mais apparemment, il en veut plus.

Je lève le menton, le fixant d'un air presque défiant, attendant qu'il me dise ce qu'il veut.

Le sourire condescendant d'Alec ne faiblit pas et il détourne son regard pendant une seconde, observant les quatre hommes qui me flanquent.

« Vous devez tirer sur l'un de ces hommes », dit-il finalement. « Un de vos Rois du Chaos. Pour le tuer, bien sûr. »

C'est quoi ce bordel ?

Mon sang se glace. De toutes les choses qu'il aurait pu demander, je ne m'attendais pas à ça. Il est impossible que je le fasse.

Je secoue la tête, me sentant engourdie et désespérée.

« Êtes-vous complètement fou ? Non. Je ne peux

pas... je ne peux pas faire ça », lui dis-je, les mots sortant de manière saccadée et staccato. « *Non.* »

Il doit y avoir un autre moyen de s'en sortir, mais mon esprit ébranlé ne trouve rien. Rien qui ne se termine pas par notre mort, en tout cas. Même si je parvenais à éliminer Alec, ses hommes nous encerclent. Il n'y a aucun moyen de leur échapper sans qu'un ou plusieurs d'entre nous ne soient tués.

Finalement, le sourire déconcertant s'efface du visage d'Alec, mais il est remplacé par la déception. Il secoue la tête en claquant la langue comme si j'étais une vilaine enfant qu'il avait surprise les mains dans le pot à biscuits.

« Dire non n'est pas vraiment une option ici, petit agneau », dit-il. « Si tu dis non, alors je les tuerai tous de toute façon. Toi y compris. Pense à ça avant de faire quelque chose que tu regretteras. »

Je me retourne pour regarder les quatre hommes qui me flanquent, scrutant leurs visages et espérant que l'un d'entre eux a une idée. Un plan que nous pouvons utiliser pour nous éloigner de tout cela.

Mais il n'y a rien.

Je ne trouve rien, encore et encore, et à en juger par les regards tendus sur tous leurs visages, ils n'ont rien non plus.

Puis Gale fait un pas vers moi. Un des hommes d'Alec fait un geste quand Gale bouge, mais il n'attaque pas.

« River », murmure Gale sur un ton doux. « Ça va aller. Ça va aller. »

Je fronce les sourcils, essayant de comprendre où il

veut en venir. Nous sommes piégés dans un jeu malsain avec un homme qui a toutes les cartes en main. Un homme qui vient de tuer quelqu'un et qui n'a eu aucun scrupule à nous envoyer, ma sœur et moi, dans la fosse aux lions il y a des années. Je ne doute pas qu'Alec pourrait tirer sur chacun d'entre nous et dormir tranquillement ce soir, alors je ne vois pas comment on pourrait s'en sortir en parlant ou en luttant.

Je ne vois pas *d'*issue sans que quelqu'un meure.

Le pistolet de Gale est toujours dans sa main à ses côtés et je sais que la seule raison pour laquelle il ne l'a pas utilisé pour essayer de nous sortir de là, c'est qu'Alec et ses hommes sont plus nombreux. On est vraiment piégés, et en pensant à ça, je commence à paniquer. Pendant une seconde, je me sens à nouveau comme cette enfant sans défense, comme le petit agneau dont Alec n'arrête pas de me qualifier.

La réalité de la situation me frappe d'un seul coup et tout s'écroule autour de moi. Le choix impossible me saute aux yeux.

Je dois tuer l'un d'entre eux.

Mais je *ne peux pas*.

Et comment je pourrais choisir, bordel ? Comment pourrais-je vivre avec moi-même après ça ?

« *Non* », dis-je à Gale en secouant la tête. « Non. Je ne peux pas faire ça. Je ne peux pas perdre quelqu'un d'autre. Pas après avoir perdu Anna deux fois ! Non. »

Ma voix se brise sur le nom d'Anna et je me sens malade.

Tant de pertes. Tant de morts.

Je ne peux pas en supporter davantage. Je n'en peux plus.

Le visage de Gale s'adoucit un peu et il secoue la tête.

« Je suis désolé, River », murmure-t-il. « Je le suis vraiment. »

« Pourquoi ? » je réponds. « Pourquoi ? »

« Je suis vraiment un salaud égoïste. Parce que je préfère mourir que de vivre dans un monde sans toi. »

Il me tend son arme, mais je ne fais que la regarder, muette et sous le choc. Étant donné que je ne la prends pas, Gale attrape ma main et enroule mes doigts autour du canon, les maintenant en place avec sa propre main.

Il modifie ma prise et ma visée de façon à ce que l'arme soit pointée sur lui. J'entends les autres Rois se déplacer autour de moi, sous le choc alors qu'ils réalisent ce que Gale s'apprête à faire en même temps que moi.

Mais il ne leur laisse pas le temps de l'arrêter. Avec un petit sourire triste, il se penche et m'embrasse légèrement. Juste un effleurement de ses lèvres, comme pour me dire au revoir.

Puis il presse son doigt contre le mien, appuyant sur la gâchette pour moi.

Une forte *détonation* perce le silence de la nuit.

Et quand Gale tombe, mon propre cœur s'arrête.

AUTRES OUVRAGES PAR EVA ASHWOOD

L'Élite obscure
Rois cruels
Impitoyables chevaliers
Féroce reine

Hawthorne Université
Promesse cruelle
Confiance détruite
Amour pécheur

Un Amour obscur
Jeux sauvages
Mensonges sauvages
Désir sauvage
Obsession sauvage

Dangereuse attraction

Déteste-moi
Crains-moi
Lutte pour moi

Sauvages impitoyables
Les Rois du Chaos
La Reine de l'Anarchie
Le Règne de la colère
L'Empire de la ruine